JULIA™

AF273763

MARIE FERRARELLA

EL DESTINO
EN SUS MANOS

HARLEQUIN™

Una división de HarperCollins Ibérica, S.A.
Avenida de Burgos, 8B - Planta 18
28036 Madrid

© 2024 Harlequin Ibérica, una división de HarperCollins Ibérica, S.A.
N.º 466 - 5.3.24

© 2010 Marie Rydzynski-Ferrarella
El destino en sus manos
Título original: Unwrapping the Playboy

© 2011 Marie Rydzynski-Ferrarella
Medicina de amor
Título original: A Match for the Doctor

© 2011 Marie Rydzynski-Ferrarella
El hombre de sus sueños
Título original: What the Single Dad Wants...
Publicadas originalmente por Harlequin Enterprises, Ltd.
Estos títulos fueron publicados originalmente en español en 2011, 2011 y 2012

I.S.B.N.: 978-84-1180-659-6
Depósito legal: M-35533-2023
Impreso en España por: BLACK PRINT
Fecha impresión Argentina: 1.9.24
Distribuidor exclusivo para España: LOGISTA
Distribuidor para México: Distibuidora Intermex, S.A. de C.V.
Distribuidores para Argentina: Interior, DGP, S.A. Alvarado 2118. Cap. Fed./Buenos Aires y Gran Buenos Aires, VACCARO HNOS.

Capítulo 1

Kullen, necesitas una mujer en tu vida.

Kullen Manetti le sonrió a su madre. Estaban en el Vesuvius, almorzando.

En realidad podría haber sido mucho peor. Por primera vez, Theresa Manetti había logrado terminarse el primer plato antes de sacar el tema. Su soltería empedernida siempre era el tema principal de conversación cada vez que pasaban un rato juntos.

Unos seis meses antes su hermana Kate había sucumbido a los encantos de un banquero llamado Jackson Wright, y ya sólo quedaba él; el último soltero en el grupo de amigos de toda la vida.

Pero su madre había pasado por alto un punto muy importante.

—Mamá, mi vida está llena de mujeres —le recordó Kullen.

Theresa entrecerró los ojos. No estaba dispuesta a

ceder ni un poquito. Durante el año anterior, ella y sus amigas, Maizie y Cecilia, les habían conseguido novio a sus respectivas hijas.

Y el éxito en su labor de casamentera le había subido mucho la moral.

Theresa Manetti era una mujer decidida y emprendedora que llevaba su propio negocio desde hacía muchos años. Sin embargo, en el ámbito privado, era la más tranquila y tímida de las tres amigas de toda la vida. Maizie, que era agente inmobiliario, había encabezado la llamada Operación Casamentera, y Cecilia la había apoyado desde el principio, aunque su entusiasmo tuviera

Hasta que se fraguó aquella conspiración, la forma de hacer presión de Theresa consistía en cruzar los dedos y rezar. Algunas veces incluso hacía algún comentario casual, pero nada más.

«A ver cuándo sentáis la cabeza…», solía decirles.

Kate y Kullen llevaban el bufete de abogados de su difunto padre. Kate llevaba muchos años entregada al trabajo, pero él sí sabía disfrutar de la vida. No había mujer que se resistiera a sus encantos y su lista de novias se hacía más larga cada día. A él le gustaban todas y nunca tenía bastante. Ninguna de sus relaciones duraba más de unas pocas semanas.

Seis semanas era el máximo y eso era lo que él entendía como una relación estable y duradera. Theresa sufría al ver que su hijo, apuesto y triunfador, no tenía ningunas ganas de buscar a la chica adecuada, la media naranja que necesitaba para formar una familia feliz.

—Una mujer decente en tu vida —le dijo con contundencia.

Kullen esbozó una sonrisa de oreja a oreja y se inclinó hacia su madre.

—Bueno, para eso ya te tengo a ti —le dijo, dándole un beso en la frente—. Y a Kate, claro. Y a esas amigas tuyas, Maizie y Cecilia.

Su madre se reunía con sus amigas de toda la vida una vez por semana para jugar al póquer, supuestamente… Pero, en realidad, lo que hacían era urdir planes y estrategias casamenteras. Ya le habían conseguido marido a Kate, a Nikki y a Jewel, así que ya debían de traerse un nuevo plan entre manos. Sin embargo, por mucho cariño que les tuviera a las que consideraba como sus tías, no estaba dispuesto a ser ese proyecto.

Theresa se puso erguida y miró fijamente a su primogénito. Kullen era alto, moreno y apuesto, igual que su padre. Pero los rasgos de Kullen eran más estilizados, modelados… casi aristocráticos. Eso lo había heredado de ella.

—Kullen…

Él conocía muy bien ese tono de voz y también sabía que tenía que cortar el tema de raíz. No quería terminar el almuerzo de mala manera.

Últimamente tenía poco tiempo libre, sobre todo después de la jubilación de Ronald Simmons, uno de los socios fundadores del bufete, y ya no podía visitar tanto a su madre.

No obstante, en general, sí disfrutaba de su compañía. Theresa Manetti era una mujer agradable, simpática, cariñosa… Él la quería con locura y sabía que ella también a él.

Su padre había sido un tipo muy afortunado, pero, por desgracia, Anthony Manetti había vivido entregado al trabajo y nunca había sabido la suerte que tenía. Desde su creación, el bufete familiar lo había sido todo para él, tanto fue así que nunca les hizo ningún caso a sus propios hijos hasta que se unieron a la empresa familiar.

Kate había sido la que peor lo había pasado porque, aparte de ser un perfeccionista, Anthony Manetti era un machista incorregible. De hecho, hasta el día de su muerte siguió creyendo que todos los miembros del género femenino, a excepción de algunas mujeres prominentes en el mundo de la política, estaban menos dotados que los hombres para las actividades intelectuales, sobre todo tratándose de leyes y de Derecho. Siempre le había exigido el doble a su hija sólo para hacerla estar a la altura de cualquier otro abogado principiante del bufete.

«Muy mal, muy mal, papá. Había dos mujeres que te adoraban, pero nunca supiste verlo», pensó Kullen.

—En serio, mamá. Creo que tus amigas y tú os entretendríais mucho más si os ocuparais de vuestras propias vidas, o de la de mi pobre prima Kennon.

Al igual que su hermana y sus dos amigas, su prima Kennon era una de esas mujeres adictas al trabajo. Tenía su propio negocio de diseño de interiores y, al igual que las otras tres, siempre decía que estaba demasiado ocupada como para enfrascarse en una relación. En la opinión de Kullen, Kennon era perfecta para el próximo proyecto casamentero de su madre.

Él, en cambio, no lo era.

Al contrario… Kullen Manetti sí que sabía cómo pasárselo bien y ninguno de sus «escarceos», en palabras de su madre, tenía la menor importancia.

Así era cómo tenía que ser.

De esa manera, nadie salía herido, ni tampoco su propio corazón, ni su orgullo… Ambos habían salido más que escaldados en una ocasión y con eso había sido más que suficiente para él. Ya hacía mucho tiempo de aquello y no lo recordaba más que como algo que hubiera leído en un libro o visto en una película, una lejana anécdota que formaba parte de un pasado casi ficticio.

Pero había sido real.

Entonces era otra persona; un chico ingenuo, tonto... que había quedado atrás. El nuevo Kullen Manetti nada tenía que ver con aquel muchacho; el nuevo Kullen Manetti era un hombre inteligente, triunfador, con una larguísima lista de teléfonos en la que predominaban los números de mujeres hermosas.

Theresa ladeó la cabeza ligeramente, una costumbre que Kate había tomado de ella.

—¿Nuestras propias vidas?

—Sí. Hasta donde yo sé, ni Maizie, ni Cecilia ni tú tenéis pensado pasar por el altar. Ni siquiera os he visto entrar en un motel alguna vez —añadió con una mirada pícara—. ¿O es que me estás ocultando algo?

Cuando la miraba de esa manera, con esa sonrisa, le recordaba mucho a su padre, el día que le había conocido. Por aquel entonces, Anthony no estaba tan obsesionado con el trabajo. Anthony Manetti había sido romántico, divertido... ¿Qué le había pasado con el paso del tiempo?

Pero ella, sin embargo, los echaba de menos a los dos; al jovencito encantador y al hombre brillante en el que se había convertido después. Si él no la hubiera dejado fuera de su vida... Mirando atrás, Theresa se daba cuenta de que el tiempo que habían pasado juntos había sido demasiado corto. Anthony siempre había sido y siempre sería el único y verdadero amor de su vida.

—No, no te estoy ocultando nada. Ya tuve bastante con tu padre —le dijo a su hijo—. Me considero muy afortunada porque fui feliz.

Ella sabía que Maizie y Cecilia sentían lo mismo.

—Y es esa clase de felicidad la que quiero para tu hermana y para ti.

—Oh, pero yo soy feliz, mamá —contestó Kullen en tono divertido.

Su hijo salía con mujeres cuyo coeficiente intelectual era equivalente al de un animal de compañía, y ambos lo sabían. No eran más que muñequitas de plástico con la cabeza vacía.

—Verdaderamente feliz —dijo Theresa, enfatizando.

Trató de explicarse con el mayor tacto posible.

—Ésa es la diferencia entre darse un atracón de bombones de chocolate y tomar una buena comida, nutritiva y sana. Lo primero no sirve más que para subirte el colesterol, mientras que lo segundo te hace más sano y fuerte, capaz de vivir tu vida al máximo.

Kullen se rió a carcajadas, sacudiendo la cabeza.

—Me encantan tus analogías alimenticias.

Maizie tenía su propio negocio inmobiliario, Cecilia llevaba un servicio de limpieza profesional y ella, por su parte, había creado una empresa haciendo lo que mejor se le daba: cocinar.

Theresa Manetti, una cocinera experimentada, tenía su propia empresa de catering y podía preparar un festín con cuatro cosas y en un tiempo récord.

—No te ofendas, mamá, pero yo no soy de los que se conforman con un plato de carne con patatas. A mí me gustan los dulces y el chocolate satisface muy bien mis necesidades —la miró con cariño, sabiendo que hacía lo que hacía por amor.

No quería hacerle daño, pero tenía que ser sincero con ella.

—Y no tengo pensado cambiar de momento.

Theresa no se dio por vencida.

—Kate pensaba lo mismo.

—Kate no era feliz, mamá —le recordó él—. Yo sí.

Ya había terminado con el postre y el café, así que se acercó un poco más a su madre.

—Ahora mismo tienes un récord de éxitos del cien por cien, pero si me metes en el potaje, entonces verás que bajará al cincuenta por ciento.

Theresa suspiró.

—No tengo pensado ir a las Olimpiadas ni nada parecido.

Kullen se rió y miró con ternura a su madre. Si las cosas hubieran resultado de otra manera, se hubiera casado con alguien muy parecido a ella ocho años antes. Pero se había equivocado, había cometido un error.

Historia... Aquello no era más que historia, parte del pasado.

Su madre era única. Había roto el molde. No había nadie como ella.

Además, una relación siempre implicaba discusiones, desconfianza... Y él no estaba de humor para todo eso. Estaba mucho mejor solo, libre, feliz de ser así...

—No sería el cincuenta por ciento —dijo su madre con sentimiento.

Él la miró con un gesto de confusión.

—Te olvidas de Nikki y de Jewel.

Nikki y Jewel eran las hijas de Maizie y de Cecilia, respectivamente. Ambas habían conseguido a hombres fantásticos gracias a sus madres.

—No. No me he olvidado de Nikki y de Jewel, y si me hubiera olvidado, ya estás tú para recordármelo.

Kullen no tenía intención de seguirle dando vueltas al tema.

—Si lo dejas ahora saldrás ganando, mamá —le aconsejó—. Así es mejor. Es mejor dejarlo en lo más alto.

Theresa no se dejó convencer con ese argumento. Apretó los labios y deseó con todas sus fuerzas que su hijo entrara en razón.

—Esto no es una serie de televisión, Kullen. Es tu vida.

—Sí —dijo él—. Lo es.

En efecto, era su propia vida y era ése el motivo por el que no estaba dispuesto a dejar que nadie quisiera cambiarla.

—Ya no tengo doce años, mamá —le recordó.

Llevaba muchos años siendo un hombre y seguiría siendo así.

—Si tuvieras doce años... —Theresa entrelazó las manos sobre la mesa—. Entonces no estaríamos teniendo esta conversación. Sé suficiente de leyes como para saber que no te puedes casar a los doce años, ni en este estado ni en ningún otro.

—No estamos teniendo esta conversación —dijo Kullen en un tono bromista, levantándose de la mesa.

Habían pagado la cuenta antes de tomar el café.

Kullen se inclinó y le dio un suave beso en la mejilla. Como siempre, su madre olía a su fragancia favorita de jazmín.

—Tengo mucho trabajo esta tarde.

Theresa reprimió una sonrisa. Ella sabía muy bien qué trabajo tenía esa tarde, sabía algo que él desconocía...

—Mi hijo, el mejor abogado de la ciudad —dijo con un toque burlón.

Kullen se detuvo un momento y la miró fijamente. Hubiera jurado que se traía algo entre manos...

—¿Sabes, mamá? Para muchas madres eso es más que suficiente.

Theresa no pudo quedarse callada. Algún día conseguiría juntar todas las piezas del puzle, pero aún no.

—Yo no soy una madre cualquiera, Kullen. Soy tu madre —le dijo.

Él la miró con una mirada de sospecha.

—Y como soy tu madre… —añadió ella.

—Lo he pasado muy bien contigo esta mañana —dijo él rápidamente, terminando la frase—. Adiós. De verdad tengo que irme —añadió y echó a andar.

—Kullen…

Su voz lo hizo detenerse. Se dio la vuelta y esperó.

—¿Qué?

Como siempre había sido una persona sincera, Theresa sintió que tenía que serle franca a su hijo. Y en ese caso la franqueza pasaba por decirle que el fin de semana anterior había preparado el catering para una comida benéfica organizada por Anne McCall, la madre de Lilli McCall.

Anne le había dicho que su hija Lilli estaba de vuelta en Bedford y que estaba buscando un abogado desesperadamente.

Nada más oír la noticia, el corazón de Theresa se había disparado…

Más que nada, quería decirle a su hijo que le había dado su número a Anne. Quería decirle que esa misma tarde vería a Lilli, aquella chica con la que había salido en la universidad.

Sin embargo, como sabía que Kullen le pasaría el caso a Kate nada más enterarse de la pequeña trampa que le había tendido, esbozó una sonrisa y se despidió de su hijo como si nada.

—Que pases una buena tarde, hijo —le dijo.

Él le devolvió la sonrisa.

—Gracias. Eso espero.

Kullen dio media vuelta y se dispuso a empezar la tarde.

«Con un poco de suerte, hoy también empezará el resto de su vida», pensó Theresa, viéndole marchar.

Lilli McCall no sabía si sería una buena idea. Antes de salir de casa había agarrado el teléfono en tres ocasiones para llamar al bufete y cancelar la cita. Sin embargo, cada vez que empezaba a marcar los números algo la hacía detenerse. Si cancelaba la cita entonces tendría que buscar otro abogado. Y tendría que buscarlo rápidamente.

El tiempo se estaba agotando. No podía cerrar los ojos y fingir que todo estaba bien, porque no era cierto. Nada había estado bien desde aquel día en que había abierto la carta de Elizabeth Dalton. Aquella carta la había hecho volver a Bedford, huyendo de aquella mujer.

En vano… Sus tentáculos podían llegar a cualquier parte.

Poco después de llegar había recibido una segunda carta, llena de palabras condescendientes, sarcasmos y algo peor, amenazas…

No podía dejar que aquella amenaza se hiciera realidad. Estaba dispuesta a plantarle batalla a Elizabeth Dalton, aunque le fuera la vida en ello. Pero eso significaba pasar por los tribunales, buscar un abogado que ganara… a toda costa.

Ella quería una batalla limpia, pero también sabía que Elizabeth Dalton era capaz de utilizar cualquier argucia para salirse con la suya. Viuda de un hombre que había heredado un imperio farmacéutico, detestaba a la gente que le llevaba la contraria y estaba acostumbrada a hacer siempre su voluntad.

Estaba acostumbrada a ganar siempre.

Lilli no tenía la menor duda de que la rica viuda y su abogado usarían los trucos más sucios para conseguir lo que querían.

Y era su hijo a quien querían.

El nieto de Elizabeth.

El problema era que no conocía a ningún abogado, ni bueno ni malo. Había dejado la carrera en el primer año y hasta ese momento nunca había precisado de la ayuda de un abogado, ni tampoco conocía a nadie que hubiera necesitado uno en el pasado.

Pero sí conocía a Kullen. Sabía que era bueno, cariñoso… Y eso era un comienzo. Él sí se había graduado. Seguía viviendo en Bedford y quizá fuera la persona que podía ayudarla.

Quizá la suerte estuviera de su lado, por una vez…

Diez minutos antes de la hora de la cita, Lilli detuvo el coche en el aparcamiento de Rothchild, McDowell & Simmons. Asió con fuerza el volante e inclinó la cabeza adelante. ¿Estaba haciendo lo correcto? ¿Era buena idea?

Sacó el teléfono por enésima vez, marcó el número y, justo antes de apretar el botón de llamada, cambió de idea. Cerró el teléfono, lo guardó en el bolso y bajó del vehículo. Respiró hondo y echó a andar hacia el alto edificio de oficinas. Atravesó el vestíbulo y entró en el ascensor. Se sentía como un alma condenada, recorriendo los últimos metros hasta el patíbulo.

«Jonathan… Piensa en Jonathan… Jonathan es todo lo que importa. Tienes que protegerlo de esa mujer si no quieres que se convierta en un calco de su padre…», se dijo, nerviosa.

No podía dejar que ocurriera.

Las puertas del ascensor se abrieron rápidamente. Ella salió y caminó hasta las flamantes puertas del bufete. Sólo podía esperar estar haciendo lo correcto…

Estaba a punto de dejar el futuro de su hijo en manos del hombre al que había abandonado ocho años antes.

Capítulo 2

PARA Kullen había días en los que la vida parecía una carrera de Fórmula Uno. Los minutos y las horas pasaban a toda velocidad y no podía hacer nada bien. A decir verdad, no hubiera sido capaz de mantener la cordura de no haber sido por la eficaz secretaria que su padre había contratado tantos años antes.

Pero Selma Walker ya no era una secretaria. Ahora era una asistente administrativa, un cargo que a veces le molestaba tener. A ella siempre le había gustado llamarle a las cosas por su nombre, y siempre había sido secretaria; una muy buena…

Selma parecía tener muchos años y probablemente los tuviera en realidad. Era una mujer pequeña, delgada y ágil, con el pelo negro, avispada e inteligente. Era Selma quien mantenía al día la agenda de Kullen, y la de todos los demás. Encajaba las reuniones en el calendario con una destreza infalible y ponía al día el orde-

nador. No obstante, nunca le habían gustado los aparatos electrónicos y eso incluía el ascensor. Todos los
días, tanto para entrar como para salir, optaba por las
escaleras.

En muchas ocasiones le había dicho a Kullen que
le gustaba sentir el tacto del papel y del bolígrafo en
las manos. Además, decía, todos esos aparatos no servirían para nada si se producía un corte de luz o una
mancha solar. En un momento como ése, el ser humano sólo podía confiar en los métodos convencionales
y anticuados, los métodos que hacían uso del poder
de la mente.

El único defecto de Selma Walker, aparte de su
endemoniado carácter, era su letra. Aunque resultara
extraño tratándose de alguien de esa edad, su letra era
peor que la de un médico. Cada vez que se lo decían,
se lo tomaba muy a pecho y replicaba contestando
que ella sí que podía entenderla perfectamente.

Y seguramente fue ése el motivo por el que aquellos inesperados golpecitos en la puerta lo tomaron
por sorpresa. Kullen había revisado su agenda esa
mañana, pero no había sido capaz de entender mucho.
Levantando la vista, invitó a entrar a la persona que
estaba al otro lado de la puerta, el nuevo cliente, probablemente…

Hasta ese momento, todo lo que sabía del nuevo
cliente era que era una mujer y que estaba soltera.
Había aprendido a reconocer los garabatos que significaban «señor» y «señora» en la letra de Selma. El
signo que indicaba «señora» era un poco más grande
porque contenía un signo más.

El nombre del cliente, en cambio, seguía siendo
un misterio, pero tampoco había motivos para preocuparse. Ya tendría tiempo de averiguar el nombre de

aquella mujer soltera durante las presentaciones. Además, ya hacía mucho tiempo que había dejado de protestar por la letra de Selma.

Sin embargo, lo que Kullen no sabía en ese momento era que conocer el sexo y el estado civil de la nueva cliente no era ni remotamente suficiente en ese caso.

Habían pasado ocho años, pero él la hubiera reconocido en cualquier parte.

Lilli.

Durante mucho tiempo, la imagen de Lilli había estado grabada en su mente, y en su corazón. Y aunque finalmente hubiera quedado confinada a un oscuro rincón de su alma, allí seguiría, por siempre jamás.

Sorpresa, alegría, rabia… Todos esos sentimientos desencadenaron un torbellino de emociones que lo sacudía por dentro, creando confusión, desconcierto. ¿Por qué estaba allí?

Kullen sintió un violento mareo y tuvo que respirar hondo. Sentía que estaba a punto de desplomarse sobre el escritorio, pero el aire no entraba en sus pulmones.

Se puso en pie como pudo. Era como si estuviera viendo una película, como si su cuerpo perteneciera a otra persona, en otro lugar y tiempo… Se sentía como si aquello fuera un fragmento de un sueño recurrente que todavía tenía de vez en cuando, atormentándolo; un sueño que se rompía en mil pedazos cada vez que abría los ojos.

Pero en ese instante estaba despierto.

¿O no?

—¿Lilli? —susurró, casi sin creérselo.

Una parte de él esperaba que aquella joven lo mirara con ojos escépticos, como si no reconociera el nombre, porque en realidad no había ninguna razón en el mundo para que fuera la mujer que había huido aquella noche, abandonándolo después de haberle pedido que se casara con él. Había desaparecido sin dejar rastro alguno. Nadie sabía adónde se había ido o por qué había dejado la facultad de Derecho de la noche a la mañana.

Pero, sin duda alguna, la mujer que tenía delante era Lilli. No podía ser ninguna otra.

—Hola, Kullen.

La preciosa rubia con la que una vez había planeado pasar el resto de su vida estaba detrás de la silla de cuero, frente a su escritorio.

—¿Puedo sentarme? —le preguntó con una voz suave y melódica que parecía llegarle a través de una nube invisible.

Era como si acabaran de asestarle un golpe fulminante.

Kullen tardó unos instantes en recuperarse, en poner en orden sus pensamientos… Una legión de emociones se había apoderado de su mente.

—Sí. Siéntate, por favor.

Teniendo en cuenta las circunstancias, era un milagro que pudiera articular palabra.

Señaló la silla de cuero y se sentó lentamente. Era increíble que, a pesar de su diminuta estatura, Lilli llenara toda la habitación con su sola presencia.

No podía quitarle los ojos de encima y una parte de él todavía esperaba verla esfumarse en el aire en cualquier momento, como si fuera un sueño.

Pero no era un sueño. Respirando hondo, Kullen consiguió serenarse un poco y puso el piloto automático, tratándola como a cualquier otro cliente, haciéndole las preguntas rutinarias. Tenía que hacer todo lo posible por deshacerse de aquel sentimiento que lo mantenía prisionero dentro de sí mismo.

—¿Te apetece algo de beber? —le preguntó, mirando hacia la mesita que estaba en un lateral—. ¿Café? ¿Un té? ¿Agua?

Ella sacudió la cabeza.

—No, gracias. No tengo sed.

Él asintió con la cabeza y volvió a sentarse.

—Muy bien. ¿Por qué no me dices qué quieres? —le preguntó.

Kullen se detuvo antes de decir nada más. Haciendo un gran esfuerzo, se tragó la amargura que le atenazaba el pecho. Se puso erguido e hizo la única pregunta que tenía lógica en ese momento.

—¿Qué estás haciendo aquí, Lilli?

Lilli bajó la vista. Sabía que tenía todo el derecho de rechazarla, pero, si lo hacía, entonces no sabría qué hacer.

«Empezar de nuevo, igual que la otra vez…», se dijo.

A lo largo de esos años había descubierto una fuerza dentro de sí misma que jamás había creído tener. Era increíble que una persona tan pequeña e indefensa la hubiera hecho cambiar tanto. Era una superviviente.

—He venido a pedirte ayuda —le dijo.

Aquellas palabras atravesaron el corazón de Kullen.

Sin embargo, también quería saber qué la había hecho volver después de tanto tiempo. ¿Cómo se atrevía a pedirle ayuda después de ocho años, como si nada hubiera pasado?

Entonces hubiera hecho cualquier cosa por ella. Hubiera dado su vida por ella. Ella tenía que saberlo.

Y, sin embargo, se había marchado sin más. Se había burlado de él y lo había abandonado como a un perro.

Los segundos se hicieron interminables. Él guardaba silencio, mirándola.

—¿Entonces todos los demás hombres del mundo han muerto?

Ella le miró fijamente, confusa. Aquella pregunta no tenía sentido alguno.

—¿Disculpa?

—Así me hiciste sentir cuando te marchaste. Me hiciste sentir que no querías volver a verme aunque fuera el último hombre sobre la faz de la Tierra. Dado que estás aquí, imagino que todos los hombres del planeta deben de haber sido exterminados repentinamente, aunque también tengo que decir que eso es bastante improbable. Hace sólo unos minutos me crucé con unos cuantos por el pasillo —se encogió de hombros con indiferencia—. Supongo que debo de haberme perdido el apocalipsis que ha tenido lugar en los últimos diez minutos —se inclinó sobre el escritorio y bajó la voz—. ¿O es que ha pasado hace unos segundos?

Lilli se encogió por dentro. Sabía que no podía esperar otra cosa y, de hecho, esperaba más. Se había visto engullida por los acontecimientos y eso la había hecho portarse muy mal con él.

Respiró profundamente. No debería haber ido. Aunque Kullen tuviera todo el derecho de estar enojado con ella, o incluso el derecho a odiarla, oír su voz fría e indiferente le hacía más daño del que podía soportar.

Mucho daño.

Porque, a pesar de todo lo ocurrido, a pesar de todo lo que le había hecho, en el fondo de su corazón sabía que Kullen Manetti era el único hombre que verdaderamente le había importado, el único...

Él era el único hombre al que había amado, aunque le hubiera hecho sufrir tanto.

Lilli le miró de arriba abajo. Estaba más guapo que nunca. Ocho años antes no era más que un muchacho, pero los años lo habían convertido en un hombre arrebatadoramente apuesto. Mientras le observaba, sintió la atracción casi de inmediato, igual que ocho años antes.

—Ha sido un error —le dijo en un tono tenso y entonces echó atrás la silla para incorporarse—. No debería haber venido —se puso en pie—. No quería molestarte.

Kullen sabía que debía dejarla marchar sin más. Le había costado mucho tiempo y esfuerzo, pero finalmente había logrado reinventarse a sí mismo; se había convertido en otra persona. No quería volver al pasado. No quería revivir aquellos sentimientos que tanto daño le habían hecho. No quería volver a sentir que no podría sobrevivir sin la mujer a la que amaba.

Necesitaba recordarlo todo. Necesitaba recordar el precio tan alto que había pagado por bajar la guardia.

El precio que había pagado por amarla...

Aquella conversación no iba por buen camino. Podía sentir cómo le flaqueaban las fuerzas; podía sentir cómo sucumbía lentamente.

A pesar de su determinación, había algo en aquellos ojos azules que le hablaba directo al corazón; algo que tiraba de él, igual que tantos años antes.

—¿Qué ha sido un error? —le preguntó a Lilli, intentando contener las ganas de estrecharla entre sus brazos—. ¿Que desaparecieras de mi vida de la noche a la mañana hace ocho años?

A punto de salir del despacho, Lilli se detuvo junto a la puerta, pero no se dio la vuelta. Dirigió sus palabras al cristal de la puerta.

—Tenía mis motivos.

—Motivos que no quisiste compartir conmigo —le dijo él—. ¿Tanto me odiabas?

No querría haberle hecho esa pregunta, pero las palabras salieron de su boca por sí solas.

Sorprendida, Lilli se volvió hacia él y le miró a la cara.

—¿Odiarte? —repitió—. Yo no te odiaba. No quería hacerte daño.

—¿Y por eso me arrancaste el corazón y lo tiraste a la basura? ¿Para no hacerme daño? Vamos, Lilli, ¿por qué no te esfuerzas un poco más? —le dijo en un tono mordaz.

Ella cerró los ojos un instante y trató de reprimir las lágrimas.

—No lo entiendes —susurró, ahogada.

No era fácil mantenerse firme, sobre todo cuando lo único que deseaba era consolarla, abrazarla... Estrecharla entre sus brazos y revivir la vida que una vez había tenido a su lado.

—Entonces explícamelo.

Ella sacudió la cabeza sin más. Había demasiadas cosas que contar y había pasado mucho tiempo. Si la vida no le hubiera pasado factura poco tiempo después de conocer a Kullen, él hubiera sido la persona perfecta para ella.

Pero la factura había resultado ser demasiado larga.

Lilli sacudió la cabeza nuevamente.

—Es complicado. No puedo... —su voz casi se quebró—. Tengo que irme.

Agarró el picaporte y abrió.

Kullen fue hacia ella rápidamente y empujó la puerta con la palma de la mano, cerrándola bruscamente.

—¿Por qué has venido? —le preguntó—. ¿Para qué necesitas mi ayuda?

A lo mejor las cosas podían salir bien, a pesar de todo. A lo mejor no había sido un error ir a verle.

Lilli apretó los labios y levantó la vista.

—Necesito tu ayuda para salvar a mi hijo.

Kullen se quedó sin aire.

Era como si acabaran de noquearle sin remedio. Durante unos segundos se vio obligado a guardar silencio.

—¿Tu hijo?

Recordaba muy bien aquellos meses felices que habían pasado juntos. Al principio, ella huía cada vez que la tocaba, pero, poco a poco, se había ganado su confianza. La había respetado en todo momento y había ido despacio, tal y como ella había querido. Por aquel entonces pensaba que ella debía de ser una de esas chicas raras que querían reservarse para el hombre adecuado, para su futuro esposo. Estaba tan loco por ella que hubiera hecho cualquier cosa que ella le hubiera pedido con tal de estar a su lado, con tal de convertirse en ese hombre.

«Ingenuo…», se dijo. ¿Cómo había podido ser tan estúpido? Ella no se reservaba para nadie. Simplemente no había querido estar con él.

—Sí —dijo ella en un tono tranquilo—. Tengo un hijo

«Y haré cualquier cosa para salvarle. Cualquier cosa…», pensó para sí.

Kullen le miró la mano izquierda. No llevaba anillo,

ni tampoco había ninguna marca en su dedo. ¿Acaso era mentira todo lo que le había dicho entonces?

—¿Y tu marido? —le preguntó, intentando mantener la calma—. ¿Dónde está?

Ella levantó la barbilla y le miró de frente.

—No tengo.

—¿Te has divorciado? —le preguntó, perdiendo la paciencia—. ¿Eres viuda? ¿Separada? ¿Alguna de esas posibilidades?

—No. No. No —dijo ella, respondiendo a todas las preguntas.

Evidentemente sólo había una conclusión posible. Las palabras llegaron a su boca antes de que pudiera pensárselo dos veces.

—¿Acaso se trata del Espíritu Santo?

En cuanto lo dijo, ella se cerró por completo. Dio media vuelta y trató de abrir la puerta, pero él le cerró el paso. Se había dejado llevar por la rabia. Lo que acababa de decir no era propio de él.

—Muy bien. Lo siento —le dijo—. Pero tenía derecho a decirlo.

Ella no cedió ni un milímetro.

—Cuando estábamos juntos, me dijiste que te estabas reservando —le recordó.

—Nunca dije exactamente eso —señaló la joven.

Ella jamás podría haber dicho semejante cosa, porque nunca había sido verdad. Simplemente le había dejado pensar lo que él había querido suponer porque la realidad era demasiado cruda y dolorosa para revelarla.

Incluso después de tantos años, el dolor seguía siendo demasiado intenso.

—¿Entonces no fui más que un idiota del que te burlaste? —le preguntó él en un tono sarcástico.

—¡No! —exclamó ella con contundencia—. Tú eras dulce, sensible, amable…

Kullen frunció el ceño.

—En otras palabras, un idiota.

Ella sacudió la cabeza con fuerza.

—No. No un idiota, sino un héroe —le dijo, mirándole fijamente—. Tú me salvaste —añadió con pasión.

Kullen no recordaba haber hecho nada heroico. Lo único que recordaba haber hecho por aquel entonces era hacer un esfuerzo sobrehumano para mantener a raya las hormonas y respetar los deseos de ella.

—¿Que te salvé?

Ella asintió con la cabeza.

—Si no hubieras tenido tanta paciencia conmigo, si no hubieras sido tan bueno, si no me hubieras dado todo tu apoyo… Me hubiera matado a mí misma —le dijo, y lo decía de verdad.

Entonces no tenía esperanza, pero él se la había devuelto.

«Me hubiera matado a mí misma…».

Aquella era una frase que solía estar en boca de la gente joven. Sin embargo, en los labios de Lilli las palabras cobraban un sentido aterrador. Su mirada no engañaba.

—¿Por qué?

Ella volvió a sacudir la cabeza.

—No quiero entrar en eso ahora, Kullen —le dijo en un tono profundamente serio y entonces se irguió—. Siento haberte hecho perder así el tiempo. Mándame la factura de esta reunión y te la pagaré. Es lo menos que puedo hacer.

Kullen pensó que lo menos que podía hacer era explicarse, pero también sabía que no podía presionarla.

De repente, ella volvió a agarrar el picaporte.

—¿Adónde vas?

—Tengo que buscar a un abogado.

—Yo soy abogado —le recordó él—. ¿Qué pasa conmigo?

—Nada. Pero supongo que no querrás aceptar mi caso.

Kullen no tenía ni idea de qué haría a continuación, ni tampoco sabía cómo saldría todo aquello, pero sí sabía que no quería dejarla ir así como así.

—Yo no he dicho eso. Ni siquiera sé de qué se trata. ¿De qué se trata? —le preguntó.

—Es una batalla por la custodia del niño —le dijo ella, yendo al grano.

—Entonces sí que hay un padre —concluyó él.

—No. Es la abuela.

Al decir aquellas palabras, Lilli tuvo que reprimir una sonrisa. La aristocrática Elizabeth Dalton hubiera sentido auténtico horror al oír que la llamaban «abuela». De cara a la galería, la respetable señora Dalton fingía ser una diosa benevolente e inmortal; alguien más allá del paso del tiempo. Su imagen y su reputación eran lo más importante para ella.

Lilli sabía con certeza que su pequeño hijo se marchitaría como una flor si Dalton llegaba a ganarle la custodia. Bastaba con recordar cómo había salido su propio hijo, lo que había hecho… Lilli sintió un escalofrío.

—¿Tu madre? —preguntó Kullen, adivinando.

—No. Elizabeth Dalton.

Al oír el nombre de aquella famosa de la alta sociedad, Kullen se quedó asombrado.

—¿La viuda del empresario farmacéutico?

Lilli asintió.

—¿Qué tiene que ver ella con todo esto?

—Ella es la que quiere hacerse con la custodia de mi hijo —Lilli respiró hondo, como si tratara de protegerse de las palabras que estaba pronunciando—. Y me ha dejado muy claro que no se detendrá ante nada ni nadie hasta conseguir lo que quiere.

Capítulo 3

IGUAL que un policía de tráfico, Kullen levantó la mano y la hizo parar antes de que sus palabras se fueran en otro sentido.

—Un momento. ¿Por qué quiere quedarse con tu hijo Elizabeth Dalton?

A una dama de sociedad como Elizabeth Dalton le gustaba estar siempre en el punto de mira, pero aquello era demasiado raro.

—¿Qué derecho tiene exactamente sobre el niño?

Mientras esperaba una respuesta, vio la seriedad sombría que reinaba en la mirada de Lilli. ¿Cuántas veces había visto esa expresión antes? Ocho años antes le había costado meses ganarse su confianza.

Lilli apretó los labios.

—Preferiría no entrar en detalles ahora.

Los viejos muros de siempre… Aquellos muros la aislaban, la alejaban de él… Pero esa vez las cosas eran diferentes. Esa vez no se trataba de algo personal. Ella lo buscaba por su profesión. Necesitaba su ayuda como abogado y, como tal, él tenía que poner ciertas reglas para los dos.

—Si quieres que te ayude, Lilli… —le dijo, agarrándola del codo y guiándola hacia el escritorio—. Tendré que conocer todos los detalles… —le apartó la silla, pero Lilli continuó de pie, en silencio—. Cualquier abogado necesitará todos los detalles para poder representarte en los tribunales y para defender el caso.

«Mi caso…», pensó Lilli.

Dicho de esa forma parecía tan severo, tan clínico, tan objetivo… Se trataba de un niño; un niño precioso, dulce, inocente… La razón por la que se levantaba todas las mañanas, la razón por la que seguía adelante con su vida. Estaba dispuesta a dar su vida por él con tal de mantenerlo a salvo, lejos de las garras de Elizabeth Dalton.

Lilli guardó silencio, así que Kullen suspiró e intentó otra táctica distinta. Se sentó.

—Muy bien. Yo te contaré la historia, así que corrígeme si me equivoco. El hijo de Elizabeth es el padre del niño.

Hizo una pausa y esperó, pero Lilli no dijo nada.

El incómodo silencio se prolongó. Ella tomó asiento.

—Y ahora, de repente… —Kullen prosiguió—. El padre y ella quieren la custodia.

Lilli se miró las manos.

—No. No es él. Sólo su madre.

Kullen siguió adelante.

—Muy bien. Entonces el padre del chico no quiere…

—Su padre no lo quería —dijo ella en un tono tenso, cambiando el tiempo verbal que él había usado.

Kullen hizo una pausa.

—¿Pasó algo para que Dalton cambiara de idea?

—No —dijo Lilli.

Su voz sonaba vacía, desprovista de emociones. Ésa era la única forma de hablar del hombre que le había cambiado la vida de una forma tan radical.

—Está muerto —añadió.

En cuanto mencionó la muerte de Dalton, Kullen recordó algo. Había visto algo en las noticias un tiempo atrás. Al parecer, Erik Dalton había muerto repentinamente unos seis meses antes.

Kullen hizo un esfuerzo por recordar todos los detalles.

—Fue un accidente de esquí, ¿no? —le preguntó.

Lilli sacudió la cabeza.

—Murió en un accidente de barco —dijo ella—. Por lo que me dijeron, le gustaba tener fama de ser un loco temerario —añadió, incapaz de pronunciar su nombre.

Kullen siguió mirándola fijamente. Había muchas cosas que no le decía.

—Imagino que esa imagen de loco temerario no pasaba por tener un hijo —le dijo.

Lilli sintió una oleada de rabia. Palabras duras y amargas luchaban por salir de su boca. Nunca había odiado a nadie, pero sí odiaba a Erik Dalton en lo más profundo de su ser.

Se encogió de hombros. No quería demostrar sentimiento alguno.

—Yo nunca le di la oportunidad de decir lo contrario.

«Maldita sea, Lilli. Yo te quería. Yo habría puesto el mundo a tus pies si te hubieras casado conmigo. ¿Fue éste el motivo por el que te fuiste? ¿Me dejaste por un chulo de alta sociedad?».

Kullen hizo un gran esfuerzo por mantener las emociones bajo control, pero no pudo evitar hacerle una pregunta.

—¿Qué fue lo que le diste exactamente?

«Aquí vienen las lágrimas de nuevo...», pensó Lilli, intentando no derramar ni una sola. Se sentía tan vulnerable y expuesta. No sabía por qué se sentía así, pero no podía evitarlo.

A lo mejor tenía algo que ver con Kullen; con verle después de tantos años.

Pero aun así, no quería llorar. No quería convertirse en una damisela compungida y ridícula. No quería ser la víctima de un narcisista millonario y consentido.

—Una nota —le dijo por fin—. Le escribí una nota cuando Jonathan nació. Sólo le decía que pensaba que tenía derecho a saber que tenía un hijo. También le decía que no quería nada de él, que tenía la intención de criar a Jonathan yo sola.

No podía descifrar la expresión de Kullen, así que esperó a que él dijera algo.

Sin embargo, cuando él habló por fin, no fue para decir lo que ella esperaba oír.

—Eso fue una estupidez, ¿no crees? —le dijo él—. Al no querer saber nada de Dalton le negaste a tu hijo una buena vida llena de comodidades.

Lilli enfureció. Estaba dando muchas cosas por sentado.

—No —le dijo con firmeza—. Estaba protegiendo a mi hijo. Dándole una vida llena de amor —añadió, cerrando los puños sobre su regazo—. Quiero que Jonathan llegue a ser alguien. Quiero que sea alguien en la vida, que haga algo bueno en el mundo. Quiero que su vida cuente para algo —le dijo con fervor—. No quiero que aprenda a usar a las personas como si fueran cosas, no quiero que aprenda a mirarlas por encima del hombro.

Kullen seguía mirándola.

—No obstante, Jonathan podría haber tenido de todo. Y todavía puede tenerlo.

Lilli le observó durante unos instantes, decepcionada.

¿Quién era la persona que tenía ante sus ojos? El Kullen Manetti al que ella había conocido muchos años antes no se parecía en nada a ese hombre. Una vez, durante una sesión de estudios, él le había dicho que quería luchar por los más desfavorecidos, ayudar a la gente. Su padre quería que él se uniera al bufete familiar, pero él no quería hacerlo. Por aquel entonces tenía la intención de irse a trabajar en una ONG nada más graduarse, para ayudar a aquéllos que tenían todas las puertas cerradas.

Evidentemente, en algún punto del camino, Kullen había cambiado. Seguía siendo el mismo en apariencia, pero ya no era el hombre que había sido.

Agarrando los reposabrazos, Lilli se puso en pie.

—Supongo que no puedes ayudarme —le dijo, hablando con contundencia—. Siento haberte hecho perder el tiempo.

—Eso ya me lo has dicho —dijo él—. Yo soy el que decide si es una pérdida de tiempo.

Ella lo miró fijamente, sorprendida.

—Ahora mismo, sólo estoy haciendo de abogado del diablo.

—No necesito un abogado del diablo —le dijo ella—. En todo caso, necesito un ángel, porque estoy luchando contra el mismísimo diablo. Elizabeth Dalton tiene un ejército de abogados —añadió.

Lo mejor que podía hacer era ir de frente con él.

—Yo no puedo permitirme tal cosa.

—Supongo… —dijo él en un tono sosegado—, que no tienes suficiente para contratar a un solo abogado.

Lilli hubiera querido negarlo, pero no podía. Él tenía razón y no tenía sentido decir lo contrario. Poniéndose erguida, esquivó su mirada. Tenía miedo de ver compasión en su mirada.

—Tenía la esperanza de poder pagar la factura a plazos.

A Kullen no le gustaba verla sufrir así.

—El bufete acepta algunos casos sin cobrar.

Ella levantó la cabeza bruscamente.

—Yo no quiero caridad —le dijo, ofendida ante aquella sugerencia.

Kullen sabía que tenía que manejar el asunto con mucho tacto para no herir su autoestima.

—Nadie dice que sea caridad. Es nuestro contable el que decide si acepta o no el caso. Aceptar un caso gratuitamente nos beneficia de cara a Hacienda —le dijo—. Así parecemos más buenos. Y según lo que tengo entendido, el bufete no ha aceptado ningún caso gratuitamente este año. En realidad, a lo mejor nos estás haciendo un favor.

Lilli le miró con ojos escépticos. Sin embargo, estaba desesperada y necesitaba consejo legal desesperadamente. No tenía tiempo para perderse en los entresijos de la semántica. Necesitaba contratar a un abogado rápidamente si no quería perder a su hijo.

—Muy bien. Si me lo pones así… —le dijo, siguiéndole la corriente.

Él sonrió.

—Te lo pongo así —dijo.

Lilli apartó la vista de inmediato. No quería verle sonreír así, pues corría el riesgo de derretirse allí mismo. Aquella sonrisa traviesa y aniñada nunca fallaba; era capaz de atravesar el muro más grueso. Con esa sonrisa se había ganado su corazón.

Si las cosas hubieran sido diferentes…

Pero no lo eran. Tenía que enfrentarse a la realidad, en lugar de refugiarse en fantasías. La realidad era que Elizabeth Dalton podía quitarle a su hijo, y lo haría, a menos que ella pudiera hacer algo al respecto. Se sentía como David, enfrentándose a Goliat, y necesitaba un buen arsenal de armas. Necesitaba a Kullen.

—Muy bien —soltando los reposabrazos, Lilli volvió a sentarse.

Sin embargo, todavía estaba muy lejos de sentirse relajada. No conseguiría volver a relajarse hasta que todo terminara.

—¿Qué necesitas? —le preguntó, dispuesta a contarle todo lo que fuera preciso.

«Son tantas cosas que ni siquiera puedo hacer una lista…», pensó él.

—Para empezar, necesitaré la partida de nacimiento del niño.

Lilli no tardó en comprender por qué quería ver ese documento. Quería ver el nombre sobre el papel.

—Dejé en blanco la casilla del nombre.

Kullen se sorprendió. Seguía siendo la de siempre, capaz de leerle el pensamiento.

—¿No pusiste el nombre del padre?

Lilli sacudió la cabeza.

—No.

¿Acaso sentía vergüenza de escribir el nombre del padre? ¿O acaso el heredero de la farmacéutica la había amenazado?

—¿Por qué?

Lilli guardó silencio. ¿Por qué tenía que insistir así? Los motivos no importaban. Lo único que importaba era que la madre de Erik quería arrebatarle a su hijo.

No obstante, Kullen la miraba con tanta intensidad, que no tuvo más remedio que darle una respuesta.

—No quería saber nada de Erik Dalton. Además, puede que Jonathan tenga el ADN de Erik, pero es mi hijo. Yo fui quien quiso tenerlo. Yo lo quería. Y estaba dispuesta a crear un hogar para él. Eso es lo que he hecho durante los últimos siete años.

—¿Sabes por qué la señora Dalton quiere la custodia de repente, después de tantos años? ¿Te has puesto en contacto con ella?

Kullen la observó cuidadosamente para ver cómo reaccionaba.

—¿Para decirle lo mucho que sentía su pérdida? —dijo Lilli—. No. No lo hice.

De pronto se le ocurrió que quizá Kullen pensara que había otro motivo.

—¿Para decirle que tenía un nieto? No.

Kullen no estaba dispuesto a dejar ese tema tan pronto.

—¿Le mandaste alguna foto del niño a Erik?

—No. Después de mandarle la nota en la que le decía que tenía un hijo, no volví a escribirle, ni me puse en contacto con él de nuevo.

Kullen la miró fijamente. ¿Sería capaz de darse cuenta si ella le mentía? Ya no estaba seguro.

—¿Entonces nunca te contestó ni trató de ponerse en contacto contigo más tarde?

—No —dijo ella con sentimiento—. Le importaba

un pimiento ser padre. En todo caso, imagino que sintió un gran alivio cuando le dije que no quería que entrara en la vida de Jonathan de ninguna manera.

Kullen pensó que todo aquello tenía muchos cabos sueltos. Se recostó en su silla y continuó mirándola.

—¿Entonces cómo es que la señora Dalton averiguó lo de Jonathan? —le preguntó—. ¿O es que no lo sabes?

Lilli soltó una carcajada seca.

—Oh, sí lo que lo sé. Me dijo que buscó entre las cosas de Erik, un mes después del funeral, y que encontró la nota.

—Entonces, él sí que guardó la nota.

Lilli pensó que se estaba confundiendo de principio a fin. Erik Dalton no quería saber nada de su hijo.

—Si se quedó con la nota, debió de ser para hacer algún chantaje en el futuro, en caso de necesitarlo.

—¿Chantaje? —repitió Kullen—. ¿A quién querría chantajear?

Esa pregunta era muy fácil.

—A su madre. Para ella era muy importante perpetuar la estirpe.

Kullen comenzó a entenderlo todo. Las cosas empezaban a cobrar sentido.

—Y ahora que su hijo ha muerto, está empeñada en tener a su nieto.

Lilli suspiró y apretó los labios.

—Eso es.

—¿Y qué pasó cuando encontró la nota?

Lilli lo recordaba todo como si hubiera pasado el día anterior. No había día que no se arrepintiera de haber sentido pena por aquella mujer. Su gran error había sido solidarizarse con Elizabeth Dalton.

—La señora Dalton me llamó y me pidió ver a Jonathan. Quería que lo llevara a la casa para poder conocerlo.

Kullen supo la respuesta antes de preguntar, pero preguntó de todos modos.

—¿Y lo hiciste?

Lilli suspiró. El pasado, pasado estaba. Era inútil pensar en lo que se podía haber hecho.

—Teniendo en cuenta todo lo que había pasado, me pareció una crueldad negarme.

Kullen pensó que Lilli McCall era demasiado buena para ser de este mundo.

«Ten cuidado. Ya te abandonó en una ocasión. Y es evidente que te dejó para correr a los brazos de su amante rico. Quedar como un idiota una vez ya es más que suficiente», dijo una vocecilla en su interior.

—¿Entonces fuiste a verla con Jonathan?

Lilli reprimió un suspiro.

—Así es.

Kullen empezó a tomar notas para tener la cronología correcta.

—¿Y entonces qué?

—Al principio fue muy amable. Sus ojos se iluminaron cuando vio al niño. Dijo que era increíble que se pareciera tanto a Erik de niño. Me dijo que ver a Jonathan la hacía recordar el pasado. Pero entonces empezó a hablarme de lo que podría hacer por Jonathan; de lo mucho que cambiaría su vida si vivía con ella. Empezó a hacer planes como si yo no estuviera en la habitación. Y entonces yo me aterroricé.

Kullen sintió pena por ella. Según tenía entendido, Elizabeth Dalton era una mujer imponente que disfrutaba intimidando a la gente.

—¿Y cómo terminó la visita?

—No muy bien. Elizabeth me pidió que le dejara a Jonathan. Yo me negué —se encogió de hombros—. No le gusta que le lleven la contraria.

—Supongo que no estará acostumbrada. ¿Y qué pasó después?

—A la tarde siguiente, uno de sus abogados se puso en contacto conmigo. Era un tipo estirado que me ofreció dinero a cambio de renunciar a la custodia de mi hijo. Me ofreció dinero —repitió con desprecio—. Como si Jonathan fuera un juguete o un objeto en venta —Lilli se dejó llevar por la pasión y alzó la voz—. Elizabeth Dalton le arruinó la vida a su hijo, y no voy a dejar que se la arruine al mío.

Kullen tomó unas cuantas notas más y entonces pasó la página.

—Supongo que es cierto.

—¿El qué? —le preguntó ella.

—Todas las buenas acciones reciben un castigo.

—¿Crees que si no hubiera llevado a Jonathan a…?

Kullen sacudió la cabeza. No era culpa suya. Nada era culpa suya.

—Aunque no hubieras llevado a tu hijo a su casa, tengo la sensación de que todo hubiera resultado igual. Y tienes razón. Elizabeth Dalton se enorgullece de conseguir siempre lo que quiere.

Lilli sintió que el estómago le daba un vuelco.

—¿Entonces debería preocuparme?

Kullen consideró su respuesta un momento.

—Si me estás preguntando si deberías preparar el pasaporte para abandonar el país, la respuesta es «no». No hay necesidad de tomar medidas drásticas.

Kullen se imaginó cuál sería su próxima pregunta y la respondió antes de que ella la formulara.

—Si me estás preguntando si será fácil ganar, la

respuesta también es «no». En general, los derechos de la madre tiran abajo cualquier otro argumento que pueda surgir en los tribunales.

—¿Pero en este caso…?

Él deseaba poder decirle que no tenía nada de qué preocuparse, pero no podía, y ella tenía que estar preparada.

—En este caso, Elizabeth Dalton tiene un montón de amigos poderosos. Si ella y su legión de abogados deciden usar cualquier tipo de medios con tal de ganar, tienes que ser consciente de que tendremos una guerra feroz entre manos.

A Lilli sólo le preocupaba una cosa.

—¿Pero podemos ganar?

Kullen no quería pintárselo todo de color de rosa. Sabía que debía ser prudente y cauto, prepararla para lo peor.

La batalla sería dura y cruel porque lucharían contra una fuerza de la naturaleza; una fuerza de la naturaleza que conocía a muchos jueces influyentes.

Sin embargo, también tenía que darle algo de esperanza. No podía apagar esa pequeña llama que la hacía seguir adelante.

Por mucho daño que ella le hubiera hecho en el pasado, no podía ser cruel con ella.

—Sí —le dijo, esbozando su mejor sonrisa—. Vamos a ganar. No va a ser fácil, ni rápido, pero vamos a ganar.

Abrumada, Lilli se dio cuenta de lo cerca que estaba de sucumbir por completo. Estaba a un milímetro de la rendición total. El sentimiento de alivio y esperanza era enorme.

Esa vez sí que dejó correr las lágrimas, sonriendo al mismo tiempo.

—Gracias —le dijo entre sollozos—. Muchas gracias.

—No me las des todavía —dijo él—. Ya me las darás cuando haya terminado todo y salgamos victoriosos de los tribunales.

Ella sabía que tenía razón. Era demasiado pronto para dejarse llevar por las emociones. Tenían una larga y dura guerra por delante.

Pero no podía evitarlo. Llevaba tanto tiempo sola y aislada del mundo…

Y lo había echado tanto de menos…

En un momento de descuido, Lilli sintió que los sentimientos se apoderaban de ella. Se echó hacia delante y le rodeó el cuello con ambos brazos.

—Gracias —volvió a decirle, escondiendo el rostro contra el hombro de Kullen.

Él sintió la caricia de su aliento sobre la piel.

Un extraño cosquilleo lo recorrió por dentro.

Capítulo 4

LOS viejos sentimientos arrollaron a Kullen como una ola en mitad de una tormenta. El impulso de estrecharla entre sus brazos y besarla era demasiado fuerte.

Hubiera sido muy fácil sucumbir a la tentación, bajar la guardia por un instante y dejar que el deseo se apoderara de él.

Pero también sabía que no podía hacerlo.

Ya había pasado por aquella experiencia y era perfectamente consciente del final de la historia. No podía dejar que le hicieran el corazón añicos, otra vez.

Una vez era más que suficiente. No quería tropezar dos veces con la misma piedra. Además, era mejor dejar las cosas como estaban.

Y aunque su corazón latiera sin control, empujándole a hacer una locura una y otra vez, Kullen permaneció quieto.

Avergonzada e incómoda, Lilli retiró los brazos y

dio un paso atrás. Kullen estaba frío, muy frío. La joven logró mantener una sonrisa en los labios a duras penas.

—Lo siento —murmuró—. Supongo que me he dejado llevar por la emoción un momento. No volverá a ocurrir.

—No tienes nada de qué disculparte —le dijo él, haciendo todo lo posible por sonar tranquilo y neutral.

Estaba haciendo un gran esfuerzo para no preguntarle por qué se había marchado como lo había hecho, para correr a los brazos de otro; alguien que no podía haberla amado tanto como él.

—Ve a ver a Selma… —le dijo, respirando hondo—. Y pídele que te dé una lista de documentos que voy a necesitar para el caso. Es una lista estándar —añadió antes de que ella le preguntara cómo iba a saber Selma lo que necesitaba pedirle—. Dile que se trata de un caso de custodia.

—Selma es la mujer que estaba en el escritorio de la entrada, ¿no?

Kullen asintió con la cabeza.

—Es imposible no verla. Parece sacada de *El Mago de Oz*.

En realidad era una descripción muy acertada de aquella mujer. Lilli se volvió hacia la puerta. La secretaria sí se parecía mucho a un Munchkin.

—¿Cuándo quieres volver a verme? —le preguntó a Kullen antes de irse.

«Nunca he dejado de querer verte», pensó él.

Volvió hacia sí la agenda que tenía sobre la mesa y miró varias páginas. Según podía ver lo tenía todo lleno. Pero no importaba. Encontraría la forma de hacerle un hueco.

—Cuando te venga mejor —le dijo finalmente.

—La señora Dalton consiguió que el tribunal adelantara la fecha, así que te agradecería que fuera lo antes posible —le miró con esperanza—. Puedo volver con los papeles hoy mismo, por la tarde, si quieres.

Kullen hubiera querido aceptar, pero no podía.

—Tengo que estar en los tribunales dentro de media hora.

Y probablemente pasaría allí el resto del día.

Pero Lilli ya no se dejaba amedrentar por los obstáculos. Ya no. Ésa era una lección que había aprendido muy bien. Los cobardes no iban a ninguna parte.

—Muy bien. Entonces puedo dejarte los documentos en casa esta noche —le dijo—. No quiero parecer pesada, pero me sentiré mucho mejor cuanto antes tengas todos los documentos que te hacen falta.

De repente se dio cuenta de que había pasado por alto un pequeño, pero importante, detalle.

—Bueno, si a tu esposa no le molesta que te lleven trabajo a casa por la noche.

—No tengo esposa.

Kullen habló antes de pensar, y cuando se dio cuenta ya era demasiado tarde. Acababa de arruinar la única posibilidad que tenía de mantenerla a raya. Si Lilli pensaba que estaba casado, entonces mantendría las distancias. Ella no era una *femme fatale*; a ella no le gustaban los flirteos. De haberle dicho que estaba casado, no hubiera vuelto a rodearle con los brazos ni nada parecido. Lilli era una mujer decente.

¿Pero cómo iba a saber cómo era ella realmente después de tanto tiempo?

Kullen empezó a sentir que la rabia le subía por el pecho. La primera vez ya se había equivocado con ella. Ocho años atrás hubiera puesto la mano en el fuego por ella, y se hubiera quemado. Jamás la había creído capaz de desvanecerse de la noche a la mañana y, sin embargo, lo había hecho.

En realidad, el desafío que suponía apartar a un hombre de su esposa quizá le resultara muy estimulante.

«No te conocía en absoluto», pensó, mirándola.

—¿No estás casado? —le preguntó ella, sorprendida.

Alguien como Kullen no se quedaba soltero durante mucho tiempo. Él era uno de los pocos hombres verdaderamente buenos que quedaban en el mundo.

Ya no hacían hombres como él.

De no haber descubierto que estaba embarazada la misma noche en que él se le declaró, hubiera aceptado casarse con él y pasado el resto de su vida a su lado.

«Cuidado, Lilli», se dijo a sí misma.

«El pasado, pasado está».

—No. No estoy casado.

—Oh.

Aunque hubieran pasado tantos años, aunque ya fuera demasiado tarde, Lilli no pudo evitar sentir que una chispa se encendía en su interior. Un calor repentino la recorrió por dentro, como si la devolviera a la vida.

«No vayas por ese camino», pensó, ahuyentando esas ideas turbadoras. Era mejor dejarlo todo como estaba. No había vuelta atrás. Su futuro, su vida... todo giraba en torno a su hijo. Jonathan era lo más importante. Él era la única razón por la que estaba allí.

—¿Entonces puedo llevarte los papeles a casa?

Kullen pensó que debía aclararle unas cuantas cosas. No quería que se hiciera una idea equivocada.

—Podrías habérmelo traído todo aunque estuviera casado —le aseguró—. ¿Cuándo es el juicio?

Ella se lo dijo y él silbó suavemente, sacudiendo la cabeza. No era de extrañar que estuviera tan nerviosa e impaciente.

—Dos semanas. No tenemos mucho tiempo.

—Ésa es la idea. La señora Dalton está intentando pasar por encima de mí como una locomotora.

A Kullen siempre le habían gustado los desafíos, luchar por una buena causa… Los problemas sencillos no le estimulaban la mente, y algo le decía que no iba a aburrirse en absoluto con ese caso.

—Bueno, la señora Dalton tendrá que pensarse mejor su estrategia —le dijo él.

Buscó entre un montón de papeles y sacó una tarjeta de presentación. Le dio la vuelta y escribió su dirección personal.

—Aquí tienes mi dirección —le dijo, entregándosela a Lilli—. Llegaré a casa después de las seis.

Lilli se preguntó cómo sería su casa. ¿Acaso vivía en un apartamento funcional y humilde, igual que cuando estaba en la universidad, o el éxito le había cambiado los gustos? ¿Acaso tenía una casa ostentosa y lujosa, llena de muebles carísimos y piezas de arte?

Se guardó la tarjeta en el bolso.

—Allí estaré —le aseguró.

Fue a abrir la puerta, pero la voz de Kullen la hizo detenerse.

—Sólo por curiosidad, ¿cómo me has encontrado?

Se preguntaba si simplemente le había buscado en la guía. ¿Acaso había olvidado que en otra época tenía pensado trabajar en los barrios más humildes de

Los Ángeles, ayudando a aquéllos que no podían pagar un abogado?

O quizá sí se acordaba… Quizá pensara que se había dejado llevar por el dinero y que se había unido al negocio de su padre sólo para complacerle.

—Tu madre.

Kullen se quedó anonadado.

—¿Mi madre?

«Maldita sea. Kate tenía razón», pensó.

Como Nikki y Jewel ya estaban emparejadas, Theresa Manetti había concentrado todos sus esfuerzos en él.

—¿Buscaste a mi madre? —le preguntó, incrédulo.

—No. En realidad, fue por casualidad.

«Sí. Seguro que sí», pensó Kullen. Él nunca había creído en las casualidades, ni en la suerte ni en el azar, sobre todo cuando se trataba de su madre. Esa tarde, durante la comida, lo sabía todo, pero no le había dicho ni una palabra.

—Mi madre necesitaba un catering para un evento… —le explicó Lilli—. Así que dio con tu madre en la guía. Tiene muy buenas referencias —añadió para hacerle un cumplido.

Pero Kullen permaneció impasible.

—Empezaron a hablar y mi madre le dijo a la tuya que yo necesitaba un abogado. Tu madre le dio todos tus datos.

—¿Mi madre le preguntó a la tuya qué clase de abogado necesitabas?

Lilli sonrió. Era la misma sonrisa capaz de iluminar toda una habitación.

—Mi madre sólo le dijo que necesitaba un buen abogado. Y tu madre le dijo con orgullo que tú eras el mejor. Pero el año que pasé estudiando Derecho me sirvió para algo. Yo también te busqué. Quería asegurarme de que tenías la especialidad adecuada. No quería toparme con un experto en Derecho criminal o laboral.

Una expresión distante se apoderó de sus ojos.

—No voy a necesitar a un abogado experto en Derecho penal, de momento.

Kullen sabía lo que trataba de decirle, pero se preguntó si lo decía de verdad. ¿Estaría dispuesta a matar por su hijo?

—Como abogado tuyo que soy, te aconsejo que no hagas esa clase de broma de estos momentos —dijo, enfatizando la palabra «broma»—. No vaya a ser que Elizabeth Dalton aparezca muerta cualquier día de éstos.

Lilli le miró fijamente un momento.

—No recuerdo que fueras tan cauto.

En el ámbito privado él era justamente todo lo contrario, pero las cosas eran muy distintas en el terreno profesional. La ley no dejaba mucho margen para errores.

—Y no lo soy. Pero en este caso en particular hay que andarse con pies de plomo.

Lilli se dio cuenta de que tenía razón. Le estaba profundamente agradecida por haber aceptado el caso y lo último que quería era que él pensara que le estaba criticando o cuestionando sus métodos.

—Gracias —le dijo de nuevo—. Sólo saber que cuento contigo para esto me hace sentir mucho mejor —dio media vuelta y se marchó.

—Pues a mí no —dijo él cuando ya no podía oírle.

«Maldita sea», se dijo. Algo le decía que tendría que empezar de cero cuando terminara con aquel caso.

Tendría que esforzarse mucho para sacársela de la cabeza, para sacársela del alma.

—De entre todos los bufetes de abogados que hay en Bedford, va y entra en el mío —masculló, recordando la famosa frase de *Casablanca*.

Suspirando, miró el reloj. Cinco minutos serían más que suficientes para conseguir la lista de Selma y seguir el camino hacia el ascensor.

Exactamente cinco minutos después, Kullen abrió la puerta y fue hacia el despacho de Kate, que estaba dos puertas más adelante. Llamó a la puerta una vez y entró. Estaba demasiado impaciente como para esperar una respuesta.

Había un montón de libros abiertos sobre el escritorio y su hermana, absorta en su investigación, apenas se había percatado de los golpecitos en la puerta. Al verle entrar levantó la vista bruscamente.

—No te he dado permiso para entrar.

—Pero lo habrías hecho si me hubieras oído llamar —le dijo él en un tono desenfadado.

—Podría haber estado con un cliente, o besándome con Jackson.

Él se encogió de hombros y cerró la puerta tras de sí.

—En ese caso me hubieras echado de aquí y yo hubiera esperado en el pasillo.

—Tú, esperando… —le dijo ella en un tono burlón—. Tú no sabes lo que es eso. Bueno, esto parece serio —dejó el libro que estaba leyendo a un lado—. ¿Qué pasa?

—¿Tú lo sabías? —le preguntó, sin rodeos.

—Bueno —dijo ella con cuidado—. Depende.

—¿De qué? —le preguntó él en un tono de sospecha, atravesándola con la mirada.

—Depende de qué se trate —dijo ella—. Si me estás preguntando por el cumpleaños de Selma, la respuesta es sí. Lo sé. De hecho, fui yo quien averiguó que es la semana que viene.

—No estoy hablando del cumpleaños de Selma —le dijo él, interrumpiéndola y alzando la voz.

Estaba empezando a perder la paciencia.

Cuando Kate empezaba a hablar, ya no había forma de hacerla parar. La experiencia le decía que sólo tenía un par de segundos para hacerla callar.

—Estoy hablando de mi nuevo cliente.

—Tienes un nuevo cliente —dijo Kate en un tono impasible—. Qué bien —sacudió la cabeza—. Ahora mismo estoy hasta arriba, así que si estás intentando deshacerte…

—Es una mujer.

—Una mujer —repitió Kate—. Si se te ocurre echármela encima, creo que te mataré y entonces Jackson tendrá que casarse conmigo a toda prisa para tener derechos conyugales en prisión —le dijo en un tono bromista.

Kullen puso los ojos en blanco. Le estaba hablando muy en serio y ella no dejaba de hacer bromas.

—Entonces no sabes nada.

—Puede que sí —admitió Kate—. Depende de cómo se llame. ¿Es alguien famoso? —miró a su hermano fijamente—. Kullen, me estás asustando. Dime algo —se inclinó hacia delante y le miró a los ojos—. ¿Quién es, Kullen?

Kullen sintió ganas de dar media vuelta y marcharse de allí. No tenía ganas de dar explicaciones.

—Es Lilli McCall —le dijo finalmente, observando la reacción de su hermana.

Aquel nombre no parecía significar nada para ella.

—Muy bien —dijo ella, estirando las dos palabras como si tuvieran muchas sílabas.

—¿No te suena su nombre? —le preguntó él, sospechando.

—¿Y por qué tendría que sonarme?

Kullen se dio cuenta de que hablaba en serio. Él nunca le había hablado de Lilli. Ocho años atrás, ella era su pequeño tesoro, un secreto que no quería compartir con nadie. Y después, tras su repentina desaparición, no le había dicho nada a nadie porque no quería admitir que le había destrozado el corazón.

Y así su amor secreto había seguido siendo secreto.

O al menos eso pensaba ocho años antes.

Sin embargo, Kate siempre había sido muy espabilada y curiosa, sobre todo tratándose de él.

Su hermana se habría dado cuenta de que algo le pasaba… O quizá no…

A lo mejor, por una vez en la vida, había decidido respetar su privacidad, algo que él no hacía cuando las cosas eran al revés. Entre hermanos valían todos los trucos, y él siempre había hecho valer ese derecho a saberlo todo de ella, porque así podía protegerla.

Sin embargo, esa vez todo era distinto, y era él quien estaba atrapado en los planes de su madre.

—Mamá me la mandó —le dijo a su hermana, limitándose a decir lo más importante.

Kate esbozó una sonrisa de oreja a oreja.

—Bueno, como me dijiste una vez, todo el mundo necesita un hobby.

Él frunció el ceño.

—Pero entonces ese hobby no tenía nada que ver conmigo.

Kate pareció solidarizarse con su hermano. Estaba demasiado contenta como para sentir deseos de revancha.

—Bueno, tengo que admitir que mamá tiene muy buen gusto. ¿Por qué no le das una oportunidad a la chica una vez te hayas ocupado de su… caso? —añadió, guiñándole un ojo.

—Ya lo he hecho.

—¿Te liaste con una cliente nada más conocerla? —le preguntó Kate, anonadada.

—No —dijo Kullen, molesto.

—No entiendo nada. ¿Qué quieres decir exactamente?

Él agitó una mano, restándole importancia.

—No importa —dijo—. Sólo dile a mamá que siga con el catering y que deje de hacer de Celestina —añadió y dio media vuelta.

—Lo siento, pero… —dijo Kate, viéndole marchar—. Ella no me va a escuchar si le digo eso. No tengo argumentos en los que apoyarme, dadas las circunstancias.

Kullen sentía lo mismo. Sentía que le flaqueaban las fuerzas y las piernas le temblaban sin ton ni son. Habían pasado ocho años, pero ella seguía ejerciendo ese influjo sobre él, a pesar de todo lo que había pasado.

Cerró los ojos y suspiró. Debería haberse ido de vacaciones esa semana, tal y como había planeado.

«Me está bien empleado», pensó, apretando los labios.

Si se hubiera tomado un descanso, su madre le habría dado los datos de Kate a Lilli y él hubiera seguido su camino tranquilamente.

Pero no. Las cosas se habían complicado innecesariamente y en ese momento se sentía como si estuviera a punto de caerse por las Cataratas del Niágara.

¿Y todo para qué?

Cuando todo terminara, cuando ganara la custodia, ella volvería a marcharse, como si nada hubiera ocurrido.

Volvería a marcharse igual que antes y saldría de su vida para siempre. Lo había hecho una vez y volvería a hacerlo de nuevo.

Capítulo 5

AL llegar a casa, Lilli vio que su madre ya estaba allí. Su coche estaba aparcado frente a la casa. Teniendo en cuenta la hora que era, ya debía de haber recogido a Jonathan del colegio. Los tres se habían adaptado muy bien a la rutina. Menos de un mes antes, Jonathan y ella vivían cerca de Santa Bárbara; una vida de ensueño... Erik Dalton llevaba cuatro meses muerto y ella ya se había hecho a la idea de que no tendría que preocuparse por él. No tenía por qué tener miedo de que se presentara en su puerta, exigiendo ver a su hijo por alguna descabellada razón.

Sin embargo, entonces apareció Elizabeth Dalton y todo lo que tanto había temido se hizo realidad. Lilli hizo las maletas a toda prisa y regresó a su ciudad natal. Sabía que no podía esconderse, pero sentía que necesitaba el apoyo de su madre para enfrentarse a esa mujer horrible.

No hubiera querido tener que arrancar a Jonathan del medio en el que vivía, pero, al cabo de los meses, se daba cuenta de que su preocupación había sido innecesaria. A diferencia de su padre, Jonathan era un niño alegre, de buen carácter y complaciente, y ella daba gracias a Dios por ello todos los días.

En cuanto metió la llave en la cerradura, Jonathan fue hacia ella corriendo.

—Hola, cariño —le dijo, dándole un abrazo.

El pequeño se lo devolvió con entusiasmo.

Algún día las cosas cambiarían. Los chicos adolescentes no querían ser amigos de sus padres. No obstante, por el momento, Lilli quería aprovechar todo su sincero afecto.

—¿Sabes dónde está tu abuela? —le preguntó.

El niño señaló la cocina.

—Gracias, soldado.

Esa semana, Jonathan estaba empeñado en ser soldado, y ella le seguía la corriente. La semana anterior había querido ser granjero, y le había comprado un libro sobre caballos.

Lilli se dirigió a la cocina.

A lo mejor, si Elizabeth Dalton hubiera sido de otra manera, Erik no hubiera resultado ser tan despreciable. Pero, de haber sido así, Jonathan jamás hubiera existido.

«Todo pasa por una razón…».

Todo excepto perder a Jonathan. Eso no podía pasar, jamás.

Su madre salió de la cocina en ese momento.

—Te he oído llegar.

—Hola, mamá. ¿Te puedes quedar un rato más? Tengo que salir otra vez —le dijo, yendo hacia la habitación en la que había montado un pequeño despacho.

Todo estaba desordenado, con cajas apiladas en todos los rincones.

Trató de recordar en qué caja había metido la cajita metálica. Ahí tenía todos los documentos importantes.

Anne McCall siguió a su hija hacia el interior de la pequeña habitación contigua a la cocina.

—¿Lo has visto?

Lilli sabía a quién se refería.

—Sí —contestó, abriendo la caja que tenía más cerca—. Lo he visto.

La cajita metálica no estaba allí.

—¿Y?

Lilli buscó en la siguiente caja de cartón, pero tampoco hubo suerte.

—Va a aceptar el caso.

Anne se paró frente a ella para verle bien la cara.

—¿Y?

«A la tercera va la vencida…», pensó, abriendo la tercera caja.

Con un suspiro triunfal, sacó la cajita metálica de la caja de cartón. En la habitación contigua, se oía el tema de cabecera del programa favorito de Jonathan, un programa infantil muy original en el que un simpático robot daba un repaso a los momentos más importantes de la historia.

Al abrir la caja, Lilli miró a su madre.

—¿Y? —repitió, sin saber muy bien adónde quería llegar su madre—. Y me dijo que tenemos posibilidades de ganar aunque esa mujer sea…

Bajó la voz y se acercó a su madre. No quería que Jonathan la oyera.

—Un bicho malo —añadió.

Aunque Elizabeth Dalton tratara de arruinarle la

vida, Lilli no quería desprestigiarla delante del niño, ni tampoco quería hablarle mal del hombre que, muy a su pesar, había resultado ser su padre. Quería que su hijo creciera sin odio.

Ya tendría tiempo suficiente para conocer la cruda realidad cuando se convirtiera en adulto.

Su madre siguió mirándola fijamente. Parecía que esperaba algo más.

—¿No me dijiste que saliste con él una vez?

Cuando su madre le había mencionado el nombre por primera vez, la había pillado totalmente desprevenida. No había tenido más remedio que darle algún tipo de explicación, así que había recurrido a la aclaración más sencilla; una verdad que no era toda la verdad. Había admitido que lo conocía de la facultad y que habían salido juntos un par de veces, pero le había ocultado que Kullen se le había declarado y que ella se había marchado justo después.

No se marchó porque estaba embarazada, sino porque tenía miedo de aceptar su propuesta de matrimonio. De haberlo hecho, hubiera tenido que decirle de quién era el bebé. Haberle dejado pensar que el niño era suyo hubiera sido una bajeza, y Kullen se hubiera pasado la vida preguntándose si se había casado con él por amor, o por pura conveniencia.

Ésa no era forma de empezar un matrimonio, y por eso se había marchado sin más.

Se había marchado sin decirle ni una palabra porque era demasiado duro compartir con él la vergüenza de lo que había ocurrido. Además, las cosas podían haber sido incluso peor. Él podría haberse empeñado en seguir adelante con la boda; podría haberse casado con ella por pena.

Lilli era consciente de que nada había sido culpa

suya, pero, de alguna manera, no podía evitar sentirse como si lo fuera.

Sin embargo, en cuanto estrechaba a Jonathan en sus brazos, todo cambiaba.

En cuanto miraba aquella carita pequeña y perfecta, el amor que crecía en su interior anulaba cualquier otro sentimiento; rabia, vergüenza, culpa… Lo único que sentía era amor.

Y ese amor era tremendamente protector. De ninguna manera iba a permitirle a Elizabeth Dalton que pusiera sus garras sobre Jonathan.

—Sí —admitió—. Lo dije.

No estaba de humor para jugar al juego casamentero.

—Mamá —le dijo con energía—. Ya tengo bastante con la pelea por la custodia. No es momento para jugar a este juego.

Anne, que nunca había sido de las que insistían, se limitó a asentir con la cabeza.

—Lo siento, cariño, tienes razón. Sólo buscaba una forma para que te distraigas un poco y alivies la tensión.

Habiendo sacado la partida de nacimiento de Jonathan, Lilli sacó otros documentos más y empezó a ponerlos en el escáner. No estaba dispuesta a perder nada.

—Lo que realmente me aliviaría la tensión sería que esa mujer desapareciera de la faz de la Tierra.

—Bueno —dijo Anne—. Ya sabes que mi primo Sal conoce a una gente que...

Lilli perdió la paciencia. Su madre no la estaba tomando en serio en un momento como ése.

—¡Mamá!

—Sólo era una broma —dijo Anne—. Por desgracia, la única gente a la que conoce mi primo Sal son ludópatas. No serían de ninguna ayuda en una situación como ésta —le dijo, observándola mientras escaneaba otro documento.

En menos de un minuto la impresora sacó una copia perfecta.

—¿Qué estás haciendo?

—Le dije a Kullen que le llevaría estos documentos esta noche.

—¿Vas a su oficina por la noche? —le preguntó su madre en un tono de preocupación.

Aunque Bedford era una de las ciudades más seguras de todo el país, a Anne McCall nunca le había gustado tentar a la suerte.

Lilli pensó que lo mejor era asentir con la cabeza y dejar pasar el tema, pero tampoco quería mentirle. A ella nunca le había gustado mentir, aunque sólo fuera por omisión. Como mucho, contaba las cosas sin especificar mucho, para no tener que entrar en detalles.

Ni siquiera su madre sabía la historia completa acerca del nacimiento de su hijo, pero ella siempre había respetado su privacidad, así que no podía dejarla pensar algo que no era cierto.

—Se los voy a llevar a casa —le dijo, agarrando otra hoja que acababa de salir de la impresora.

—Oh.

Lilli levantó la cabeza. Aquella simple exclamación quería decir más cosas que un puñado de palabras.

—No, mamá. Nos viene mejor a los dos así. Eso es todo.

Anne asintió y esbozó una sonrisa cómplice.

—Sí. Lo sé.

«No. No lo sabes», pensó Lilli.

—Kullen tiene que darse mucha prisa.

Anne trató de reprimir la sonrisa.

—¿Y puede hacerlo? ¿Puede hacerlo todo rápidamente?

Lilli apretó los labios. Lo único que faltaba era un comentario picante y un guiño de ojos.

—Mamá, si me estás preguntando si alguna vez me acosté con Kullen Manetti, la respuesta es «no». Nunca me acosté con él.

Anne levantó las manos en un gesto defensivo.

—Yo no he preguntado eso.

—No, claro —dijo Lilli—. Tú has preguntado otra cosa —le dijo en un tono irónico.

Anne suspiró y sacudió la cabeza. Era evidente que sufría al ver así a su hija.

—Es una pena que las cosas no salieran bien entre Erik y tú. De haber sido así, aunque hubiera muerto en ese accidente, quizá las cosas hubieran sido de otra manera.

Lilli nunca le había contado a su madre las circunstancias en las que se había quedado embarazada. En ese momento, las palabras afloraron, arañándole la garganta, intentando escapar.

Pero si su madre llegaba a conocer la verdad, no le causaría más que dolor. Y aunque ella se hubiera sentido mejor contándoselo a alguien por fin, no quería hacerle daño.

—Sí. Es una pena —le dijo, asintiendo con la cabeza—. Pero eso es agua pasada, como solía decir la abuela. ¿Y quién sabe? A lo mejor la señora Dalton hubiera seguido empeñada en arrebatarme la custodia. Perdió a su único hijo y por lo visto cree que puede reemplazar a una persona con otra así como así, siempre que los genes sean los mismos.

Anne acarició la cabeza de su hija.

—¿Seguro que no quieres que vaya a verla e intente hablar con ella? —le dijo—. Estoy dispuesta a hacerlo.

Lilli se echó a reír y sacudió la cabeza.

—No, gracias, mamá. Ya tengo bastante con esta batalla en los tribunales, y no quiero tener otra. Sólo Dios sabe qué serías capaz de hacer. Ya te he visto enfadada en una ocasión —añadió—. Y no quiero verte de nuevo.

—La oferta sigue en pie, cariño.

Al terminar de hacer las copias, Lilli metió todos los documentos en una carpeta azul, la puso sobre su escritorio y fue hacia su madre para darle un abrazo.

—Gracias, mamá. Lo tendré en cuenta —dijo, dándole un sentido abrazo—. Eres la mejor, mamá.

—Por fin te has dado cuenta —dijo Anne en un tono bromista—. Y no tengas prisa —le dijo al tiempo que Lilli se volvía hacia el escritorio.

La joven tomó los documentos que acababa de reunir y los metió en su bolso grande.

—Estaba pensando en pasar la noche aquí de todas maneras —le dijo su madre—. Le he traído a Jonathan algunos de los cuentos que solía leerte cuando eras niña —su rostro se iluminó.

Lilli sonrió también.

—Pues entonces se lo va a pasar de miedo.

—Y yo también —le confesó Anne.

Su hija cerró el bolso.

—¿Lo tienes todo? —le preguntó Anne.

—Todo —dijo Lilli, colgándoselo del hombro.

—Entonces, buena suerte —dijo Anne, acompañándola a la puerta.

Lilli se detuvo un momento al pasar por el salón.

¿Era normal sentir ese amor tan grande cada vez que veía a su hijo?

—Tengo que salir de nuevo, Jonathan. Pero volveré pronto. No te olvides de los deberes.

Jonathan dejó caer la cabeza, fingiendo ser un prisionero sometido a trabajos forzados.

—No me olvidaré, mamá.

Lilli se volvió hacia su madre.

—Y tú tampoco se los hagas —le advirtió.

La cara de Anne era la viva estampa de la inocencia.

—Jamás se me ocurriría.

Lilli soltó una carcajada.

—No te creo, mamá.

Su madre no tenía fuerza de voluntad. Ambas lo sabían y Jonathan también.

Pero ya era hora de irse.

—Te quiero —le dijo al niño.

—Y yo —contestó Jonathan, volviéndose hacia la televisión.

«¿Qué más se puede pedir?», pensó Lilli y salió con una sonrisa en los labios.

Haría lo que fuera para no perderle.

El juicio se extendió más de lo esperado, así que Kullen no pudo terminar pronto. Además, se vio atrapado en un descomunal atasco y, para cuando llegó a casa, su buen humor ya no era el mismo.

Necesitaba relajarse un poco.

Pero el día todavía no había terminado.

Llevaba en casa exactamente tres minutos cuando sonó el timbre de la puerta. El chico de la pizzería debía de haberse saltado todos los semáforos. Había pedido comida rápida de camino a casa. El número del restaurante era uno de los primeros de la lista de marcación rápida tanto en su teléfono móvil como en el de casa. Ser práctico era muy importante para alguien con una vida tan ajetreada como la suya.

Sacando dinero de la cartera, se digirió hacia el vestíbulo, sosteniendo dos billetes de veinte con una mano.

—Pensaba que era yo quien tenía que pagarte a ti —dijo Lilli en un tono seco y entonces sacó la única conclusión posible al ver la cara de asombro de Kullen—. Olvidaste que iba a venir con los papeles, ¿no?

No lo había olvidado. ¿Cómo iba a olvidarlo? Lilli había ocupado sus pensamientos durante toda la tarde. Una presencia escurridiza que lo acechaba desde todos los rincones. Durante el juicio, imágenes de ella se presentaban ante sus ojos continuamente, impidiéndole concentrarse.

—He pedido comida rápida —le dijo—. Pensaba que el chico de la pizzería llegaría antes que tú.

—¿Más comida basura? —le preguntó al entrar—. ¿Es que nunca comes nada sano?

—La pizza es muy saludable —le dijo él, argumentando como el abogado que era—. Tiene ingredientes de todo tipo.

Ella lo miró con ojos escépticos.

—Queso, tomates, carne, pan…

—Y un montón de sal —añadió ella.

—Eso es lo que la hace comestible.

Durante un instante, Lilli dio un salto al pasado.

El pasado… Un tiempo lejano en el que había sido capaz de ahuyentar a los demonios, un tiempo perdido en el que había creído encontrar la felicidad junto a Kullen…

Pero entonces había descubierto que estaba embarazada y todo su mundo se había venido abajo.

Aquellas imágenes alegres se esfumaron delante de sus ojos.

—¿Qué tienes en la cocina? —le preguntó, pensando que a lo mejor podía prepararle algo de cenar.

Casi cualquier cosa era mejor que una pizza, por muy bien que oliera.

—¿Armarios de cocina?

Lilli tuvo que reprimir una sonrisa.

—¿Y tienes algo en esos armarios?

Kullen pensó en ello un instante y trató de recordar qué había en la nevera la última vez que había mirado.

—Resto de comida rápida de ayer. Estoy barajando la posibilidad de donarlos a la ciencia —añadió en un tono corrosivo.

Ella sonrió de oreja a oreja, ajena al entusiasmo que teñía su voz.

—No has aprendido a cocinar, ¿no?

Kullen guardó silencio.

No había nada de malo en ello. Él conocía a mucha gente que no sabía cocinar. Y por eso Dios había inventado los restaurantes.

—Nunca le he visto la utilidad —le dijo—. Además, la mayoría de las veces pido comida a domicilio, o salgo a comer. Lo mismo con la cena.

Lilli sacudió la cabeza.

—No es saludable vivir así —le dijo.

En ese momento sonó el timbre y él fue a abrir la puerta.

—La gente del Tíbet no come comida rápida y vive muchos años —añadió, resistiéndose a darse por vencida—. Viven a base de yogur y vegetales.

Él se rió.

—No viven una vida larga. Sólo parece una vida larga porque no pueden encontrar un buen filete.

Esa vez sí que era el chico de la pizza. Kullen le entregó el dinero, agarró la pizza de tamaño familiar, dio media vuelta y cerró la puerta.

—He pedido una pizza con todos los extras —le dijo, llevando la pizza hacia el comedor, que estaba situado al otro lado del salón—. Si ves algo que no te gusta, quítalo sin más.

Lilli pensó en aquella inocente frase. En realidad estaba cargada de doble sentido.

—¿Y si no me gusta nada de lo que lleva?

—Entonces hay más para mí —dijo Kullen sin perder el ritmo.

Puso la caja de la pizza sobre la mesa.

—Pero si no recuerdo mal, la pizza es tu debilidad.

«No. Mi debilidad eras tú», pensó ella.

«Pero esa Lilli desapareció hace mucho tiempo».

Kullen abrió la caja y el sabroso aroma escapó en todas direcciones. Lilli respiró hondo y el apetito se le empezó a abrir.

—Sí que huele bien —admitió.

—Sírvete —le dijo él, gesticulando—. Iré a buscar platos y servilletas.

—Yo iré a por ellos —dijo ella.

Era lo menos que podía hacer.

—Sólo dime dónde está la cocina.

—No tiene pérdida. Es la única habitación con una nevera.

Ella siguió mirándole fijamente, así que no tuvo más remedio que señalar con el dedo.

—Muy bien —dijo ella, yendo hacia allí.

De alguna manera una sensación de *déjà vu* se apoderó de él al verla desaparecer tras una esquina, rumbo a la cocina. Aquel extraño sentimiento trajo consigo una oleada de dulces recuerdos que a su vez habían hecho despertar emociones enterradas mucho tiempo atrás.

«No vayas por ese camino. No vayas por ese camino», se repitió a sí mismo una y otra vez.

Era muy fácil decirlo, pero hacerlo era otra cosa. Ya había cruzado esa línea en una ocasión y no le había ido muy bien.

Cruzarla era muy sencillo.

Pero regresar era cada vez más difícil.

Capítulo 6

SE comieron la pizza con gusto.
Kullen sabía que iba a ser así, casi como en los viejos tiempos.

Casi…

Hubiera sido tan fácil, tan increíblemente fácil, bajar la guardia; dejarse llevar por ese sentimiento de nostalgia. Era tan fácil fingir que nada había cambiado, que seguía siendo aquel muchacho que había luchado tan duro para ganar, y que lo había logrado.

Se había enamorado de ella la primera vez que la había visto. La primera vez que había visto su rostro, de rasgos aristocráticos y refinados, había sentido un nudo en el estómago, tan duro que apenas podía respirar. No tenía ninguna duda de que Lilli McCall era la chica más hermosa que jamás había visto.

Sin embargo, por aquel entonces, ella había necesitado algo más que unas cuantas miradas para dejarse cautivar. Lo que más le había llamado la atención de ella habían sido sus ojos tristes, pues deseaba aliviarle el dolor de alguna forma. Se había propuesto conocerla a toda costa, acercarse a ella, por mucho que Gil Davis, su mejor amigo por aquella época, le advirtiera que no tenía ninguna posibilidad. Gil conocía muy bien a toda la gente de la clase y decía que Lilli McCall era solitaria, independiente… Se decía que no se relacionaba con nadie.

Un desafío que Kullen había encontrado irresistible.

Y cuanto más intentaba acercarse a ella, más sucumbía a sus encantos. En cuestión de unos días, Lilli dejó de ser un desafío y se convirtió en alguien a quien quería ayudar; alguien cuya confianza se quería ganar. Habían coincidido en algunas clases y formaban parte del mismo grupo de estudio; su primer logro con ella.

—Vamos… —le había dicho con entusiasmo—. La facultad de Derecho es dura. Hay que hacer un esfuerzo colectivo para sobrevivir. Lo que uno no sabe, puede que otro lo sepa. Se trata de ayudarnos mutuamente.

Más tarde, ella le había confesado que realmente habían sido sus ojos lo que la habían hecho decidirse.

—No puedes negarnos el privilegio de contar con tu cerebro —le había dicho en un tono bromista, para convencerla.

Al final, aunque no sin reticencia, ella había accedido a unirse al grupo de estudio, y Kullen hubiera querido cantar victoria, gritarlo a los cuatro vientos.

Aquél había sido el verdadero comienzo, el principio de lo que con el tiempo resultaría ser una relación demasiado breve, demasiado fugaz.

Todavía recordaba la primera vez que la había hecho reír.

Y la primera vez que no había rehuido sus besos.

No había forma de medir la intensidad de lo que había sentido por ella. Entonces pensaba que aquellos sentimientos eran correspondidos. Durante el breve tiempo que habían pasado juntos, le había mostrado su alma, y había visto la de ella, aunque sólo por un instante.

Ella nunca le había devuelto todo lo que él le daba, pero eso tampoco había importado mucho en aquel momento. Con Lilli las cosas eran diferentes; las viejas reglas se desmoronaban y aparecían otras nuevas. Jamás había tenido inconveniente en ir paso a paso, siempre y cuando consiguiera su propósito al final.

Estaba tan seguro, tan seguro de que todo saldría bien…

Y por ese motivo todo su mundo se había derrumbado tras la desaparición de ella.

Al principio había creído que la habían secuestrado. Estaba completamente convencido de que la mujer a la que amaba por encima de todas las cosas no podía haberle abandonado sin más, no después de haberle propuesto matrimonio.

Pero lo había hecho.

Lilli había desaparecido, dejándole una nota sobre el escritorio. Aquel pedazo de papel se había caído al suelo entre la papelera y la mesa, y no había dado con él hasta mucho más tarde, cuando, frustrado y desesperado, le había dado una patada a la papelera.

Sólo había dos palabras escritas; dos palabras que le habían desgarrado el corazón.

Lo siento.

Eso era todo lo que ella había escrito. Y se suponía que debía seguir adelante, viviendo su vida, sin una explicación. Pero él no podía, no podía seguir, sin ella.

De vuelta al presente, sentado en el comedor de su casa, con Lilli delante, se vio asediado por un aluvión de recuerdos amargos. Todo lo que había sentido, todo lo que había vivido con ella, y después sin ella, lo bueno, lo malo y, finalmente, la rabia… Había sido un idiota por amarla, por haber estado dispuesto a hacer cualquier cosa por ella.

Ella no había sido lo bastante valiente como para explicarle las cosas cara a cara.

Pero en ese momento, después de tantos años, ya tenía una respuesta. Sabía por qué se había marchado.

No obstante, a pesar de eso, quería preguntarle por qué le había abandonado así, sin siquiera darle una explicación, sin darle la oportunidad de luchar por ella y demostrarle que él sí era un hombre.

Todas aquellas palabras vibraban sobre sus labios. La cruda verdad era más que evidente. Lilli le había abandonado por Erik Dalton, el heredero de una increíble fortuna que no se merecía. Se decía que ninguna mujer lo había dejado jamás. Aquel tipo no era más que un playboy sin escrúpulos ni moral; el niño mimado con un corazón de hierro que usaba a las mujeres como si fueran prendas de ropa.

Sólo tenía que señalar con el dedo y las mujeres le caían del cielo, deseosas de recibir sus atenciones, contentas de ser beneficiarias de su generosidad artificial. A Erik Dalton el dinero le salía por las orejas y no le daba valor a nada. Siempre había más para gastar.

«¿Y eso era todo?», se preguntó Kullen.

¿Lilli se había dejado cegar por el dinero? ¿Se había dejado seducir por el lujo y la ostentación? Él siempre la había creído una mujer pura y auténtica; alguien que no se dejaba deslumbrar por los bienes materiales.

No obstante, era evidente que se había equivocado. El que estaba ciego era él.

Su cariño llevaba una etiqueta con un precio.

La Lilli McCall a la que había amado locamente era una mujer decente. Pero esa Lilli jamás le hubiera abandonado tras haberle declarado su amor.

—¿Por qué luchas contra esto? —le preguntó tranquilamente.

Terminándose su tercera porción de pizza, Lilli levantó la vista.

La pregunta había salido de la nada, y la primera cosa que se le ocurrió fue que se refería a sus sentimientos, desterrados a un oscuro rincón de su mente, encerrados en la cárcel del pasado.

Guardó silencio un momento y trató de buscar la mejor manera de contestar. No quería abrir las viejas cicatrices.

—Podría intentar llegar a un acuerdo de custodia compartida con Elizabeth Dalton. Poner algunas reglas… —añadió él.

Lilli siguió mirándole fijamente, cada vez más perpleja. ¿Por qué le estaba diciendo aquello? ¿Acaso se había dejado comprar por los malvados abogados de aquella horrenda mujer?

Jamás lo hubiera creído posible, pero ya no estaba tan segura.

¿Ya no tenía a nadie a quien recurrir?

—No —le dijo firmemente, sin dejarle continuar—. ¡No! —repitió con contundencia.

—Te he oído la primera vez —dijo él.

Se inclinó sobre la mesa y la miró fijamente con ojos serios.

—Y quiero saber por qué.

Ella miró su rostro unos segundos, intentando descifrar el secreto que se escondía detrás de aquellas palabras.

—¿A qué te refieres?

—Quiero saber por qué te empeñas en oponerte a esta posibilidad cuando es evidente que en otra época debías de estar encantada con la idea. Arrimarte a la fortuna de los Dalton...

Ella abrió la boca para decir algo, pero él siguió adelante, hablando alto y rápido. El cinismo en su voz era inconfundible.

—Todo ese dinero, la tranquilidad y las comodidades… Es difícil imaginar que alguien pudiera renunciar a todo eso. Tuvo que ser un mundo completamente distinto para ti, para cualquiera. Una fortuna como la de los Dalton no se ve más que en los cuentos de hadas.

«Oh, Dios mío», pensó ella, apretándose el abdomen. Casi sentía ganas de vomitar.

—Han hablado contigo, ¿no?

Los ojos de Kullen permanecieron impasibles, fríos, acusadores…

—No.

—Pero yo no… —empezó a decir ella.

Él la interrumpió. No quería oírla mentir.

—Oh, vamos, Lilli. Soy tu abogado. Si quieres que te ayude, tienes que serme sincera —le dijo con brusquedad, casi enojado—. Cuéntamelo todo —le dijo en un tono cínico—. ¿Cómo es que ya no formas parte de la feliz familia Dalton?

«¿Cómo puede decirme algo así?», se preguntó ella, ofendida.

¿Acaso la creía una cazafortunas? ¿La única persona en el mundo que la conocía bien, aparte de su propia madre, tenía tan mala opinión de ella?

Aquello dolía más de lo que hubiera imaginado.

Lilli apartó la silla de la mesa y se puso en pie. Tenía que salir de allí.

—Lo siento. Venir a verte fue un error —recogió el sobre con los documentos.

Él ya no los necesitaría.

—Ha sido una pérdida de tiempo para los dos…

Kullen se dijo que debía dejarla ir. Eso era lo que más le convenía. Cualquier otro hombre se hubiera puesto cómodo en el asiento para oír aquella triste historia, disfrutando del sabor de la justicia divina.

«El que la hace la paga…», decía el viejo dicho.

Y ella la estaba pagando. La vida le estaba pasando factura por el daño que había hecho.

Pero él no era igual que otros hombres. Para bien o para mal, él no era ese hombre capaz de saborear el dulzor de aquella justicia poética. Él era el hombre que había amado a Lilli McCall con toda su alma y jamás hubiera podido tomarse la revancha abandonándola a su suerte en un momento como ése. Ella había acudido a él buscando su ayuda.

Kullen se puso en pie, rodeó la mesa y le impidió salir de la habitación. Le puso las manos sobre los hombros para detenerla.

—Necesito que me cuentes la verdad, Lilli. Tengo que saber por qué una persona como tú terminó enredada con Erik Dalton. Se decía que era un mujeriego empedernido. Yo pensaba que tú eras diferente.

—Y lo era —dijo ella, pensando que era por eso

que no podía dejar atrás lo que había pasado. Por eso era tan difícil superarlo y seguir adelante.

Kullen entrecerró los ojos y la miró fijamente. De repente se dio cuenta de que todavía tenía las manos sobre sus hombros, así que las dejó caer.

—Pues entonces convénceme.

Lilli guardó silencio durante un largo momento y él llegó a pensar que se marcharía de nuevo. Pero entonces suspiró y apretó los labios.

Kullen sintió ganas de sacudirla, de gritarle… de exigirle que le explicara por qué se había acostado con Erik Dalton tan fácilmente, cuando él había tenido que luchar tanto para ganarse su confianza, para que no huyera de él cada vez que la tocaba.

Aquella extraña mirada había vuelto a sus ojos, la mirada triste, desoladora…

Kullen deseó estrecharla en sus brazos.

Pero no lo hizo. Permaneció quieto y esperó a que ella le diera la explicación que tanto ansiaba.

—Supongo que debí verlo venir —dijo ella con voz entrecortada.

—Ya hablaremos de eso más tarde —le dijo él—. Contesta a mi pregunta, Lilli.

—No me fui porque quisiera hacerlo, Kullen —le dijo, sintiendo un profundo dolor con cada palabra que pronunciaba.

—¿Irte de dónde? —le preguntó Kullen, sin saber muy bien a qué se refería.

¿Estaba hablando del padre del bebé? ¿Acaso él la había rechazado cuando le había dicho que estaba embarazada?

—¿Cuando dejaste a Erik?

—No. Cuando te dejé a ti —le dijo ella, aclarándolo por fin.

—¿Y entonces por qué lo hiciste?

—Porque no tuve elección —dijo ella, casi sin poder articular palabra—. No quería que sintieras pena por mí, ni que me odiaras.

Apretó los labios de nuevo para no llorar.

—No hubiera podido soportarlo.

—Tendrás que especificar un poco más, Lilli.

Ella parecía querer huir y él sabía que no podía retenerla contra su voluntad, pero la idea, no obstante, era más que tentadora. Sin embargo, sobre todo quería entender por qué las cosas habían salido así.

Cada palabra requería un esfuerzo sobrehumano. Ella no quería remover el pasado, no quería recordar todos los errores cometidos.

—No me fui para irme con Erik. Te dejé por culpa de Erik.

—No te entiendo —dijo él con cara de póquer.

—Estaba embarazada —dijo ella, soltando el aliento bruscamente.

La expresión de Kullen se endureció. Cada vez que pensaba en Lilli con ese desgraciado…

La relación que había mantenido con ella no había pasado de unos cuantos besos ardientes, porque ella así se lo había pedido, y él la había respetado.

—Eso ya lo he entendido.

Lilli no sabía cómo decírselo.

—El día que me pediste que me casara contigo fue el mejor y el peor de toda mi vida.

—Me alegra saber que todavía tengo esa habilidad —le dijo él en un tono sarcástico.

La palabra «peor» parpadeaba en su mente como un anuncio de neón.

Lilli siguió adelante. Sabía que tenía que hacerle comprender la realidad. Tenía miedo de que él decidiera no ayudarla si no le decía la verdad. Pero era tan duro…

—Fue el mejor día porque encontré a alguien bueno que podía hacerme olvidar. Alguien a quien amaba —añadió.

Él la miró con un gesto serio y circunspecto.

—Y también fue el peor día porque me enteré de que estaba embarazada.

A medida que las palabras se le clavaban en el corazón, Kullen llegó a la única conclusión posible.

—¿Quieres decir que estabas viéndote con Erik Dalton mientras…?

—No —dijo ella—. Lo de Erik ocurrió antes de conocerte, y no salía con él. No hubo esa clase de relación, si es eso lo que quieres decir.

Lilli se detuvo. De repente las emociones eran demasiado intensas como para seguir hablando. Estaba reviviendo aquel horrible episodio que había destruido su vida sin remedio.

Parecía que ella estaba a punto de salir corriendo, pero él no estaba dispuesto a dejarla ir así como así. No otra vez.

«No hasta que me lo cuentes todo».

Le puso las manos sobre los hombros. Podía sentir cómo temblaba bajo las yemas de los dedos, podía sentir cómo libraba una dura batalla.

—Cuéntamelo —le dijo de nuevo.

La lucha se reflejaba en sus ojos, pero entonces se puso erguida, como si acabara de reunir fuerzas para hacerle frente.

Cuando habló por fin, su voz sonó firme y tranquila, casi remota.

—Durante mi primer año en la facultad de Derecho, fui a una fiesta de una hermandad. Era muy tímida y sabía que tenía que hacer un esfuerzo por salir del cascarón —esbozó una tenue sonrisa—. Nadie querría tener a un abogado tímido, ¿no? Había mucha gente en la fiesta —su voz se perdió.

—¿Erik asistió a esa fiesta? —le preguntó Kullen, insistiendo.

Ella asintió.

—Erik estaba allí. Parecía simpático, atento… —dijo, haciendo un gran esfuerzo—. Encantador… En algún momento durante la velada, me invitó a ir a un lugar más privado, a tomar una «copa de verdad» —en ese momento se detuvo.

—¿Y tú fuiste con él? —le preguntó Kullen.

Siempre la había creído inocente, pero no ingenua.

Lilli levantó la barbilla, desafiante.

—No. No fui. Le dije que tenía que volver a casa porque tenía que terminar un trabajo para el lunes. Él me dijo que podía conseguir cualquier trabajo que quisiera en un abrir y cerrar de ojos, y que era una pena terminar así la velada, con lo bien que lo estábamos pasando.

Lilli se encogió de hombros. Ojalá hubiera podido cambiar el resto de la historia…

—Yo le dije que no era buena idea, que quería ganarme la nota yo sola. Él se rió y me dijo que era muy rara. Yo me fui a casa —hizo una pausa y trató de respirar hondo—. Él me siguió. Cuando sonó el timbre de la puerta pensé que alguno de mis compañeros de piso se había dejado las llaves, pero era Erik. Entró a la fuerza y… —su voz se quebró.

El horror de aquella situación fue como una bofetada en la cara para Kullen y la vergüenza se apoderó de él. ¿Cómo había sido capaz de pensar tantas cosas malas sobre ella?

No había sido más que una víctima todo el tiempo...

—¿Te violó? —le preguntó, intentando mantener la calma.

Ella apretó los labios y asintió con la cabeza.

Kullen la miró un instante, sorprendido, abrumado.

—¿Y por qué no lo denunciaste?

—Porque me daba vergüenza —le dijo ella, casi al borde de las lágrimas.

Hablar de ello había hecho volver los recuerdos con más fuerza que nunca. Podía sentir la violencia sobre la piel como si estuviera ocurriendo en ese preciso instante.

—Era su palabra contra la mía. La gente lo vio en la fiesta, hablando conmigo. Le vieron acompañarme al coche. Hubieran pensado que el sexo había sido consentido y que yo me había inventado lo de la violación porque él se había negado al chantaje.

Aquello parecía descabellado, pero Kullen sabía cuál era la fama de Erik Dalton.

—¿Es eso lo que él te dijo?

Ella asintió, rehuyéndole la mirada.

—Me dijo que era culpa mía, que yo me lo había buscado y que no podía esperar que un hombre diera marcha atrás después de haberle «puesto a cien» —respiró hondo—. Yo sólo quería olvidar lo que había pasado.

De repente sonrió y Kullen sintió que el corazón se le rompía en mil pedazos.

—Tú casi me hiciste olvidarlo, pero entonces supe que estaba embarazada.

—¿Y por qué no me lo dijiste? —le preguntó él.

Hubiera cuidado de ella, después de darle una paliza a aquel sinvergüenza.

—Porque no quería que me miraras con pena o que me rechazaras.

—Y me dejaste pensar que era culpa mía, que preferías huir y desaparecer antes que casarte conmigo. ¿Fue mejor dejarme pensar todas esas cosas?

Ella guardó silencio.

—¿Tan poco me conocías?

Lilli no quería llorar.

—En ese momento yo no sabía nada excepto que lo que tanto había deseado se había vuelto inalcanzable de repente. Iba a tener un niño que no quería.

—También había otras opciones —le dijo él tranquilamente.

A él no le hubiera gustado que tomara ese camino, pero la decisión hubiera sido de ella y de nadie más.

—Yo no quería hacerlo —dijo ella, sacudiendo la cabeza.

—Pero sí podías haberlo dado en adopción.

Lilli sacudió la cabeza de nuevo.

—Yo cometí el error. Fue culpa mía y no quería abandonar a mi hijo.

Kullen tomó aliento. Aquella forma de razonar resultaba de lo más exasperante. Además, la rabia que sentía por Erik Dalton bullía en sus venas y no tenía forma de descargarla.

—Fue él quien te violó a ti. Tú no hiciste nada. ¿Cómo demonios iba a ser culpa tuya?

Lilli guardó silencio. Ya le había dicho todo lo que necesitaba saber y no quería hablar más del tema.

—Todo eso forma parte del pasado —le dijo, rehuyendo su pregunta—. Además, el destino tiene a veces unas ironías muy curiosas, y Jonathan es lo mejor que me ha pasado.

Hizo una pausa y le miró fijamente.

—Bueno, una de las mejores cosas que me han pasado —añadió.

Él quería hacerle más preguntas, pero ella no estaba dispuesta a contestarlas.

—¿Ya estás satisfecho? —le preguntó, bajando la vista.

Capítulo 7

SENTIMIENTOS de empatía, culpa y rabia libraban una batalla en el interior de Kullen.

La empatía provenía del cariño, pero también se sentía culpable por haberla obligado a revivir aquel infierno, y además sentía una furia profunda contra aquel desgraciado que la había atacado y que les había robado la vida que podían haber tenido juntos.

—No —le dijo—. No estaré satisfecho hasta que le haya dado una paliza a Erik Dalton.

—Pero está muerto.

—Ése es el problema —reconoció Kullen con gesto serio.

Lilli tardó un instante en darse cuenta de que estaba bromeando.

—Siempre has sabido hacerme sonreír —le dijo, riendo.

—Se hace lo que se puede —le dijo él con afecto. Quería mantener la conversación en un tono ligero.

No obstante, lo que realmente hubiera querido decirle era que debía haber acudido a él nada más enterarse de que estaba embarazada. Le dolía mucho pensar que había tenido que hacerle frente a algo tan grande completamente sola. Él hubiera estado a su lado en todo momento si lo hubiera sabido. Si hubiera confiado en él…

Pero Kullen prefirió no decirle nada. Era evidente que ella quería enterrar aquel episodio de una vez y él no podía hacer otra cosa que no fuera respetar sus deseos.

Sin embargo, sí que tendrían que volver a tocar el tema en el futuro. Lilli tenía que superarlo de forma definitiva. Había dado los primeros pasos y lo demás llegaría poco a poco.

—¿Crees que puede hacerlo? —le preguntó ella, tratando de esconder el temblor de su voz—. ¿Crees que la señora Dalton será capaz de quitarme a mi hijo?

Kullen escogió las palabras con cuidado, sin dejar de mirarla a los ojos.

—Creo que va a hacer todo lo posible por arrebatártelo, pero no. Creo que no podrá quitarte a tu hijo.

Puso su mano sobre la de ella, creando así el lazo que ella necesitaba desesperadamente.

—¿Me lo prometes?

Kullen sabía que no podía garantizarle nada. No era ningún secreto que los jueces eran impredecibles. Si les tocaba un juez que se dejara impresionar por Elizabeth Dalton, o cuyo nombramiento hubiera sido promovido por ella o gracias a su apoyo económico, entonces la batalla sería larga y dura. Cabía la posibilidad de que el primer fallo beneficiara a la madre de Erik Dalton, con lo cual tendrían que recurrir.

No obstante, Kullen sabía que Lilli no quería oír

un razonamiento lógico y objetivo, ni siquiera la verdad. Ella quería oír algo a lo que pudiera aferrarse con uñas y dientes; una respuesta en la que buscar consuelo y tranquilidad.

Lo que más necesitaba en ese momento era esperanza.

Y después de todo lo que había pasado, eso era lo menos que podía hacer por ella, así que le sonrió y dijo la única cosa que ella deseaba escuchar.

—Te lo prometo.

Lilli soltó un suspiro de puro alivio y sonrió. Sin embargo, la expresión de sus ojos contaba una historia diferente. Ella sabía bien que las cosas no podían ser tan fáciles, pero también era consciente de lo que él trataba de hacer y por qué, y le estaba muy agradecida por seguirle la corriente.

Ya tendrían tiempo suficiente para lidiar con la cruda realidad más adelante.

—Gracias —le dijo con sentimiento—. Y ahora será mejor que vuelva y le diga a mi madre que ya puede irse a casa si quiere, aunque creo que le gusta más quedarse con Jonathan y conmigo. Ahora que mi padre ha muerto, somos toda la familia que le queda.

De pronto, Kullen pensó que nunca le había dado las condolencias.

—Siento mucho lo de tu padre.

—Sí. Yo también.

Su padre había muerto poco tiempo después del nacimiento de Jonathan, pero ella estaba tan ocupada intentando resolver sus propios asuntos, que no se había enterado de la gravedad de su enfermedad hasta una semana antes de su muerte. También se culpaba por ello y todavía lamentaba que no hubiera podido conocer a su nieto.

Con la idea de cambiar de tema, Kullen señaló la caja de la pizza. Aún quedaba casi la mitad.

—¿Por qué no le llevas un poco a Jonathan? —le sugirió.

Ella titubeó un momento y Kullen se dio cuenta enseguida. Era increíble que todavía pudiera entenderla tan bien, a pesar de todo el tiempo que había pasado. Algunas cosas nunca se olvidaban...

—No conozco a ningún niño de siete años al que no le guste la pizza fría —dijo y fue a buscar un recipiente a la cocina.

Lilli fue detrás de él.

—¿No la quieres?

—Estoy lleno —le aseguró él—. Por si no te has dado cuenta, sigues comiendo como un pajarito.

Abrió el armario de la cocina. Dentro había recipientes de plástico de todas las formas y tamaños. Lilli no pudo evitar preguntarse si se desplomarían sobre él si intentaba sacar uno.

—¿Es un nuevo hobby? —le preguntó ella, mirando los recipientes.

Él se rió.

—Mi madre cree que me voy a morir de hambre. Tiene por costumbre pasarse una vez por semana para traerme las sobras del catering. Llevo tiempo queriendo devolverle los recipientes.

Sacó uno con sumo cuidado, intentando no desestabilizar la pirámide. Al parecer, Kullen había aprendido algunos trucos de magia desde la última vez que lo había visto.

Lilli lo siguió de vuelta hacia el comedor.

Kullen abrió el recipiente y metió dos trozos de pizza dentro.

—Uno para tu madre —dijo al ver su expresión de

confusión—. Por si tiene hambre después de pasar toda la tarde corriendo detrás de tu hijo.

Ella sonrió de oreja a oreja.

—No tiene que correr detrás de él. Jonathan es un niño muy bueno. Nunca me ha dado ningún trabajo —le dijo con orgullo.

—Como su madre —comentó Kullen.

Agarró el recipiente y la acompañó hasta la puerta.

Antes de salir, ella se volvió hacia él un instante y le miró fijamente.

—Gracias de nuevo —le dijo—. Por todo.

Kullen se inclinó hacia ella y le dio un tímido beso en la frente, igual que un beso de hermanos. Aunque se muriera por besarla en los labios, no quería asustarla.

«Como en los viejos tiempos…», pensó.

Después de tantos años, se sentía como un adolescente.

—Va incluido en la minuta.

La minuta… no quería abusar sacándole partido a una vieja amistad. Él le había ofrecido aceptar el caso gratuitamente, pero no estaba dispuesta a aceptar. Ella le pagaría lo que le debía, le llevara el tiempo que le llevara.

—Respecto a eso…

Kullen no necesitaba preguntar para saber que ella no tenía dinero para pagar a un abogado. Tendría que pensar en algo… En caso de ser necesario, cubriría los gastos de su propio bolsillo. Además, seguramente podría mover algunos hilos entre los socios fundadores y, en último caso, podía aceptar el caso gratuitamente. No quería que ella tuviera que preocuparse por el dinero, encima de todo lo demás.

—Ya pensaremos en algo —le prometió, zanjando el tema de forma caballerosa.

La mirada de agradecimiento que brillaba en los ojos de Lilli no tenía precio.

—Me has caído del cielo —le dijo.

—Sí. Ése soy yo —dijo Kullen en un tono de broma—. Un regalo de Dios —añadió sonriendo.

Y entonces, de forma impulsiva, ella le dio un beso en la mejilla y echó a andar hacia el coche, que estaba aparcado junto a la acera, justo delante de la casa de él. Él se recostó contra el marco de la puerta y la observó mientras subía al vehículo. Justo antes de marcharse, se despidió con la mano.

Él se despidió también y siguió al coche con la mirada hasta que se perdió tras una esquina.

Se quedó un rato allí, con la mirada perdida. Sus dedos recorrieron el rastro que los labios de ella habían dejado sobre su mejilla.

Inclinándose contra el picaporte, respiró hondo y se puso erguido. Iba a arrepentirse de todo aquello, por muy altruistas que fueran sus motivos. Se estaba arrojando al precipicio y era perfectamente consciente de ello.

Dio media vuelta, entró en la casa y cerró la puerta.

Ojalá hubiera podido cerrar todo lo demás con tanta facilidad…

—¿Entonces hablabas en serio esta tarde? ¿Lo de aceptar el caso para hacerle un favor a un viejo amor?

Kullen había salido un momento para tirar la caja de pizza y, al volver, se había encontrado con el insistente timbre del teléfono.

Era Kate. Ella sí que no perdía el tiempo.

Repentinamente sediento, Kullen sintió unas ganas locas de tomarse una cerveza. Con el auricular sujeto entre el hombro y el cuello, abrió la nevera.

Por mucho que mirara el interior, la cerveza no iba a aparecer de la nada.

—¿Pero cómo es posible? Después de tantos años viviendo juntos, y nunca me dijiste que tenías poderes —le dijo a su hermana, en un tono más serio.

No le había dicho que había mantenido una relación con Lilli en el pasado, y ella no tenía motivos para pensar que pudiera tratarse de algo más serio que todas aquellas aventuras que habían ocupado su vida durante los últimos siete años.

—¿Pero quién te ha dicho que era un viejo amor?

Oyó reírse a Kate al otro lado de la línea y entonces supo que había mordido el anzuelo.

—Acabas de hacerlo, hermanito. Aunque sí tengo que admitir que Selma empezó a correr la voz esta misma tarde. Nos dijo que te habías puesto un poco nervioso con tu nuevo cliente.

Kullen sabía muy bien cómo era su hermana.

—Y como tú eres insaciablemente curiosa, tenías que saber por qué y empezaste a indagar, ¿no?

—Claro. Como un pequeño hurón, cavando por aquí y por allí. Así le saqué el nombre del cliente a Selma. Recuerdas que fue mamá la que mandó a esta chica, ¿no? Así es como juega a hacer de Celestina.

Kullen lo sabía, pero tampoco le importaba cómo había llegado Lilli a su vida. Lo importante era que había llegado, de nuevo.

Cerró la puerta de la nevera y se sentó a horcajadas en una silla de la cocina.

—¿Es que no tienes nada mejor que hacer? ¿No me dijiste que tenías muchos casos?

—Afortunadamente para ti, hermanito, soy tan rápida como eficaz. Te estoy llamando para ofrecerte mis servicios.

Kullen guardó silencio.

—Ya sabes… Investigar un poco, buscar algunas referencias, de forma extraoficial, claro —añadió rápidamente—. Así Rothchild no se echará las manos a la cabeza. No creo que le haga mucha gracia enterarse de que te las vas a ver con Elizabeth Dalton, la dueña del imperio farmacéutico.

Kullen suspiró.

—¿Hay algo que no sepas?

—¿Te refieres a lo mucho que ella significaba para ti y lo mucho que sufriste cuando se marchó?

—¿Pero quién…?

—Gil me lo dijo. Y antes de que vayas a echarle la culpa después de todos estos años, debo decirte que me lo contó porque estaba muy preocupado por ti en aquel momento. La verdad es que no me acordé cuando me dijiste lo del nuevo cliente.

—¿Y de qué iba a servir contárselo a mi hermana? —le preguntó, molesto con Gil, un viejo amigo de la facultad con el que ya había perdido el contacto.

—Al final… —dijo Kate—. Sí ha servido —añadió con contundencia—. ¿Lo ves? Te estoy ofreciendo mi ayuda ahora. A caballo regalado… Ya sabes —le aconsejó en un tono juguetón.

Kullen se rió suavemente.

—Bueno, bromas aparte, sí que hay algo que puedes hacer por mí.

—Tú siempre tan encantador —le dijo ella—. Muy bien. ¿Qué puedo hacer por ti?

Su respuesta la tomó por sorpresa.

—Dame el número de teléfono de Jewel.

Jewel y Nikki eran sus amigas de toda la vida, y las tres habían sido víctimas de los planes casamenteros de sus respectivas madres.

—A ella ya le han conseguido pareja, ¿recuerdas? —le recordó Kate.

—Sí que me acuerdo, chica lista. Y no es por eso por lo que quiero hablar con ella. Quiero que investigue un poco, de forma extraoficial, claro.

—Por supuesto. Jewel estará encantada.

—No necesito que esté encantada. Sólo necesito que sea eficiente.

—Entonces estás de suerte. «Eficiente» es su segundo apellido. Espera un momento.

La oyó soltar el teléfono y caminar hacia otro lado.

Volvió un par de minutos más tarde.

—¿Tienes papel y lápiz? —sin esperar a que contestara, le dio el número de móvil de Jewel.

Kullen le dio las gracias y, justo cuando iba a colgar el teléfono, la hizo detenerse. Tenía que preguntárselo. Kate y él siempre se habían llevado bastante bien y se tenían mucho cariño, pero ella tampoco tenía por qué ayudarle de esa manera.

—¿Por qué lo haces? ¿Por qué quieres ayudarme así?

—Es que tengo que conseguir unos cuantos puntos más para el carné de santa —dijo ella—. Estoy segura de que esto me pondrá la primera de la fila. Y, por otra parte, también quisiera verte feliz.

Kullen pensó que a lo mejor había mucho de su madre en ella. Pero ésa era la nueva Kate. La vieja Kate jamás le hubiera dado luz verde para tenderle aquella trampa, aunque no tuviera nada que ver con ella.

Sólo tenía buena intención, al igual que su madre, pero él tenía la sensación de que aquello le iba a salir muy caro.

—Si estás hablando de Lilli y de mí, fue hace muchos años.

—Pero no estamos hablando de años luz, ¿no? —le preguntó ella en un tono burlón.

Él se rió, sacudiendo la cabeza.

Ya no había ninguna duda.

El amor había vuelto loca a su hermana.

—Sabes que necesitas ayuda, ¿verdad?

—No, pero a lo mejor tú sí que la vas a necesitar.

La voz de Kate se suavizó.

—Sólo quería que supieras que no estás solo en esto.

Kullen pensó que no estaba utilizando las palabras adecuadas. «Esto», como ella lo llamaba, no existía. No había nada entre Lilli y él. Sólo se trataba de un caso y de una persona a la que creía conocer muy bien, alguien que necesitaba su ayuda.

—Kate…

—¿Sí? —le preguntó ella con inocencia.

Kullen estuvo a punto de decirle que había cambiado de idea y que no necesitaba su ayuda, pero eso hubiera sido una gran mentira. Siempre había existido rivalidad entre ellos, rivalidad de hermanos, pero ambos sabían que en el fondo sentían un profundo cariño el uno por el otro. Kullen sabía que podía confiar en ella de la misma manera que ella podía confiar en él.

—Gracias —le dijo finalmente y entonces la oyó sonreír al otro lado del teléfono.

—De nada. Y buena suerte —añadió—. Nunca me gustó la mujer de Dalton.

—¿Pero cuándo has tenido algo que ver con ella?

—Nunca, pero sí la he visto en las páginas de sociedad —confesó Kate—. Hay algo en su forma de ser, esa pose altiva y despreciativa… Es una engreída que se cree que tiene derecho a todo lo que quiera. La gente así me pone rabiosa —se detuvo un momento—. Oh-oh, me está entrando una llamada por la otra línea. A lo mejor es Jackson —dijo, refiriéndose a su prometido—. Tengo que dejarte. Dime qué puedo hacer para ayudar —añadió.

Un segundo después había colgado.

Kullen no quería perder ni un segundo, así que llamó a Jewel inmediatamente.

Ella se mostró sorprendida y contenta de recibir una llamada suya, sobre todo cuando le dijo de qué se trataba.

—Acabo de cerrar un caso y estaré encantada de ayudarte, Kullen —le dijo con entusiasmo—. Ya empezaba a preguntarme qué iba a hacer en estos siete minutos que tengo libres entre un caso y otro.

—Si estás muy ocupada, Jewel…

Estaba dispuesto a aceptar a cualquier persona que ella le recomendara, aunque esa idea tampoco le hacía mucha gracia. Él sabía que Jewel era la mejor en su trabajo.

—Oye… Eres el hermano mayor de Kate. No hay problema.

Kullen sonrió. De alguna manera, aquello debía de tener sentido.

—Es fácil ver por qué Kate y tú os lleváis tan bien. Decís las mismas cosas.

—Y que no se te olvide —añadió Jewel, riendo—. Bueno, ¿qué necesitas?

Kullen fue al grano. Ya le daría los detalles cuando la viera en persona.

—Resumiendo, necesito que me averigües todos los trapos sucios que puedas de Elizabeth Dalton.

—¿Elizabeth Dalton? —exclamó Jewel—. ¿La Elizabeth Dalton rica y famosa? ¿La del imperio farmacéutico?

Kullen nunca hubiera creído que ese nombre fuera tan conocido, pero, evidentemente, lo era.

—Sí. Sí.

Jewel silbó suavemente. Debía de estar impresionada o intimidada, pero Kullen se inclinaba a pensar que más bien era lo primero. Ella era una de las mejores amigas de su hermana y no podía ser de otra manera. A Kate nunca le habían gustado los cobardes y jamás se hubiera hecho amiga de alguien que tuviera miedo de todo.

No obstante, quizá hubiera alguna otra razón para su reacción.

—¿Hay algún problema?

—No. Ninguno. Pero siento curiosidad. ¿Por qué necesitas ahondar en su pasado?

—Su difunto hijo, Erik, tuvo un hijo.

—¿Sólo uno? —le preguntó Jewel, incrédula—. Según lo que se oía de él antes del accidente, parecía que le sacaba mucho partido a su fortuna. Debe de haber pequeños Erik por toda la Costa Oeste.

Kullen no pudo negar que Jewel debía de tener razón. También debían buscar otras demandas de paternidad.

—Ahora mismo, sólo hay uno, que conozcamos. La abuela Dalton quiere la custodia del niño, pero la madre no quiere renunciar a él.

—¿Y tú has aceptado el caso de la madre?

Kullen obvió los motivos por los que había aceptado.

—Algo así. Si te pasas por mi despacho mañana, te daré todos los detalles… ¿Qué me dices? —le preguntó al darse cuenta de que sus palabras habían sonado como si lo estuviera dando todo por hecho.

—Te digo que sí —dijo Jewel con entusiasmo—. Llevo tiempo sin tener un caso interesante. Hay que ejercitar las neuronas de vez en cuando. A veces me canso de sacarles fotos a tipos con los pantalones bajados.

—No digas esas cosas por ahí —le advirtió con una sonrisa—. A lo mejor no le hace mucha gracia a tu prometido.

—Mi prometido es maravilloso, pero gracias por preocuparte —le dijo con alegría—. ¿Te viene bien a las dos?

—Antes sería mejor, si puedes.

Jewel no dudó ni un momento.

—Pues entonces más pronto. ¿Te parece muy pronto a las nueve?

—Perfecto.

Kullen se rió suavemente.

—Muy bien —dijo Jewel y colgó el teléfono.

Él dejó el auricular en su sitio.

Todo estaba en marcha y estaba dispuesto a llegar hasta las últimas consecuencias. Ya no había vuelta atrás.

Se remangó la camisa y se puso manos a la obra.

Capítulo 8

UNA cosa era ser rico y otra muy distinta era ser Elizabeth Dalton. Kullen contempló la mansión de treinta habitaciones donde vivía la millonaria. Por lo visto tenía otras cuatro casas como ésa.

Mientras conducía por el zigzagueante camino privado, le dio tiempo a verlo todo. Compuesto de adoquines cuidadosamente elegidos, el camino parecía más limpio que el suelo de su propia cocina justo después de que hubiera pasado el servicio de limpieza.

Bien podía decirse que Elizabeth Dalton era un país en sí misma con un ejército de empleados para mantener aquella fortaleza.

Kullen detuvo el vehículo frente a la impresionante fuente de mármol. La estatua de Neptuno, por cuyo tridente salían varios chorros de agua, llamó su atención. La fuente estaba frente a una edificación que jamás hubiera podido ser catalogada como un hogar;

más bien parecía un complejo de alguna clase. De repente un joven uniformado se dirigió hacia él para decirle que le aparcaría el coche. Un segundo después extendió la mano, esperando las llaves.

Kullen bajó del coche y miró al hombre con desconfianza. Al parecer, Elizabeth Dalton tenía su propio aparcacoches.

Nadie debía ser tan rico.

—Le estaré esperando cuando salga, señor —le dijo el joven empleado, todavía esperando las llaves.

Kullen no estaba acostumbrado a esa clase de servicio cuando visitaba al cliente del lado contrario, ni tampoco estaba acostumbrado a que alguien de su misma edad le llamara «señor». Había algo incómodo en ambas situaciones.

No obstante, con el fin de dar la impresión de querer colaborar, asintió con la cabeza y le entregó las llaves.

—Terrence le llevará junto a la señora Dalton —dijo el aparcacoches, subiendo al vehículo.

—Terrence —murmuró Kullen con disimulo, volviéndose hacia la puerta principal de la mansión—. ¿Quién demonios es Terrence?

Terrence resultó ser el hombre que le abrió la puerta cuando tocó el timbre, aunque más que un timbre aquello parecía el redoble de campanas de una catedral.

Sin duda, la señora Dalton sabía muy bien cómo amedrentar.

«Qué pena que a mí no me haga efecto», pensó Kullen, mirando a su alrededor mientras avanzaban hacia el elegante vestíbulo.

Él se había criado con su padre; un hombre que dominaba el arte de la intimidación a la perfección.

Según decía su madre, todo lo hacía por amor. Ser estricto había sido su forma de sacar lo mejor de la gente y de sus hijos.

Kullen, sin embargo, nunca había apreciado la lección hasta ese preciso instante. El entrenamiento que le había dado su padre lo había preparado para enfrentarse a la gente como Elizabeth Dalton.

—La señora Dalton lo espera en la biblioteca —le dijo Terrence, llevándolo hacia un lado del edificio.

Kullen hubiera jurado que el paseo de la puerta de entrada hasta la biblioteca era de casi dos kilómetros.

Debería haber llevado consigo un montón de migas de pan, o un GPS para encontrar el camino de vuelta.

Al final del largo pasillo, sinuoso y lleno de esquinas, estaba Elizabeth Dalton, sentada en un sofá, mirando hacia la puerta. Todavía atractiva y aristocrática, la mujer tenía el porte de una reina. Kullen tenía la sensación de que en cualquier momento gritaría «¡que le corten la cabeza!».

—Señor Manetti, ha venido —le dijo con un tono de confianza y seguridad.

Inclinándose hacia delante, extendió su mano hacia él.

Kullen no sabía muy bien si esperaba que se la besara o que se la estrechara. Sin embargo, recordando que ya no vivían en un régimen absolutista, se decantó por la segunda opción.

—No sé si tenía elección —le dijo él con cordialidad—. Nunca me han «citado» de esta forma.

Elizabeth Dalton siguió sonriendo con tirantez, imperturbable.

—Seguro que sí —le dijo, como si supiera algo más—. Yo conocí a su padre.

—Bueno, aparte de eso.

—Por favor, siéntese —le dijo, tocando el respaldo de la silla que estaba junto a ella.

Kullen tomó asiento y se preparó para oír cualquier cosa.

—Tiene un palacio muy bonito —le dijo.

Ella sonrió con condescendencia.

—Éste es mi hogar.

«Si esto es un hogar, Buckingham Palace es una casa de campo…», pensó Kullen.

Elizabeth se sentó, sin quitarle ojo de encima. Evidentemente era de las que pensaban que no se podía perder de vista al enemigo ni un segundo.

—No le haré perder el tiempo, señor Manetti. Le pedí que viniera para ver si podíamos llegar a algún tipo de acuerdo —le dijo, inclinando su mayestática cabeza—. Un trato, como le llaman ustedes.

Kullen no esperaba una oferta así tan pronto. Sólo llevaba unos días siendo el abogado de la otra parte.

Dalton se movía muy deprisa, pero había algo que no olía bien.

Miró a su alrededor.

—¿No debería estar presente uno de sus abogados?

La sonrisa de Elizabeth Dalton nunca le llegó a los ojos.

—Pensé que sería mejor de esta forma, pues el acuerdo que quiero proponerle sería entre usted y yo.

—Entre mi cliente y usted —aclaró Kullen.

La sonrisa de Elizabeth se volvió sibilina.

—Señor Manetti, sería entre usted y yo —repitió—. Usted es un joven brillante con un futuro prometedor. Y yo puedo ayudarle a conseguir sus metas. Puedo proporcionarle contactos con los que jamás hubiera soñado. Puedo introducirle en un mundo fuera del alcance de su imaginación.

En resumen, Elizabeth Dalton trataba de sobornarle.

—Y todo lo que tengo que hacer es renunciar a mi cliente, ¿no?

Ella frunció el ceño ligeramente, pero no tardó en controlar su carácter. La sonrisa, no obstante, parecía todavía más forzada que antes.

—Ésa es una forma muy brusca de decirlo. No quiero que renuncie a nada. Quiero que la haga entender —gesticuló a su alrededor—. Yo puedo dárselo todo a mi nieto. Ella, en cambio, no tiene nada.

Kullen la miró a los ojos.

—Tiene amor de madre.

Elizabeth Dalton se echó a reír, como si acabara de hacer un chiste, y entonces se detuvo y abrió los ojos, mirándole con gesto incrédulo.

—Oh, Dios mío. De verdad lo cree, ¿no?

Kullen no estaba dispuesto a dejarse ridiculizar. Además, ya empezaba a ver por qué Erik Dalton había resultado ser un completo idiota.

—Sí. Lo creo.

Todavía sentada, Elizabeth Dalton se puso erguida hasta proyectar una sombra intimidante.

—Entonces no tenemos nada más que hablar.

—Sí. Eso me parece a mí también —le dijo Kullen, deseoso de abandonar aquel lugar envenenado—. Le diría que ha sido un placer, señora Dalton, pero ese hombre al que usted conoció también me enseñó a no mentir —le dijo, recordándole a su padre.

Dio media vuelta y se dirigió hacia la puerta.

—No va a ganar. Lo sabe, ¿verdad? —le dijo la

señora Dalton justo cuando iba a atravesar el umbral de la puerta.

Kullen no se molestó en volverse hacia ella.

—Ya veremos —exclamó sin detenerse.

Creyó oírla mascullar un juramento, pero tampoco estaba seguro. Todo lo que quería en ese momento era salir de allí.

En el camino de vuelta a Orange County, Kullen hizo todo lo posible por recuperar la calma. Elizabeth Dalton jugaba a ser Dios con la vida de las personas y estaba acostumbrada a pisar cabezas para conseguir su propósito.

Tuvo que hacer un gran esfuerzo para recuperar la compostura y no lo consiguió hasta después de haber recorrido unos treinta kilómetros.

Ya no tenía que volver a la oficina, así que pensó en ir a tomarse una cerveza.

O dos, o tres…

Pero entonces tendría que esperar unas horas antes de poder volver a casa y eso no le hacía mucha gracia. No obstante, sí quería algo de compañía y, por lo menos, una cerveza.

Al salir de la autopista 405, reparó en una tienda de ultramarinos. Paró delante y compró un pack de seis de su cerveza favorita y algunas cosas más.

Decidió pasarse por la casa de Lilli para ponerla al día. Quería contarle lo de la entrevista con Elizabeth Dalton. Aquella mujer parecía capaz de cualquier cosa.

También quería decirle que ya no tenía ninguna duda acerca de seguir o no con el caso. La misma Elizabeth Dalton se lo había dejado claro. Y por último, quería preguntarle cómo había logrado controlar las ganas de darle un puñetazo cuando le había ofrecido comprarle a su hijo. Una mujer sí podía golpear a otra mujer, mientras que un hombre no.

A veces las reglas resultaban muy molestas…

Cuando llegó por fin a la casa de Lilli, ya estaba anocheciendo. Detuvo el coche y esperó unos segundos, preguntándose si haría bien presentándose en su casa sin avisarla.

Mientras se debatía entre una cosa y otra, contempló la casita humilde y acogedora donde ella vivía, nada que ver con la abrumadora casona de la señora Dalton.

Respirando hondo, agarró la bolsa de la compra y bajó del coche.

Era uno de esos días en los que se sentía como si fuera a cámara lenta. Lilli tenía tantas cosas que hacer que se estaba retrasando en todo, y la sensación era odiosa.

Rochelle, una de las dos dependientas que trabajaban para ella en la boutique, se había puesto enferma esa misma mañana, y la otra, una joven pequeña y alegre llamada Judy, había salido temprano para recoger a unos familiares que venían de Phoenix.

Y así, estaba sola ese día, ocupándose de los clientes y haciendo el inventario. Tenía que terminarlo esa semana para no retrasarse con los pedidos. Si no llegaba a hacerlos a tiempo, al mes siguiente habría estanterías y perchas vacías, y eso, sin duda, no le haría mucha gracia al dueño.

Los días como ése la hacían sentirse como si estuviera aferrándose a un clavo ardiente, como si estuviera a punto de caerse al abismo.

Lo único que quería era encerrarse en casa con su hijo, lejos de todo el mundo, pero no podía hacerlo. Todo podía derrumbarse a su alrededor en cualquier momento y tenía que seguir luchando.

Como estaba falta de personal, llegaba tarde a casa casi todos los días. Por suerte, sabía que contaba con el apoyo de su madre, pero también necesitaba pasar tiempo con Jonathan. Necesitaba relajarse y fingir, aunque sólo fuera por un rato, que todo estaba bien y que seguiría así.

Su madre se había marchado diez minutos antes. Gracias a ella tenía la cena hecha en la cocina y Jonathan había terminado sus deberes.

«Mi madre es una santa», pensó Lilli, quitándose los zapatos y poniéndose cómoda. No sabía qué hubiera hecho sin ella. La idea de dejar a Jonathan con un extraño la hacía temblar de miedo.

Entrando en la cocina, miró hacia el fogón. Su madre le había preparado una empanada de pollo que olía maravillosamente bien. Pero ella no tenía hambre. Tenía un nudo en el estómago que no se disolvía con nada. Su único incentivo para sentarse a la mesa hubiera sido acompañar a Jonathan, pero su madre también se había ocupado de eso. El niño ya había cenado.

Después de darle un abrazo de oso a su madre, el pequeño se había ido a la sala de estar para jugar con su nuevo videojuego.

Lilli pensó que a lo mejor lograba comer algo si se llevaba la comida a la sala de estar y le acompañaba mientras jugaba…

Estaba a punto de servirse un poco de empanada cuando oyó sonar el timbre. Su primer pensamiento fue que su madre había olvidado algo, pero entonces se dio cuenta de que ella jamás hubiera llamado al timbre. Tenía llave de la casa.

¿Quién podía ser entonces?

—¡Yo voy!

El corazón de Lilli se heló en un instante.

—¡No!

Aquel pánico desmesurado no provenía del deseo de proteger a su hijo de los extraños. Había un peligro mucho mayor… ¿Y si la persona que estaba al otro lado de la puerta era Elizabeth Dalton? ¿O uno de los numerosos empleados que trabajaban para ella? ¿Cómo de fácil podía ser hacer desaparecer a un niño?

Soltando los cubiertos que acababa de sacar, echó a correr, sin oír el estruendo que hacían contra el suelo.

—¡No abras la puerta, Jonathan!

Demasiado tarde. Jonathan ya la había abierto de par en par.

—Hola —le oyó decir, saludando a la persona que estaba al otro lado de la puerta.

Con el pelo rubio y aquellos ojos azules tan intensos, el niño parecía una versión en miniatura de su madre. Además, también sonreía como ella.

—Hola —le dijo Kullen, sonriendo de oreja a oreja—. Tú debes de ser Jonathan.

—Sí —dijo el niño en un tono serio.

—¿Tu madre está en ca…?

Antes de que pudiera terminar la frase la puerta se abrió del todo. Lilli, sin aliento y pálida como un fantasma, apareció ante él.

—Ya veo que sí —dijo Kullen, mirándola.

Al ver que era Kullen, Lilli soltó el aliento de golpe, aliviada.

—Oh, gracias a Dios. Eras tú.

Kullen se rió.

—No te preocupes. No es el peor recibimiento que me han hecho —le dijo en un tono bromista—. ¿Qué sucede? —le preguntó, poniéndose serio.

Lilli miró a su hijo.

—Sucede que…

Ya habían hablado de ello muchas veces.

—¿Qué te he dicho de abrir la puerta? —le dijo a su hijo.

—Que no lo hiciera —dijo el pequeño.

Era imposible enfadarse con él. Él era la luz que iluminaba su vida. No obstante, sí tenía que dejarle claro que no podía abrir la puerta de par en par en cuanto oyera el timbre.

—¿Y entonces por qué has abierto?

El niño puso una cara inocente.

—Yo sólo quería ayudarte, mamá. Tú estabas muy ocupada en la cocina.

—Bueno, no tengo nada que objetar ante tamaño gesto de altruismo —le dijo Kullen a Lilli.

Miró hacia el interior de la casa, mucho más pequeña y cálida que la de Elizabeth Dalton.

—¿Puedo entrar?

Lilli dio un paso atrás.

—Claro. Pero yo sí tengo algo que objetar ante este gesto altruista —le dijo—. ¿Y si no hubieras sido tú? ¿Y si hubiera sido uno de los secuaces de Elizabeth Dalton? —bajó la voz para que Jonathan no pudiera oírla. Podrían habérselo llevado en un abrir y cerrar de ojos.

Kullen entró tras ella y entonces se detuvo.

—¿Eso te preocupa de verdad? —le preguntó en un tono serio.

La mirada de Lilli hablaba por sí sola.

Como Kullen era alguien nuevo en la casa, Jonathan se había quedado por allí en vez de volver a la sala de estar.

Lilli se dio la vuelta para que el niño no oyera nada.

—No sé de qué es capaz, o hasta dónde estaría dispuesta a llegar —susurró—. Creo que esa mujer no tiene límites.

—Bueno, lo que sí te puedo decir es que es capaz de sobornar —señaló Kullen.

Lilli se quedó perpleja.

—¿Qué quieres decir? —le preguntó.

Kullen sacó el pack de cervezas que había comprado y se lo enseñó.

—Te lo contaré todo tomándome una cerveza.

—¿Puedo tomarme una yo también? —preguntó Jonathan, entusiasmado.

—No —dijo Lilli automáticamente.

De repente se dio cuenta de que Kullen había contestado al mismo tiempo, pero su respuesta había sido «sí» en vez de «no».

Anonadada, se le quedó mirando fijamente.

—¿Sí? —exclamó, sin creérselo todavía.

—Le he traído malta —le dijo Kullen, explicándose—. Quería que se tomara algo con nosotros.

Lilli sintió remordimientos por haber pensado tan mal de él.

Había olvidado lo dulce que podía ser. Durante un breve instante deseó poder volver atrás y hacer las cosas de otra manera.

—Qué amable —le dijo, sonriéndole.

Kullen se encogió de hombros y le dio el refresco a Jonathan.

El niño se puso muy contento al ver el oscuro brebaje, como si acabaran de hacerle un hombre.

—Voy a buscar los vasos —dijo y salió corriendo hacia la cocina.

Se oyó el ruido de cristal contra cristal, pero Lilli no quiso ir detrás de él. Tenía que enseñarle a ser independiente, por mucho que le doliera.

—La señora Dalton me hizo ir a su casa —le dijo Kullen, sentándose frente a la mesa.

—¿Te hizo ir a su casa? —le preguntó Lilli mientras Jonathan repartía los vasos y tomaba asiento.

—En realidad… Se podría decir que me mandó llamar, o que me citó. Ésa sería la palabra adecuada —abrió la lata y echó la cerveza en un vaso de tubo.

Por el rabillo del ojo podía ver a Jonathan, imitando todos sus movimientos.

—¿Te citó? —repitió Lilli, incrédula—. ¿Por qué?

Kullen se inclinó hacia adelante, le abrió la cerveza y se la sirvió en el vaso.

—Creo que pensaba que el soborno sería más impresionante si lo llevaba a cabo en su flamante casa.

—¿La señora Dalton trató de sobornarte? —le preguntó—. ¿Con qué? ¿Dinero?

—Con mi futuro —bebió un sorbo de cerveza—. Me dijo que conocía a mucha gente influyente que podía ayudarme con mi carrera —se rió suavemente y sacudió la cabeza—. Parece ser que también conocía a mi padre.

De repente, Lilli fue consciente de cada sonido a su alrededor, el continuo murmullo del motor de la nevera, Jonathan, bebiéndose su refresco… Apenas podía respirar. Sabía muy bien lo tentadora que podría haberle resultado aquella oferta, y también sabía que no tenía derecho a pedirle que le diera la espalda a una oportunidad como ésa.

Pero si él se retiraba del caso, ya no tendría tiempo de encontrar a nadie. ¿Y quién podía garantizarle que otro abogado no se dejaría sobornar?

—¿Qué le dijiste? —le preguntó en tono cauteloso.

Él sonrió de oreja a oreja y Lilli sintió que había esperanza.

—No delante del niño.

—¿La rechazaste? —exclamó Lilli esperanzada.

Él la miró un instante, asombrado. No podía creerse que se sorprendiera tanto.

—Claro que la rechacé. Parece que no me conoces en absoluto, ¿no?

—Ya ni siquiera me conozco a mí misma —confesó ella en un tono cansado.

Kullen se lo puso fácil.

—Muy bien. Todavía tienes que encontrarte a ti misma, pero yo ya lo he hecho —puso el vaso sobre la mesa y extendió las manos—. Lo que ves, Lilli, es lo que hay.

«Debería haber confiado en ti entonces, Kullen…», pensó ella.

«Debería haber confiado entonces…».

—Entonces hoy es mi día de suerte —le dijo finalmente.

Capítulo 9

SIN saber muy bien cómo responder al comentario que Lilli acababa de hacer, Kullen se volvió hacia el chico.

—¿Qué tal está tu cerveza, colega? —le preguntó.

Encantado de ser importante para el amigo de su madre, el chico sonrió.

—¡Muy buena! —dijo y bebió un largo sorbo.

Kullen hizo un esfuerzo por contener la risa. No quería herir su orgullo.

—Me alegro.

Jonathan se cambiaba de postura una y otra vez, incapaz de estarse quieto en la silla. Lilli no recordaba haberlo visto así nunca. Normalmente era un niño tranquilo, sosegado. Pero también había que tener en cuenta que sólo estaba acostumbrado a estar entre mujeres; su madre, su profesora, su abuela… Se alborotaba mucho más en presencia de Kullen porque era un hombre.

Le miró fugazmente. Le estaba muy agradecida por tratar a su hijo como una persona importante, por hacerle sentir tan bien.

—¿Te gustan los videojuegos? —le preguntó Jonathan a Kullen de repente, con los ojos brillantes—. Tengo uno muy bueno. ¿Quieres verlo?

—Jonathan, el señor Manetti no tiene tiempo para jugar —le dijo Lilli.

No quería que Kullen se sintiera obligado. Ya estaba haciendo más que suficiente.

Kullen le guiñó un ojo al niño.

—No quiero llevarle la contraria a tu madre, pero resulta que ahora mismo sí que tengo tiempo —se puso en pie—. Llévame —le dijo al chico y entonces miró por encima del hombro hacia Lilli—. Tú también puedes venir, mamá, a menos que tengas deberes que hacer.

Y los tenía. Pero la idea no resultaba tan atractiva como ver jugar a Kullen con su hijo. Las hojas de inventario podían esperar hasta la noche. Tenía que hacer un alto y disfrutar del momento.

—Los deberes pueden esperar —dijo.

De repente sintió un hambre repentina y miró hacia la cocina.

—Estaba a punto de comerme una empanada que ha hecho mi madre. ¿Quieres un poco?

Kullen todavía no había cenado.

—Me encantaría —le dijo sin perder ni un momento—. ¿Y tú, vaquero? ¿Tienes hambre también? —le preguntó a Jonathan.

Jonathan sacudió la cabeza.

—Ya cené con la abuela.

Kullen sonrió y le alborotó el cabello.

—Así me gusta. Haciéndole compañía a tu abuela. Estoy segura de que ella está encantada.

Jonathan sonrió con entusiasmo.

—Sí. Mi abuela es muy buena conmigo —le dijo con sentimiento.

Corrió hacia la sala de estar y agarró la caja en la que le venía el juego.

—Estaba jugando a éste —le dijo a Kullen, enseñándosela—. Pero sería más divertido si tú jugaras conmigo.

Lilli miró a Kullen con escepticismo.

—¿Sabes jugar? —le preguntó.

Ella no tenía ni idea, aunque sí llevaba tiempo queriendo aprender.

—¿Que si sé cómo jugar? —repitió Kullen con una sonrisa.

La verdad era que los videojuegos eran su debilidad. Era su forma de relajarse, cuando no estaba con su «cita del mes», como decía su hermana Kate.

—Ya verás… —le prometió a Lilli, sentándose en el sofá junto al chico.

Kullen y Jonathan jugaron durante más de dos horas. Era evidente que Kullen era todo un experto. Sin embargo, en el último momento le dejó ganar la última ronda a Jonathan.

A Lilli se le encogía el corazón al ver tan feliz al pequeño.

—Parece que me has derrotado, chaval —dijo Kullen, maravillado, dejando el mando sobre la mesa—. Pero la próxima vez no podrás conmigo —le prometió con un guiño.

—¿Y qué tal ahora? —le preguntó el chico con entusiasmo, agarrando el mando y ofreciéndoselo.

Parecía dispuesto a seguir toda la noche.

Lilli los observaba desde su butacón.

—Ya tienes que irte a la cama, Jonathan —le dijo.

—Oh, mamá.

Jonathan la sorprendió con un quejido infantil que no era propio de él.

—Unos minutos más.

—Hace falta algo más que unos cuantos minutos para jugar la partida, chaval —le recordó Kullen—. Además, estoy hecho polvo. También es hora de acostarse para mí.

—¿Tienes hora de acostarte? —le preguntó Jonathan, sorprendido y escéptico.

—Todos los grandes jugadores de videojuegos tienen que acostarse a una determinada hora —le dijo Kullen en un tono serio—. ¿No lo sabías? Tenemos que descansar para poder seguir siendo los mejores. Nunca se sabe cuándo vendrá el próximo desafío.

Las sospechas se desvanecieron.

—Oh —dijo el chico.

Convencido, bajó la cabeza.

—De acuerdo.

—Sube y prepárate, cariño —le dijo Lilli—. Subiré enseguida para arroparte.

—¿Y me leerás un cuento? —le preguntó Jonathan, mirándola con esperanza.

—Ya veremos.

—¿Y si te lo leo yo? —sugirió Kullen.

Los ojos de Jonathan se iluminaron.

—¡Eso estaría genial!

—Muy bien. Sube y prepárate, como dijo tu madre, y yo subiré dentro de unos minutos.

Jonathan voló por la escalera.

—Deja la puerta abierta para que pueda encontrar tu habitación —le dijo Kullen.

—Sí, señor —dijo el chico, encantado.

—Nunca lo he visto moverse tan rápido para irse a la cama —dijo Lilli, asombrada—. Sabes que no tenías por qué hacerlo, ¿verdad?

Él se encogió de hombros, restándole importancia a su gratitud.

—Me gusta jugar a los videojuegos, y así tenía la excusa perfecta.

—¿Y lo de comprar malta? —le preguntó Lilli, mirándolo con ternura.

Él volvió a encoger los hombros.

—Me pareció una buena idea en ese momento.

—Muy bien. ¿Y lo de ofrecerte voluntario para leerle un cuento?

Kullen se rió. No era para tanto.

—¿Es que no lo sabes? A los abogados nos gusta mucho oír nuestra propia voz. Y practicamos leyendo en alto.

Lilli sacudió la cabeza. El hombre que tenía ante sus ojos era tan auténtico como aquel muchacho que vivía en su memoria.

—Siguen sin gustarte los cumplidos, ¿verdad?

—Me gustan cuando me los merezco —dijo él—. Pero no me gusta recibirlos cuando hago algo porque me gusta.

Mientras la miraba su expresión se volvió seria.

Un extraño cosquilleo recorrió el vientre de Lilli.

—Escucha, tenemos que hablar.

—¡Estoy listo, señor Kullen! —exclamó Jonathan de repente, desde el piso de arriba.

—Pero no ahora —dijo Kullen.

Lilli no sabía lo que Kullen quería decirle y la incertidumbre la volvía loca. ¿Acaso había algo malo que quisiera decirle? ¿Acaso había cambiado de opinión y había decidido aceptar el soborno de la señora Dalton? La mera posibilidad la dejaba desarmada.

«No. No podría hacerlo», se dijo.

Él jamás haría una cosa así. Ella lo conocía bien. El Kullen Manetti al que conocía jamás le tendería una trampa.

Tener que tratar con la madre de Erik la había vuelto desconfiada, recelosa… Y había terminado viendo amenazas donde no las había.

«Maldita sea. No es justo», se dijo mientras limpiaba la sala de estar. Acababa de empezar a poner en orden su destartalada vida; acababa de empezar a confiar de nuevo.

Era cierto que no había vuelto a salir con un hombre desde antes del nacimiento de Jonathan, desde que había dejado a Kullen en realidad… Pero eso era porque no estaba interesada en salir con hombres.

Al único hombre verdaderamente importante en su vida todavía le faltaban unos cuantos años para empezar a afeitarse.

Sin embargo, había comenzado a ser capaz de relajarse de nuevo; había empezado a sentirse bien, tranquila… Y entonces Elizabeth Dalton la había acorralado y le había pedido la custodia. Era evidente que la señora Dalton esperaba que se rindiera a la primera.

—No estás acostumbrada a que alguien te diga que no, ¿verdad, vieja víbora? —masculló, limpiando la marca que había dejado el vaso de Kullen sobre la mesa—. Te dije que no y lo seguiré haciendo hasta que se te grabe bien en esa cabeza tuya, o hasta que tenga que llevarme a Jonathan a donde no puedas encontrarlo jamás.

Agarró los platos que habían usado, puso los vasos encima y se los llevó a la cocina. Lo dejó todo en el fregadero.

—Pero nunca, nunca, podrás poner tus ponzoñosas garras sobre mi pequeño. No lo convertirás en una copia de su padre —agarró las latas y las echó en la bolsa de basura de reciclables—. Por lo que a mí respecta, tú eres la culpable de todo —dijo, volviendo a la sala de estar—. A lo mejor Erik era un niño igual de bueno que Jonathan, pero tú lo convertiste en el monstruo egoísta que era. A mi hijo no le ocurrirá eso.

—Eso no pasará.

Lilli reprimió un grito y se dio la vuelta bruscamente, tanto así que tropezó con Kullen. Él la agarró de los hombros.

—Oye —le dijo, riendo—. No doy tanto miedo.

—No das miedo en absoluto —dijo ella cuando recuperó el aliento—. Es que no te oí acercarte y me he llevado un susto.

—Lo siento. La próxima vez llamaré antes —le prometió, guiñándole un ojo—. He venido porque me pareció oírte hablando con alguien.

Lilli no se había dado cuenta de que estaba hablando tan alto.

—Estaba hablando conmigo misma.

Kullen pareció tomárselo de broma.

—¿Y estabas de acuerdo con lo que estabas diciendo?

—Te estás riendo de mí.

—No —le dijo él—. Me rió contigo. Si te digo la verdad, oírte farfullar cosas me hace recordar.

Ella lo miró con una expresión de desconcierto.

—Solías hablar contigo misma mientras estudiabas.

Por aquel entonces tenían toda la vida por delante y él pensaba que ella llegaría a hacer grandes cosas.

—¿Por qué no volviste a la facultad?

Ella había crecido muy rápido ese año. Había pasado de ser una estudiante ejemplar a convertirse en una madre responsable de un niño que al principio no quería. Pero eso había cambiado nada más ver a Jonathan en sus brazos.

—No podía. Tenía un bebé del que cuidar.

—Muchos abogados tienen hijos —le dijo él, pensando que nunca era demasiado tarde para retomar los estudios.

—Sí, pero normalmente tienen una esposa, alguien que les ayude en casa.

«Y ése hubiera sido yo si hubieras confiado en mí», pensó Kullen.

—Tenías a tu madre.

Lilli negó con la cabeza.

—Al principio no. Cuando dejé la facultad, me fui a vivir a Santa Bárbara. He vuelto hace poco. Quería que mi madre conociera a su nieto y también sabía que necesitaría su apoyo —añadió, pensando en la batalla legal que tenía por delante—. Ahora mismo, no puedo dedicarme a estudiar. Además, me gusta llevar la boutique.

Eso se lo había mencionado durante alguna de las reuniones que habían tenido, pero nunca le había contado mucho al respecto.

—Llevo tiempo queriendo preguntarte. ¿Qué clase de boutique tienes?

Ella esbozó una sonrisa inmediata. Desde su llegada al negocio, había hecho una serie de sugerencias. Al dueño le habían parecido bien y poco a poco había dejado su sello personal en la tienda.

—Se llama Dreams —le dijo—. Vendemos ropa para mujeres tranquilas y discretas que quieren salir del cascarón, por lo menos una vez. Yo asesoro a las clientas, hago cambios de imagen.

—Y haces que los sueños se hagan realidad —dijo él.

Ella sonrió y asintió con la cabeza.

—De ahí el nombre.

De repente cayó en la cuenta de que Jonathan estaba solo en el piso de arriba.

—¿Pero qué haces aquí? —se dirigió hacia las escaleras—. ¿Te has cansado de leer para tu club de fans?

Moviéndose rápidamente, Kullen se le adelantó.

—No tienes que subir a verle. Está dormido.

Ella lo miró, sorprendida.

—Estás de broma —miró hacia lo alto de las escaleras, como si fuera capaz de ver a través de las paredes—. Debe de ser la primera vez. Jonathan siempre tarda una hora en dormirse.

—Bueno, pues ahora está dormido —le aseguró él—. Debe de haber sido el sonido de mi voz. Empezó a cerrar los ojos cuando llegamos a la página diez —sonrió—. Yo esperaba que tardara más en dormirse. Tenía ganas de saber qué le iba a pasar al indio.

—¿Te pidió que le leyeras *La Llave Mágica*?

Lilli pensó que era una noche llena de sorpresas. Aquel libro estaba en lo que Jonathan llamaba su «lugar especial».

—Sí. ¿Por qué?

—Es su favorito. Yo soy la única que puede leérselo. Ni siquiera deja que mi madre se lo lea. No quiere que nadie más toque el libro. Se pone muy pesado con eso.

—Entonces es todo un honor —dijo Kullen.

«Es algo más que eso. Eres especial para él», pensó Lilli.

Jonathan nunca le había tomado tanto cariño a alguien, y tan rápidamente.

«Como a un padre…».

Lilli decidió que no era buena idea acostumbrarse a esa situación. Ella sabía mejor que nadie que las cosas se derrumbaban justamente cuando parecía que todo iba bien. Y tenía la sensación de que esa vez no sería diferente.

—Antes de subir me dijiste que querías hablar conmigo.

La expresión de Kullen se volvió seria.

—Quería preguntarte algo, en realidad.

Un sentimiento de inquietud recorrió la espalda de Lilli. No tenía ni idea de lo que estaba por venir, pero se preparó para lo peor.

—Adelante.

Él la miró a la cara, recorriendo cada uno de sus rasgos faciales.

—¿Quieres que te tapen los ojos y que te den un cigarrillo? —le preguntó en un tono bromista.

—¿Qué?

—Parece que estás a punto de enfrentarte a un pelotón de fusilamiento.

—Lo siento. Ya me he acostumbrado a esperar siempre lo peor.

—¿De verdad tienes miedo de que alguien intente secuestrar a Jonathan?

—Probablemente pienses que soy una paranoica.

Él sacudió la cabeza. Ella era la única persona que podía saber si realmente existía una amenaza.

—No importa lo que yo piense. Lo que importa es

lo que tú piensas. Tú conoces mucho mejor la situación. ¿Realmente crees que la señora Dalton sería capaz de secuestrar a tu hijo?

Ella respiró hondo. No quería que él pensara que estaba loca, pero tampoco quería restarle importancia a algo que temía profundamente.

—¿Quieres que te diga la verdad?

—No llegaremos a ninguna parte si me mientes, Lilli, así que dime la verdad.

—Creo que Elizabeth Dalton tiende a ser una persona obsesiva. Ahora mismo, su única obsesión es conseguir a mi hijo. A lo mejor cree que puede reemplazar a su hijo con Jonathan. Pero, en cualquier caso, sé que yo le llevé la contraria, y ella no tolera que la rechacen.

Lilli contestó a su pregunta.

—Tengo pesadillas en las que alguien entra en la casa y se lleva a Jonathan —le confesó—. Llevo tiempo durmiendo en el sofá, así que si alguien intenta entrar, lo oiría enseguida. Llevo semanas sin dormir del tirón toda la noche —dijo, reprimiendo un bostezo—. No hago más que oír cosas…

Su voz se perdió y entonces levantó la vista hacia Kullen.

—Supongo que piensas que soy una paranoica. O que estoy loca, o las dos cosas.

—No. No creo que estés loca, ni paranoica —le aseguró tranquilamente—. Creo que eres una madre que tiene mucho miedo de perder a su hijo.

Y eso debía de ser una situación terrible. Sentía una gran compasión por ella, por lo que estaba pasando.

Kullen hizo una pausa y se quedó pensativo.

—¿Te gustaría que alguien se quedara aquí contigo?

—¿Quieres decir un guardaespaldas? —preguntó ella—. No puedo permitirme uno, Kullen. Además, ¿cómo sabría si la señora Dalton se pone en contacto con el guardaespaldas? A lo mejor trata de sobornarlo también. En vez de tener a alguien en quien confiar para proteger a Jonathan, tendría al enemigo en mi propia casa.

—No tiene que ser así necesariamente —le dijo él.

—¿Qué quieres decir?

Kullen la miró a los ojos mientras hablaba.

—¿Y si tuvieras a alguien de confianza? ¿Alguien que conocieras?

—¿Como quién?

Kullen sonrió y extendió las manos.

—Alguien como yo.

Hubiera sido perfecto, pero no hubiera sido justo para él.

—No puedo pedirte que...

—Y no lo has hecho —le dijo él, interrumpiéndola—. Yo me presento voluntario.

—Abogado de día y guardaespaldas de noche —le dijo ella—. ¿Pero cuándo dormirías?

—¿Por qué no dejas que yo me ocupe de eso? —le dijo él con ternura.

Tenerle en casa por las noches la ayudaría a sentirse mucho más tranquila y segura. Sabía que era muy egoísta por su parte, pero la idea de tenerle allí, en su propia casa, era demasiado tentadora como para dejarla escapar así como así.

—Oh, Dios, Kullen... —exclamó, profundamente agradecida—. Eres tan bueno conmigo. No me lo merezco. No después de...

Kullen le puso un dedo sobre los labios para hacerla callar.

—Otra vez… ¿Por qué no dejas que yo decida qué mereces o no?

Lilli levantó la vista y trató de contener las lágrimas.

No había palabras suficientes en el mundo para expresar lo mucho que aquello significaba para ella. Sólo tenía una forma de hacerle comprender lo agradecida que estaba.

Poniéndose de puntillas, puso sus manos sobre el rostro de él y le dio un beso.

Kullen pudo sentir el salado sabor de las lágrimas en sus labios…

Capítulo 10

KULLEN nunca había sido ningún santo.

Pero la experiencia sexual adquirida durante los últimos ocho años tampoco le había preparado para el intenso deseo que reverberaba por todo su cuerpo.

Mientras probaba el sabor de sus labios, se sintió como un hombre al que acababan de dar un plato de comida después de mucho tiempo pasando hambre.

Él era igual que cualquier otro hombre. Aprovechaba la oportunidad, si se presentaba, pero sabía que siempre podía marcharse sin más, sin compromisos de ninguna clase. Hacer el amor era una descarga de adrenalina, pero tampoco tenía ningún problema si las cosas no iban por ese camino.

No obstante, todo era diferente con Lilli.

Siempre lo había sido.

Desde el momento en que la vio por primera vez, supo que había una conexión que nunca antes había experimentado, y a lo mejor fue ése el motivo por el que, tras su desaparición, empezó a relacionarse con mujeres con las que no había ninguna posibilidad de futuro. Eran jóvenes atractivas que querían pasar un buen rato y que estaban encantadas con tener a un amante experto. Pero él siempre dejaba bien claro que no habría promesas de ningún tipo; nunca daba lugar a que pensaran que podía haber algo serio entre ellos. Todas las mujeres que habían estado con él sabían desde el primer momento que sería algo pasajero. Sólo se trataba de sexo, sano y fugaz.

Pero aquel beso de Lilli contenía más sentimiento que todos los besos que había recibido de aquellas chicas a lo largo de muchos años de experiencias sexuales.

Aunque todavía controlara la situación, Kullen sabía que se estaba acercando al borde del abismo. Sabía que estaba a punto de tirar a la basura toda la precaución y la prudencia. Deseaba estrecharla entre sus brazos y besarla tal y como había soñado todos aquellos años, con toda su alma.

Sin embargo, el recuerdo del profundo dolor padecido tras su desaparición le hizo detenerse. Kullen retrocedió.

Tenía que dejarle las cosas claras.

—Si vuelves a hacer eso… Tendrás que atenerte a las consecuencias —le dijo.

Lilli se estremeció por dentro. Estaba asustada y maravillada. Se sentía tentada de llevarle al límite, de volver a besarle, pero esa vez con más sentimiento todavía.

Lo había echado tanto de menos… Echaba tanto de menos la sensación de seguridad a su lado…

Por una parte, no había sitio en su vida para más complicaciones. Pero por otra, no deseaba alejarse de Kullen otra vez.

Kullen, el hombre con el que debería haber estado ocho años atrás… El hombre con el que se hubiera casado si las cosas hubieran sido ligeramente distintas.

Pero todo había resultado de otra manera y ya no se podía hacer nada al respecto. Tenía que mirar hacia delante, no hacia atrás. Lamentarse por lo ocurrido en el pasado no servía nada más que para atormentarse.

Y ella ya se había torturado bastante.

—A lo mejor me dan igual las consecuencias —le dijo sin pensar.

Kullen respiró hondo y reprimió un impulso repentino que amenazaba con apoderarse de él.

«Esto es una prueba, ¿no?», se dijo a sí mismo. Y si pasaba aquella prueba, no quedaría más que un profundo vacío al otro lado. Ése era el premio, si podía llamarse así.

Un vacío…

Lilli era su cliente. Los abogados que se acostaban con sus clientes cometían un grave error. No era ético. Todo el mundo lo sabía. Además, él ya tenía bastante y no quería meterse en problemas.

Podían llegar a quitarle la licencia y no quería arriesgar su vida y la de Lilli. ¿Quién iba a luchar por ella y por su hijo si él no podía hacerlo?

Kullen le puso las manos sobre los hombros y, en vez de estrecharla entre sus brazos, la hizo retroceder y la mantuvo a raya, lejos de él.

—Sería un grave error, Lilli.

Ella asintió, respirando profundamente.

—Muy bien.

Por lo menos uno de los dos tenía sentido común. Pero el sentido común no podía sustituir a un buen abrazo.

—Si dices en serio lo de quedarte aquí, iré a buscar sábanas y almohadas.

—Lo digo en serio —afirmó Kullen.

Se había decidido en cuanto ella le había explicado su preocupación, pero no había reparado en el gran desafío que le supondría no acercarse a ella teniéndola tan cerca.

—Tienes que descansar —añadió.

Lilli pensó que no podría dormir teniéndole en el piso de abajo. Cada célula de su cuerpo vibraba de emoción y seguramente le llevaría mucho tiempo quedarse dormida. Pero por lo menos podría tumbarse un rato, sabiendo que Jonathan estaba a salvo.

Respiró hondo y fue a buscar la ropa de cama.

Una extraña sensación de sentirse observado se coló en su inconsciente justo antes de despertar.

A medida que la bruma del sueño se disolvía y la mente se le despejaba, la sensación se hacía más fuerte. Kullen no era capaz de ahuyentar la inquietud. Parecía como si alguien le observara, como si le miraran fijamente.

¿Acaso estaba bajo vigilancia?

¿Acaso había una cámara secreta oculta en algún lugar de la casa, puesta allí por la señora Dalton con la idea de conseguir alguna información útil para usarla en contra de Lilli?

¿O acaso se trataba de un vestigio de un sueño ya olvidado?

Se sentía como si tuviera los ojos pegados. De repente pensó que no había dormido casi nada, que se había quedado dormido unos minutos antes.

Cuando por fin logró despegar los párpados, descubrió que no había ninguna cámara secreta espiándole.

En realidad se trataba de un pequeño espía. Los ojos que lo miraban fijamente, como si quisieran memorizar cada rasgo de su rostro, pertenecían a la persona que debía proteger.

Jonathan.

En cuanto abrió los ojos, Jonathan esbozó una enorme sonrisa.

—¡Está despierto! —exclamó—. ¿Vas a vivir con nosotros? —le preguntó.

Kullen se incorporó y trató de explicar su presencia de alguna manera sin asustar al chico.

En ese momento, Lilli entró en el salón.

—Va a quedarse unos días, Jonathan. Ya sabes. Será nuestro invitado.

Se detuvo junto al sofá y le dio a Kullen una taza de café recién hecho.

—Pensé que te vendría bien —le dijo, esbozando una sonrisa.

—Me has salvado la vida —le dijo Kullen, agarrando la taza con avidez.

Su cerebro nunca se ponía en marcha hasta echarle algo de combustible.

—Una cosa por la otra —dijo ella con entusiasmo.

—¿Qué cosa? —preguntó Jonathan.

Lilli le alborotó el cabello.

—Tienes que prepararte para el cole. Yo entro a trabajar muy pronto esta mañana.

Jonathan bajó la cabeza, desilusionado.

—¿No puedo quedarme en casa hoy con el señor Kullen?

—Lo siento, chaval, pero yo también tengo que irme a trabajar —dijo Kullen.

—Oh.

El chico pareció pensárselo un poco y entonces volvió a sonreír.

—Muy bien. Iré a vestirme —le dijo a su madre con entusiasmo, echando a correr.

Lilli suspiró, viéndole correr por las escaleras.

—Dios, cómo quisiera tener su energía.

—A mí me parece que lo estás haciendo muy bien así —le aseguró Kullen.

Después de terminarse el café, dejó la taza sobre la mesa y se puso en pie.

—Tengo que irme a casa a cambiarme de ropa. Parece que he dormido con esta ropa.

—Hay una razón para eso —dijo Lilli—. Has dormido con ella —añadió, riendo.

—Cierto —admitió Kullen—. Pero no quiero que Kate se dé cuenta, si puedo evitarlo.

Lilli pareció no entender.

—Si se da cuenta, no me dejará en paz.

—Oh. Yo apuesto por ti. Seguro que puedes mantenerla a raya —le dijo Lilli con seguridad—. Si quieres tomar algo, acabo de preparar el desayuno. Gofres con sirope de arándanos.

Kullen la miró, sorprendido.

Ése era su desayuno favorito, pero ella no podía saberlo. Nunca habían pasado una noche juntos, así que nunca se habían levantado en la misma casa.

Hasta ese día.

El sueño y la luz de la mañana no habían logrado apagar la chispa del deseo que ella había encendido la noche anterior. Con sólo pensar en ello, un relámpago de pasión corría por sus venas.

Necesitaba una ducha fría. En su propia casa.

—Me lo llevaré para el camino.

Haciendo un esfuerzo por ahorrar tiempo, la siguió hasta la cocina. Ella metió un par de gofres en un recipiente de plástico y cerró la tapa con fuerza. Comprobó el cierre para ver si estaba bien adherido y entonces lo metió en una bolsa de papel, junto con un tenedor desechable.

Kullen sintió una satisfacción secreta. No llevaba comida en una bolsa de papel desde el colegio.

—Volveré esta noche —le dijo, tomando la bolsa.

Lilli lo acompañó hasta la puerta.

—No quiero ser una molestia para ti.

—Entonces no pienses en ello —le dijo él, deteniéndose junto a la puerta—. ¿Estarás bien hasta la noche?

Ella asintió.

—Sí. Gracias. Sólo me asusto por la noche —le dijo en un tono avergonzado—. Supongo que es una estupidez. Pero, por alguna razón, siento que sí puedo defenderme de día.

Kullen pensó que también podía hacerlo de noche.

—Volveré antes del anochecer —le dijo, sabiendo que así la haría sentirse mucho mejor.

Pero al mismo tiempo, ella se sentía culpable. Se estaba aprovechando de él, de su generosidad.

—No quiero que pienses que estás obligado a volver luego.

Él suspiró y lo negó con la cabeza. Ella seguía siendo la misma.

—Es muy difícil hacer algo por ti. Lo sabes, ¿verdad? Deja de protestar y déjame ayudarte. Así será todo más fácil.

Ella esbozó una sonrisa tímida y agradecida y Kullen sintió que algo se agitaba en su interior. Hubiera podido pasar horas contemplando su sonrisa.

—Muy bien —le dijo, pensando que tenía que tener mucho cuidado.

Y entonces se marchó antes de encontrar otro motivo para quedarse.

Su coche estaba aparcado junto a la acera. Justo antes de subir, volvió la vista atrás. Lilli estaba allí, en la puerta, tal y como la recordaba su corazón.

Entró en el coche y arrancó.

Aquél iba a ser el caso más difícil de toda su carrera hasta la fecha.

—Me pasé por tu casa anoche.

Poco más de una hora más tarde, Kate entró en el despacho de Kullen sin molestarse en llamar a la puerta. Por la forma en que lo miraba, era evidente que pensaba que había pasado otra de sus noches locas.

Kullen tenía el pelo mojado.

—No estabas —cerró la puerta tras de sí y se apoyó contra el sofá de cuero—. Pero eso ya lo sabes.

—Me quedé trabajando hasta tarde —le dijo él en un tono evasivo—. Y no recuerdo haberte oído llamar a la puerta.

Ella le miró fijamente.

—No estabas. Y yo no llamé.

Normalmente ése era el momento en que Kate se lanzaba a hacer comentarios despectivos respecto al coeficiente intelectual de las mujeres con las que salía, pero esa vez no lo hizo. ¿Acaso sospechaba algo?

—Yo pensaba que Jewel era la que hacía trabajos de vigilancia —le dijo Kullen, en un tono casual.

—No te estoy espiando, Kullen —le dijo con firmeza y fue hacia su escritorio—. Estoy preocupada.

Por muy pesada que resultara, Kullen sabía que en el fondo sus intenciones eran buenas, pero no quería tenerla husmeando en su vida, sobre todo en ese momento.

Aun así contuvo las ganas de decirle que se metiera en sus propios asuntos.

—Me alegro de que me lo hayas aclarado porque ya empezaba a pensar que estabas cotilleando.

—Eso también —dijo ella, encogiendo un hombro y esbozando una media sonrisa—. Pero sobre todo, estaba preocupada.

—Me conmueves —le dijo mientras rebuscaba entre los montones de carpetas que estaban esparcidos por su escritorio.

¿Dónde estaba la carpeta que había sacado la noche anterior? Hubiera jurado que la había dejado a un lado de la mesa.

Algún día tendría que comprar unos buenos armarios archivadores en vez de seguir confiando en la memoria.

—Lo digo en serio, Kullen —inclinándose sobre la mesa, Kate bajó la cabeza hasta ponerse a la altura de él—. ¿Seguro que sabes lo que estás haciendo?

—¿Te refieres a enfrentarme a Elizabeth Dalton y a su ejército de abogados sedientos de sangre? —se rió brevemente—. Ya me conoces. Me encantan los desafíos.

—Sí. Lo sé. Pero yo estaba pensando en lo de volver con Lilli.

Kullen sintió una oleada de exasperación. Kate había llegado demasiado lejos.

—Para que hubiera una vuelta tendría que haber un comienzo, y no lo hay. Lilli y yo sólo estudiábamos en la misma facultad. Y un buen día se esfumó. Eso es todo.

Hizo todo lo posible por sonar distante, como si la marcha de Lilli no le hubiera afectado en absoluto. Y casi había llegado a pensar que lo había conseguido hasta que miró a su hermana a los ojos.

No había forma de engañarla.

—A mí me parece que hay algo más que eso, hermanito —le dijo ella, taladrándolo con la mirada.

—Piensa lo que quieras —él apartó la vista y centró su atención en las carpetas.

Tenía que encontrar esos documentos.

—Vivimos en un país libre.

Ella siguió como si no hubiera oído nada.

—Creo que Lilli es la razón por la que eres como eres. Eras distinto cuando entraste en la facultad de Derecho. Mamá y yo siempre pensamos que te casarías antes de hacer el primer examen.

«Y yo también pensaba lo mismo», pensó Kullen.

—Imposible —le dijo con contundencia—. Me gusta tener mi libertad, no tener que darle explicaciones a nadie. Y ahora, si no te importa… —gesticuló señalando la puerta—. Tengo mucho trabajo por delante.

Kate se puso derecha, pero no se movió. Todavía no.

—No me importa. Sólo pensé que quizá querrías usar alguno de estos casos que me hiciste buscar. Batallas por la custodia entre distintos miembros de una familia —añadió por si él no se acordaba.

Fue en ese momento cuando Kullen se dio cuenta de que Kate tenía una fina carpeta en la mano.

Ella la dejó caer sobre la mesa y él la abrió. El documento contenía una lista de casos con fechas.

—¿Y cuál es el balance?

—Cincuenta y cincuenta —dijo ella—. A veces la custodia le fue otorgada a la madre y otras veces no.

Kullen dejó que la carpeta se cerrara y miró a su hermana.

—Bueno, vamos a tener que cambiar eso —dijo, casi como si se lo estuviera diciendo a sí mismo.

Kate sonrió.

—Si hay alguien que puede hacerlo, ése eres tú.

Kullen levantó una ceja.

—¿Eso es un cumplido? —le preguntó a su hermana.

Kate no era muy dada a repartir halagos. Más bien era todo lo contrario. Sus ironías, ácidas y corrosivas, formaban parte de un juego al que él también era aficionado.

—¿Estás siendo amable conmigo? —le preguntó con incredulidad—. ¿Hay algo que deba saber? —le preguntó, tocándose el pecho como si quisiera comprobar su ritmo cardíaco—. ¿Me estoy muriendo?

—Todos nos estamos muriendo, Kullen. Algunos se mueren más deprisa que otros.

Antes de salir, Kate se volvió un momento. Su expresión era mucho más seria esa vez.

—Si le dices a alguien que te he dicho esto —le advirtió—, lo negaré y te demandaré por difamación, pero eres un abogado muy bueno, Kullen, y apuesto por ti. Tú eres el único que puede comerse a todas esas pirañas que Elizabeth Dalton tiene por abogados.

Kullen hizo una mueca de sorpresa.

—Porque eres bueno y rápido. Se nota que eres mi hermano —añadió con orgullo—. Ganar contra todo pronóstico es nuestra especialidad.

Y había una razón para ello, una buena razón que había sido parte de sus vidas durante mucho tiempo.

—Nuestro padre no esperaría menos.

Su padre había sido un hombre difícil de complacer y todavía más difícil de querer. Pero él siempre lo había querido con locura, y Kate también.

—¿Quieres que te traiga algo? —le preguntó Kate con la mano sobre el picaporte.

—Sí. Unas cuatro horas de sueño.

Ese día no era diferente a los demás. Debía tener la mente tan clara como siempre, pero en ese momento se sentía tan claro como un nubarrón de tormenta.

—No dormí mucho ayer.

Kate puso los ojos en blanco.

—Cómo te gusta fanfarronear.

Él no quería que ella se llevara una idea equivocada, no tratándose de Lilli.

—No es eso. No dormí con ella.

Ella esbozó una sonrisa pícara, cómplice.

—Según lo que yo sé, no se trata de dormir.

—Ya sabes lo que quiero decir —dijo Kullen con impaciencia—. No hubo nada entre nosotros.

Kate guardó silencio y se limitó a mirarle fijamente durante unos segundos.

—Esto es más serio de lo que pensaba —dijo finalmente, sonriendo—. Mamá se va a morir de felicidad. ¡Vaya! Dos en menos de un año. Le ha tocado el gordo.

A lo mejor era por la falta de descanso, pero Kullen no tenía ni idea de qué estaba hablando su hermana.

—¿Dos qué?

—Tú eres el abogado listo, Kullen. Ya lo averiguarás —dijo y se marchó, riéndose satisfecha.

Kullen hubiera jurado que iba tarareando la *Marcha Nupcial* por el pasillo…

Capítulo 11

POR una vez, Kullen logró salir del trabajo unos minutos antes. Aprovechó la oportunidad para pasar por casa y buscar un par de mudas de ropa, además de otras cosas que podría necesitar durante su estancia en casa de Lilli.

Era raro estar parado delante de su puerta, con una maleta en la mano. Pero fue todavía más raro encontrarse con Anne McCall cuando llamó a la puerta.

—Oh, hola, Kullen. Lilli me dijo que ibas a venir.

La madre de Lilli, que más bien aparentaba ser su hermana mayor, no parecía muy cómoda con su presencia. Al principio pensó que era por la maleta, pero entonces se dio cuenta de que era algo más profundo.

Retrocediendo un poco, le invitó a entrar en el salón, bajando la vista y hablándole a la alfombra.

—Quiero darte las gracias por lo que estás haciendo por Lilli.

Entonces por fin levantó la vista y le miró a los ojos.

—Respecto a la última vez que nos vimos... —su voz se perdió un momento y después volvió con más fuerza—. No quería mentirte...

Kullen se dio cuenta de qué se trataba. Recordó que Anne había tenido que mentirle, pero él jamás le hubiera guardado rencor, y menos después de tanto tiempo.

—Tenía sus motivos —le dijo en tono diplomático.

Ocho años atrás, desesperado por la repentina desaparición de Lilli, había acudido a su madre en busca de una explicación. Ella siempre le había dicho que estaban muy unidas.

Sin embargo, cuando buscó a Anne, ésta le dijo que no tenía ni idea de dónde estaba. Le dijo que lo único que sabía era que ella quería que la dejaran tranquila, y que si realmente se preocupaba por ella, entonces debía dejarla marchar y seguir con su vida.

Mientras miraba a la madre de Lilli, aquella escena volvió a su memoria con mucha fuerza y nitidez, y también el dolor, la frustración...

Recordaba haber estado a punto de caer en una depresión, pero, por suerte, su espíritu fuerte y su determinación lo habían hecho seguir adelante. Haciendo un gran esfuerzo había aprendido a bloquear aquella parte de su vida, que incluía a Lilli.

Se obligó a mirar hacia delante porque no quería tener que someterse a los sermones de su padre si dejaba la facultad de Derecho después de todo el dinero invertido en su educación.

Pero, sobre todo, no quería que su padre involucrara a su madre en el asunto. No quería que le echara la culpa por haber criado a un hijo «blandengue», como solía decir él.

Y así se hizo más duro y consiguió capear el temporal. Pero su corazón también se volvió de hierro, y no dejó entrar a nadie más. Aprendió a ser no sólo un buen abogado, sino también un buen amante. Se convirtió en un amante de las mujeres, en un mujeriego, pero sin intención de enamorarse de ninguna. Nunca más.

—Sí —dijo Anne después de un incómodo silencio—. Tenía mis motivos. Tenía que proteger a mi hija —le miró con gesto de arrepentimiento—. Pero, aun así, no te lo merecías. Viniste a mí porque Lilli te importaba de verdad. Yo lo vi en tus ojos, pero te eché de todos modos.

Era evidente que sentía el peso de la culpa.

—Lo siento, Kullen —le dijo finalmente.

Pero Kullen no quería hacerla sentir mal. No sacaba nada de ello y el pasado, pasado estaba.

—Ya no tiene importancia, señora McCall. No se preocupe por ello.

—Lilli me dijo lo que estás haciendo por ella —le dijo con una mirada suave—. Gracias.

No tenía por qué darle las gracias. Si le hubiera pasado algo al chico por haber ignorado los temores de Lilli, no hubiera podido perdonárselo. A su modo de ver, no había tenido elección.

—Soy abogado. Es lo que hago.

Anne sacudió la cabeza.

—Yo me refiero a todo lo demás. Te vas a quedar aquí para que Lilli se sienta más tranquila, por si esa horrorosa mujer manda a alguien para que se lleve al niño. Eso no es parte del trabajo de un abogado —le dijo con conocimiento—. Eso significa ser un buen hombre.

De repente abrió el bolso y sacó su chequera.

—No tengo mucho dinero, pero lo que tenga, es tuyo.

Kullen puso su mano sobre la chequera y la hizo cerrarla.

—Ya pensaremos en eso más tarde —le dijo.

—Sí. Lo haremos —respondió Anne y entonces hizo una pausa. Las lágrimas brillaban en sus ojos, pero no era capaz de mantenerlas a raya.

—Tu madre ha criado a un hombre ejemplar, Kullen. No me extraña que esté tan orgullosa de ti.

Atraída por las voces, Lilli entró en el salón justo a tiempo para ver salir a su madre, pero su atención estaba puesta en Kullen. Una parte de ella no creía que él fuera a regresar esa noche, pero se había equivocado.

—Has vuelto —le dijo con una alegría inmensa.

Él dejó la maleta sobre la alfombra que estaba junto al sofá.

—¿Acaso creías que no lo haría?

—No te habría culpado si no lo hubieras hecho —confesó ella.

Para él aquello debía de ser como sujetar la mano de un niño temeroso de la oscuridad.

—Además, tampoco te habría culpado si hubieras decidido pensarte mejor lo de aceptar mi caso, o si hubieras cambiado de idea de repente.

—¿Y por qué iba a hacer eso?

Ella respiró hondo antes de responder.

—¿Para vengarte por lo que te hice?

Además de la maleta, él había llevado consigo su maletín de trabajo. Lo había puesto sobre la mesa central y estaba sacando el portátil. Al oír sus palabras se detuvo en seco.

—¿Es eso lo que piensas de mí? —le preguntó por

fin, después de mirarla fijamente durante unos segundos—. ¿Crees que he esperado todos estos años hasta encontrar la oportunidad perfecta para tomarme la revancha y así reparar mi orgullo herido?

Al oírle hablar así, Lilli se dio cuenta de que sus miedos habían sido ridículos.

—No —le dijo, esbozando una tímida y dulce sonrisa—. Tú no eres así. No sé por qué no eres así, porque yo realmente me lo merecía. Pero, no. Tú no eres así.

Kullen podía sentirlo. Lilli suscitaba emociones y recuerdos que sólo podían impedirle hacer bien su trabajo; emociones que podían hacerle perder el caso. Tenía que controlarlas.

—Mira, creo que esto saldrá mejor si olvidamos el pasado como si nunca hubiera ocurrido. Rememorar el pasado una y otra vez no te va a ayudar a mantener la custodia de tu hijo.

Ella lo miró con un gesto de confusión.

—¿Qué quieres decir?

—Un investigador privado me está haciendo unas cuantas averiguaciones; recopilando información que nos puede ser útil. Es ahí donde debemos poner todos nuestros esfuerzos. La única parte del pasado que importa en este momento es la que demuestra que tú no te deshiciste del problema cuando tuviste la oportunidad. Seguiste adelante con el embarazo y te quedaste con el bebé. Otra mujer…

—Yo no quería hacer otra cosa —le dijo ella en un tono firme—. No quería que Jonathan pagara los errores de su padre. Él no era más que un inocente.

En ese momento el chico entró en la habitación como un torbellino de energía. Al ver a Kullen sonrió de oreja a oreja.

—Hola, señor Kullen, ¿quiere jugar a la videoconsola conmigo? —le preguntó. Su rostro estaba lleno de esperanza.

—Jonathan, el señor Kullen tiene trabajo… —dijo Lilli enseguida, interceptando a su hijo antes de que fuera hacia Kullen.

—Claro —dijo Kullen, respondiendo a la pregunta del niño—. No se me ocurre una forma mejor de relajarme después de un día duro en la oficina —rodeó el cuello de Jonathan con el brazo.

—¿En serio? —le preguntó Lilli, pensando que quizá lo decía sólo por complacer al pequeño.

Kullen asintió con la cabeza.

—En serio.

—Muy bien. Entonces estaré en la cocina, preparando la cena —le dijo Lilli, disculpándose.

Antes de marcharse, Lilli contempló su propio reflejo en la ventana del salón. Su sonrisa no podría haber sido más grande.

El sonido de la risa de Jonathan llenaba el ambiente, acariciándole el corazón.

Habían pasado tres días, o más bien tres noches.

Tres noches y ella ya se había acostumbrado a la rutina… Cada día contaba las horas que faltaban para volver a casa, sabiendo que allí la esperaban Kullen y Jonathan.

Mientras les veía jugar a un juego de coches con la videoconsola, se daba cuenta de que había ocurrido algo especial.

«Así hubieran sido las cosas si…», pensaba.

Pero al final las cosas habían resultado de otra manera. Ella ya era una mujer adulta y las mujeres adultas no creían en cuentos de hadas ni en finales felices. La vida siempre se interponía en el camino, acechante, lista para tender una emboscada. Ella lo sabía muy bien.

Y sin embargo…

—Mamá, tienes una cara muy rara —dijo Jonathan de repente, dándose la vuelta hacia ella.

Lilli se sonrojó y volvió a la realidad.

—Lo siento, cariño —le dijo, sonriendo—. Estaba pensando.

—¿En qué? —preguntó el niño.

Estaban sentados alrededor de la mesa, en la sala de estar. Habían decidido tomar la cena allí mismo, mientras jugaban con el nuevo videojuego que Kullen le había regalado a Jonathan.

Lilli se aferró a lo primero que se le ocurrió.

—Qué bien que el señor Kullen te ha traído este juego, ¿eh?

Jonathan se volvió hacia Kullen y sonrió con alegría.

—Sí. Es genial. Gracias de nuevo, señor Kullen.

—De nada, chaval.

Los ojos de Kullen se encontraron con los de Lilli un instante.

Ella sentía que él podía ver en su interior, en su corazón.

De repente su sonrisa se volvió tensa, forzada, y Kullen se preguntó qué estaba pensando en ese momento.

Se había dicho en muchas ocasiones que no podía dejarse arrastrar a esa situación, que no podía permitirse disfrutar de aquellos pequeños placeres, porque sólo eran pasajeros.

En cuanto tuviera algo que usar en contra de Elizabeth Dalton, podría convencerla para que aceptara un acuerdo fuera de los tribunales.

Y en cuanto eso ocurriera, todo habría terminado.

Lilli seguiría con su vida y él con la suya. Y era precisamente por eso que no podía involucrarse de esa manera.

«Es fácil decirlo, pero hacerlo es otra cosa», pensó mientras oía reír a Jonathan.

El chico había ganado de nuevo.

Y perder, pensó Kullen, nunca había sido un trago tan dulce.

—Le has dejado agotado —dijo Lilli al entrar en el salón más tarde.

Acababa de preparar a Jonathan para irse a la cama y el chico se había quedado dormido nada más entrar en contacto con la almohada.

Kullen se rió, levantando la vista del ordenador.

—Y él a mí también.

—Pues no pareces tan cansado —le dijo Lilli, sentándose en el borde del sofá.

—Es la práctica —le dijo él, volviendo la mirada hacia lo que estaba leyendo en la pantalla.

Ella sabía que debía dejarle trabajar tranquilo, pero no era capaz de levantarse del sofá. Era muy agradable verle trabajar, igual que cuando estudiaban juntos para los exámenes. Siempre se concentraba tanto que no había nada que lo perturbara.

—¿Has encontrado algo útil? —le preguntó, tratando de no sonar impaciente.

—Todavía no estoy seguro —le dijo él con un gesto pensativo—. Hasta ahora sólo son las piezas de un puzle que Jewel me está enviando.

—¿Jewel?

Una emoción extraña vibró en su interior. ¿Celos? Su hermana no se llamaba así. ¿Una novia, quizá?

Kullen asintió y continuó leyendo.

—La investigadora a la que tengo trabajando en el caso, indagando en el pasado de Erik y de su madre —miró a Lilli—. Jewel averiguó que no fuiste la primera a la que Erik agredió sexualmente, ni tampoco la última —añadió—. Dalton no tenía escrúpulos de ningún tipo. Parece que el abogado de confianza de su madre, un tal Howard Cooper, estuvo muy ocupado extendiendo cheques a cambio del silencio de todas esas mujeres —Kullen hizo una pausa—. ¿Alguna vez aceptaste algún dinero?

—Ni un centavo —dijo Lilli, molesta con sólo oírlo.

—¿Estás segura? —le preguntó Kullen, insistiendo, mirándola fijamente.

—Claro que estoy segura —le dijo ella—. ¿No crees que me acordaría de algo así? Nadie me ha ofrecido dinero jamás a cambio de mi silencio. Yo les hubiera hecho tragárselo billete a billete. ¿Por qué te iba a mentir sobre algo así?

—Porque tienes miedo. Porque quieres quedarte con tu hijo y crees que esto lo pondría en peligro. Porque crees que te dejaría en mal lugar, como alguien a quien se puede sobornar fácilmente.

—Te lo voy a decir sólo una vez, Kullen, así que escúchame bien. Yo nunca pedí dinero, y ningún abogado llamado Cooper, o cualquier otra persona, me ofreció un fajo de billetes —Lilli lo atravesó con una mirada incandescente—. ¿Qué parte es la que no entiendes?

—La parte en la que a todas las otras víctimas se

les ofreció dinero, pero no a ti. ¿Por qué no? —le preguntó. Nunca le habían gustado las adivinanzas a menos que tuviera la respuesta, y en ese caso no la tenía. Sabía que los abogados de Dalton tratarían de pillarle desprevenido con aquel asunto y no estaba dispuesto a caer en la trampa. Si Lilli le estaba ocultando algo, tenía que saberlo de inmediato—. ¿Por qué pagaron a todas las otras, pero a ti no?

—¡No lo sé! —exclamó ella, apretando los puños y caminando de un lado a otro—. A lo mejor es porque nunca acudí a él, mientras que todas las otras sí lo hicieron —dijo, intentando buscar una explicación—. Yo no le escribí la nota hasta después del nacimiento de Jonathan y eso ya me costó un gran esfuerzo. No le dije dónde estaba ni tampoco le pedí nada. No quería volver a verlo, nunca más. Tenía una amiga que era auxiliar de vuelo y ella fue quien le mandó la nota desde otro estado. Lo hice por Jonathan, para poder decirle que su padre sabía de su existencia, si alguna vez me lo preguntaba.

—¿Y nunca le diste a Erik una dirección? ¿Nunca le dijiste cómo podía ponerse en contacto contigo?

—¡No! ¿Es que no lo entiendes? No quería verle, no quería nada de él —le gritó con vehemencia y entonces trató de calmarse. Señaló el ordenador—. ¿Cuántos medios hermanos tiene Jonathan?

Kullen miró la pantalla, aunque en realidad no le hacía falta. Lo que había leído era más que concluyente.

—Por lo que puedo ver, ninguno.

—¿Ninguno? —repitió ella. ¿Cómo era posible?—. Pero dijiste que había violado a otras mujeres. Me pareció que se trataba de muchas mujeres.

—Según lo que Jewel ha averiguado, las mujeres

que sí se quedaron embarazadas interrumpieron el embarazo en cuanto aceptaron el dinero.

—¿Todas?

Él asintió, revisando las notas de Jewel.

—Parece que sí —le confirmó, levantando la vista—. Y ése debe de ser el motivo por el que Elizabeth Dalton está tan obsesionada con conseguir la custodia de tu hijo. Si no se nos escapa nada, parece que Jonathan es su único nieto, su única familia ahora que Erik ha muerto.

Lilli volvió a sentarse en el sofá, dejándose caer. La batalla que tenía por delante iba a ser ardua y dolorosa.

Kullen sacó el móvil y apretó un número del directorio.

—Hola, soy Kullen. ¿Tienes un minuto?... Acabo de mirar el informe inicial que me has enviado por correo. Buen trabajo, por cierto. ¿Tienes algo sobre la señora Dalton?

Lilli le observaba mientras hablaba y, al ver su cara, se dio cuenta de que la respuesta era negativa.

—Muy bien. Mantenme informado y llámame en cuanto tengas algo —dijo Kullen, terminando la llamada.

Mientras se guardaba el teléfono volvió a mirar a Lilli. Ella tenía una extraña expresión en el rostro que no podía descifrar.

Capítulo 12

KULLEN esperaba una pregunta, pero ella guardaba silencio.

—¿Qué?

—Tu investigadora no ha encontrado ningún trapo sucio en el pasado de Elizabeth Dalton, ¿no? —le preguntó finalmente, con un gesto de decepción en el rostro.

—No. Todavía no, pero démosle un poco más de tiempo.

—Por favor, dime que hay alguna posibilidad —dijo ella, suplicándole con una mirada.

—Sí que la hay.

Ella asintió, aunque en realidad no parecía muy convencida.

—Porque si no hay ninguna, entonces será mejor que empiece a hacer las maletas.

—¿Las maletas?

—No voy a dejar que Elizabeth Dalton le ponga

las manos encima a mi hijo. Lo convertirá en otro Erik. Sé que lo hará.

—No creo que eso pase. Él es tu hijo. Tú lo has educado. Es fácil ver que no es ningún debilucho. No es tan fácil someterlo.

—Realmente espero que tengas razón —le dijo ella con sinceridad—. Pero no voy a arriesgarme. Estaba dispuesta a dejar que la señora Dalton visitara a Jonathan, como cualquier otra abuela, pero eso no era suficiente para ella. Me dijo que no estaba dispuesta a quedar en un segundo plano y que yo no era la persona adecuada para criar a un Dalton. Yo le dije que Jonathan no era un Dalton, sino un McCall. Ella se rió en mi cara y me dijo que eso le daba la razón, que yo no era más que un peso pluma.

Kullen vio auténtica rabia en sus ojos y sintió admiración por ella.

—Cualquier duda que pudiera haber tenido en ese momento, se disipó de inmediato. Sin duda prefería que Jonathan fuera pobre y feliz antes que rico y despreciable como... —no terminó la frase—. Bueno, ya sabes...

—¿Su padre?

—Erik no fue su padre —dijo ella—. No se lo merecía. Sólo fue un donante de esperma en las peores condiciones posibles.

—Deja las maletas donde están —le dijo Kullen—. Como te dije, el juez suele decantarse por la madre en este tipo de casos.

Pero Lilli no lo tenía tan claro como él. Antes de acudir a Kullen había investigado un poco por su cuenta. Elizabeth Dalton era poco menos que una deidad para unas cuantas organizaciones.

—A menos que la persona que demande la custodia sea una filántropa archiconocida a la que todos veneran como si fuera una especie de santa. ¿Sabes cuánto dinero ha donado al Blair Memorial Hospital solamente? ¿Cómo voy a ganarle a alguien así? El juez caerá rendido a sus pies, dispuesto a darle cualquier cosa que pida.

—¿Por qué no dejas que yo me ocupe de eso? —le sugirió Kullen—. Creo que podemos buscar argumentos muy convincentes. La batalla no está perdida —le dijo, sonriendo—. Lo digo de verdad.

—Lo siento. Es que tengo tendencia a preocuparme más de la cuenta —Lilli se encogió de hombros—. Creo que es hereditario.

—¿Sabes lo que necesitas? Tienes que salir un rato, pasártelo bien. Tienes que olvidar todo esto durante unas horas.

—Cuando ganemos —le dijo ella. No sería capaz de pensar en otra cosa que no fuera conservar la custodia de su hijo.

—Si Jewel no da con algo pronto, la batalla será larga. Tienes que hacer un esfuerzo por relajarte. Te necesito despejada y sosegada cuando entremos en los juzgados.

—Estoy despejada —le dijo ella con confianza—. Pero lo de sosegarse… —no terminó la frase. Había una mirada escéptica en sus ojos.

—Tengo que ir a una boda este sábado —le dijo él de repente.

—Muy bien —dijo ella, preguntándose por qué se lo estaba contando.

—Ven conmigo —añadió él.

—¿Qué?

—La invitación es para mí y para un acompañante —le aclaró él—. Tú puedes ser mi acompañante.

La idea resultaba más que tentadora, pero no quería dejar sola a Jonathan.

—No quiero dejar al niño —le dijo, sacudiendo la cabeza.

—Y no tienes que hacerlo —le aseguró él—. Él puede venir también. No sería más que medio acompañante.

Lilli le miró con cariño. Había olvidado lo tierno que podía ser.

—¿En serio? —le preguntó, casi sonriendo—. ¿Eso pone en la invitación? ¿Kullen Manetti y acompañante y medio? —le dijo en un tono burlón.

—No exactamente —admitió él—. Pero tiene arreglo. Jonathan es muy pequeño. No ocupará mucho sitio. Tienes que aprender a no llevarme la contraria en todo —le hizo un resumen del evento—. Se trata de una amiga de Kate, Nikki. Kate y su otra mejor amiga, Jewel, van a ser las damas de honor.

—Jewel —repitió Lilli—. ¿Es la misma que…?

—Sí. Conozco a la novia y a Jewel desde que Kate empezó a traerlas a casa cuando estaba en tercero de primaria.

—No tienes que explicarme nada. Lo entiendo.

—No te estoy explicando nada. Sólo trato de ponerte en antecedentes —la miró fijamente—. Creo que te vendrá bien venir, Lilli. Así te relajarás un poquito. Estar siempre tan tensa no te va a ayudar en absoluto en los tribunales.

Lilli se preguntó qué podría hacer Jonathan durante todo ese tiempo.

—Pero no puedo llevarme a Jonathan a una boda así como así.

—No hay problema. Habrá más chicos de su edad. Mi madre y sus amigas también estarán allí. Te garantizo que se pelearán entre ellas por el derecho de vigilar a Jonathan.

—¿Y por qué tendrían que vigilarle?

—Para que no tengas que preocuparte por él mientras bailamos —le dijo, reprimiendo la risa.

—¿Bailar? —exclamó ella y entonces ya no pudo aguantar más la sonrisa.

—Sí, bailar. Eso es lo que la gente hace cuando hay música y no saben cantar. Debes de haber oído hablar de ello. Por lo visto ha tenido mucho éxito por todo el país.

Ella se rió a carcajadas, a pesar de la seriedad de las circunstancias en las que se encontraban.

—Sí. Creo que he oído algo sobre ello en alguna parte.

—Bien. Entonces no tendré que hacerte ningún esquema ni dibujo —le dijo, imaginando el momento de bailar con ella.

—No estés tan seguro —le advirtió ella—. La única persona con la que he bailado en mucho tiempo es Jonathan. Cuando era un bebé. Así se calmaba y se dormía —sonrió, recordando aquellos momentos felices—. Si bailo contigo, a lo mejor te quedas dormido.

—Lo dudo mucho, aunque, si te apuntas, podemos poner a prueba tu teoría.

—No. Será mejor que no.

—¿Tienes miedo? —le dijo él, retándola.

La provocación tuvo el efecto deseado. Lilli levantó la barbilla y le miró con un gesto testarudo.

Sin decir ni una palabra, fue hacia la radio, la encendió y puso el CD que ya estaba dentro del aparato. Cuando el disco se colocó en su sitio, seleccionó una canción.

Cuando la famosa melodía empezó a sonar, fue hacia Kullen y se detuvo frente a él.

Él la tomó en sus brazos.

«Idiota», se dijo Lilli. «¡Lo has hecho! ¿Cómo has podido?». Pero ya era demasiado tarde, a menos que quisiera hacer el ridículo. Además, ¿qué daño podía hacerle? Al fin y al cabo sólo era un baile.

Dejó que Kullen le tomara la mano y la pusiera sobre su pecho. Le dejó deslizar la otra mano alrededor de su cintura hasta atraerla hacia él y se dejó llevar. Sus cuerpos encajaban como si hubieran sido hechos el uno para el otro.

De repente sintió que estaba temblando de pies a cabeza, como una quinceañera en su primer baile.

«Un error…», pensó Kullen. Deseaba abrazarla, besarla, hacerle el amor… Pero no podía.

—A lo mejor no es una buena idea —le dijo suavemente, luchando contra sus propios impulsos.

—¿Por qué? —le preguntó ella, temerosa de sus propios sentimientos.

—Porque… Abrazarte así me hace recordar lo mucho que te deseaba.

—¿Que me deseabas? —repitió ella. Había una nota de dolor en su voz—. ¿Eso quiere decir que ya no es así? —le preguntó con un hilo de voz y entonces le miró a los ojos.

Kullen sintió su aliento sobre el cuello, sintió un nudo en el estómago. Apenas podía respirar…

Un momento después estaba besándola con locura.

En cuanto sus labios tocaron los de Lilli, un aluvión de recuerdos cayó sobre él. Dejándose llevar por la pasión, Kullen la tomó en sus brazos, la levantó del suelo y se perdió en su sabor, en el tacto de su piel.

Habían pasado ocho años, pero ninguna de todas aquellas mujeres con las que había estado le había hecho sentir algo remotamente parecido a lo que estaba experimentando en ese instante.

Y había una razón para ello.

Ninguna de ellas hubiera podido reemplazar a la única que le había robado el corazón.

Volvió a besarla. Una y otra vez. Y ella le devolvió los besos, con ardor y pasión.

Un río incandescente recorrió sus venas. Nada importaba ya excepto tenerla entre sus brazos y, sin embargo, sabía que no podía. No podía aprovecharse de la situación. No podía asumir que ella sentía lo mismo.

—Lilli… —le dijo, apartándose de ella bruscamente.

—Shh.

Jadeando, Lilli le puso la punta de un dedo sobre los labios, haciéndolo callar. No era el momento para hablar, para razonar. Era el momento de sentir, vibrar… Él la hacía sentir viva.

Pero, mientras ella le besaba con frenesí, Kullen encontró fuerzas para retroceder una última vez.

—Lilli, ¿estás segura?... ¿Estás segura?

«¿Segura?», pensó Lilli.

No. No estaba segura. No estaba segura de nada, pero sí sabía que con él, con Kullen, se sentía segura. Él la hacía sentir segura… De puntillas, con los brazos alrededor de su cuello, le miró a los ojos como si no existiera nada más en el universo.

—Enséñame. Hazme tuya… —le dijo, delirante de pasión.

Y un segundo después ya había perdido la cordura.

Kullen la levantó en el aire y la besó una vez más mientras avanzaba hacia las escaleras.

Iba a hacerle el amor… tal y como había soñado tantas y tantas veces…

Capítulo 13

CON la mejilla apoyada en el hombro de Kullen, Lilli sentía su respiración.

La adrenalina subía y subía... Él llegó al descansillo, pero no la dejó en el suelo.

—La primera puerta a la izquierda —susurró ella, aferrándose a él con fuerza.

La puerta de su habitación estaba abierta, pero no lo estaría por mucho tiempo. Llevándola en brazos todavía, Kullen entró empujando la puerta con la espalda. Un suave «clic» le indicó que se había cerrado, pero que no estaba bloqueada. Y los niños tenían la fea costumbre de tener pesadillas...

Dejando a Lilli en el suelo, bloqueó la cerradura.

Ella se le quedó mirando con una ceja levantada.

—Para que Jonathan no pueda entrar.

La joven se quedó sorprendida. Incluso en ese momento era capaz de pensar en su hijo. Ya no hacían hombres como Kullen Manetti...

Le rodeó el cuello con los brazos y le besó con toda la intensidad que la consumía por dentro. Kullen sintió que un río de lava lo recorría por dentro. Cuando ella lo besaba así, su propia sangre le quemaba las venas. Pero tenía que contenerse. Quería hacerlo despacio, como si no tuvieran nada que hacer en las próximas ocho horas. Mientras la besaba con pasión, tomándose su tiempo con cada beso, empezó a sentir que las rodillas le temblaban. Haciendo un esfuerzo por no perder la concentración, le tiró de la blusa y se la sacó de la falda. Lentamente, empezó a desabotonársela. Lilli suspiraba.

—Puedes hacerme parar cuando quieras —le dijo él en un susurro—. Si hago algo que no te guste, dímelo. Pararé…

No pudo terminar. Lilli acababa de darle un beso apasionado, haciéndole perder la razón.

Lo que ocurrió a partir de ese momento fue como una nebulosa. La cadena de acontecimientos se desdibujó en su recuerdo. Él debió de terminar de desnudarla, porque unos minutos más tarde ya estaba desnuda bajo sus manos. Y él también estaba desnudo, así que la iniciativa debía de haber sido recíproca. Empujándola hacia atrás, la hizo caer sobre el blanco edredón y empezó a darle besos suaves y sutiles, despertando con ellos cada rincón de su cuerpo. Mientras le daba placer a ella, se estaba volviendo loco. Cada vez que ella reaccionaba, el eco de la pasión retumbaba con más fuerza en su interior, pidiéndole cosas que él no quería hacer hasta tener la certeza de que ella estaba preparada.

Lilli levantó las caderas. Quería sentirle dentro; quería fundirse con él, que sus cuerpos se unieran en uno solo. Pero entonces empezó a sentir las cosquillas de su aliento más y más abajo. Los músculos de su abdomen se estremecieron y una oleada de anticipación la recorrió de pies a cabeza. Él siguió bajando... Y de repente, una explosión en cadena sacudió todo su cuerpo, lanzándola por los aires, acercándola a un cielo multicolor. Agarró el edredón con fuerza y se dejó llevar por aquella dulce agonía.

Su boca estaba caliente; su lengua era rápida, sutil y excitante. Lilli tuvo que morderse el labio inferior con fuerza para no gritar su nombre. Un intenso clímax la hacía estremecerse. Las sensaciones se sucedieron igual que las luces en una exhibición de fuegos artificiales. Durante un segundo, le pareció que aquello no terminaría nunca.

Exhausta, dejó escapar un largo suspiro al tiempo que la oleada de sensaciones remitía. Tenía los ojos cerrados, como si eso mejorara la experiencia. Los abrió y se encontró con la atenta mirada de Kullen. Y antes de que pudiera decirle lo maravilloso que había sido, él la besó y se le puso encima.

—¿Todo bien? —le preguntó, mirándola fijamente.

Ella le susurró que sí y entonces le sintió entrar en su sexo suavemente. Se habían convertido en uno solo y todo vibraba en su interior. Pero ella esperaba más, quería más.

Y lo tuvo.

Kullen empezó a mover las caderas y ella empezó a mecerse con su cadencia. Juntos emprendieron la carrera que los llevaría a la cumbre de la montaña y así vivieron los últimos segundos de aquel paraíso fugaz...

En el último momento una euforia de desenfreno se apoderó de Kullen. Se aferró a ella, con tanta fuerza que casi temió romperle alguna costilla. Durante unos segundos, no había sido capaz de controlar el impulso bárbaro que había surgido en su interior.

—Lo siento —murmuró, soltándola.

—¿Qué? ¿Te arrepientes de esto? —exclamó ella, sintiendo cómo se le encogía el corazón.

Kullen la miró con un gesto de perplejidad.

—No —le dijo—. Siento haberte apretado tanto.

—Oh —dijo ella, cayendo en la cuenta.

Kullen se apoyó en el codo para verla mejor. Había una expresión de satisfacción en sus labios.

Rodeándola con el brazo, la atrajo hacia sí con cariño. Hubiera podido quedarse así para siempre.

—No te he hecho daño, ¿verdad? —le preguntó.

—No —respondió ella suavemente—. No me has hecho daño.

Pero había algo que sí necesitaba saber, así que buscó el coraje para preguntárselo.

—No te he… —la voz le falló.

—No me has… ¿qué? —le dijo él rápidamente, instándola a seguir adelante.

—No te he decepcionado, ¿verdad?

—¿Decepcionarme? —repitió él con incredulidad y entonces deslizó los nudillos a lo largo de su mandíbula—. Llevo ocho años queriendo hacer esto. Y ha sido tal y como lo había imaginado, o mejor.

Lilli valoraba mucho sus palabras, pero ella sabía lo inexperta que era. Por desgracia, la única experiencia sexual que había vivido había sido aquella brutal agresión.

—No tienes por qué mentirme —le dijo a Kullen, bajando la vista.

—Sé que no. Y no te estoy mintiendo —la miró a los ojos—. Lilli, por favor, olvida lo que pasó hace ocho años —le dijo, sintiendo una rabia incontenible que le asfixiaba por dentro—. Deberías habérmelo dicho —le apartó un mechón de pelo de la cara—. Ocho años antes, cuando pasó. Deberías habérmelo dicho.

—No sabía cómo eras realmente hasta después de que pasara todo —le dijo ella, sacudiendo la cabeza.

Apretó los labios. No quería dejarse llevar por los viejos sentimientos de culpa y arrepentimiento.

—No hablemos de ello ahora.

—Muy bien —dijo él. No quería estropear el momento con recuerdos amargos—. Nada de hablar. ¿Pero qué hacemos entonces? —le preguntó, fingiendo pensarlo un momento—. Oh, espera. Creo que ya lo sé.

Un momento después, deslizó los labios sobre la base del cuello de Lilli, despertando el deseo una vez más.

En cuestión de segundos, la respiración de la joven se volvió entrecortada, como si acabara de correr en una maratón.

—Debes de estar de broma —le dijo ella—. ¿Puedes hacerlo tan pronto?

—Tomo muchas vitaminas —le dijo Kullen entre beso y beso, y entonces se puso serio—. A menos que no quieras…

—Sí que quiero —le aseguró ella—. Me falta experiencia, pero no ganas.

—Lo que te falta en experiencia, te sobra en entusiasmo —le dijo él.

Y para demostrárselo selló sus palabras con un beso ardiente. Ella sonrió.

—¿Entonces eso es un «sí»? —le preguntó él a la mañana siguiente en cuanto abrió los ojos.

La tenue luz de la mañana se colaba en la habitación. Él llevaba tiempo observándola mientras dormía, sintiendo una paz que nunca antes había experimentado. Pasara lo que pasara a partir de ese momento, siempre le quedaría el recuerdo de la noche que acababan de compartir.

Lilli parpadeó y trató de poner en orden los pensamientos. No tenía la menor idea de lo que él le estaba diciendo. De repente se dio cuenta de que debía de tener un aspecto horrible, y sintió el impulso de taparse hasta arriba con las sábanas, pero no podía hacerlo. Las sábanas estaban debajo de Kullen. A medida que se le aclaraba la mente se dio cuenta de que él estaba apoyado en un codo, mirándola. ¿Cuánto tiempo llevaba así? ¿Acaso se estaba arrepintiendo de algo?

—¿A qué te refieres? —le preguntó ella finalmente, aclarándose la garganta.

—A la boda de Nikki. ¿Vendrás conmigo? Jonathan y tú.

Lilli tardó unos segundos en ponerse en situación.

—¿Todavía quieres que vaya contigo? —le preguntó, sorprendida.

—Claro. ¿Por qué no iba a querer? No podemos desperdiciar esa clase de baile que dimos anoche.

—Según recuerdo, tampoco bailamos tanto.

Él sonrió de oreja a oreja y le dio un beso en el hombro.

—Sí —le dijo, seduciéndola con la mirada—. Supongo que no. ¿No quieres bailar de nuevo?

—¿Pero no tienes que irte a trabajar? —le preguntó Lilli, esquivando el tema.

—Dentro de un rato, pero un hombre no vive sólo de su trabajo. También hay que ocuparse de las cosas del corazón.

Lilli ya no pudo aguantar más la sonrisa.

—¿Es así como se llama ahora?

—Sí.

Un segundo después él rodó sobre sí mismo y se puso encima de ella. Lilli hubiera podido escurrirse y levantarse de la cama, pero no quería.

Las palabras se hicieron innecesarias durante un buen rato. Tenían otras formas de comunicarse y el tiempo era limitado.

Capítulo 14

LILLI dejó la máscara de pestañas y suspiró. Nunca se había sentido tan confundida en toda su vida. No quería hacerse muchas ilusiones con Kullen, pero tampoco podía evitarlo. Todas las tardes, a eso de las seis, esperaba con impaciencia su llegada. No deseaba más que verlo en la puerta con aquella sonrisa divertida y seductora que le había robado el corazón tantos años antes.

El tiempo había pasado. Ambos habían madurado, pero aquella simple sonrisa seguía volviéndola loca.

Volvió a tomar el cepillo de la máscara de pestañas y siguió maquillándose. Kullen iría a recogerlos para ir a la boda y no quería hacerle esperar.

«Dios, qué normal suena todo esto…», pensó de repente.

¿Cuánto tiempo hacía desde la última vez que se había sentido tan normal?

Y todo era obra de Kullen. Se miró en el espejo y

sonrió. Durara lo que durara, estaba decidida a vivir el momento y a disfrutarlo al máximo.

—¿Mamá? —exclamó Jonathan de repente. La estaba buscando por la casa.

—Estoy en mi habitación, Jonathan —dijo ella, alzando la voz—. Estoy terminando de maquillarme —guardando el cepillito de la máscara, se inclinó sobre el lavamanos para darle los últimos retoques a la sombra de ojos color azul perlado que se había puesto.

Jonathan llevaba el traje que ella le había comprado y parecía todo un hombrecito.

—No necesitas todo ese maquillaje —le dijo el niño al entrar en el cuarto de baño—. Estás preciosa sin él.

Lilli se rió a carcajadas.

—Bueno, ya veo que vas a tener mucho éxito con las chicas en el futuro —le dijo en un tono bromista—. Vas a tener que quitártelas de encima como moscas.

Jonathan la miró con un gesto perplejo.

—Pero tú me dijiste que no podía pegarles a las chicas —le recordó él—. ¿Está bien si uso un palo?

Lilli le alborotó el cabello.

—No. Tienes razón. Nunca está bien pegarle a una chica. Sólo era una expresión. Lo siento. No quería confundirte.

El pequeño esbozó una sonrisa radiante y benevolente.

—No hay problema, mamá.

En ese momento sonó el timbre.

Los ojos de Jonathan brillaron.

—¡Voy yo!

El niño era rápido, pero ella lo fue más. Le agarró del brazo antes de que pudiera echar a correr hacia la puerta.

—Iremos los dos.

Suspirando, Jonathan echó a andar hacia el frente de la casa, al ritmo de su madre.

—Pero es el señor Kullen —le dijo, protestando.

—Probablemente. Pero es mejor prevenir que lamentar —añadió.

Jonathan apretó los labios y la miró con gesto pensativo. Su sonrisa se desvaneció.

—¿Crees que es ese hombre?

Lilli le miró fijamente.

—¿Qué hombre?

—El hombre del árbol —dijo Jonathan.

Justo delante de la puerta de entrada, Lilli se detuvo y le agarró del brazo.

—¿Qué hombre del árbol? —le preguntó, agachándose para verle mejor.

—El que tenía una cámara vieja y enorme —contestó Jonathan con seguridad—. Creo que estaba haciendo fotos desde una rama del árbol.

—¿Haciendo fotos? —repitió ella.

Aquello tenía que ser un sueño. No podía ser nada más que un sueño.

El timbre volvió a sonar, pero Lilli seguía atenta a lo que Jonathan decía.

—¿Cuándo le viste?

—Anoche. Y anteanoche también —hizo una pausa para contar mentalmente—. Y a lo mejor un par de veces más. A lo mejor las fotos no le salieron bien.

Una mano de hielo recorrió la espalda de Lilli.

—¿Lo has visto cuatro veces?

El niño asintió con la cabeza.

—Sí. Mamá, me estás haciendo daño en el brazo —dijo, tratando de zafarse de su madre.

Ella le soltó.

—Lo siento, cariño, es que estoy tratando de pensar. ¿Estás seguro de que no es un sueño? —le preguntó con esperanza.

Jonathan se encogió de hombros como hacen los niños cuando no tienen una respuesta.

—No lo sé. A lo mejor.

El timbre sonó por tercera vez.

—¿No vas a abrirle? —preguntó Jonathan, impaciente por ver a su amigo.

—Sí. Ahora le abro, después de asegurarme de que es él.

Tras verificar quién era a través de la mirilla, Lilli abrió la puerta por fin.

Al entrar, Kullen iba a decir que casi había echado raíces, pero las palabras se esfumaron de su boca al ver a Lilli. Boquiabierto, silbó suavemente y la recorrió con la mirada. Llevaba un vestido corto de color azul que se le ceñía al cuerpo, realzando todas sus curvas. Hubiera querido olvidarse de la boda y llevársela al dormitorio en ese preciso momento, pero Jonathan estaba con ellos, y su madre y Kate le matarían si se perdía la boda de Nikki.

—Lo siento. No quería tenerte esperando —dijo Lilli con una sonrisa, a modo de disculpa.

—No hay problema —le aseguró él—. Mereció la pena esperar —añadió y le sonrió a Jonathan—. Hola, chaval. ¿Estás listo?

—Listo —dijo Jonathan, dando saltos de puro entusiasmo.

—¿Pasa algo? —le preguntó Kullen a Lilli, percibiendo su inquietud—. Pareces algo preocupada.

—Mamá está preocupada por el hombre del árbol.

La sonrisa de Kullen se desvaneció.

—¿Qué hombre del árbol? —le preguntó a Lilli.

—Jonathan dice que vio a alguien en el árbol anoche, tomando fotos.

Había un árbol grande situado al lado de la propiedad. Aunque no estaba justamente delante de la casa, su posición ofrecía una vista perfecta del dormitorio de Jonathan y del de Lilli. No estaba lo bastante cerca como para que alguien pudiera colarse en la casa, no obstante.

—¿Cuándo fue?

—Anoche —dijo el niño—. Y a lo mejor otras tres veces más. No me acuerdo muy bien.

Kullen no quería alarmar al niño, así que mantuvo el tono ligero y distendido.

—¿Y estás seguro de que viste a alguien?

—Aja —dijo el niño, asintiendo con la cabeza—. Tomando fotos.

—¿Podrías haberlo soñado? —le preguntó Kullen.

—Yo ya se lo he preguntado —dijo Lilli—. Pero no parece muy probable que tuviera el mismo sueño tres o cuatro veces.

—Es más frecuente de lo que te imaginas —le dijo Kullen—. Yo tuve el mismo sueño todas las noches durante un mes.

Lo que no le dijo fue que aquel sueño era sobre ella. En él conseguía encontrarla y la convencía para que volviera a casa con él.

—A lo mejor —admitió Jonathan, contestando a la pregunta de Kullen.

Mientras caminaban hacia el coche, Kullen bajó la voz para que el niño no pudiera oírle.

—A lo mejor nos oyó hablar y ahora tiene miedo de que lo secuestren —le comentó a Lilli.

—A lo mejor —dijo ella, asintiendo con la cabeza.

Después de todo, ¿qué sentido tenía subirse a un árbol para vigilar a un niño sin hacer nada más? Tenía que haber sido un sueño.

Lilli subió por el lado del acompañante y Jonathan subió detrás, pero Kullen dio media vuelta, regresó a la casa y dio unas cuantas vueltas alrededor.

—¿Qué haces? —le preguntó Lilli, sacando la cabeza por la ventanilla.

—Sólo estoy comprobando una corazonada —le dijo él por encima del hombro y entonces desapareció tras una esquina de la casa.

Lilli siguió mirando en esa dirección, esperando a que volviera. Después de una eternidad, Kullen volvió al frente de la casa y se dirigió al coche con paso apresurado.

—Todo está bien —le dijo, entrando en el vehículo—. No hay pisadas.

Aquella pequeña mentira piadosa mereció la pena. La cara de alivio que puso Lilli era suficiente para él. No había pisadas cerca del árbol, pero sí había una razón para ello. Se trataba de un árbol de hoja caduca que por esas fechas ya había soltado la mayor parte del follaje. El suelo estaba cubierto de una gruesa alfombra de hojas sobre la que era imposible dejar huellas.

No obstante, tampoco quería preocupar a Lilli más de lo necesario. Disipar sus miedos era parte del trabajo y tenía que asegurarse de que el chico y ella estaban a salvo.

En el fondo, su fama de playboy no era tan merecida. Él siempre se tomaba su trabajo muy en serio.

Girando la llave en el contacto, arrancó el coche.

—Allá vamos —dijo, metiendo la primera marcha.

Durante el viaje, Kullen consiguió ahuyentar los miedos de Lilli con su conversación animada y sus bromas. Sin embargo, decidió pedirle a Jewel que instalara una cámara de vigilancia en la casa. Si alguien trataba de espiar a Jonathan durante la noche, quería tenerlo todo grabado para poder usarlo en los tribunales en caso de necesidad. Si aquel hombre misterioso no era un sueño del niño, entonces no había la más mínima duda. Tenía que trabajar para Elizabeth Dalton.

Un suspiro de alegría escapó de los labios de Lilli.

—Eso suena muy bien —comentó Kullen, agarrándola de la mano.

Estaban sentados a la mesa, en el convite.

—Todo parece tan increíblemente normal —dijo ella, viendo jugar a Jonathan con un par de niños.

Kullen siguió su mirada. Le había dicho lo del intruso a su madre y a sus amigas, así que el niño estaba bien vigilado en todo momento.

—Eso es porque es... muy normal —dijo Kullen en un tono bromista.

—Ya se me había olvidado cómo era —le confesó ella con entusiasmo—. Se me había olvidado lo que era no tener que estar en guardia todo el tiempo, vigilante —se volvió hacia él e inclinó la mejilla contra la palma de su mano—. Me siento muy bien. Gracias.

—De nada —dijo él.

Sentía una pequeña punzada de culpa por la mentira piadosa que le había dicho un rato antes, aunque fuera por su propio bien.

—Si de verdad quieres darme las gracias...

La copa de champán que Lilli se había tomado ya

empezaba a hacerle efecto, y se sentía tan bien... Pero había un peligro en todo aquello. Dar rienda suelta a las ilusiones nunca era una buena idea porque la decepción siempre acechaba desde las sombras.

—¿Qué? —le preguntó ella, animándole a seguir hablando.

En vez de responder directamente, él se puso en pie y le tendió una mano.

—Tendrás que bailar conmigo.

Ella fingió suspirar.

—Bueno, no me gustan los trabajos sucios, pero supongo que te lo debo —echando a un lado la silla, puso su mano sobre la de él y se incorporó.

Él la condujo a la improvisada pista de baile que había preparado el prometido de Nikki con la ayuda de su padre, un antiguo marine que había volado desde otro estado para asistir a la boda. Ya había algunas parejas bailando, así que Kullen tuvo que buscar un lugar vacío.

—Tú no me debes nada —le dijo en un tono serio. Estrechándola entre sus brazos, comenzó a bailar. Era una pieza lenta.

—Oh, sí que te debo algo —dijo ella, tratando de no pensar en el cálido contacto de su cuerpo varonil—. Y yo siempre pago mis deudas.

Él asintió, dejando que la dulce fragancia de su perfume de mujer le acariciara los sentidos.

—Es bueno saberlo —le dijo él. Su cuerpo empezaba a despertar de un largo letargo. El deseo levantaba un torbellino de sensaciones en su vientre.

Lilli trató de no temblar. Trató de no comportarse como una adolescente, enamorada sin remedio por primera vez en la vida. Pero era así como se sentía. Nunca había estado enamorada, excepto de Kullen. Y de él se había enamorado dos veces, en el pasado, y en el presente...

Sin embargo, también era consciente de que estaba viviendo una quimera, un sueño fugaz. El final feliz de cuento de hadas no era posible en esa ocasión porque ella le había tratado muy mal en el pasado. Y no podía culparle por tomárselo como algo pasajero. De haber sido al revés, ella hubiera reaccionado igual.

Bailaron cerca de la mesa principal, donde se encontraban los recién casados, Nikki Connors y su marido, Lucas.

Lilli sintió una oleada de envidia sana. No recordaba haber visto a una novia tan feliz en mucho tiempo.

—Está preciosa —le comentó a Kullen.

—¿Es que no lo sabías? —le dijo él, riendo suavemente—. Todas las novias están preciosas —añadió—. Eso no falla nunca.

Ella lo miró con un gesto de sorpresa y entonces sonrió.

—No tenía ni idea de que fueras un sentimental, Kullen.

Él la miró durante unos cuantos segundos.

—Hay un montón de cosas que no sabes sobre mí —le dijo.

Aquellas palabras sutiles recorrieron la piel de Lilli como una caricia. Ojalá hubiera podido tener la oportunidad de descubrir todos aquellos secretos, lentamente, a lo largo de toda una vida...

Una efímera ilusión... Algunos sueños, por mucho que los deseáramos, no estaban destinados a hacerse realidad.

Capítulo 15

KULLEN y Lilli fueron de los últimos invitados en marcharse del convite. Ella lo tenía encandilado. Con sólo mirarla sentía un calor repentino que lo recorría por dentro.

Lilli estaba pasando un buen rato charlando con su hermana y sus amigas, y no quería interrumpirla. Finalmente, no obstante, su hermana agarró el ramo de flores y los recién casados se marcharon por fin a pasar la Luna de Miel. La banda guardó los instrumentos y los últimos rezagados se decidieron a marcharse.

Recogieron a Jonathan, que ya casi ni podía mantener los ojos abiertos, se despidieron de Maizie y del padre del novio, que había sido muy atento a lo largo de la velada, y abandonaron la fiesta por fin. A medio camino de casa, Jonathan se quedó dormido en el asiento de atrás.

—Parece que por fin hemos encontrado la forma

de cansar a Jonathan —comentó Lilli, volviéndose hacia su hijo al tiempo que Kullen se detenía junto a la acera.

Saliendo del coche, Lilli abrió la puerta de atrás y desabrochó el cinturón del niño.

—Déjame a mí —le dijo Kullen justo cuando iba a tomarle en brazos y entonces miró hacia la casa—. Tú ve a abrir la puerta.

—Muy bien —cansada, Lilli esbozó una sonrisa agradecida y corrió hacia la puerta.

Desconectó la alarma y los tres pudieron entrar sin activar el sistema de seguridad. Dándose la vuelta le vio avanzar por el camino con el pequeño en brazos y su corazón revoloteó como una mariposa. Aquella escena era un recuerdo para atesorar.

Kullen lo llevó hasta el dormitorio y lo recostó en su camita. Lilli decidió no ponerle el pijama para no despertarle.

Al apartarse del niño, sintió la mano de Kullen. Salieron de la habitación de Jonathan en silencio y cerraron la puerta con sumo cuidado.

Una vez en el pasillo, ella se volvió hacia él.

—Gracias por haberme invitado. Lo he pasado muy bien. Fue estupendo poder olvidarlo todo durante un rato —le dijo con sentimiento—. Disfrutar, ver jugar a mi hijo con chicos de su edad —sonrió—. Bailar contigo.

—¿Ah, sí? —le dijo Kullen—. Yo no recuerdo haber bailado con Jonathan.

De repente la sorprendió acorralándola contra la pared.

—La velada no ha terminado —le recordó. Apoyó las manos a ambos lados de ella y entonces se inclinó para darle un beso arrebatador que la dejó sin aliento.

—Las noches de pasión no han terminado todavía —susurró ella. La cabeza le daba vueltas.

Siempre sería así. Durante el tiempo que estuviera con él, siempre la haría sentir así. Haría palpitar su corazón con más fuerza y la haría sentir mariposas en el estómago.

—Me alegra saberlo —murmuró él al tiempo que la besaba.

Y tenía razón. La tomó en sus brazos. La velada estaba lejos de haber terminado.

La mañana llegó demasiado pronto. La única alegría era que era domingo. Y eso significaba que no tenía que ir a trabajar. Podía acurrucarse junto al hombre cuya presencia era una chispa de luz en su vida, una chispa que no duraría mucho… Cada vez que Kullen y ella hacían el amor, cobraba más consciencia de lo efímero que era todo aquello.

Efímero y especial.

Estirándose lentamente, como un felino perezoso, Lilli estaba a punto de levantarse cuando Kullen la tumbó en la cama de nuevo. Sorprendida, sintió cómo su espalda golpeaba el colchón y un segundo después él estaba sobre ella.

—¿Adónde vas? —le preguntó, deslizando las yemas de los dedos sobre su cuerpo—. Es pronto.

—Iba a preparar el desayuno —le dijo ella. El tacto de sus caricias dejaba un rastro de fuego sobre su cuerpo—. Ya sabes… Comida.

—Yo estaba más interesado en la comida del alma que en la del estómago —le dijo él, besándole el rostro y descendiendo por su cuello.

Estaba obrando su magia de nuevo, lanzando su

hechizo sobre ella, tentándola. Ella sabía que debía comportarse responsablemente e insistir en levantarse, pero todavía no había oído moverse a Jonathan, así que, ¿qué daño podía hacer quedándose cautiva en el paraíso de Kullen durante un rato más? Todo podía cambiar en un abrir y cerrar de ojos, así que tenía que aprovechar el presente.

—Comida del alma, ¿no? —le dijo, rodeándole el cuello con ambos brazos y tirando de él.

Hicieron el amor con la emoción de dos principiantes. Todo era igual, pero era diferente.

Y era tan maravilloso que Lilli sabía que lo iba a echar mucho de menos cuando volviera a dormir sola en aquella cama fría y grande.

Tras el fragor de la batalla amorosa, todavía envuelta en un delicioso sopor, Lilli creyó oír una música.

—¿No oyes nada? —le preguntó a Kullen, incorporándose.

Él se incorporó rápidamente y cruzó el brazo por encima de ella para alcanzar la mesita de noche.

—Es mi móvil —lo agarró y contestó sin perder ni un segundo—. ¿Hola?

—¿Quién te llama a esta hora de la mañana un domingo? —le preguntó ella, respirando hondo para calmar el rápido latido de su corazón.

Kullen levantó una mano y la hizo callar.

El silencio posterior inquietó un poco a la joven. ¿Quién estaba al otro lado de la línea? ¿Qué le estaba diciendo? El instinto, o quizá la paranoia, le decía que tenía que ver con ella. Casi estaba segura de que tenía razón. Kullen escuchaba sin moverse, rígido como una tabla.

Lilli volvió a incorporarse y trató de verle la cara.

—¿Estás segura de eso, Jewel? —le oyó decir de repente—. Muy bien. Gracias. Buen trabajo —le dijo Kullen con entusiasmo—. Los recogeré yo mismo más tarde, si te viene bien... Muy bien. A mediodía. Te debo una. Aparte de tus honorarios —le dijo Kullen a Jewel.

Lilli apenas podía contenerse. Estaba deseando que él terminara la llamada.

—¿De qué se trata? —le preguntó en cuanto él colgó.

—Información —le dijo él con una sonrisa.

—Eso ya me lo imaginaba —le dijo Lilli, intentando no sonar muy impaciente—. ¿Qué clase de información?

Por segunda vez esa mañana, Kullen la pilló desprevenida y la atrajo hacia sí. Antes de contestarle, le dio un beso intenso.

—Muy bien. Tengo buenas y malas noticias.

—De acuerdo. ¿Cuáles son las malas?

—Elizabeth Dalton quiere tener otra reunión conmigo.

Eso lo había sabido el mismo viernes por la tarde, pero no había querido estropearle la boda a Lilli. El encuentro estaba fijado para el lunes, pero las cosas habían dado un giro inesperado a su favor. Al día siguiente, cuando se presentara ante la señora Dalton, ya no tendría las manos vacías.

—¿Y por qué es malo eso? —Lilli tenía sus sospechas, pero quería oírlo de su boca.

—Porque la señora Dalton debe de estar segura de que tiene una información que le garantice obtener la custodia de Jonathan.

Lilli sintió que se quedaba sin aire.

—¿Y ésas son las buenas noticias? —le preguntó a duras penas.

Kullen no quería entrar en detalles todavía.

—Creo que tenemos algo que usar en su contra.

—¿Y qué es?

—Fotos.

Ella ladeó la cabeza, confundida.

—¿Fotos?

—De nosotros.

—¿Pero por qué es eso un problema? Eres mi abogado.

Él la miró fijamente.

—Fotos de nosotros —repitió con énfasis.

Y entonces Lilli lo comprendió todo. Debía de referirse a unas fotos tomadas mientras hacían el amor. Horrorizada, se llevó las manos a la boca. No podía tratarse de eso. Tenía que haber un error.

—Oh, Dios mío, ¿me estás diciendo que…?

—Sí. Por lo visto el hombre del árbol no era un sueño. Jonathan vio a uno de los secuaces de Dalton, haciendo fotos de nosotros con un potente teleobjetivo.

Lilli sintió ganas de llorar. Sentía rabia, impotencia...

—Y quiere alegar que no soy una buena madre porque estoy teniendo una aventura con mi abogado —dijo, completando la información.

—Sin duda ése es su plan maestro —le dijo Kullen.

Lilli se levantó de la cama de un salto. Estaba tan nerviosa que ni siquiera se dio cuenta de que estaba completamente desnuda. Tenía que agarrar a su hijo y huir de allí.

¿Quién sabía de cuánto tiempo dispondría antes de

que alguien de los servicios sociales se presentara en su puerta? Elizabeth Dalton era capaz de eso y de más.

Kullen la agarró de la muñeca por segunda vez, pero ella siguió tirando, esa vez con más urgencia que nunca.

—Suéltame, Kullen —le suplicó—. Tengo que hacer las maletas. ¿Quién sabe cuánto tiempo nos queda antes de que todo se nos caiga encima?

—Te estás dejando llevar por el pánico —le dijo él en un tono calmo.

—No. No es así.

¿Acaso no lo entendía? ¿O era que realmente no le importaba en lo más mínimo?

—No dejaré que esa mujer le ponga las manos encima a mi hijo —gritó con vehemencia—. ¡Antes la mato!

—Si yo fuera tú, no iría diciéndolo por ahí tan alegremente.

—¿Pero por qué estás tan calmado? —le preguntó ella, frustrada y desesperada.

Debía ayudarla en vez de intentar retenerla.

A no ser que...

—Espera un momento —exclamó, mirándole fijamente—. ¿Estás así por esa llamada de Jewel?

Él sonrió.

—Exacto —le dijo—. Ten un poco de fe, Lilli —la besó en la frente—. Bueno, si realmente vas a hacer el desayuno, te sugiero que te pongas algo antes, porque si sigues así delante de mí, me temo que desayunaré otra cosa —le dijo con una pícara sonrisa.

Lilli estaba demasiado nerviosa como para seguirle el juego, por muy tentadora que resultara la idea.

—Voy a vestirme —le dijo, zafándose de él.

Al ir hacia el armario, comenzó a sentirse un poquito mejor. Kullen no hubiera jugado con ella de esa manera si algo serio estuviera ocurriendo. O, por lo menos, eso esperaba.

—¿Por qué no me dices cuál es esa arma secreta tuya? —le preguntó Lilli entre dientes.

Kullen y ella estaban frente a la puerta de la mansión de Elizabeth Dalton. Acababan de tocar el timbre.

Era lunes por la mañana, pero aunque hubiera mandado a Jonathan al colegio como de costumbre, no podía fingir que era un día cualquiera. Por una parte, no había ido a trabajar, y por la otra, se había empeñado en acompañar a Kullen a su reunión con la señora Dalton.

Lo que le había dicho el día anterior era en serio. Si se veía entre la espada y la pared, sin otra elección más que renunciar a su hijo, estaba dispuesta a matar a Elizabeth Dalton con tal de evitar que tocara a su pequeño.

Pero ella no era una persona agresiva, así que la única opción era huir. Y eso significaba no ver más a Kullen...

Le miró de reojo. Quería decirle que lo sentía mucho. Quería decirle lo mucho que lo amaba, aunque ésa quizá fuera la última vez que estarían juntos. Quería decirle muchas cosas, pero no era el momento, así que apretó los labios y rezó en silencio para tener otra oportunidad de hablar con él.

La puerta se abrió. Terrence, con su cara de pocos amigos, los saludó con un frío gesto.

—La señora Dalton le está esperando —le dijo a Kullen, y entonces dirigió su pétrea mirada hacia Lilli—. Pero no a usted.

Capítulo 16

ANTES de que Lilli pudiera abrir la boca para protestar, Kullen habló por ella.

—La señorita McCall tiene derecho a estar en esta reunión, sobre todo porque se trata de la custodia de su hijo —le dijo al malhumorado mayordomo. Aunque su tono de voz pudiera resultar amigable y apacible, no admitía argumento alguno.

Después de un momento de vacilación, Terrence decidió que le convenía más claudicar.

—Síganme —les dijo, asintiendo con la cabeza. Dio media vuelta y echó a andar hacia el interior de aquella casona que más bien parecía un mausoleo.

Igual que la otra vez, Elizabeth Dalton los esperaba en la biblioteca. Había un sobre encima de la mesa frente a la que estaba sentada.

Aristocrática y petulante, la millonaria no pudo mantener la sonrisa al ver que Kullen iba acompañado de su cliente.

—Cuando dije que quería verle, señor Manetti —dijo, soltando el aliento con exasperación—. Me refería solamente a usted. No hablaba en plural.

Sin esperar a ser invitado, Kullen se sentó en el sofá junto a ella y Lilli ocupó el butacón que estaba enfrente. No podría haberse sentado más cerca de Elizabeth Dalton.

—Puesto que todo lo que vamos a hablar aquí le atañe directamente a la señorita McCall, no veo motivo por el que no pueda asistir a esta reunión —le dijo Kullen a la señora Dalton.

Elizabeth miró de reojo a la mujer a la que tanto despreciaba.

—Muy bien. Quería ahorrarle unos cuantos momentos desagradables, pero, pensándolo bien, ya debe de estar acostumbrada —rechazando la presencia de Lilli, como si no mereciera ni un ápice de su atención, Elizabeth Dalton se volvió hacia Kullen—. Le pedí que viniera por pura cortesía. Quiero que retire toda oposición a mi petición de custodia. De lo contrario, mis abogados se verán obligados a mostrarle al juez estas fotos en las que se ve que su cliente no es la persona adecuada para criar a un niño.

Sacó unas fotografías en blanco y negro del sobre y empezó a ponerlas sobre la mesa una a una, como si estuviera repartiendo cartas. La sonrisa de sus labios se volvió triunfal en cuanto oyó el suspiro de Lilli.

—Como puede ver, todas estas fotos son bastante comprometedoras —dijo, recostándose contra el respaldo del sofá y mirando a Kullen a los ojos—. Aunque debo decir que esconde un cuerpo espectacularmente atlético debajo de esos trajes hechos a medida, señor Manetti. Jamás lo hubiera adivinado si no hubiera visto las fotos por mí misma.

—¡Cómo se atreve! —gritó Lilli—. ¿No le basta con lo que me hizo su hijo? ¿Ahora quiere ofenderme usted también?

Elizabeth Dalton miró a Lilli con ojos sibilinos.

—Haré lo que sea para conseguir lo que quiero, y quiero a mi nieto.

—No puede… —Lilli se detuvo de repente y miró a Kullen, que acababa de agarrarla del brazo—. ¿Qué? —le preguntó, tratando de recuperar la compostura.

—Tranquila, Lilli —le dijo él en un tono ecuánime e impasible—. Nadie va a ver esas fotos.

—Exacto. Si desistes en demandar la custodia de Jonathan —dijo la señora Dalton con prepotencia.

—No tengo que demandar la custodia de Jonathan porque la tengo ya —le dijo, furiosa—. ¡Es mi hijo!

En vez de intentar calmar a Lilli, Kullen se centró en la víbora de Dalton. Buscó un sobre en el bolsillo de su chaqueta y sacó lo que necesitaba.

—Miraré sus fotos comprometedoras y le enseñaré éstas —le dijo con entusiasmo, poniéndole las fotos delante.

—¿Qué es esto? —preguntó Elizabeth con impaciencia—. ¿De qué me está hablando?

—Le estoy hablando de su fulgurante carrera artística, señora Dalton. ¿O acaso prefiere que la llame por su nombre artístico, Hard-hearted Hannah? Si no me equivoco, sacó ese nombre de una vieja canción, ¿no? Pero, bueno, estas fotos son muy antiguas, de otra vida, se podría decir. Sin embargo, si se fija un poco, verá que es fácil reconocer a la atlética joven que aparece en ellas —la atravesó con la mirada—. No sabía que un cuerpo humano podía doblarse hasta ese extremo. Tenía un talento increíble.

Elizabeth Dalton se puso pálida y sus ojos se abrieron aún más.

—¿De dónde ha sacado esas fotos? —le preguntó en un ronco susurro.

Kullen no tenía prisa por darle todos los detalles. Quería verla sufrir un poco, tal y como ella le había hecho a Lilli.

—Bueno, técnicamente… —empezó a decir lentamente, recolocando las fotos—. No eran fotos propiamente dichas. Son instantáneas tomadas de un vídeo muy comprometedor. Debo disculparme por la mala calidad de las imágenes, pero tuve que trabajar con lo que había —le dijo en un tono burlón—. Me pregunto qué pensarían los miembros de la junta directiva de Dalton Pharmaceuticals si vieran esto. O quizá sea mejor que les haga copias del vídeo directamente. Una copia para cada uno. ¿A usted qué le parece?

—No se atrevería a hacer tal cosa —dijo la mujer en un tono amenazante.

Sin embargo, en realidad, ya no tenía ni idea de con quién estaba tratando. Había dado por sentado que un playboy como Kullen se decantaría por el camino más fácil, que trataría de convencer a su cliente para que aceptase un acuerdo.

Kullen, no obstante, ni pestañeaba.

—Oh, creo que ambos sabemos que sí me atrevería. Y sería una pena tener que arruinar su reputación, labrada con esfuerzo y entrega a lo largo de toda una vida de generosas donaciones a organizaciones benéficas. Pero le aseguro que se puede hacer, señora Dalton. A la gente, como bien debe de saber, le encanta pisotear a los ídolos caídos —añadió con una sonrisa complaciente, pero feroz.

Sin dejarla contestar, siguió adelante.

—Imagino que una historia como ésta, con una persona de su categoría, correría como la pólvora por todos los medios. Ya casi puedo ver a los presentadores de los programas matutinos, peleándose por conseguir una entrevista exclusiva con usted, o con cualquiera de su entorno.

Una rabia descomunal tiñó de rojo las mejillas de Elizabeth Dalton. Sabía que le habían tomado la delantera.

—¿Qué quiere? —masculló, iracunda.

—Nada que no pueda darme —le dijo Kullen.

La señora Dalton se inclinó sobre la mesa, abrió una cajita de ébano y sacó una chequera y un bolígrafo.

—¿Cuánto? —preguntó con brusquedad.

—No se trata de dinero, señora Dalton —le dijo Kullen, seguro de que ella ya lo sabía. Y entonces señaló las fotos—. Puedo hacer que todo esto desaparezca si renuncia a la batalla legal por la custodia del niño.

En vez de aceptar, la señora Dalton trató de justificarse. Habían pasado décadas desde la última vez que había tenido que darle una explicación a alguien.

—No soy un monstruo, señor Manetti. Trataba de hacer lo mejor para el chico, porque evidentemente no lo hice con su padre.

Pero Kullen no se dejó conmover.

—Dejarle con una madre que lo quiere más que a nada en este mundo es hacer lo mejor para el chico.

—Todavía puede verlo, si quiere —dijo Lilli.

Tanto Elizabeth como Kullen la miraron con ojos de sorpresa.

—En vacaciones, en su cumpleaños… Puede venir a visitarlo.

—¿Y si quiero que venga aquí? —le preguntó Elizabeth con testarudez.

Lilli ya no se dejó intimidar más. Sabía muy bien lo que quería.

—A lo mejor algún día —le dijo—. Pero, por el momento, ni Jonathan ni yo aceptamos. La elección de aceptar o no mi invitación es cosa suya.

Frustrada y molesta, Elizabeth se volvió hacia el abogado.

—Muy bien —masculló—. Haré que mis abogados retiren la demanda —frunció el ceño—. Quiero la cinta en la que tiene ese vídeo —dijo y empezó a recoger todas las fotos rápidamente.

Kullen empujó hacia ella las que estaban más alejadas.

—¿Y la cinta original?

No era una pregunta, sino una exigencia.

Pero Kullen permaneció impasible. La cinta estaba a buen recaudo en una caja fuerte, pero eso no se lo iba a decir a Elizabeth Dalton.

—De momento me la voy a quedar.

—¿Hasta cuándo? —le preguntó Elizabeth, furiosa.

—Hasta que Jonathan cumpla dieciocho años —le dijo Lilli antes de que Kullen pudiera contestar—. Apunte la fecha en su calendario. Puede venir a su fiesta de cumpleaños y yo misma le entregaré la cinta. Pero no hasta entonces.

Elizabeth guardó silencio un momento. Ya no le quedaban opciones y no estaba acostumbrada a perder el control de las cosas.

—Eres una pequeña zorrilla, ¿verdad?

Lilli no se ofendió. En realidad parecía haber una nota de admiración en su tono de voz; la primera señal de respeto que había recibido de aquella mujer.

Pero tampoco estaba dispuesta a dejarlo pasar.

—Igual que usted, cuando se casó con el viejo Donavan Dalton.

Elizabeth apretó los labios, la fulminó con una mirada y entonces se volvió hacia Kullen lentamente. Su reputación lo era todo para ella, mucho más importante que un nieto al que sólo había visto dos veces.

Cuando por fin habló, su voz sonaba tirante, pero resignada.

—Hay trato, señor Manetti.

Después de darle las gracias a Kullen una y otra vez, Lilli pareció quedarse sin palabras. Durante el camino de vuelta a casa, un profundo y extraño silencio se cernió sobre ellos.

Él supuso que ella debía de estar exhausta. Había pasado por mucho estrés emocional durante las últimas semanas y debía de resultarle difícil asimilar la idea de que por fin era libre para disfrutar de su hijo sin miedos ni temores, sin tener que mirar por encima del hombro en todo momento.

No obstante, a medida que el silencio se dilataba, empezó a encontrarlo un poco desconcertante. Era cierto que Lilli nunca había sido muy habladora, pero tampoco era tan callada, sobre todo en un momento así.

¿Acaso ocurría algo?

Saliendo de la autopista, Kullen decidió tomar la iniciativa.

—Bueno, por fin ha acabado todo. Ahora por lo menos no tendrás que pensar en salir huyendo en mitad de la noche. Podrás hacer tu vida normalmente.

Él había llevado consigo los documentos que Dalton debía firmar, en los que renunciaba a todo derecho sobre la custodia. El trato era una realidad. Lilli ya no era su cliente…

Ella se miraba las manos sin cesar, pensativa. Un torbellino de emociones la sacudía por dentro.

Kullen ya no tenía excusa para estar con ella cada noche. No tenía motivos para ir a visitarla. ¿Acaso terminaría todo en ese instante?

«Ojos que no ven, corazón que no siente…», pensó. ¿Era ella de las que seguían ese refrán?

El nudo que tenía en el estómago le decía que sí, pero su corazón se negaba a creérselo.

—Supongo que ya no te veré tan a menudo.

Aquellas palabras golpearon a Kullen como una piedra. ¿Sería así de fácil? ¿Podía alejarse así sin más? ¿Otra vez?

Agarró con fuerza el volante y aceleró para pasar un semáforo en ámbar.

—¿Me lo dices o me lo preguntas?

Lilli hizo un esfuerzo por no derramar ni una sola lágrima. No quería que él la recordara llorando.

—¿Hay alguna diferencia?

—Bueno, sí que la hay. Si me lo estás diciendo, entonces estás cortando conmigo. Si me lo estás preguntando, entonces quiere decir que a lo mejor no quieres cortar todos los lazos de momento —dijo Kullen y la miró de reojo.

Lilli no sabía lo que él quería oír, pero no quería que se quedara a su lado por pena.

—¿Qué quieres que te diga?

Kullen no quería poner palabras en su boca. No quería forzarla a decir nada que ella no quisiera decir. Sólo quería que le dijera la verdad, por mucho que le doliera.

—¿Qué dice tu corazón, Lilli? Quiero que me digas lo que tú quieras decirme.

Ella se miró los puños cerrados, abrió las manos lentamente y entonces levantó la vista hacia él.

—No.

Él esperó, pero ella no dijo nada más.

—¿No quieres decirme lo que hay en tu corazón?

—No —le dijo ella con brusquedad—. Una negación. Eso es lo que hay en mi corazón.

—¿No? —repitió Kullen, sin entender nada.

Ella asintió con la cabeza y volvió a cerrar los puños, clavándose las uñas en las palmas de las manos.

—Eso es. No. No quiero que esto termine y… No. No quiero dejar de verte.

Casi sin darse cuenta habían llegado a casa. Kullen se detuvo junto a la acera. Apagó el motor, pero no bajó del vehículo.

—Sigue.

Aquello era duro para ella, pero las cosas del amor nunca eran fáciles.

—La otra vez me equivoqué —le dijo, mirándole—. Me equivoqué al abandonarte así, pero realmente pensaba que estaba haciendo lo mejor para ti y para mí. Sobre todo para mí —hizo una pausa y recuperó el aliento—. No quería ver desprecio en tus ojos.

—¿Desprecio? —repitió él con incredulidad—. ¿Pero por qué iba yo a sentir desprecio?

Ella apretó los labios para que no le temblaran.

—Porque estaba embarazada.

—Bueno, tú no te lo buscaste.

¿Acaso no le conocía bien? ¿No entendía lo mucho que significaba para él? ¿Lo mucho que la amaba, entonces y en ese preciso momento?

—Creo que estás pasando por alto el punto más

importante, Lilli. Pasaste un trauma terrible. Te violaron, pero no te viniste abajo. Saliste de todo aquello con la cabeza bien alta y criaste a un niño maravilloso. Eso es algo admirable, a mi modo de ver.

Se desabrochó el cinturón de seguridad, se volvió hacia ella y deslizó el dorso de la mano por su mejilla. Podía sentir su deseo en la piel.

—Evidentemente, yo te habría ayudado a llevar el peso de esa responsabilidad si me hubieras dejado.

Lilli lo sabía por fin y lamentaba profundamente todos los años que habían perdido.

—Lo siento.

—El pasado, pasado está.

—Realmente no sé cómo darte las gracias, o a tu madre, por darle tus datos a la mía.

Él fingió pensárselo un poco.

—Si lo dices de verdad, sí que hay una forma de agradecérmelo como Dios manda.

Curiosa, ella ladeó la cabeza y le miró con impaciencia.

—Te escucho.

—Bueno, si te casas conmigo —le dijo con toda naturalidad, como si estuviera hablando de un plan para el fin de semana—, me harás profundamente feliz, y a mi madre también.

Lilli creyó haber oído mal. No podía creer que pudiera tener tanta suerte.

—¿Que si me caso contigo?

—Eso he dicho —le dijo él, intentando descifrar su mirada.

Ella sacudió la cabeza y trató de aclararse.

—¿Todavía quieres casarte conmigo? —le preguntó, asombrada.

—Nunca he dejado de querer casarme contigo.

—¿Me estás hablando en serio?

—Puedo jurar sobre una Biblia si quieres —le dijo, viendo cómo corrían las lágrimas por sus mejillas.

¿Era eso un «no»? ¿Acaso le iba a rechazar de nuevo?

—¿Por qué lloras? —le preguntó con inquietud, dándole un pañuelo.

Ella se secó las lágrimas e hizo todo lo posible por estar presentable. No quería que él cambiara de opinión.

—Las mujeres lloran de felicidad.

—¿Entonces son lágrimas de felicidad? —le preguntó, sin tenerlas todas consigo todavía.

Ella le devolvió el pañuelo y esbozó una sonrisa que le iluminó todo el rostro.

—Sí.

Una última lágrima se deslizó por su mejilla y él la interceptó con la punta del dedo justo por encima de sus labios.

—Pues a mí me parecen iguales que las otras —comentó—. ¿Seguro que estás feliz?

—Oh, sí —le aseguró ella con emoción—. Estoy muy segura.

Kullen sintió una oleada de alivio.

—¿Entonces eso significa que por fin vamos a casarnos?

Ella sonrió de oreja a oreja.

—Sí —le dijo con una alegría inefable.

Kullen buscó en su bolsillo y encontró lo que buscaba. Le agarró la mano y le puso un anillo.

Lilli contempló la rutilante sortija con la boca abierta.

Era la misma.

—¿Es la misma que me diste entonces?

—Sí.

Ella levantó la cabeza y le miró con ternura. Él era mucho más preciado para ella que cualquier anillo de diamantes.

—Lo has guardado todo este tiempo. ¿Por qué?

Él se encogió de hombros, restándole importancia.

—Porque supongo que en el fondo siempre he sido un optimista. Cuando volviste a aparecer en mi vida, empecé a llevarlo en el bolsillo. Esperaba tener ocasión de dártelo, y que te lo quedaras.

Lilli pensó que debía de ser la mujer más afortunada del mundo.

—Esta vez definitivamente me lo quedo —le dijo, levantando la mano—. Te lo prometo.

—Una promesa no es una promesa hasta sellarla con un beso —le dijo él con seriedad.

Ella no tuvo inconveniente alguno en cumplir con la obligación.

—Pues entonces sellémosla —dijo y le besó con amor.

Epílogo

A Lilli siempre le habían encantado las Navidades, pero ya hacía mucho tiempo que no experimentaba esa sensación; una alegría inocente y pura… Ya casi había olvidado lo que se sentía, pero Kullen se lo había recordado.

Sonriendo, dio una vuelta alrededor del enorme árbol de Navidad que tenía en el salón y lo miró desde todos los ángulos posibles por enésima vez. Gracias a Kullen la Navidad había vuelto a ser especial.

Gracias a él, había recuperado la magia.

Y el ajetreo. Mucho ajetreo. Era la víspera del día de Navidad y pronto llegarían los familiares y amigos de Kullen.

«Nuestra casa…», pensó la joven mientras arreglaba una sección de las guirnaldas que colgaba más bajo que el resto. Miró a su alrededor y después se miró la mano. En ella brillaba una preciosa alianza que llevaba más de tres semanas en su dedo anular.

Había muchos preparativos que hacer y estaba deseando hacerlo todo.

Sonrió.

Después de tanta lucha, estaba encantada con la idea de ser parte de una pareja, parte de una familia.

Aquella palabra la hacía sentir una calidez inexplicable.

Familia.

Y no sólo se refería a Jonathan y a Kullen, sino también a la familia de él y a su propia madre.

Y a Elizabeth Dalton. ¿Por qué no?

Ella había cumplido su promesa y la había invitado a pasar las fiestas con Jonathan y con los demás. No obstante, estaba un poco nerviosa al respecto. Con sólo pensar en estar en la misma habitación que la aristocrática señora, sentía un frío repentino en las manos. Pero Kullen le había prometido que estaría a su lado en todo momento, y con él podía hacerle frente a todo, incluso a Elizabeth Dalton.

De repente sintió unos brazos alrededor de la cintura. Era Kullen. El aroma de su colonia era una caricia.

—Supongo que Jonathan ya se ha dormido —le dijo ella.

—Tuve que leerle tres cuentos, pero, sí. Por fin se ha dormido —le dijo él y entonces le dio un beso en el cuello.

Ella dejó escapar un suspiro de satisfacción.

—¿Vas a dejar de dar vueltas alrededor del árbol? —le preguntó él sin dejar de abrazarla.

Ella se dio la vuelta. En las manos tenía unos pedazos de guirnalda.

—Quiero que todo esté perfecto mañana.

Kullen sacudió la cabeza. Llevaba horas trabajando en el árbol.

—Tú estarás aquí, así que no podría ser de otra manera. Tú haces que todo esté perfecto.

Ella se relajó un poco y sonrió.

—No me acuerdo muy bien. ¿Siempre has sido tan adulador?

—Siempre —le contestó él sin vacilar.

Ella se rió a carcajadas.

—Y modesto. Muy modesto.

—Sí. Eso también —añadió él.

Le quitó los trozos de guirnalda de las manos y los arrojó sobre el árbol de cualquier manera.

Ella trató de agarrarlos de nuevo, pero él se lo impidió.

—Déjalo. Está mejor así —le dijo, dándole un beso en el otro lado del cuello.

En ese momento reparó en un montón de cajas muy bien envueltas colocadas debajo del árbol.

—¿Qué es eso? —le preguntó, señalando las cajas.

Ella miró por encima del hombro para ver a qué se refería.

—Tus regalos.

Eso no era lo que habían hablado.

—Yo creía que íbamos a dejar que Santa los trajera más tarde, por si Jonathan se despertaba y bajaba antes de tiempo.

Lilli no había podido resistirse a colocar los regalos bajo el árbol antes de lo acordado. Estaba tan feliz…

—Santa tenía un poco de prisa, así que vino un poco antes —le dijo, encogiéndose de hombros—. Volverá más tarde con el resto.

—Oh, bueno, los elfos de Santa no han envuelto tus regalos todavía —le dijo él.

—Oh, yo no diría eso —Lilli le miró de arriba abajo con toda intención—. El mejor regalo de todos lo tengo delante, y muy bien envuelto —le agarró la mano y le condujo hacia las escaleras.

Él no opuso resistencia.

—¿Adónde vamos?

—Arriba —le dijo ella, mostrándole el camino—. Quiero abrir mi regalo ahora mismo.

—Yo nunca discuto con una mujer en la víspera de Navidad —le dijo Kullen.

Lilli volvió la cabeza y le miró con unos ojos que le hicieron enamorarse de ella otra vez.

Ya era la quinta ese día.

JULIA™

MARIE FERRARELLA
MEDICINA
DE AMOR

Prólogo

MAIZIE Sommers se recostó en la silla. Observó en silencio a la elegante mujer de rostro sombrío que había entrado en su agencia inmobiliaria como si afrontara una misión.

La visita había sorprendido a Maizie, algo poco habitual a esas alturas. No había dicho palabra desde que la mujer había entrado y empezado a hablar, hacía casi diez minutos.

Ruth Cassidy, unos tres años mayor que ella, no buscaba vender o comprar una casa. Buscaba un hombre, en concreto, un marido. Y concretando más aún, un marido para su bella y selectiva hija Kennon, de veintiocho años de edad.

Aunque Maizie no había visto mucho a la joven durante los últimos quince años, siempre le había tenido mucho cariño a Kennon, sobrina de su difunto esposo.

No ocurría lo mismo con respecto a Ruth, pero por culpa de esta última. Ruth había dejado muy claro, desde el primer momento, que ni aprobaba a Maizie ni le parecía lo bastante buena para su hermano mayor, Terrence.

Maizie recordó que Ruth nunca lo llamaba Terry, como había hecho ella.

Como parecía que Ruth iba a seguir hablando sin descanso, Maizie apoyó las manos en los brazos del sillón de cuero italiano y se puso en pie. Era un sillón hecho de encargo, su primera compra frívola. Si iba a pasar largas horas ante el escritorio, pretendía estar lo más cómoda posible.

Sin decir palabra, se acercó a la ventana y miró la calle como si buscara algo.

—¿Qué estás haciendo? —preguntó Ruth, girando el cuerpo para ver mejor a su ex cuñada.

—Quiero ver cuál de los jinetes aparece antes —contestó Maizie con voz queda, sin volverse.

—¿Qué jinetes? ¿De qué hablas? —Ruth se levantó y miró por la ventana. Sólo se veía el tráfico habitual a media mañana.

—Los cuatro jinetes del apocalipsis —contestó Maizie. Se volvió hacia Ruth. Su cuñada aún conservaba su belleza, y también su actitud de superioridad—. Me parece, dado que estás aquí hablándome, y pidiéndome un favor, o se está helando el infierno o se acerca el fin del mundo. Y desde esta ventana no se ve el infierno.

Ruth le lanzó una mirada asesina y resopló.

—De acuerdo, tal vez me merezca eso.

—¿Tal vez? —Maizie alzó una ceja, risueña.

—Vale, me lo merezco. Eso y puede que más —Ruth agitó las manos con desesperación. Parecía que las palabras le quemaban la garganta, pero siguió—. Lo siento, pero siempre pensé que le robaste a Terrence la oportunidad de tener la pareja perfecta. Sandra Herrington era muy rica y sus antepasados se remontaban al *Mayflower.*

Maizie conocía de sobra el pedigrí de su antigua rival; su difunto esposo siempre le había agradecido que lo hubiera salvado de muchos años de aburrimiento mortal.

—Lo sé —se limitó a decir, por mantener la paz.

—Me equivoqué, ¿vale? —Ruth, frunció el ceño.

—Sólo lo dices porque necesitas mi ayuda —Maizie no se consideraba ningún genio, pero estaba lejos de ser tonta o crédula.

Ruth, que iba a negarlo, encogió los hombros con aire impotente.

—Bueno, es un principio, ¿no? —suspiró— Perdona, ha sido un error venir. Pero había oído decir que tus amigas y tú también dirigíais un servicio de búsqueda de pareja…

Maizie movió la cabeza. La asombraban los rumores que surgían a partir de medias verdades.

—No es un «servicio» —corrigió—. Theresa, Cecilia y yo tenemos empresas muy orientadas al público, así que decidimos abrir los ojos por si aparecían posibles parejas para nuestras hijas —explicó, haciendo referencia a sus mejores amigas. Sonrió complacida. Analizar las listas de clientes en busca de hombres adecuados había sido idea suya, y había tenido más éxito del esperado. Sus hijas, así como Kullen, hijo de Theresa, habían iniciado relaciones que tenían visos de convertirse en definitivas—. Y las cosas han ido bien.

—Necesito que vayan bien para Kennon —Ruth se

sentó y sus ojos oscuros escrutaron el rostro de Maizie—. Desde que ese hombre horrible con el que desperdició tantos años la dejó por otra, Kennon no ha hecho más que trabajar. Hace casi un año que no tiene una cita. No quiero que acabe sola —concluyó Ruth con sinceridad.

—¿Ninguna cita? —repitió Maizie. Eso le sonaba muy familiar—. ¿Te lo ha dicho ella?

—Una madre lo sabe —dijo Ruth. También confesó que obtenía información de Nathan, el ayudante de Kennon, a quien había engatusado con sus tartas de coco.

—¿Sigue Kennon con esa tienda de decoración? —los engranajes del cerebro de Maizie habían empezado a girar por su cuenta.

—Podría decirse que vive allí —Ruth, esperanzada, se inclinó hacia delante—. ¿Por? ¿Qué estás pensando?

—Acabo de venderle una preciosa casa vacía a un viudo. Necesita una decoradora urgentemente —Maizie pulsó varias teclas y la información apareció en la pantalla de su ordenador—. Viene de San Francisco. Tiene dos hijas pequeñas —Maizie observó el rostro de su cuñada.

—Sería abuela sin tener que esperar. Me parece bien —se inclinó hacia delante—. ¿A qué se dedica?

—Es cardiocirujano —Maizie sonrió.

—¿Médico? —Ruth irradiaba entusiasmo—. Maizie, creo que te quiero. Todo está perdonado.

—Bueno es saberlo —dijo Maizie con tono seco.

El sarcasmo nunca había funcionado con su cuñada. Y esa vez no fue la excepción.

Pensando que algunas cosas no cambiaban nunca, Maizie buscó el número de teléfono móvil del doctor Simon Sheffield.

Capítulo 1

CIELO santo, mujer, ¿has pasado aquí toda la noche?

La boca de Nathan LeBeau lanzó la pregunta, entre inquieta y jadeante, diez segundos después de pulsar el interruptor de la luz de la oficina y ver algo moverse en el sofá de cuero blanco. Nathan se llevó la delgada y aristocrática mano al pecho, con aire dramático, posiblemente para evitar que el corazón le saliera disparado.

—¿Cómo voy a impresionarte con mi dedicación si insistes en excederte y pasar toda la noche trabajando? —se acercó a la ventana y levantó el estor—. Tienes suerte de no estar marcando el 112 ahora mismo.

—¿Por qué iba a estar marcando el 112? —murmuró Kennon Cassidy. Intentó liberarse de las telarañas de su mente, del sabor dulzón de la boca y del dolor de hombros, sin conseguirlo.

—Porque me has dado un susto de muerte —contestó Nathan, sacudiendo la espesa melena castaño oscuro, que lucía larga, al estilo de un director de orquesta desenfrenado.

Miró a Kennon Cassidy, técnicamente su jefa, pero sobre todo su amiga y mentora. Ella se incorporó en el sofá y miró a su alto y, a menudo, crítico ayudante.

—¿Qué hora es? —preguntó Kennon.

—Digamos que hace horas que tu carroza se transformó en calabaza y los palafreneros en ratoncitos —dijo él, observando su atuendo.

—Ves demasiadas películas de dibujos animados —Kennon agitó la mano con desdén.

—No por gusto —se defendió él—. Judith insiste en que es lo único que pueden ver Rebecca y Stuart cuando cuido de ellos. Estoy deseando que lleguen a la pubertad y se rebelen contra mi rígida y tradicional hermana.

Nathan se puso la mano en la cadera y contempló a la esbelta y despeinada rubia que se había arriesgado a contratarlo cuatro años atrás.

—Necesitas seguir adelante con tu vida —dijo.

—No, lo que necesito es quitarme este sabor dulzón de la boca —replicó ella, que no pensaba discutir ese tema—. Creo que me quedé dormida con un caramelo para la tos en la boca.

Kennon se levantó y vio su imagen reflejada en la ventana. Se estremeció. Parecía un espantajo. Controló un bostezo e intentó recordar cuándo se había quedado dormida.

—Me tumbé en el sofá un momento, para descansar los ojos —dijo.

—Pues tuviste más éxito del que esperabas.

—¿Qué hora es? —volvió a preguntarle a Nathan, inquieta—. En serio.

—Es mañana —contestó Nathan. Ella lo miró interrogante—. Martes. Ocho y media. Cuatro de mayo del año de nuestro señor, dos mil…

Kennon levantó la mano para hacerle callar. Nathan era inagotable cuando se ponía a ello.

—Sé en qué año estamos, Nathan —le dijo—. No soy Rip Van Winkle, te aviso.

—Él empezó echándose siestas largas —arguyó Nathan. Echó un vistazo al cuaderno de bocetos —. ¿Estuviste trabajando en la casa de los Preston?

Ésa había sido la intención inicial de Kennon, pero en realidad había estado trabajando su autoestima. Aunque quería a Nathan como al hermano que nunca había tenido, no iba a admitir eso. Ya era bastante malo que su ayudante supiera que Pete había roto la relación, dejándola. Aunque no había estado locamente enamorada del tipo, le molestaba muchísimo no haber intuido que se acercaba el fin.

Un día, tras dos años de convivencia, Pete le había anunciado que se había «desenamorado» de ella. Y enamorado de una rubita de ojos grandes y senos bien desarrollados, con la que había tenido la desvergüenza de casarse seis semanas después de dejarla a ella plantada.

Dado que había estado tan equivocada sobre el hombre con el que había supuesto que se casaría, había empezado a dudar de su capacidad para tomar decisiones correctas, fueran del tipo que fueran.

Empezaba a retomar el hilo de su vida cuando se enteró de que Pete y su esposa esperaban un bebé. El golpe había sido mucho mayor de lo que esperaba. Le encantaban los niños.

—Sí —contestó, decidiendo aprovechar la excusa que Nathan le había ofrecido—. Estuve trabajando en la casa de los Preston.

—A ver, enséñame lo que hiciste —empujó el bloc hacia ella, dejando claro que allí no veía nada digno de su profesionalidad.

—Enseñarte ¿qué? —divagó ella. Lo cierto era que sus esfuerzos no habían dado frutos. Había tenido mejores ideas el primer año de facultad.

—Lo que has diseñado —insistió Nathan.

—Creo que te estás haciendo un lío, Nathan. Yo firmo tus cheques, no tú los míos.

—No se te ha ocurrido nada, ¿verdad?

—Nada que no sea una pérdida de tiempo —ella se encogió de hombros y miró hacia otro lado.

—Eso sería aplicable a otras muchas cosas —apuntó él, rodeándola para que viera su mirada.

—Nathan, ya tengo una madre. No necesito dos —se defendió, sabiendo bien a qué se refería él.

—Bien, porque no las tienes —afirmó él—. Sólo soy un amigo que no quiere verte perder el tiempo echando de menos a un tipo al que nunca debiste dedicar ni un segundo.

Kennon le había dedicado a Pete mucho más, dos años enteros de su vida.

—No quiero hablar de él —dijo, airada.

—Bien —aprobó Nathan—, porque yo tampoco. Échate agua en la cara, maquíllate un poco y cámbiate de ropa —la instruyó.

Mientras hablaba, abrió un archivador de carpetas colgantes, que en ese momento contenía una falda azul de raya fina y una blusa blanca de manga corta.

Nathan las descolgó de las perchas, puso una mano en su espalda y la empujó hacia el cuarto de baño.

—Queremos que tengas muy buen aspecto.

—¿Queremos? ¿A quién te refieres con eso? —Kennon se paró de golpe.

—A ti y a mí, por supuesto —dijo él, dando un tono de alegre inocencia a su voz—. ¿Eres siempre tan suspicaz a estas horas de la mañana?

—Cuando empiezas a comportarte como si fueras el jefe, sí —Kennon agarró la ropa.

—De acuerdo —Nathan alzó las manos con gesto de derrota—. Preséntate desaliñada y asusta a nuestros clientes. Me da igual. Siempre podría volver a dormir en el sofá de mi hermana para que salten sobre mi esos pequeños monstruos.

—Me mojaré la cara, me maquillaré y cambiaré de ropa —suspiró ella. Si no capitulaba, el drama seguiría empeorando.

—Ésa es mi chica —declaró Nathan, sonriente.

Ella, inquieta e intrigada, entró en el cuarto de baño y cerró la puerta a su espalda.

—Por cierto —comentó él desde fuera, como si no viniera al caso—, tienes cita con un cliente en Newport Beach, dentro de una hora.

—Yo no he concertado ninguna cita para esta mañana —refutó ella. Una hora era poquísimo tiempo, odiaba ir con prisas.

—Lo sé. La concerté yo.

No se trataba de que Nathan no pudiera concertar citas, pero siempre se lo decía. De hecho, alardeaba de ello. Le complacía demostrar que era capaz de conseguir clientes por su cuenta.

—¿Cuándo? —le preguntó—. Ayer estuve aquí todo

el día y toda la noche. No te oí concertar citas y no llamó ningún cliente.

—Ha sido una recomendación —dijo él.

Ya vestida, Kennon abrió la puerta para ver a Nathan. Empezó a maquillarse.

—¿Sí? ¿De quién? —se dio un toque de colorete en las pálidas mejillas. Necesitaba tomar el sol.

—¿Qué importa eso? —Nathan se encogió de hombros—. Igual da un cliente satisfecho que otro. Lo importante es la recomendación.

—¿De quién? —dejó el pintalabios. Algo le olía mal. Nathan estaba siendo demasiado misterioso.

—Inicialmente, de tu tía Maizie —respondió él, evasivo.

—Inicialmente —repitió Kennon. Se preguntó por qué no quería darle el nombre—. ¿Y el intermediario es…?

—No te interesa —le aseguró Nathan.

—Nathan —su voz adquirió un tono peligroso—. ¿Quién es esa persona misteriosa y por qué te comportas como si fueras un espía de segunda?

—El «intermediario» es tu madre —farfulló Nathan, sabiendo que no podía ganar—. ¿Satisfecha?

—Mi madre —repitió Kennon, atónita—. ¿Y tía Maizie? ¿Han hablado? ¿Lo dices en serio?

No le parecía posible. Su madre nunca hablaba con su tía, y ni en sueños le pediría ayuda. Kennon y Nikki, su prima y única hija de Maizie, habían llegado a la conclusión de que su madre no le perdonaba a Maizie que se hubiera casado con su hermano, porque no le parecía lo bastante buena para él.

Su madre era la única que opinaba eso. Kennon adoraba a su tía y en cierta ocasión le había comentado a Nikki que envidiaba su relación con una mujer de pensamiento tan avanzado. Su prima, que en aquella época estaba molesta porque su madre se empeñaba en hacer de casamentera y buscarle pareja, le había dicho que si quería cambiar de madre, sólo tenía que decirlo.

Pero Nikki ya no se quejaba, sobre todo porque, según había oído Kennon, había sido tía Maizie quien la había emparejado con el hombre guapo y sensible que acababa de convertirse en su esposo.

Kennon pensó que eso era algo que su madre tenía a favor. Ruth Connors Cassidy no hacía de casamentera, al menos desde que los hijos de sus amigas habían abandonado la soltería.

En cambio, su tía Maizie estaba teniendo mucho éxito formando parejas. ¿Y si su madre hubiera ido a pedirle a su tía Maizie que...?

Desechó la idea. Su madre no haría eso. Además, ella estaba harta de hombres. En su opinión, podían irse todos al infierno. Todos excepto Nathan, a quien, en cualquier caso, veía más como hermano que como hombre.

—Dado que parezco un despojo, ¿por qué no vas tú en mi lugar? —sugirió, mirándose en el espejo que había sobre el lavabo.

Nathan negó con la cabeza.

—A: ya no pareces un despojo. B: el cliente quiere tratar con la persona al mando. Por si aún estas dormida, te diré que ésa eres tú.

—¿Qué más datos tienes?

—Sólo que tu tía le vendió la casa y el hombre no tiene muebles. Quiere que la amuebles tú.

Ella pensó que no tenía sentido protestar. Tal vez

un proyecto nuevo fuera justo lo que necesitaba. Y decorar una casa entera supondría una comisión bastante jugosa.

—De acuerdo, dame la dirección. Iré.

—Aquí la tengo —Nathan sacó un papel doblado del bolsillo del chaleco—. Hasta he imprimido un mapa —añadió, entregándole el papel—. Sé lo difícil que te resulta utilizar el GPS.

—No me resulta difícil —corrigió ella—. No me gusta que una máquina me diga donde debo ir —Kennon lo miró fijamente—. Eso ya lo haces tú.

—En el fondo te encanta —Nathan sonrió.

—Sigue recordándomelo, por si acaso.

Condujo hasta su destino, a quince kilómetros de la oficina. No le apetecía nada conocer a un cliente nuevo, pero tal y como estaba la economía, no se podía rechazar ningún trabajo. Según Nathan, el hombre quería amueblar toda la casa. Deseó que no fuera una cabaña de un dormitorio.

«Santo cielo, Kennon, ¿dónde están tu optimismo y tu esperanza? ¿Cómo has permitido que ese tipo te afecte así? Nathan tiene razón. La ruptura fue una bendición. Te salvó de cometer un error estúpido. No amabas a Pete, amabas la idea que tenías de él. ¡Olvídalo de una vez!», pensó.

Consultó el mapa de Nathan y giró a la derecha. Pocos metros después se encontró ante una grandiosa casa de dos plantas.

Kennon bajó del coche, fue hacia la puerta y pulsó el timbre. Empezaron a sonar las primeras notas del Coro de los gitanos, de *Il trovatore*.

Capítulo 2

SIMON Sheffield frunció el ceño, vistiéndose a toda prisa. El despertador no había sonado. O, si había sonado, lo había apagado en sueños.

La intranquilidad llegaba con el despertar. Volvió a asaltarlo la pregunta que llevaba haciéndose una semana. ¿Habría sido un error colosal desarraigar a las niñas y trasladarse allí?

Le había parecido que no tenía otra opción. Ver el entorno familiar de San Francisco lo había estado desgarrando. La ciudad estaba llena de recuerdos y, aunque algunas personas se consolaban con ellos tras perder a un ser querido, Simon se sentía perseguido.

Había llegado al punto de tener problemas para concentrarse en lo que hacía. Y en su trabajo la concentración era esencial.

Una y otra vez se descubría paralizado, pensando

en Nancy y en todo lo que habían tenido, en los planes que habían hecho. Nancy, que había sido la luz, no sólo de su vida, sino de la de todos los que la conocían. Nancy, puro optimismo y esperanza, que casi curaba con el contacto de su mano y la calidez de su sonrisa. Nancy, para quien nada era imposible.

Excepto volver de entre los muertos.

Y estaba muerta por culpa de él.

Muerta porque su sentido del deber y de la ética le habían impedido cumplir la promesa hecha a Médicos sin Fronteras. Él, un admirado cirujano cardiovascular, había donado quince días de su trabajo en una zona pobre de la costa oriental africana. Pero cuando llegó el momento de partir, a uno de sus pacientes, Jeremy Winterhaus, le falló una de las válvulas que le había puesto en una operación de bypass de urgencia. A Simon no le había gustado la idea de dejar a Winterhaus en manos de otro cirujano. Nancy, también cirujana, le había animado a quedarse con su paciente y se había ofrecido a sustituirlo en el programa de cooperación.

Y había muerto en su lugar, tres días después, cuando el tsunami provocado por el terremoto de 8,3 en la escala de Richter que había asolado Indonesia, se la llevó junto a otras dos docenas de personas.

Edna le había dado la noticia. Había llamado a la puerta de su dormitorio la mañana del tsunami, con los ojos rojos de llorar. Edna O'Malley había sido la niñera de Nancy, y lo era de sus dos hijas, Madelyn y Meghan. Con voz suave y queda, le dijo las palabras que pusieron fin al mundo que él conocía.

—Un tsunami le ha entregado a nuestra Nancy al mar, doctor.

Él la había mirado incrédulo, sintiéndose como si un cuchillo oxidado le atravesara el vientre una y otra vez.

Trece meses después, seguía gravemente herido. Sabía que para poder seguir adelante y ofrecer una vida a sus hijas, tenía que empezar desde cero en otro sitio, y encerrar sus recuerdos bajo llave, hasta el día en que no le doliera tanto enfrentarse a ellos.

Dada su relación con Nancy, se había planteado dejar a Edna en San Francisco. Pero necesitaba a alguien que cuidara de las niñas mientras él estaba en el hospital, alguien de confianza. Un cirujano cardiovascular nunca tenía un horario regular de nueve a cinco, así que necesitaba a alguien en casa, siempre disponible.

Buscar una nueva niñera le habría llevado demasiado tiempo. Además, Edna necesitaba una razón para levantarse por la mañana. Simon sabía que, a su manera, Edna había querido a Nancy tanto como él, tanto como lo haría una madre. Y también quería a las niñas. Perder a las tres en sólo trece meses la habría devastado, y Simon no quería otra muerte sobre su conciencia.

Ya tenía remordimientos más que de sobra.

Simon hizo un esfuerzo por ponerse en marcha. Se estaba haciendo tarde. Seguía resultándole muy difícil levantarse por la mañana. Sobre todo porque cuando abría los ojos, durante un instante no recordaba. Y luego, de repente, sí.

El peso del recuerdo le oprimía hasta el punto de dificultarle la respiración. Pero, poco a poco, iba mejorando. No era fácil, pero sí menos difícil. Era lo único que podía esperar por el momento.

Si quería ser útil a sus pacientes y al hospital en el que trabajaría, Simon tenía que recuperar una vida normal. Por eso, llegar tarde a su primera reunión con el doctor Edward Hale, jefe de cirugía del Blair Memorial, no era buena idea.

El sonido del timbre, con su extraña y estridente melodía, lo irritó profundamente. «¿Ahora qué?», se preguntó, poniéndose la chaqueta. Metió la corbata en el bolsillo, ya anudada, para ponérsela si hacía falta. Odiaba las corbatas, que consideraba una tortura innecesaria.

Un estornudo le indicó que Edna iba hacia la puerta. Llevaba un par de días con síntomas de catarro, a pesar de que ella decía sentirse bien.

«Cuando el río suena…», pensó.

—Ya voy yo, Edna —gritó. Edna ya tenía bastante con preparar a Madelyn, de ocho años y a Meghan, de seis, para el colegio. Pero estaba seguro de que ella no le haría caso.

Efectivamente, la encontró yendo presurosa hacia la puerta. Edna O'Malley, entregada a su trabajo en cuerpo y alma, aparentaba más edad que sus sesenta y siete años. A primera vista, era el epítome de la niñera británica de décadas atrás, eficaz y de confianza. Rozando el metro ochenta de altura y bastante fornida, sin llegar a la gordura, su presencia imponía.

—Aún no estoy muerta, doctor —afirmó Edna, que no toleraba que la mimaran. Hizo un esfuerzo para controlar la tos que vibraba en su pecho.

—Lo estarás si no te tomas las cosas con más calma —Simon movió la cabeza de lado a lado.

—Si eso es lo que les dices a tus pacientes, me extraña que no tengamos al lobo en la puerta —le lanzó una mirada recriminatoria—. Aunque podría ser quien llama ahora —corrigió, abriendo la puerta de madera maciza—. No, no es el lobo. Es una damisela —afirmó, tras echar un vistazo a la esbelta joven que había en el umbral.

Un segundo después, volvió la cabeza hacia la puerta y dejó escapar un estornudo impresionante.

—Jesús —dijo Kennon automáticamente—. Tengo cita para ver al doctor Simon Sheffield.

Edna estornudó de nuevo, lanzó un suspiro y rebuscó en los bolsillos hasta encontrar un pañuelo. Se sonó la nariz y volvió a mirar a la joven de arriba abajo.

—Me temo que el doctor no atiende a domicilio, señorita, ni siquiera en su propia casa —guardó el pañuelo en el bolsillo—. Tendrá que verlo en horas de oficina, en su consulta.

—Pero yo no estoy enferma —empezó Kennon, dándose cuenta de que había una confusión.

—Me alegro por usted —afirmó la niñera—. Yo me encuentro fatal —le confió con voz queda.

Kennon intentó aparentar empatía, aunque eso no tenía nada que ver con su cita. Apretó los labios, preguntándose si habría habido algún error.

Un instante después, captó un movimiento detrás de la mujer que estornudaba.

Un hombre, el vivo ejemplo de la definición de «alto, moreno y guapo», se acercó a la puerta. Lo seguían dos niñas, sin duda hijas suyas. Ambas tenían los ojos azul brillante y espeso pelo castaño, como su padre, pero ellas lo tenían un tono más claro y rizado. A diferencia de él, que fruncía el ceño, la miraban con curiosidad.

—¿Quién es, papi? —preguntó la más pequeña, mirándola con los ojos más azules que Kennon había visto en toda su vida.

—Una señora que vende algo —aventuró él. Con un gesto cuidadoso, se adelantó a Edna y a sus hijas y se situó frente a la mujer. Aunque era atractiva, vendiera lo que vendiera, no tenía tiempo de escucharla—. Lo siento, pero tengo prisa —se disculpó—, no tengo tiempo de comprar nada.

—No pensaba obligarle a comprar nada en cinco minutos —aseguró Kennon al guapo médico.

Amueblar una casa requería tiempo, y aunque ella siempre acompañaba al cliente cuando había que comprar un artículo, e incluso le sugería opciones, el cliente siempre tenía la última palabra. Al fin y al cabo, era quien iba a vivir a diario con su elección.

Kennon no estaba preparada para la expresión, entre intrigada y molesta, que asumió el hombre.

Él se preguntaba qué pretendía venderle la mujer. Tras echar un vistazo a su enorme maletín cuadrado, pensó que tal vez fuera una suscripción.

También podría ser representante de una empresa farmacéutica, buscando captar su atención antes que otros. Sabía lo competitivo que era ese mundillo, pero hasta ese momento siempre había contado con alguien que actuaba como escudo protector. Una recepcionista o una ejecutiva filtraba las llamadas y hacía los comentarios y promesas convenientes.

Quizás, arrinconar a los médicos antes de que llegaran a la consulta fuera una nueva técnica de ventas. Sabía que la competencia era feroz.

Obviamente, le habían enviado a la más atractiva de sus vendedoras. No pudo evitar preguntarse si tenía cerebro, o si su único don era la belleza. Eso y las piernas más largas que había visto en su vida.

—Vaya —murmuró—, y yo que pensaba que las empresas de San Francisco eran agresivas.

—De eso se trata, doctor. No soy agresiva —le corrigió Kennon con voz suave—. La decisión final sobre las compras es suya. Yo hago sugerencias.

Él pensó que tenía un cuerpo que rondaba la perfección. Pero eso no bastaba para prometerle que aconsejaría a sus pacientes un medicamento y no otro, por bonito que fuera el envoltorio que lo ofrecía. No recetaba nada en lo que no creyera.

Necesitaba librarse de esa mujer y ponerse en marcha. Apretando los labios para no maldecir, tomó a la pequeña rubia del brazo y la empujó hacia fuera.

—Seguro que lo que vende tiene un mercado, pero en este momento, no me interesa.

«Tía Maizie vas a tener que hacer una prueba de cordura a estos tipos, antes de recomendarlos», pensó Kennon.

Vio a las niñas detrás de él, mirándola con ojos abiertos como platos. La más pequeña le sonrió con timidez. Eran adorables.

Dado que la locura podía ser hereditaria, deseó, por su bien, que fueran adoptadas.

—Mire, doctor Sheffield, éste no es mi estilo. Es obvio que ahora está ocupado, y yo necesito tiempo para hacer mi bien trabajo —dijo. Él la miró como si hablara en latín, así que intentó explicarse mejor—. Suelo intentar conocer un poco a mis clientes antes de empezar.

El hombre seguía pareciendo desconcertado.

—Para mí es muy importante que le guste lo que

hago, no sólo por su recomendación para otros clientes, sino porque me gusta satisfacer.

Él había oído decir que los representantes farmacéuticos eran insistentes y obtenían información sobre los médicos para dirigirse a ellos como si fueran antiguos amigos, en vez de posibles compradores de su producto. Pero esa mujer lo hacía tan bien que se sentía tentado de preguntarle a qué empresa representaba.

—No tengo tiempo para esto, de verdad.

Kennon miró por encima de los hombros del médico. Era una casa preciosa. Preciosa y vacía. Necesitaba muebles, aunque sólo fuera para dar a sus hijas una sensación de estabilidad.

—Pero la casa está vacía —protestó ella—. Necesita muebles.

—¿Qué tiene eso que ver? —preguntó él.

—Todo —afirmó Kennon. Pensó que tal vez sería mejor volver a empezar. Era obvio que el hombre había perdido el hilo—. Soy Kennon Cassidy, la decoradora —le ofreció la mano. Al ver que no la aceptaba, esperó a que la luz de la comprensión apareciera en sus bonitos ojos azules. Tal vez el hombre tenía un nivel de atención bajo y necesitaba más datos—. Maizie Sommers le dijo que vendría —tomó aire y esperó, pero no hubo reacción—. Me dijo que tenía una casa vacía que necesitaba ser amueblada con urgencia.

—Ah, Maizie —por fin se hizo la luz en su cerebro. Simon recordó a la atractiva e inteligente mujer que le había ayudado a encontrar lo que ella denominaba «la casa perfecta para tus chicas». Él no había sabido lo que quería, pero ella había dado forma a sus expectativas. Durante un momento, se aferró a ese nombre igual que un ahogado se aferra a un salvavidas en el océano.

Asintió con la cabeza, avergonzado por haberse comportado como un tonto. Si hubiera dejado hablar a la mujer, en vez de interrumpirla tras cada frase, se habría ahorrado mucho tiempo.

Pensaba compensarla dándole una oportunidad como decoradora, pero en ese momento tenía otro compromiso. Un cirujano cardiovascular no tenía ninguna utilidad sin el apoyo de un buen hospital en el que ofrecer sus servicios.

—Me temo que tendremos que hablar en otro momento. Tengo una cita urgente en el hospital Blair Memorial —dijo él, pensando que le debía una explicación—. Me han ofrecido un puesto en plantilla, pero temo que retiren la oferta si no me presento a la primera reunión con el jefe de cirugía.

Kennon asintió, por fin algo tenía sentido.

—Claro. Lo entiendo muy bien. Tengo ese tipo de conflictos de horarios a menudo —abrió el bolso, rebuscó y sacó una tarjeta—. Llámeme cuando tenga tiempo para reunirnos. Si no estoy en la oficina, recibiré la llamada en el móvil o en casa, dependiendo de dónde esté.

—Gracias por ser tan comprensiva —los labios de Simon se curvaron con una leve sonrisa cuando aceptó la tarjeta—. Todo ha sido un caos últimamente, acabamos de mudarnos aquí…

—No hacen falta explicaciones, doctor Sheffield —interrumpió Kennon—. Mi tía me informó.

—¿Su tía? —Simon la miró dubitativo.

—La mujer que le enseñó la casa que ha comprado —aclaró ella, sonriente.

Después de que Nathan le dijera que había sido su tía quien había concertado la cita con el cliente, Kennon había telefoneado a Maizie mientras conducía a Newport Beach. No le gustaba presentarse a una cita sin tener una mínima información sobre su cliente.

Maizie le había dicho que el hombre era cirujano y tenía dos hijas pequeñas, Madelyn y Meghan. También había comentado que se había trasladado desde San Francisco, y que era viudo. Pero no le había dicho que era guapísimo.

Kennon pensó que su pobre tía no sabía que Pete le había hecho pasar página. Sólo quería paz y tranquilidad, y los hombres no encajaban en ese escenario. De ninguna forma o manera. Ni buscaba ni quería un hombre.

—Ah —estaba diciendo Simon—. Su tía es una mujer muy agradable.

—Sí que lo es —corroboró Kennon.

—Doctor Sheffield —interrumpió la voz ronca de la niñera.

—Un momento, señora O'Malley —contestó él sin volverse—. Quería explicarle que esto ha sido un desafortunado error. Me habían avisado de que los vendedores de las empresas farmacéuticas son astutos y despiadados…

—¿Y yo le parezco astuta y despiadada? —preguntó ella, con cierto deje burlón.

—No pretendía sugerir que me pareciese que…, es decir… —protestó Simon, disculpándose por el insulto que no había llegado a infligir, sin darse cuenta de que ella lo decía en broma.

—Por favor, doctor, no se preocupe —lo absolvió Kennon, risueña, lamentando haberlo incomodado.

Nunca habría imaginado que un hombre tan guapo fuera capaz de disculparse.

—Doctor Sheffield —volvió a llamar Edna. Su voz sonó más aguda e insistente que antes. Pero se apagó en la última sílaba.

Después se oyó un fuerte golpe, como si una maleta hubiera caído en el suelo.

—¡Papi! —gritó Madelyn, la niña de ocho años, con voz aguda y aterrorizada.

Simon se dio la vuelta y vio que la niñera estaba tirada en el suelo, boca abajo.

—¡Corre! —suplicó Madelyn, frenética, agitando las manos—. Corre, papi —repitió—. ¡Edna está muerta!

Meghan, que estaba a su lado, se tapó los ojos con las manos y empezó a gritar con todas sus fuerzas.

Capítulo 3

SIMON giró en redondo y corrió hacia la niñera. Se agachó sobre Edna y le tomó el pulso. Lo alivió comprobar que era rápido pero fuerte.

—No está muerta, Madelyn —le dijo a su hija, señalando el pecho de Edna, que subía y bajaba rítmicamente.

—Entonces, ¿por qué tiene los ojos cerrados? —preguntó Madelyn, poco convencida.

—Porque está durmiendo —dijo Meghan, haciendo énfasis en la última palabra. Miró a su hermana como si fuera algo obvio.

—No es mala explicación —comentó Simon, sorprendido por la evaluación de su hija pequeña. Meghan, orgullosa, se pavoneó ante su hermana.

Aparte de intercambiar unas palabras de saludo a diario, Simon no había tenido costumbre de hablar con sus hijas. Eso había sido un dominio reservado para Nancy. Desde su muerte, se había encontrado en un mundo nuevo y sin pistas para recorrerlo. Los niños eran un misterio para él.

—Edna se ha desmayado —explicó, consciente de que sus hijas lo miraban con expectación—. Lleva un par de días sintiéndose mal y seguramente se movió demasiado rápido —dijo. Al pensarlo, se dio cuenta de que esa mañana, Edna había tosido y estornudado mucho.

Madelyn seguía sin parecer convencida. Miró a su padre con los ojos muy abiertos.

—¿Va… va a ponerse bien? —preguntó, con voz temblorosa—. No va a… bueno, eso —alzó los hombros como si la palabra fuera demasiado pesada para su lengua—. Como mamá —susurró por fin, esperando que su padre la entendiera.

Aunque él había pasado el último año intentando controlar su dolor, no había estado ciego. Había notado que la muerte de Nancy parecía haber afectado más a Madelyn que a Meghan. La pequeña había llorado mucho al enterarse, pero se había recuperado antes que Madelyn, transfiriendo su afecto y lealtad a Edna sin esfuerzo aparente.

Pero Meghan sólo tenía seis años y aún no se había dado cuenta de que la vida podía golpear con dureza cuando uno menos lo esperaba.

—¿Puedo ayudar de alguna manera? —preguntó una voz suave a espaldas de Simon.

Él se había olvidado de la decoradora. Pensó que debía de ser el primer hombre a quien le ocurría eso, dado lo atractiva que era.

—Sí, sujete a las niñas —le pidió. No quería que se interpusieran en su camino, intentando ayudar.

Tomó a la niñera en brazos e hizo un esfuerzo para ponerse en pie. Sus brazos se tensaron y sintió un extraño dolor en la parte superior de los muslos. Pensó que Edna era una mujer de lo más sólida. Fuerte para su edad, pero pesada.

Kennon, lo oyó inspirar profundamente, como si se alegrara de no haber hecho el ridículo. Lo contempló asombrada. Pocos hombres habrían podido hacer lo que había hecho él. O habrían dejado a la mujer en el suelo hasta que recuperara la consciencia, o habrían pedido ayuda para levantarla y ponerla en una superficie más cómoda. Él se había acuclillado y había alzado el equivalente a un peso muerto, igual que un levantador de pesas.

Kennon tenía las manos sobre los hombros de las niñas, reteniéndolas. Cuando su padre empezó a andar hacia el salón, las guió con suavidad, siguiendo sus pasos.

Allí se dio cuenta de que sí había un mueble en la planta baja de la casa: un enorme sofá que parecía completamente fuera de lugar en la ancha habitación de techos de catedral. De color marrón rojizo, el sofá estaba abombado en varios sitios y no parecía pertenecer a la casa.

Tal vez fuera un préstamo. Recordó que su tía a veces utilizaba una empresa que alquilaba muebles, para dar un aire más acogedor a la casa que intentaba vender. Sin duda, allí no había sido ése el objetivo. En vez de alegre y acogedor, el sofá parecía destartalado y viejo.

Pero Kennon razonó que, aun así, Edna estaría más cómoda allí que en el suelo.

Madelyn cambiaba el peso de un pie al otro, intranquila y temerosa.

—¿Estás seguro de que no está muerta? —preguntó la niña de ocho años a su padre.

—Tu padre es médico, cielo —intervino Kennon con una sonrisa—. Estoy segura de que sabe si alguien está vivo o muerto. Además —se inclinó hacia la niña—, si miras atentamente, verás que el pecho de Edna sube y baja. Eso significa que respira. Y si respira, es que está viva.

Madelyn se sorbió la nariz y asintió con la cabeza, solemne.

—Vale —aceptó. Tenía los ojos brillantes de lágrimas—. Es sólo que mamá…

—Déjalo —interrumpió su padre con brusquedad. No quería que hablara de su vida privada delante de una desconocida. Se volvió desde el sofá hacia la decoradora, que parecía estar cómoda y tranquila, de pie entre sus hijas. Algo que él aún no había conseguido—. Señorita… —se detuvo, comprendiendo que le faltaba información—. ¿Cómo dijo que se llamaba?

—Cassidy. Kennon —añadió su nombre de pila aunque no se lo había pedido. Sonrió a las niñas—. Sé que no es un nombre fácil de recordar.

El doctor arrugó la frente un poco. Kennon se preguntó si era su expresión normal. Habría sido una lástima, porque era demasiado guapo para estropear sus rasgos con un ceño perpetuo.

—La facilidad no siempre es importante —apuntó el doctor—. Los buenos modales sí lo son.

Kennon adivinó que era un hombre amante de la disciplina. Se preguntó si sabía lo duro que podía ser eso para sus hijas.

Su padre había sido coronel de la Marina, dedicado al servicio en cuerpo y alma. Probablemente el hombre más distante que había conocido en su vida. Había sido como crecer junto a un ser extraño y crítico. Tal vez había sido su necesidad de afecto y de sentirse aceptada lo que la había llevado a enamorarse del hombre incorrecto.

Simon dejó escapar un suspiro exasperado. Kennon miró a la mujer que había en el sofá.

—¿Algo va mal? —preguntó.

—¿Aparte de que tengo que estar en el hospital dentro de media hora para reunirme con el jefe de cirugía, que las niñas tienen que ir al colegio y que mi ama de llaves está enferma e inconsciente en este momento? —preguntó él, con sarcasmo apenas contenido—. No, nada va mal.

Kennon pensó que tenía una lengua de lo más ácida pero, teniendo en cuenta la situación, no estaba segura de poder culparlo por su mal humor. Muchos hombres se sentían perdidos sin sus esposas, y él era uno de ellos. Eso le pareció extrañamente atractivo.

—¿No sabrá dónde encontrar a una mujer capacitada que lleve a mis hijas al colegio y luego vuelva aquí a cuidar de mi ama de llaves hasta que yo regrese, verdad? —su tono indicó que no esperaba respuesta. Era una forma de liberar tensión mientras buscaba una solución para su dilema.

Kennon pensó un momento. Había asignado toda la mañana al doctor Sheffield para la primera consulta entre decoradora y cliente. Estaba libre, así que podía acudir en su rescate. Normalmente no lo habría dudado, pero era una situación especial.

No estaba segura de si Simon Sheffield era excesivamente profesional, o un tipo seco hasta el punto de rozar la grosería. Sus hijas, sin embargo, eran adorables, y a ella le encantaban los niños. Si ofrecía su ayuda, tal vez el hombre se sintiera obligado a contratarla para decorar su casa.

Rechazó la idea. No daba la impresión de ser de los que creían en la teoría del «ojo por ojo». A no ser que se tratara de un duelo de pistolas.

Lo cierto era que necesitaba ayuda, ella tenía tiempo y tenía debilidad por los niños. Kennon era hija única y había empezado a hacer de niñera por horas en cuanto alcanzó la edad suficiente.

Su madre le decía a menudo que tenía las dotes necesarias para ser una madre excelente. El comentario siempre iba seguido de un lamento porque no hubiera iniciado una familia aún.

—Aquí la tiene —dijo Kennon, decidiendo que no tenía nada que perder por ofrecerse.

—Aquí tengo ¿qué? —los ojos azules oscuros la miraron confusos.

—La mujer capacitada que busca —le dijo—. Puedo ser ella. Es decir, lo soy —Kennon resopló y decidió empezar de nuevo. No sabía por qué, pero ante ese hombre le costaba hilar frases con sentido—. Puedo llevar a las niñas al colegio, si me dice a cuál van, y luego volver y quedarme con su ama de llaves hasta que usted regrese —aclaró. El doctor no pareció convencido por la propuesta—. Si le preocupa que la señora O'Malley esté sola mientras llevo a las niñas al colegio, puedo llamar a mi ayudante. Nathan se quedará con ella hasta que yo vuelva.

—¿Por qué? —preguntó Simon. No intentó esconder el hecho de que estaba escrutando su rostro.

Kennon pensó que se habría llevado bien con su

difunto padre, a quien no había vuelto a ver después de que su madre y él se divorciaran.

—¿Disculpe? —Kennon no entendía la pregunta de Simon. Le había dado mucha información.

—¿Por qué iba a hacer eso? —preguntó él—. ¿Llevar a mis hijas al colegio y pedir a su ayudante que cuide de Edna? —Simon procedía de un entorno de gente reservada que no se ofrecía voluntariamente a prestar ayuda, y menos a un desconocido.

Ella pensó que sin duda era un tipo rígido y suspicaz. Empezó a sentir lástima de sus hijas.

—Porque acaba de decir…

—Sé lo que he dicho —agitó la mano para interrumpirla—, pero somos dos desconocidos.

—No lo seremos mucho tiempo, si voy a decorar su casa —Kennon se echó a reír. Ya le había dicho que tenía que conocerlo para hacer bien su trabajo, aunque quizá él no había prestado atención—. No se me ocurre mejor manera de conocerlo, doctor Sheffield, que entrar en su vida de un salto.

La imagen cautivó a la más pequeña de las niñas, Meghan, que soltó una risita.

—¿Puedo verte saltar? —preguntó la niña.

Kennon no pudo resistirse a acariciarle la mejilla. Meghan era adorable, y le apetecía estrujarla contra sí, pero se contuvo. Sabía por experiencia, gracias a su irritante tía abuela, que a los niños no les gustaba que les estrujaran.

—Es una forma de hablar, cielo —aclaró Kennon con una sonrisa. Después miró a Simon, esperando su respuesta—. La oferta sigue en pie.

Él no estaba en situación de ser exigente, y suponía que la amigable decorada recomendada por Maizie

Sommers, que le había recordado a su difunta madre, era mejor solución que arriesgarse a elegir a alguien en la sección profesional de la guía telefónica. Resignado, sacó su llave de la casa y se la entregó a la decoradora.

—Muchas gracias —había vuelto a olvidar su nombre—. No hace falta que llame a su ayudante.

Ella pensó que casi sonaba como si estuviera realmente agradecido. Habría ayudado que sonriera al decirlo, pero tenía la sensación de que Simon Sheffield sonreía poco.

—¿Cómo se llama el colegio? —le preguntó, guardándose la llave.

—Santa Elizabeth Ann Seton —murmuró Edna.

—Edna, ¡estás viva! —gritó Madelyn, jubilosa. Se lanzó sobre la mujer y la abrazó con fuerza. Meghan se unió al abrazo.

—Dejadla respirar, chicas —advirtió Simon, con voz dura. Un momento después apartó a las niñas—. ¿Cómo te encuentras? —le preguntó a la mujer. Le tomó el pulso de nuevo. El latido era más fuerte y mucho menos acelerado que antes.

—Avergonzada —contestó Edna con voz débil.

—No hay por qué avergonzarse —rechazó él—. Quiero que descanses por lo menos unas horas, hasta que yo vuelva.

Edna, con aspecto compungido, intentó incorporarse, pero le fallaron las fuerzas.

—Pero las niñas… —empezó a protestar.

—Están en buenas manos —le aseguró Simon. Se volvió hacia la mujer, que habría considerado un regalo del cielo si creyera en esas cosas—. El colegio de las niñas está en…

—Soy de aquí. Sé dónde está el colegio Santa Elizabeth Ann Seton —lo interrumpió Kennon, guiando
a las niñas hacia la puerta—. Por cierto, dijo que iba al
hospital Blair Memorial…

—Sí —cortó él, suspicaz—. ¿Por qué?

Ella se preguntó si la desconfianza era algo natural
en él, o si algo la había provocado.

—Por nada. Iba a decir que el Blair tiene muy buena reputación. Mi prima es pediatra y trabaja allí. Es
la doctora Nicole Connors —le dijo. Él arqueó una
ceja—. Es la hija de su agente inmobiliaria, por cierto
—al ver su expresión, añadió—. Sí, esto es un pañuelo, nos conocemos casi todos —se volvió hacia las niñas—. Venga, tenemos que darnos prisa si queremos
llegar al colegio antes del almuerzo.

—¿Del almuerzo? —gritó Madelyn, desconsola-
da—. ¿Es tan tarde?

—Sólo es una forma de hablar —explicó Kennon,
pensando que iba a tener que controlar su sentido del
humor. Puso las manos sobre los hombros de las niñas
y las condujo afuera. Antes de salir, volvió la cabeza—. Regresaré lo antes posible —le prometió al doctor.

Él asintió.

—Yo también —replicó él.

Cuando la puerta se cerró tras su espalda, Simon
tuvo la clara impresión de que acababa de estar con un
huracán de grado cinco. Pero al menos seguía en pie,
y eso era un consuelo.

El hospital Blair Memorial era todo cuanto había
esperado tras su primer contacto con el doctor Edward

Hales. De primera categoría en todos los campos, era lo mejor de lo mejor en cardiocirugía. Incluso contaban con un bisturí Gamma, un dispositivo que permitía practicar una cirugía tan poco invasiva que sus colegas del siglo pasado sólo la habrían imaginado en sueños. En realidad, se había considerado una idea de ciencia ficción hasta que dio el salto y se hizo realidad.

En otros tiempos, no tan lejanos, Simon se habría emocionado mucho con las posibilidades que tenía ante sí. Pero esos días lo asolaba la culpabilidad si se permitía sentir algo que no fuera pérdida y tristeza.

«Nancy no habría querido que te sintieras así», insistió una voz en su cabeza. La voz se parecía mucho a la de Edna, quizá porque ella había conocido a su esposa casi mejor que él.

Sabía que tanto la voz como Edna, seguramente tenían razón. Nancy habría querido que siguiera adelante. Pero no podía. Su cuerpo, todo su ser, se sentía como si estuviera sumergido en melaza, en el pasado, incapaz de moverse, incapaz de parpadear. Incapaz de pensar en una vida sin su compañera, su ayudante, su alma gemela.

«Piensa en las niñas. Te necesitan», esa vez la voz sonó muy parecida a la de Nancy.

De repente, notó que el jefe de cirugía le estrechaba la mano con expresión complacida.

—Bueno, ahora mismo no tengo nada más que decir, excepto «bienvenido a bordo», doctor —le dijo, con aire satisfecho—. Creo que esto será el principio de una bella amistad —le mostró unos dientes perfectos e identificó la cita—. Es de *Casablanca*. Tendrá que disculparme, soy un apasionado del cine. Mi esposa, Dios la bendiga, lo llama de otra manera, pero yo prefiero decir apasionado del cine. ¡Ay, las esposas!, qué bien nos conocen, ¿verdad?

Hale soltó una risita, contemplando el rostro del nuevo cirujano de Blair. De repente, se puso muy serio.

—Oh, Dios mío, lo siento. Olvidé que su esposa ya no está con nosotros —se excusó con delicadeza—. Espero no haberle parecido grosero.

Simon negó con la cabeza, esforzándose por distanciar su mente de la situación. Hacía eso mismo siempre que su pensamiento o la conversación se centraban en Nancy.

—No, no se preocupe —dijo, esperando que el doctor Hale dejara el tema. Pero no tuvo esa suerte. Preocupado, el hombre le puso la mano en el hombro y le miró a los ojos.

—¿Cómo van las cosas? —preguntó con amabilidad—. ¿Necesita algo?

«Sí, necesito que vuelva mi esposa», pensó Simon. Pero movió la cabeza con estoicismo.

—No, estoy bien. Pero es usted muy amable —Simon miró su reloj de pulsera. Habían pasado tres horas. No tenía la sensación de que la reunión hubiera durado tanto—. Si me disculpa, mi ama de llaves está enferma y me gustaría ver cómo sigue.

—Por supuesto, claro —Hale se puso en pie y volvió a estrechar la mano de Simon—. Avíseme si podemos hacer algo por usted en el Blair Memorial. Si no es así, me encantará verle incorporarse digamos ¿el jueves? —sugirió con tono esperanzado. Sabía que la mayoría de los trabajos empezaban en lunes, pero él se guiaba por otra filosofía—. Dejaremos que tenga un

primer acercamiento —soltó una risita—. Siempre me
ha parecido la mejor manera. No me gusta agobiar a
mis médicos haciendo que empiecen con una semana
entera de trabajo. Todo lo nuevo requiere cierta adap-
tación, incluso en el caso de un hospital de tecnología
punta —teorizó.

—El jueves me parece bien.

—Recuerde —dijo Hale, acompañándolo a la
puerta—, si necesita algo, o quiere charlar un rato no
dude en llamarme. Mi puerta y mi teléfono siempre
están abiertos —le dio una palmada en la espalda—.
Me baso en una regla muy sencilla: los médicos felices, son buenos médicos. Quiero que sea feliz, doctor
Sheffield.

—Se lo agradezco, jefe —dijo. «Pero llega trece
meses tarde», pensó—. Gracias de nuevo, señor.

Simon salió con prisa. Tenía que comprobar que
Edna estaba bien y que no había cometido un enorme
error al abrirle las puertas de su casa a esa decoradora.

Cierto que Kennon Cassidy inspiraba cierta confianza, pero había oído decir que también la inspira-
ban los mejores timadores. Aunque en la casa no había nada que robar, se sentiría mucho más tranquilo
cuando estuviera allí, atendiendo a Edna él mismo.

Y recuperando su soledad.

Capítulo 4

A PESAR de que había seguido al coche de la mujer parte del camino al colegio, y después había telefoneado a la directora, la hermana Teresa, para comprobar que sus hijas habían llegado y estaban en las clases que les correspondían, Simon estaba disgustado consigo mismo por haber confiado en una desconocida, que podría ser cualquiera.

Se corrigió a sí mismo; Kennon Cassidy nunca sería cualquiera, era un exquisito ejemplar del sexo femenino. Ese pensamiento lo pilló desprevenido, sorprendiéndolo.

Desde que el tsunami se había llevado a Nancy, se había descubierto comportándose como un zombi en más de una ocasión. Tenía que mantener su vida bajo control.

Si no lo hacía, no le sería útil a nadie, ni siquiera a sí mismo. Y no sólo tenía que pensar en sus futuros pacientes, también estaban sus hijas.

Siempre había sido un padre ausente, pero no le había preocupado porque Nancy y Edna estaban allí para ocuparse de todo. La muerte de Nancy había cambiado las reglas del juego. Tenía que ser visible y hacerse cargo, aunque no supiera cómo.

Y había decidido dejarlo todo y trasladarse allí para liberarse de la apatía que lo asolaba desde que faltaba su esposa, por el bien de Madelyn y Meghan. Hasta cierto punto, había tenido éxito. Había solicitado empleo en el hospital, comprado una casa en un tiempo récord y matriculado a las niñas en una escuela de alto rango, aunque eso último había sido más labor de Edna que de él.

Pero si alguien le preguntara de qué color era su camisa, o qué llevaban puesto sus hijas esa mañana, no tendría respuesta. Nunca se había fijado mucho en lo que le rodeaba, pero esa tendencia había empeorado mucho en los últimos trece meses.

Así que estaba atónito por haberse fijado en los «atributos» de Kennon Cassidy.

Suponía que era una indicación de que aún no estaba muerto. Podía considerarlo un chispazo de esperanza, la posibilidad de que llegaría a sobreponerse, pasados unos cien años o así.

Cuando tomó la salida que lo conduciría a su casa, Simon miró el reloj del salpicadero. Había tardado menos en volver a casa que en ir al hospital. Eso significaba que su subconsciente volvía a funcionar. Siempre había tenido la capacidad de memorizar las cosas tras verlas una sola vez, incluyendo las instrucciones para llegar a un sitio. Pero incluso ese talento había sido poco operativo durante los últimos trece meses.

Al llegar a la casa, Simon vio el coche azul perla de la decoradora, ¿Kennon?, aparcado junto a la acera. Había vuelto tras dejar a las niñas, tal y como había prometido.

Había tenido suerte, la mujer había cumplido su palabra. Sin embargo, se recriminó por haber confiado en ella. Podía confiar la limpieza de sus trajes a una desconocida, pero no a sus hijas. No sabía en qué había estado pensando.

Y ése era el problema, que no había pensado. Sólo sabía que no podía cancelar su reunión y que las primeras impresiones eran muy importantes. No tenían vuelta atrás, ni podían corregirse.

En su propia defensa, Simon podía decir que la mujer había llegado bien recomendada, justo cuando él se encontraba entre la espada y la pared. Esa idea lo reconfortó mientras bajaba del coche.

En cuanto abrió la puerta de la casa y entró, se dio cuenta. Habría sido imposible no notarlo. El aroma lo envolvió como un cálido abrazo. Se detuvo un instante para inhalar y saborearlo. Después, caminó rápidamente hacia el origen del olor: la cocina.

Para llegar a la cocina tenía que pasar por la sala de estar. Edna seguía allí. Pero su cabeza descansaba sobre una almohada y estaba tapada con una manta color azul claro.

Tenía buen aspecto. Lo alivió ver color en sus mejillas y encontrarla consciente y lúcida. Edna le sonrió al verlo.

—¿Cómo te encuentras, Edna? —preguntó.

—Mucho mejor. Gracias —sus mejillas se tiñeron

de rubor—. Siento haber causado problemas —se disculpó—. Es la primera vez que me desmayo desde que era una jovencita, y todos sabemos cuánto tiempo hace de eso.

Edna no era en absoluto vanidosa, pero toda mujer necesitaba confirmación de que era atractiva. Simon había aprendido eso de Nancy.

—No hace tanto tiempo —contradijo él, tomando una de sus capaces y estropeadas manos entre las suyas.

Simon estaba seguro de que el desmayo se había debido al catarro, unido a la deshidratación por no beber suficientes líquidos. Edna, como era habitual, no se había tomado el tiempo suficiente para cuidarse. Sin duda, un poco de descanso y muchos líquidos harían que se sintiera como nueva en poco tiempo.

—Siento haber tenido que dejarte sola aquí…

—Ha sido inevitable. Lo entiendo. Y no he estado sola —añadió Edna—. Esa agradable jovencita volvió después de llevar a las niñas al colegio. Me ha estado cuidando como si fuera un miembro de su familia —Edna movió la cabeza con asombro—. Insistió en hacer que me sintiera cómoda, bajando parte de mi ropa de cama. Y ahora está en la cocina preparando sopa de pollo para mí —sonrió complacida—. Es una chica muy especial.

Simon miró hacia la cocina. El aroma se hizo más intenso y delicioso. O tal vez le daba esa impresión porque tenía hambre.

—Estará calentando una lata de sopa —aventuró Simon.

Había donado su viejo microondas a una asociación benéfica, y aún no había comprado uno nuevo, así que suponía que la decoradora habría echado la sopa en un cazo para calentarla, de ahí el olor.

—No, la está haciendo —insistió Edna. Tuvo un golpe de tos que duró un rato. Volvió a hablar lentamente, como si temiera irritarse la garganta—. Regresó con una bolsa de compra con todos los ingredientes para hacer sopa de pollo tradicional. La oí cortando apio y zanahorias como una profesional —lo informó, con tono de aprobación—. Creía que las chicas de su edad sólo conocían la sopa de lata.

Edna sonrió con añoranza.

—El olor me reconforta. Me recuerda mi infancia. Mi madre siempre me hacía sopa de pollo cuando estaba enferma. Decía que tenía propiedades curativas. No sé si era verdad o no, pero todos se sentían mejor después de que mamá hiciera sopa de pollo.

—Excepto el pollo —especuló Simon, con voz seca—. Será mejor que vaya a ver que hace la decoradora —decidió en voz alta.

Aunque agradecía de verdad el esfuerzo realizado por la mujer, que había ayudado tanto a sus hijas como a Edna, en realidad quería estar solo, sentir que tenía la casa para él. Si bien Edna estaba allí, era como el aire o el calor del sol, una constante en su vida que no le exigía mayor esfuerzo.

No tenía ningún deseo de verse obligado a mantener una conversación. Las niñas estaban en el colegio y Edna parecía sentirse mejor, así que quería disfrutar del silencio hasta que llegara la hora de ir a recoger a sus hijas.

Con Kennon allí, eso no sería posible.

Observó a la invasora un instante, desde la puerta de la cocina. Llegó a la conclusión de que parecía estar más en casa que él.

—¿Por qué está haciendo sopa de pollo? —le preguntó, sin más preámbulos.

A Kennon, que estaba perdida en sus pensamientos, le dio un bote el corazón. La había asustado, pero intentó disimularlo.

—Porque no se hace sola —contestó, irónica. Luego procedió a explicarse—. Siempre que tomo sopa cuando tengo catarro, me siento mejor. Y resulta que a Edna le pasa lo mismo.

—En los supermercados hay pasillos enteros dedicados a la sopa de pollo —alegó él, que seguía sin entender que estuviera haciendo sopa casera. Vio que ella arrugaba la nariz, lo que le dio un aspecto curioso y bastante encantador.

—Sopa de pollo en lata —dijo ella con desdén—. Eso no es lo mismo.

Simon se acercó y miró por encima de su hombro, para ver qué removía. En la tabla de cortar había restos de zanahoria, y una bolsa que había contenido un pollo entero. Esos ingredientes no habían aparecido por arte de magia.

—No teníamos nada de esto en la nevera —dijo él, señalando los restos con el dedo. Lo sabía a ciencia cierta.

Esa mañana había abierto la nevera y lo único que había dentro, aparte de una lata de café para él y leche para las niñas, eran las sobras de la comida china que había encargado para cenar la noche anterior.

—Ya lo sé —aceptó ella. Abrió un cajón en busca de una cuchara. Tuvo que abrir un par más antes de localizar los cubiertos. Tenía que probar la sopa para comprobar el punto de sal. No quería que estuviera sosa, pero tampoco salada.

—¿Compró todo esto? —era una pregunta retórica, claro, pero aun así sonó sorprendido.

—Me pareció más fácil que esperar a que apareciera el hada madrina de las compras —contestó ella, removiendo la sopa.

Él no hizo ningún comentario, pero pensó que a ella le iba mucho el sarcasmo. Sacó la cartera y extrajo unos cuantos billetes.

—¿Cuánto le debo?

Los ingredientes le habían costado poco. Kennon podía permitirse pagarlos.

—¿Por qué no vemos si a Edna le gusta la sopa, antes de hablar de deudas? —le sugirió.

Abrió el armario que había a la derecha de la cocina y lo encontró casi vacío. Había cuatro platos, cuatro tazas y cuatro cuencos, agrupados en un rincón como supervivientes de un naufragio. Aparte de eso, no había ni polvo.

—¿Cuánto hace que se mudaron aquí? —le preguntó, mientras sacaba un cuenco.

—Una semana —contestó él, sin muchas ganas de darle información.

—Bueno, eso explica que la casa esté tan vacía —colocó el cuenco en la encimera, junto al cazo de sopa—. ¿Cuándo llegará el camión de la mudanza?

Eso era justo lo que él había querido evitar. Una conversación. Pero, aparte de ignorarla haciendo gala de grosería, no tenía más opción que contestar a la pregunta.

—No llegará.

—¿Perdón? —lo miró confusa, pensando que había oído mal.

—No hay camión de la mudanza —le informó él,

estoico—. Al menos no como tal. Llegarán algunas cosas de las niñas y también de Edna.

Cuando mencionó que quería dejarlo todo atrás, donar la mayoría de las cosas y almacenar algunas en un trastero, las niñas se habían quejado tanto que al final había cedido. Pero si hubiera sido por él, cualquier cosa que le recordara a Nancy habría sido regalada o almacenada lejos de su vista hasta que pudiera soportar los recuerdos. Y el dolor.

—Todos los muebles van a ser nuevos —explicó—. Ésa será su labor.

—Si no le importa que lo pregunte, ¿tuvieron un incendio? —inquirió Kennon.

—No —contestó él. Su rostro se volvió inescrutable—. No hubo incendio.

Ella pensó que si quería serle útil, tenía que haber una vía de comunicación abierta, no cerrada a cal y canto. Tenían que hablar.

—Entonces, ¿por qué…?

—Y sí me importa que lo pregunte —afirmó él, contestando a lo que para ella era pura retórica.

—Ah. Entonces no preguntaré —dijo Kennon, tras recuperarse del impacto. Decidió cambiar de tema—. ¿Cuándo estará libre?

—¿Para qué? —la miró desconcertado, preguntándose qué pretendía esa mujer.

—Para venir de compras conmigo —contuvo el aliento, esperando. Tenía la sensación de que nada iba a resultar sencillo con ese hombre.

—No voy a ir de compras —la miró como si acabara de sugerirle que corriera descalzo sobre ascuas de carbón.

—Entonces tendré que hacerle muchas preguntas

—dijo ella, resignada—. No sobre lo que ocurrió con sus pertenencias —aclaró rápidamente, al ver cómo la miraba—. Sobre sus gustos, lo que tiene en mente y cómo ve una habitación concreta, por ejemplo la sala de estar.

—La veo vacía —dijo él con voz plana—. Quiero verla llena —como no era estrictamente cierto, se corrigió—. De hecho, son Edna y las niñas quienes quieren muebles. A mí me da igual —sonó carente de emoción o sentimiento—. Sólo necesito una cama, una mesilla y una lámpara por si tengo que leer algo de noche.

Ella lo miró fijamente. La cuchara con la que removía la sopa se quedó parada.

—¿Nada más? ¿Nada de televisión de sesenta pulgadas? ¿Ningún equipo audiovisual?

—No —Simon no sentía interés por esas cosas.

—Me extraña que un museo no le haya secuestrado y expuesto en una urna de cristal —soltó una risita incrédula—. Conozco a hombres que han necesitado una operación quirúrgica para que les retiraran el mando a distancia de la mano.

Simon recordaba que cuando salía con Nancy, se acurrucaban juntos en el sofá a ver la televisión. Él lo había hecho porque a ella le gustaban los programas. Desde que faltaba, había perdido todo interés en esa clase de entretenimiento. A veces, una de las niñas lo arrastraba al sofá para que viera algo. Simulaba hacerlo para no decepcionarla, pero su mente estaba en otro lugar. Lo único que lo ataba a la tierra era su trabajo y su obligación para con sus hijas.

Kennon puso el cuenco de sopa en un plato llano y lo llevó a la sala, donde esperaba Edna.

—¿Va a darme alguna pista de lo que quiere? —le preguntó al médico antes de llegar al sofá.

—Que haga su trabajo —replicó él—. Prometo que no le resultará difícil complacerme —añadió, al ver su mirada escéptica.

Ella optó por callarse su opinión al respecto, pero quiso dejarle claro la tarea que tenía ante sí.

—Hay gran diversidad de estilos de decoración, por ejemplo, rústico, moderno, provenzal, clásico, ecléctico, etc… Si no tengo pistas sobre sus preferencias y gustos, mi trabajo va a resultar muy complicado.

—Creía que ése era el sueño de todo decorador: encontrar un cliente que le diera rienda suelta.

—No tengo nada que demostrarme a mí misma. Mi objetivo es complacer a mis clientes, conseguir que cuando entren en casa se sientan como si hubieran entrado en su santuario, en el hogar soñado. No puedo crear esa sensación sin saber qué les gusta y qué no —sentenció ella

—¿Está rechazando el trabajo? —Simon aventuró lo único que se le ocurría.

—Nunca rechazo un trabajo —afirmó ella—. Pero va a ser un gran reto —a Kennon le gustaban los retos. Tendría que buscar datos en su forma de comportarse, y también en la de sus hijas y de la niñera—. Es como pedirle a alguien que pinte algo bonito en un lienzo y después vendarle los ojos.

Kennon decidió dejar de hablar de trabajo y ocuparse del ama de llaves, que escuchaba atentamente la conversación.

—¿Cómo te encuentras, Edna?

—Algo temblorosa —confesó la mujer.

—Esto te vendrá bien —le prometió Kennon. Como no había una mesa donde dejar el cuenco, Kennon ofreció su ayuda—. Sujetaré el plato y el cuenco mientras comes, a no ser que prefieras que te dé la comida yo.

—No me han dado de comer desde que era un bebé —Edna se incorporó e intentó ponerse cómoda—. Lo haré yo, gracias —dijo, quitándole la cuchara a Kennon.

—Pero yo sujetaré el cuenco —dijo Kennon con voz alegre. La mujer le parecía demasiado débil para hacerlo—. No me molesta.

Edna iba a decir algo, pero se detuvo.

—Es una mujer testaruda —le dijo a Simon, moviendo la cabeza de lado a lado.

—No me había dado cuenta —replicó Simon, seco. Miró a Edna, debatiéndose entre seguir allí o marcharse. Se sentía como un cero a la izquierda—. ¿Estarás bien si te dejo sola?

—Por si no lo ha notado, no está sola —Kennon se aclaró la garganta—. Yo estoy aquí.

—Supongo que tendrá que irse a casa, o a la oficina o dónde sea —dijo él.

—Sí, antes o después —confirmó Kennon. El trabajo escaseaba, y si surgía algo que Nathan no pudiera solucionar, la llamaría. Estaba cubierta.

—Parece que estoy en buenas manos —la boca de Edna se curvó con una sonrisa—. Gracias por preocuparte, pero seguro que estaré bien.

Simon asintió con la cabeza y se retiró. Su intención era subir a su habitación. No tenía otros planes. Sus días y noches aún se componían de una miríada de retazos inconexos, como si fueran pedazos de mosaico que creaban imágenes sin orden ni concierto.

Pero cambió de idea al pasar por delante de la cocina. El aroma que salía de la cacerola le recordó que no había desayunado. Tampoco había cenado la noche anterior. Había pedido comida de encargo para Edna y para las niñas, pero no había comido con ellas. Ni solo.

Su estómago le recordó que de vez en cuando necesitaba atención. Pensó que no le iría mal probar lo que había preparado la deslenguada decoradora.

Se sirvió un poco de sopa en un cuenco. Tomó una cucharada, seguida por una segunda. Y una tercera. Para entonces había decidido que le apetecía tomarse una ración completa.

Pensando que no tenía sentido despreciar los esfuerzos de la mujer, llenó el cuenco.

No la oyó entrar, pero vio su reflejo en la puerta del horno, que estaba encima de la cocina, a la altura de sus ojos. Se preparó para recibir otro asalto de retórica.

Para su sorpresa, ella no se acercó. Salió de la habitación en silencio, dejándole comer en paz.

Tal vez la mujer tuviera algo de intuición.

Pero lo dudaba.

Capítulo 5

VA a volver, papi? —le preguntó Madelyn un segundo después de saludarlo, cuando fue a recogerlas al colegio esa tarde. Lo miró fijamente mientras subía al asiento trasero del coche y se sentaba junto a su hermana, Meghan.

—¿Quién va a volver? —preguntó Simon con aire ausente, mientras ayudaba a Meghan a abrocharse el cinturón de seguridad.

—Kennon —apuntó Meghan. Sonrió de oreja a oreja, dando su sello de aprobación a la mujer ausente—. Me gusta, papi.

Él echó una ojeada a su hija menor. Meghan era cálida y alegre. Había salido a Nancy, mientras que Madelyn se parecía más a él. Era cauteloso. Al menos lo había sido hasta ese día. Se echó a reír, moviendo la cabeza.

—A ti te gusta todo el mundo.

—Pero Kennon es agradable —insistió Madelyn. Su tono indicaba que, aunque solía estar de acuerdo con su padre, esa vez Meghan tenía razón—. Dilo ¿sí o no?

—Sí o no, ¿qué? —preguntó Simon, subiendo al asiento del conductor. Se puso el cinturón de seguridad y arrancó el coche.

—¿Va a volver? —Madelyn repitió la pregunta inicial—. Papa, ¿no estás prestando atención? —la niña soltó un suspiro exasperado.

La niña sonó como Nancy, las pocas veces que había perdido la paciencia con él. Incluso la inflexión de la voz era igual. Simon se recriminó en silencio; tenía que esforzarse más.

—Lo siento —se disculpó, incorporándose al tráfico—. Mi mente estaba en otra parte.

—¿Adónde había ido, papi? —preguntó Meghan. A sus seis años, era un cúmulo de interrogantes—. No la he visto irse. ¿Es muy pequeña? —la niña intentó inclinarse hacia delante, pero el cinturón se lo impidió.

—No, tonta —dijo Madelyn, impaciente—. Papá quería decir que estaba pensando en otra cosa.

—¿En qué, papi? ¿En qué pensabas? —preguntó Meghan de inmediato.

—Sí, ¿en qué, papá? —Madelyn decidió unir fuerzas con su hermana.

Él miró por encima del hombro y vio sus rostros inquisitivos y despiertos. Deseó volver a ser así de joven y tener esa capacidad de reacción, rebotar como una pelota, pasara lo que pasara.

No podía decirles que estaba pensando en su madre, porque tal vez se habrían entristecido. Así que optó por mentir.

—Estaba pensando en qué podrían querer dos niñitas para cenar —dijo.

—¿Nosotras, papi? ¿Nosotras somos las niñitas? —los ojos verdes de Meghan destellaron.

—Sí —contestó él, incorporándose a la avenida. El tráfico era más fluido—. Las dos niñitas sois tu hermana y tú.

—Aún no has contestado mi pregunta, papi —le recordó Madelyn.

Simon pensó que su hija era como un perro de presa. No cejaba hasta conseguir lo que quería. Y en ese caso concreto, esperaba respuestas.

—¿De verdad te gustó esa mujer?

—Sí, papi —gorjeó Meghan, adelantándose a su hermana—. Huele muy bien.

—Eso tiene su importancia —aceptó él, divertido. El semáforo se puso ámbar. Si hubiera estado solo, habría acelerado. Como estaba con las niñas, redujo y paró. La luz se puso roja un segundo después—. ¿Alguna cosa más?

—Habló con nosotras —añadió Meghan con entusiasmo.

—Claro —Simon ya suponía que les habría hablado. De momento, seguía sin entender la atracción que ejercía esa mujer sobre ellas. Si hubieran sido chicos adolescentes, le habría parecido lógica. Era pequeña, tenía buen tipo y la estructura ósea de su rostro habría hecho llorar de envidia a un cirujano plástico.

Su poder de observación parecía haberse agudizado. Se preguntó cuándo había ocurrido.

Madelyn, una mujercita muy sabia, había captado que su padre no había entendido lo que su hermana le había dicho.

—No, papi, no «nos» habló, habló «con» nosotras —recalcó la niña—. Nos trata como a personas. Igual que hace Edna —añadió, esforzándose para que entendiera lo que significaba eso.

Simon lo entendía de sobra. Sabía que tenía problemas y que estaba fallando en su tarea como progenitor. El único que tenían las niñas.

Su papel le resultaba muy duro. No porque no quisiera a las niñas, las adoraba; pero no sabía cómo demostrar ni cómo expresar su amor. Aunque eran de su propia sangre, le costaba relacionarse con ellas.

Sus propios padres habían sido distantes cuando él crecía, y por eso no sabía cómo hablar con sus hijas, al menos como Madelyn deseaba.

Esa clase de comunicación siempre había estado en manos de su esposa y de Edna, que se encargaban del día a día de las niñas. Él había convertido el trabajo en su santuario, y su excusa, y nunca había desarrollado la destreza de conectar con ellas. Su interacción con ellas consistía en garantizar que estuvieran alimentadas, vestidas y en buen estado, al menos físicamente. En cuanto a su estado emocional, no se sentía capacitado para intervenir. Eso no había sido ningún problema mientras tenían a su madre.

Pero ya no la tenían.

Él era muy consciente de que tenía carencias, nunca lo había negado. Carencias graves, a juzgar por el hecho de que una auténtica desconocida era capaz de relacionarse con sus hijas mejor que él.

—¿Os gustaría que volviera la señorita Cassidy? —preguntó, por seguirles la corriente. Había esperado una respuesta afirmativa, pero no estaba preparado para los estruendosos «¡Sí!» que asaltaron sus oídos.

Tenían unas cuerdas vocales muy poderosas para ser dos niñas pequeñas.

—¿Va a ser nuestra nueva niñera? —preguntó Meghan.

—¿Es que Edna ya no nos quiere? —inquieta, Madelyn arrugó la frente.

—Claro que Edna os quiere. Simplemente, no se encuentra bien —Simon se sentía como si fuera Pandora segundos después de abrir la mítica caja—. Y no, la señorita Cassidy no va a ser vuestra nueva niñera.

—¿Qué va a ser entonces? —inquirió Madelyn.

«Seguramente, un enorme dolor de cabeza», pensó Simon, sin saber por qué, pero convencido de que no se equivocaba. Cuando la mujer salía de la casa, había captado en sus ojos una mirada de determinación que había hecho que se pusiera en guardia. Parecía decirle que, lo quisiera o no, estaba a punto de entrar en terreno desconocido.

Tenía la esperanza de que no fuera así.

Pero a las niñas les gustaba, y también a Edna. Lo cierto era que necesitaba amueblar la casa y él no tenía tiempo para dedicarse a eso. Como la mayoría de los varones mayores de cinco años, odiaba ir de compras. Y no quería cargar a Edna con esa abrumadora tarea adicional. Ya tenía bastante con ocuparse de las niñas y, además, empezaba a hacerse mayor.

—La señorita Cassidy va a decorar nuestra casa —les dijo a las niñas.

—¿Decorarla para Navidades? —preguntó Meghan, casi sin aliento.

—No. Navidad es en diciembre y estamos en mayo —le dijo Madelyn a su hermana con aire de superioridad—. ¿Es que no sabes nada?

—Sé muchas cosas —replicó Meghan, sin inmutarse—. ¿Verdad, papi? —buscó el apoyo de su padre.

—Sí, claro —dijo—. Las dos sabéis muchas cosas —añadió rápidamente. Una de las cosas que Nancy había conseguido enseñarle, era la necesidad de tratar a las niñas de forma igualitaria y mantener la neutralidad siempre que fuera posible—. La señorita Cassidy va a comprar muebles para casa.

—¿Podemos ayudarla a comprar los muebles? —preguntó Meghan, excitada.

—No veo por qué no. Claro, desde luego, ayudadla —accedió él.

Así la mujer estaría ocupada con las niñas y no intentaría convencerlo para que la acompañara en alguna expedición. Lo mirara como lo mirara, él salía ganando, era la solución ideal.

En cuanto entró por la puerta, Nathan dejó los tejidos con los que estaba trabajando y le dirigió una mirada escrutadora. La curiosidad chispeó en sus grandes ojos marrones.

—¿Y? ¿Cómo ha ido? —preguntó.

Kennon se sentía como alguien que acabara de correr un maratón y estuviera sin aliento, excepto que no lo había hecho y no tenía ninguna razón para sentirse así.

—Ha sido raro. Rarísimo —dejó el bolso sobre el escritorio y se hundió en su enorme e increíblemente cómodo sillón de cuero.

—Vas a tener que explicarte mejor que eso —Nathan acercó una silla y se sentó a su lado, como un recipiente vacío que anhelara ser llenado.

—El médico tiene… —empezó Kennon.

—Espera, ¿es médico? —Nathan lo dijo como si eso fuera lo más parecido a ser rey.

—Sí, es médico —siguió ella—. Y tiene una casa nueva de dos plantas completamente vacía, excepto por un par de cosas.

—Fantástico. Dependiendo de sus gustos y de lo que quiera, podría tenerte ocupada un par de meses —comentó Nathan, entregado a la historia con los cinco sentidos. Aunque sólo se inclinó hacia delante un poco, ella se lo imaginó frotándose las manos.

—Ése es el problema —arrugó la frente y movió la cabeza—. Desconozco sus gustos y qué quiere.

—Pregúntaselo —casi le ordenó Nathan.

Ella lo miró con incredulidad. Lo decía como si fuera una chica tímida, temerosa de abrir la boca.

—Ya lo he hecho —le espetó.

—¿Y?

—Y me dijo que utilizara mi buen juicio.

Nathan daba la impresión de estar a punto de ponerse a bailar de alegría.

—Mejor aún —se entusiasmó—. Te ha dado carta blanca, Kennon. Carta blanca —paladeó las palabras, incapaz de entender por qué no estaba tan emocionada como él—. Eso significa que no se entrometerá, ni dará problemas. Podrás crear la casa de tus… bueno, sus sueños.

Para Kennon, ése era el problema. ¿Cómo iba a hacerlo con éxito sin tener ni una pista sobre los «sueños» de ese hombre?

Era consciente de que el trabajo escaseaba en los últimos tiempos, y que Nathan estaba pensando en los beneficios, pero eso no era lo único que entraba en juego.

—Tengo la sensación de que el doctor Simon Sheffield es un hombre de idea fijas, si no consigo adivinar lo que le gusta y lo que no, este negocio no va a salir nada bien.

Nathan la miró como si confiara en su capacidad de hacer aparecer un conejo de repente, a pesar de no tener un sombrero en la mano.

—Ten un poco de fe, Kennon —la tranquilizó, atrapando sus ojos—. Yo la tengo. Utiliza un poco de tu magia. Habla un poco con él, consigue que el hombre salga de su caparazón —sonrió a su mentora. Había tenido la posibilidad de elegir jefe a quien observar y de quien aprender. Y no la había elegido a ella por azar, sino por una buena razón—. Nunca había conocido a nadie que captara las vibraciones de la gente como tú. Por eso eres tan buena en tu trabajo.

—Caramba, Nathan ¿eso es un cumplido? —Kennon, desconcertada, se preguntó si debía preocuparse por la llegada del fin del mundo.

—Podría interpretarse así —concedió él. Alzó uno de sus delgados hombros con indiferencia—. Pero si se lo dices a alguien, lo negaré.

Kennon le sonrió. Justo cuando pensaba que era capaz de leerlo como a un libro, incluyendo el más arisco y contrariado de sus comentarios, Nathan la sorprendía. Pensó que, en cierto modo, resultaba rejuvenecedor.

—Mientras lo sepa yo, es suficiente —replicó ella, reflexiva. Calló de repente y Nathan entrecerró los ojos y la escrutó como si deseara introducirse en su mente para leerle el pensamiento.

—Oigo los engranajes girar en tu cabeza —le dijo—. ¿Qué está ocurriendo ahí dentro?

—Puede que un principio de estrategia —contestó ella, planteándose el paso siguiente.

—Ésa es mi chica —aprobó Nathan con una sonrisa de oreja a oreja. Un momento después, Kennon se puso en pie y se colgó el bolso del hombro—. ¿Adónde vas?

—De vuelta al campo de batalla —contestó Kennon, por encima del hombro—. Pretendo llegar a conocer al sujeto, tanto si le gusta como si no.

Tenía en mente algo más que eso, pero no era momento de informar a Nathan de su plan. Primero tenía que descubrir hasta qué punto tenía que entrometerse en la vida del doctor Sheffield.

—Ve a por él, jefa —la despidió Nathan, pensando que ésa era la Kennon Cassidy que él conocía y adoraba.

«Ésa es mi intención, Nathan. No lo dudes», pensó Kennon. No se molestó en volver la cabeza. Tenía trabajo que hacer.

Simon hizo una mueca y se concentró en ordenar al timbre que dejase de sonar.

Sin éxito.

Como las niñas estaban cerca, se tragó la maldición que afloró a sus labios. No le apetecía ver a nadie. Además, no esperaba visitas. Eran nuevos en la zona y, aparte del jefe de cirugía y la directora del colegio de las niñas, que no tenían razones para visitarles, no conocía a nadie aún.

Justo entonces, Meghan pasó corriendo a su lado, en dirección hacia la puerta.

—¡Quieta, Meghan! —gritó—. Te tengo dicho que no abras la puerta a nadie.

Compungida, su hija pequeña paró en seco.

—Perdona, papi. Sólo quería ayudar.

Él estuvo a punto de sermonearla respecto a las formas correctas e incorrectas de ayudar, pero la vio tan triste que no tuvo corazón para hacerlo.

Últimamente tenía poca paciencia, mucho menos de la habitual, y no quería arriesgarse a decir nada que pudiera hacer daño a sus hijas. Estaban muy sensibles y a él le resultaba difícil pedir disculpas. No sabría cómo recuperar su favor si hería sus sentimientos y empezaban a relacionarse con él desde el miedo o el desdén.

El timbre ya había sonado tres veces cuando llegó a la puerta, que abrió de un tirón.

—¿Sí? —casi gritó. En el umbral estaba Kennon Cassidy. Una vez más.

Lo invadió una intensa sensación de *déjà vu*. Y también una inesperada calidez que intentó sofocar. Hizo un esfuerzo para controlar su genio y el tono de su voz.

—¿Se le ha olvidado algo?

Ella pensó que a ese hombre le bastaría con el sonido de su voz para asustar a los ladrones. Por suerte, tenía los nervios bien templados.

—En esta casa no hay cacharros de cocina, aparte del cazo que utilicé para la sopa.

Él se preguntó qué podía tener que ver eso con su presencia allí. Echó un vistazo a la caja que tenía entre los brazos. Parecía pesar bastante.

—¿Y qué? ¿Nos ha comprado una batería de cocina?

—No, voy a prestarles una.

Al ver confirmadas sus sospechas, Simon le quitó

la caja de las manos. No se había equivocado, pesaba un montón. La mujer era más fuerte de lo que parecía a primera vista.

—Los cacharros son míos —le dijo ella —. Un préstamo hasta que equipemos la cocina.

Al oír su voz, Madelyn salió corriendo al vestíbulo para reunirse con su hermana. Simon se dio cuenta de que ambas niñas se le adelantaban, en su esfuerzo por acercarse más a esa mujer, que por lo visto era una especie de flautista de Hamelín femenino y contemporáneo.

O eso, o había hechizado a sus hijas. Nunca las había visto encariñarse tan rápidamente con alguien. Ni con tanto entusiasmo.

—¡Has vuelto! —gritó Meghan, con los ojos brillantes de alegría.

—Sí —Kennon sonrió y le revolvió el pelo oscuro con afecto.

—¿Vas a entrar? —preguntó Madelyn con tono sofisticado, que no llegaba a ocultar sus sentimientos por la vuelta de Kennon.

Kennon miró al padre de las niñas. Tenía un aspecto casi estoico, allí de pie con la caja de cacharros en las manos.

—No lo sé. ¿Voy a entrar, doctor Sheffield? —le preguntó.

—¿Me está pidiendo permiso? —la miró con sorpresa simulada.

La expresión de ella le indicó que era obvio, y él no supo si era sincera o le estaba tomando el pelo. Tuvo la sensación de que la decoradora estaba acostumbrada a salirse con la suya.

—Es su casa, doctor Sheffield. Está en su mano invitar a alguien a entrar, o impedirle el paso.

Él se dijo que, efectivamente, sería una cuestión de lo más sencilla, si no tuviera que enfrentarse al par de caritas expectantes que se alzaban hacia él.

—Sí, eso es una suerte —dio un paso atrás haciéndole sitio—. Entre. Las niñas ya la han invitado. ¿Quién soy yo para oponerme?

Kennon pensó que no era tan fácil. Si el doctor no la quisiera allí, no tardaría un segundo en echarla, y ambos lo sabían.

—Antes sacaré el resto de los cacharros —dijo ella, mirando hacia su coche.

Por lo visto, la mujer creía que Edna iba a guisar para un batallón.

—¿Podemos ayudar? —ofreció Meghan, gustosa.

—Depende de vuestro padre —dijo Kennon—. Pero me encantará que me ayudéis si dice que sí.

Simon no entendía cómo había conseguido devolver la pelota a su campo, al tiempo que le robaba a su equipo. Se preguntó si esa destreza en los golpes de revés era natural, o una técnica aprendida en el ejercicio de su profesión. En cualquier caso, la mujer distaba de ser el sencillo muñeco de peluche que parecía a primera vista.

—Me parece bien —balanceó la caja de cacharros hacia un lado para apoyarla en la cadera e hizo un silencioso gesto a sus hijas para que ayudaran a la mujer.

Por una vez, ni Madelyn ni Meghan necesitaron que repitiera el gesto.

Capítulo 6

L A media hora siguiente fue un torbellino de actividad. Con el apoyo y ayuda de sus dos diminutas asistentes, Kennon tomó posesión de la cocina. Exactamente veintiocho minutos después, tenía listo un lomo de cerdo que olía a una mezcla de hierbas aromáticas y quesos rallados. Como acompañamiento había arroz integral que había cocido en caldo de pollo, para luego mezclarlo con espárragos, zanahorias y calabacines rallados, por mencionar las tres verduras principales.

Las niñas, que supuestamente odiaban las verduras, comían con deleite.

Simon empezó a pensar que había abierto su casa a una hechicera. Era indudable que había embrujado a sus hijas y a su ama de llaves. Edna seguía en la sala, degustando la misma cena que ellos en la cocina. Kennon se había encargado de llevarle un plato antes de sentarse por fin. En la mesa había conversación, algo que había escaseado mucho en el último año. Ambas niñas intentaban capturar la atención de la hechicera. La mujer, por su parte, era equitativa, otorgando a las dos la misma atención.

Se le daba muy bien, era indudable. Simon se dijo que podría aprender bastante de ella. Meghan, y sobre todo Madelyn, parecían más felices que en mucho tiempo.

—Si lo de la decoración no va demasiado bien... —empezó a decir Simon, cuando se dio cuenta de que había rebañado su plato no una, sino dos veces. Sólo el miedo a quedarse dormido en vez de hacer el trabajo que se había llevado a casa, le había impedido servirse una tercera ración— siempre podría conseguir trabajo como chef —concluyó. «O como bruja para todo», pensó para sí.

El rostro de ella se iluminó con una sonrisa, que pasó de sus labios a sus ojos. Parecía muy contenta de sí misma, y él supuso que tenía derecho a estarlo.

—Lo tendré en cuenta —Kennon capturó su mirada.

Él no tenía ni idea de qué podía estar pensando, ni de por qué se sentía tan intrigado por ella.

—¿Podría contar con una carta de recomendación? —lo preguntó con una voz tan firme, que durante un momento, él creyó que lo decía en serio. Pero entonces vio cómo las comisuras de su boca se curvaban, delatándola.

—¿Por qué no? —Simon se encogió de hombros.

—Eso no es muy halagador —rezongó ella—. Pero tranquilo, sólo me interesan las recomendaciones como decoradora —no pensaba cambiar de oficio, nunca—. Llevo años en el negocio de la decoración, y he superado muchos altibajos. La economía pasa por un mal momento, pero no es la primera vez que ocurre.

Aun así, tenía que admitir que sería agradable volver al punto en el que tenía que hacer malabarismos para intentar hacer un hueco a todos los encargos que recibía, en vez de esperar a que sonara el teléfono. El negocio estaba tan parado que, sin decírselo, había empezado a pagar a Nathan de su cuenta personal; le vendría de perlas el encargo del doctor, si es que llegaba a serlo en firme.

—Hablando de referencias —dijo, volviendo al tema que trataban—, las mías están a su disposición —Kennon contaba con una página web, además de un archivo en el que guardaba sus cartas de recomendación, todas excelentes.

—No hacen falta —rechazó Simon.

Ella lo miró con sorpresa. Daba la impresión de ser uno de esos hombres precavidos que lo comprobaban todo y, además, preparaban un plan B por si fallaba algo. Temió que hubiera cambiado de opinión con respecto a contratarla.

—¿No quiere ver mis referencias? —inquirió, sin entender ese cambio de postura. Se preguntó si lo había ofendido de alguna manera.

—Las recomendaciones de gente a la que no conozco, no me impresionan —dijo él—. En cambio, la de alguien con quien he tratado, como la señora Sommers, sí. Parecía convencida de su capacidad para, según sus palabras, «transformar una cochiquera en un salón de baile».

Dado que Maizie era su tía, se podría interpretar el

comentario como nepotismo. Pero igual que Maizie nunca hablaría mal de nadie, tampoco elogiaría a una persona si le parecía que su trabajo no estaba a la altura requerida. Era demasiado honrada para mentir.

—No hago nada así de drástico —le aseguró Kennon—. Pero si he convertido espacios horribles en bonitas ampliaciones del hogar del cliente, incrementando el valor de la casa —emocionándose con el tema, se levantó de la mesa—. Tengo un dossier con mis trabajos en el coche, que puedo enseñarle.

Simon se limpió la boca y dejó el tenedor. Sus palabras la dejaron parada en el sitio.

—Puede ahorrarse el esfuerzo, señorita Cassidy. No tengo tiempo para ocuparme de amueblar la casa, y tampoco para más entrevistas largas.

«¿Más entrevistas largas?». Kennon se mordió la lengua para no repetir sus palabras. Si él consideraba ese intercambio una entrevista larga, era de otro planeta. No le había pedido referencias, ni datos sobre su trabajo. Ni siquiera podía considerarse una conversación.

«A caballo regalado, no le mires el diente, Kennon», se dijo. Esbozó una gran sonrisa.

—Entonces, ¿estoy contratada?

Simon alzó hacia ella sus ojos azul intenso, preguntándose qué no había entendido. Por supuesto que estaba contratada.

—Eso es lo que acabo de decir.

Kennon no lo creía así, pero se lo calló.

El hombre necesitaba mejorar sus dotes comunicativas. Se preguntó si era tan distante y poco claro cuando hablaba con sus pacientes. Suponía que los enfermos del corazón desearían que les dieran la mano, los confortaran y tranquilizaran. Querrían saber que le importaban a su cirujano. Pero no había nada en ese hombre tan extremadamente guapo, sexy y reservado que diera la impresión de que podían importarle las personas a las que operaba. Tal vez fuera un mecanismo protector. Una técnica que utilizaba para mantener las distancias, por si el paciente no superaba la cirugía.

«Céntrate en lo importante. Tienes facturas que pagar, Kennon».

—Gracias —le dijo—. Puedo empezar mañana. Esta noche mismo, si quiere.

Él negó con la cabeza. Su entusiasmo hacía que se sintiera cansado. Casi como si la energía de ella creciera porque estaba consumiendo la suya.

—Lo que me gustaría es ir a mi estudio y volver a la ponencia que estaba preparando ayer. La ponencia cuya fecha de entrega se aproxima.

Ella dio marcha atrás. No convenía contrariar a un cliente excepto hablando de gamas de colores.

—Por supuesto. ¿Cuándo podemos hablar? —le preguntó, para hacer sus planes.

—Acabamos de hacerlo —se levantó de la mesa—. Esto estaba muy bueno —le dijo. Parecía que sacara las palabras de una cuenta bancaria invisible y le quedaran pocas por usar.

Kennon le observó salir de la habitación y dirigirse hacia la escalera. Hizo un esfuerzo para no mostrar su frustración. Pensara él lo que pensara, iban a tener que hablar sobre la casa. La decoración era una cuestión de gusto personal, en ese caso, del de él. No iba a imponerle su estética. Exceptuando que, quizá, a ambos les gustaba el azul, tenía la sensación de que sus preferencias personales serían contrapuestas.

—No es mala intención. Es sólo que está muy dolido —la voz de Edna llegó desde la sala, interrumpiendo sus pensamientos.

Kennon sonrió a las niñas, ladeó la cabeza y miró hacia la sala.

Edna estaba sentada en el sofá, exactamente como la habían dejado las niñas y ella antes de ir a cenar. El plato vacío estaba sobre una bandeja con patas plegables lacada en negro, que Kennon le había llevado para que la utilizara hasta estar recuperada y de nuevo en pie.

Animó a las niñas a terminar de cenar y se asomó a la sala para hablar con Edna.

—Lo entiendo —dijo Kennon en voz baja—. Pero necesito saber qué quiere el doctor Sheffield que haga con la casa, además de «llenarla».

—Yo tengo fotos —gorjeó Meghan con alegría.

Las niñas la habían oído a pesar de su intento de discreción. Kennon, atenta, pensó que cualquier cosa sería mejor que nada.

—¿Te refieres a fotos de vuestra antigua casa?

Meghan asintió, ignorando la mueca de enfado de su hermana mayor.

—Papi dijo que dejásemos las fotos, pero yo quería tenerlas para mirarlas cuando quisiera. Mamá me dio ese álbum. No quería tirarlo ni perderlo —explicó la niña.

Kennon admiró su valentía. Simon Sheffield parecía capaz de ensombrecer la vida de sus hijas. Desafiar sus órdenes en secreto requería coraje.

—Papi no quería que lo tiraras, boba —rezongó Madelyn—. Quería que dejásemos todo lo que queríamos quedarnos en el almacén —al ver que su hermana seguía sin entender el concepto, Madelyn se lo explicó—. Es una habitación grande para guardar nuestras cosas, pero no está en la casa.

—Entonces, ¿dónde está? —Meghan no parecía creer lo que le estaba diciendo.

—En otro sitio —repuso Madelyn de mal humor.

Kennon pensó que unas fotografías ayudarían, pero no sabría hasta qué punto hasta obtener algunas respuestas. ¿Quería el cirujano alejarse de todo lo que le recordara la vida que había perdido, o quería recuperarla? ¿O tal vez buscaba una fusión de lo viejo y lo nuevo?

Iba a necesitar ayuda para llegar a la conclusión correcta.

—¿Por qué no lleváis los platos al fregadero? —les sugirió a las niñas.

Las dos se pusieron en pie de inmediato y recogieron los platos y los cubiertos. Daba la impresión de que recoger la mesa les parecía un premio, más que un trabajo. Kennon se preguntó si el doctor sabía lo afortunado que era.

Había encargado la tarea a las niñas para poder hablar con su niñera en privado. Las preguntas empezaban a multiplicarse en su cabeza. Se volvió hacia Edna.

—Ha dicho que el doctor Sheffield seguía muy dolido. ¿Es por la muerte de su esposa?

—Sí.

Percibió en los ojos de la mujer que a ella tampoco le resultaba fácil hablar del tema. La esposa del médico tenía que haber sido una persona muy especial para merecer un amor y una lealtad tan intensos.

—Se culpa a sí mismo —se limitó a decir Edna.

—¿Por qué? —a Kennon sólo se le ocurrió una razón posible—. ¿Fue el culpable de su muerte?

—¡No! —exclamó Edna con sentimiento—. Es porque ella ocupó su lugar.

—¿Su lugar? —repitió Kennon, buscando sentido a la respuesta—. ¿Su plaza en un avión, o algo así?

Edna inspiró profundamente y empezó desde el principio.

—El doctor Sheffield pertenece a Médicos Sin Fronteras. Se unió a la asociación por deseo de Nancy. Se suponía que iba a ir a Somalia, pero en el último momento, un paciente al que había realizado un bypass triple empeoró de repente, unas horas después de la operación. El doctor no quería dejar al hombre en otras manos, así que la doctora Patterson, su esposa, le pidió que no se preocupara. Dijo que ella iría en su lugar.

—¿La esposa del doctor Sheffield también era experta en cirugía cardiovascular? —se asombró Kennon, incrédula.

—Mi Nancy era especialista en cirugía general —Edna sonrió con orgullo. Las lágrimas brillaron en sus ojos—. En caso de necesidad, podía realizar cualquier operación —bajó el tono de la voz—. Cuando golpeó el tsunami, fue una de las personas arrastradas por las aguas.

—Oh. Lo siento mucho —dijo Kennon, sinceramente afectada por el dolor de la mujer. Edna había captado su atención con su forma de referirse a la difunta, y buscó una aclaración—. Disculpa, has dicho «mi Nancy…» —la voz de Kennon se apagó. No creía que la niñera hubiera pretendido insinuar que la esposa del médico había sido su hija. No creía que el doctor Sheffield fuera capaz de tratar a su suegra como si formara parte del servicio.

Las lágrimas que brillaban en los ojos de Edna amenazaban con derramarse. Parpadeó para evitarlo, pero dos se deslizaron por su mejilla.

—La crié desde que era un bebé. Sus padres estaban muy ocupados ganándose la vida, igual que el doctor Sheffield y la doctora Patterson. Siempre estuvimos muy unidas y cuando tuvo a sus pequeñas me pidió que me encargara de ellas —hizo un esfuerzo por controlar su emoción—. Me alegró mucho poder serle útil. Quiero a esas niñas como si fueran mías.

Kennon no tenía ninguna duda al respecto.

—Supongo que cuando decidió dejar San Francisco para trasladarse al sur de California, el doctor Sheffield sentía la necesidad de empezar de nuevo en otro sitio. ¿Es así?

—Nunca lo expresó con tantas palabras, pero es lo que creo, sí —Edna asintió con la cabeza.

—Entonces, probablemente sólo necesitemos un leve toque del pasado, para poner énfasis en el futuro —comentó Kennon en voz alta, procesando la información recibida. Miró Edna para ver si estaba de acuerdo.

La niñera tomó aire, como para darse fuerzas.

—Creo que eso sería lo mejor. Nancy habría querido que él siguiera adelante con su vida. No le habría gustado verlo tan infeliz. Solía tomarle el pelo por ser tan serio —el recuerdo le hizo sonreír. Alzó la mirada hacia Kennon, como si quisiera pedirle ayuda—. Lo de ahora es mucho peor que eso, necesita reír de nuevo.

«De nuevo» implicaba que el hombre tenía la capacidad de reír. Kennon pensó que era bueno saberlo, podría serle útil.

—Bueno, no sé si podré hacerle reír, pero intentaremos que sonría otra vez —le prometió a Edna.

En ese momento, Madelyn entró en la sala como una tromba y fue hacia ellas.

—¿Algo más? —le preguntó a Kennon.

—Eso, ¿algo más? —repitió Meghan con voz más alta, pisándole los talones a su hermana.

Kennon pensó que esa noche sólo quería sumergirse en las relaciones de la familia. Dado que el buen doctor no estaba allí, tendría que conformarse con las niñas, y con sus recuerdos sobre su madre.

«Sumergirse» implicaba una fusión.

—Ahora voy a fregar los platos —informó Kennon a las niñas. Se levantó del brazo del sofá, donde se había apoyado para hablar con Edna.

—¿Fregar los platos? ¿Tú sola? —preguntó Madelyn, mirándola con incertidumbre—. Tenemos un lavavajillas que hace eso.

—¿Tú no tienes uno? —le preguntó Meghan, con un deje de pena en su vocecita.

Kennon se rió, puso un brazo sobre sus hombros y la atrajo contra su cuerpo un instante.

—Sí tengo. Pero no me gusta ver cacharros en el fregadero, así que siempre friego antes de que haya muchos. Además, poner el lavavajillas para una persona sola es un desperdicio. ¿No te parece? —le pregunto a Meghan.

Meghan, encantada porque le pidiera su opinión, asintió vigorosamente. Kennon tuvo la sensación de que la niña habría estado de acuerdo con cualquier sugerencia que le hiciera.

—Sabes manejarlas muy bien —dijo Edna con sinceridad y tono aprobador. Miró de una niña a la otra—. Pareces sacar lo mejor de ellas. ¿Tienes hijos? —preguntó, sintiendo curiosidad por esa nueva persona que había aparecido en sus vidas.

—No —Kennon negó con la cabeza.

En absoluto era porque no quisiera tenerlos. Quería tener varios. Pero antes de los niños tenía que haber alguien que pudiera ser buen esposo y buen padre. Y si además conseguía acelerarle el pulso, mejor que mejor. Puestos a soñar, mejor pedirlo todo que quedarse corta.

—No he conocido al hombre adecuado —le dijo a Edna. Con eso, puso fin al tema.

—Entonces, ¿eras la mayor de tu familia? —preguntó Edna—. ¿La que ayudaba a tu madre a cuidar de los demás?

No había sido ése el caso. Sus padres se habían divorciado antes de darle hermanitos. Siempre lo había lamentado. Había pasado gran parte de su infancia imaginando cómo habría sido tener un hermano o hermana. Incluso había inventado uno imaginario cuando era muy pequeña.

—Siento decepcionarte, Edna —dijo con una sonrisa—, pero soy hija única.

—Entonces lo tuyo es un auténtico don —afirmó Edna—. Una bendición.

Para Kennon, más que una bendición, entenderse con los niños era algo de lo más natural. Tal vez había surgido de ese deseo de tener hermanos. Pero antes de que pudiera comentarlo, Madelyn le había agarrado una mano y Meghan, para no ser menos, la otra.

—Te ayudaremos a fregar los platos —afirmó Madelyn.

—Como he dicho, tienes un don —Edna soltó una risa divertida—. Tampoco se te da nada mal la sanación.

Kennon, a quien las niñas arrastraban hacia la cocina, volvió la cabeza, intrigada.

—Me encuentro mucho mejor, gracias a ti y tu sopa de pollo —aclaró Edna.

—Si estás mejor, será por la sopa de pollo —comentó Kennon.

No aceptaba los elogios que no creía merecidos. En ese caso, sólo había intentado que la mujer se sintiera mejor ofreciéndole algo que a ella solía funcionarle muy bien.

Las niñas tiraron de ella otra vez. Era hora de ocuparse de los platos.

—Y modesta, además —murmuró Edna—. Creo que te caería bien, Nancy —musitó para sí.

Una hora después, cuando Simon bajó de su estudio, esperaba encontrar la cocina a oscuras y a sus hijas en el dormitorio o en la sala de estar, aprovechándose de su ausencia porque era muy estricto con el tiempo que podían ver la televisión. De hecho, era estricto en casi todo lo relativo a sus hijas.

Sin embargo, la cocina estaba iluminada y dentro se oían risas. Curioso, fue hacia allí.

La mujer que había contratado como decoradora estaba sentada a la cabecera de la mesa, con una niña a cada lado. Había libros y cuadernos abiertos y, por lo que podía ver, sus hijas estaban haciendo los deberes con la ayuda de la efervescente rubia.

Al permitir que la calidez de la risa lo envolviera,

supo que era un sonido que había faltado en sus vidas durante demasiado tiempo.

No se había equivocado en su evaluación anterior. Por lo visto no sólo había contratado a una decoradora, sino también a una hechicera.

Capítulo 7

KENNON, por el rabillo del ojo, vio a Simon entrar a la cocina.

Incluso si no hubiera sido así, habría percibido su entrada por la reacción de Madelyn y Meghan. Se apagaron un poco y parecían menos relajadas y más ansiosas por complacer. Era obvio que querían a su padre, pero no parecían saber cómo comportarse en su presencia. El buen doctor no llegaba a ser frío, se notaba que sus hijas le importaban, pero sí era reservado, como si siguiera un estricto código que sólo él conocía.

—Papi, Kennon me está enseñando a escribir —declaró con orgullo Meghan, la primera en verlo.

Simon estaba pagando una suma bastante elevada para que Meghan y Madelyn recibieran la mejor educación posible. Aun sí, había estado planteándose buscar a una profesora privada para la pequeña, a quien parecía costarle más aprender que a su hermana. Por lo visto, bastaba con que hubiera decidido decorar la casa para solucionar el problema de la niña.

Miró a la mujer que había irrumpido en su vida como un huracán.

—Chef de cocina, maestra, niñera vocacional y, ah, sí, decoradora de primera clase —Simon enumeró las cualidades que había demostrado a lo largo del día con cierto sarcasmo—. ¿Hay algo que no sepa hacer, señorita Cassidy?

«Sí, entender por qué parezco irritarlo tanto», pensó Kennon. Como no iba a decirlo en voz alta, se limitó a ponerse en pie.

—Cuando surja algo, si surge, se lo haré saber —dijo con retintín. Consciente de que llevaba allí más tiempo del que había pretendido, y sin duda mucho más del que el doctor consideraba adecuado, Kennon se despidió—. Bueno, ya es hora de que me vaya —les dijo a las niñas. Ambas la miraron con decepción.

—¿Tienes que irte? —Meghan hizo un mohín—. Quiero escribir un poco más.

—Practica para mí —la animó Kennon—. Y sí, tengo que irme. Pero volveré mañana —les prometió a las hermanas. Al ver su mirada de incertidumbre, intuyó que sabían lo que eran las promesas rotas. No era difícil adivinar quién las había roto—. Tenemos trabajo que hacer, ¿no os acordáis? —dijo, para tranquilizarlas.

—¿Qué clase de trabajo? —preguntó Simon, obviamente sorprendido por lo rápido que se habían encariñado sus hijas con una desconocida.

—Voy a traer unos catálogos. Las niñas y yo va-

mos a buscar ideas para decorar sus habitaciones —
Kennon recogió sus cosas, las guardó en el bolso y lo
cerró.

Él no había pensado que volvería a verla tan pronto. Ni siquiera habían hablado de sus honorarios, aunque el dinero no era un problema. De hecho, era la
menor de sus preocupaciones.

—Supongo que tendré que pagar extra por eso.

—Tal vez tendría que pagarle yo —contraatacó
ella. Al ver su expresión de intriga, se explicó—. Sus
hijas son adorables, doctor Sheffield, es un placer pasar tiempo con ellas.

«Y tengo la impresión de que usted también lo sería, si se diera una oportunidad», pensó.

—Buenas noches, Edna. Me alegra que te sientas
mejor —alzó la voz para que se oyera en la sala de estar. Después se dirigió a la menor de sus pupilas—.
Acuérdate de las «efes», Meghan. Con un poquito más
de práctica te saldrán perfectas.

—Sí, vale —accedió Meghan, feliz con el elogio.
El brillo de sus ojos denotaba su intención de seguir
las instrucciones al pie de la letra.

—Hasta mañana, Madelyn —dijo con voz cálida—.
Buenas noches, doctor —murmuró. Agarró el bolso y
fue hacia la puerta.

Simon se la quedó mirando, entre desorientado y
confuso, como alguien que hubiera sobrevivido a un
repentino e inesperado cambio de tiempo. Decidió que
era una suerte que la mujer hubiera aparecido esa mañana en vez de una semana después. Le había facilita-
do mucho las cosas.

Pensó en Edna. Dudaba que la niñera fuera a estar
repuesta por la mañana. Y él tenía que ir al hospital

temprano para reunirse con el resto de los miembros
del Equipo Cardiovascular Newport.

Iba a necesitar que alguien se ocupara de Madelyn
y Meghan. Simon corrió tras Kennon.

—Señorita Cassidy…

Kennon, ya en la puerta, volvió la cabeza sorprendida. El doctor se acercó rápidamente.

—Me llamo Kennon —dijo, cuando estuvo a su lado.

—Lo sé —dijo él, sin entender por qué lo decía.

—Y si voy a trabajar en esta casa, me gustaría que
lo utilizara —aclaró ella, que se sentía incómoda con
tanta formalidad por su parte.

—¿No estaba ya claro que sí? —Simon temió que
se hubiera arrepentido, o que pretendiera sacarle más
dinero haciéndoselo creer.

—Es una forma de hablar —concedió Kennon—.
Creo que puedo hacerle justicia a la casa.

El estilo de decoración de la casa no ocupaba un
puesto muy alto en la lista de prioridades de Simon.
Lo más importante era que no le trajera recuerdos y
que la casa no quedara recargada.

—Seguro que harás un buen trabajo —iba a dejarlo
ahí, pero optó por darle una regla básica—. Pero no
utilices el estilo colonial temprano.

—¿No te gusta el colonial temprano americano?
—Kennon se alegró de tener por fin una opinión.

A Simon no le gustaba. Pero como a su esposa sí,
había decorado toda la casa con ese estilo. Las camas
tenían dosel, y había mesitas auxiliares de madera en-
vejecida por doquier. La mesa y las sillas de la cocina
parecían salidas del hogar de George Washington,
igual que el resto de los muebles. Él habría preferido
algo más moderno, pero no había protestado.

—No —contestó sinceramente. Se preguntó si Edna le había hablado a Kennon de la decoración de la casa de San Francisco. No tenía ningún deseo de explicar por qué allí había dominado precisamente ese estilo. Si bien los ojos de Kennon Cassidy tenían la mirada más compasiva que había visto nunca, no quería su compasión, ni la de ninguna otra persona.

—Es bueno saberlo —afirmó ella—. Seguiremos otro camino —esbozó una sonrisa complacida—. ¿Ves? Eso no ha sido tan difícil, ¿verdad, doctor?

—¿Qué no ha sido difícil? —preguntó él, sin saber a qué se refería.

—Decirme lo que te gusta o, en este caso, lo que no te gusta. Es cuanto necesito. Unas pocas palabras bien dichas, pistas en realidad. Mañana traeré algunas fotografías.

Él iba a decirle que no tenía ningún interés en ver fotos, que le bastaba con que los muebles fueran funcionales y nuevos. Pero como la idea parecía hacerla feliz, decidió no quitarle la ilusión. Había un detalle más importante que comentar.

En la sala, Edna estornudó tres veces seguidas, como si quisiera acentuar la urgencia del tema.

—¿A qué hora puedes estar aquí mañana?

Kennon no tardó nada en sumar dos y dos. Por lo visto no le interesaba por su talento como decoradora, sino por sus otras cualidades. Podía vivir con eso, le serviría como base para generar ideas. Con cada cliente se establecía una relación distinta, única, y estaba claro que la que tenía entre manos iba a llevarse la palma.

En vez de darle una respuesta directa, decidió hacerle ver que entendía su dilema y estaba dispuesta a ayudar.

—Puedo llevar a las niñas al colegio, si quieres.

A Simon no le gustó que interpretara sus intenciones tan bien. Pero dado que Kennon Cassidy estaba ofreciéndose a hacer cosas que iban mucho más allá de sus obligaciones como decoradora, decidió pagar el precio en silencio.

—Bien —dijo—. Gracias.

En ese momento, ella captó a su nuevo cliente mirándola como un hombre mira a una mujer, no a su decoradora. Algo respondió en su interior, y sintió un súbito e intenso calor.

Reconoció la sensación. La había tenido antes. Y no quería volver a tenerla. Kennon necesitaba tomar precauciones para que no volviera a ocurrir.

—De nada —murmuró—. Hasta mañana a las ocho —Kennon le dio la espalda para evitar que la calidez que sentía en su interior se multiplicara y extendiera como un virus cualquiera.

—Bien. Gracias —dijo él. Tenía la sensación de haber dado un primer paso en una dirección equivocada. Un paso del que podría arrepentirse.

No era un hombre que creyera en las intuiciones porque, que él supiera, las suyas nunca le habían llevado a ningún sitio. Pero mientras observaba a la mujer alejarse, un extraño cosquilleo recorrió su cuerpo.

Se había fijado en ella. No como entidad, ni como ser humano que compartía espacio en el planeta con él, sino como mujer. Una mujer atractiva, entusiasta y bellísima.

Eso lo incomodó. No quería que la belleza o la sensualidad, que ella tenía a raudales, se filtraran lenta e insidiosamente en su mundo, llevando el color a su vida en blanco y negro.

Simon, como solía hacer cuando algo lo incomodaba, dejó de pensar en el tema y volvió a su ponencia. Tal vez por la mañana vería las cosas de otra manera, con la perspectiva adecuada. Eso esperaba, aunque no era hombre que diera mucho valor a la esperanza.

Había pasado casi una semana.

Tras cinco días enteros, no estaba más cerca de entender el enigma que era el doctor Simon Sheffield que la mañana que lo conoció.

Si bien era cierto que habían acordado una tarifa por sus servicios, esos servicios eran de decoración, no incluían llevar a las niñas al colegio, ayudarlas a hacer los deberes o preparar la cena para Edna y para ellas.

Nunca le habría cobrado por eso, pero aún no había conseguido hacer nada por lo que él tuviera que pagarle. Eso tenía que cambiar.

Tomó la decisión de hablar con el cirujano cuando regresara esa tarde. Con eso en mente, llamó a las niñas y puso manos a la obra. Tenía que preparar la cena y también a sus animadoras.

—Si hubiera querido ser ama de llaves, habría solicitado el puesto, ¿sabes? —le dijo a Simon en cuanto entró en casa y cerró la puerta tras él.

—No lo había —alegó él, tomándoselo de forma literal—. No buscaba un ama de llaves —suponiendo que iba a hablarle de dinero y que la preocupaba no haber hecho nada «profesional» para ganarlo, sacó el talonario—. ¿Cuánto te debo?

—¿Por qué? —preguntó ella, anonadada.

—Por tu tiempo —dijo él—. Es obvio.

—Cobro por horas —le informó ella. Ya habían hablado de eso a principios de semana—. Cuando decoro, no cuando rallo queso.

—¿Disculpa? —Simon no entendía qué pintaba el queso rallado en el asunto.

Kennon sonrió. Se había dado cuenta de que le gustaba concentrarse en una cosa cada vez.

—Hay pollo a la parmesana para cenar.

La lista de pacientes que Simon había heredado al jubilarse el socio de la empresa médica era larga. Se había saltado el almuerzo para adelantar trabajo y organizar las cosas a su manera. La mención de comida hizo que su estómago se revolucionara. Sintió la tentación de preguntar cuándo estaría la cena en la mesa.

—Suena bien —se limitó a decir.

—Me gustaría empezar a trabajar en la casa —dijo Kennon, recuperando el hilo de la cuestión. Era obvio que iba a tener que insistir en el tema.

—Pues adelante —dijo él agitado la mano. Como no mencionaba el dinero, se guardó el talonario—. Ya te he dicho que el trabajo es tuyo.

—¿En serio no vas a acompañarme a ninguna tienda de muebles?

Su mirada dejó muy claro lo que opinaba sobre ir de compras, por no hablar de comprar muebles.

—¿Ni siquiera a una? —insistió ella, levantando un dedo delante de su rostro.

Lo acercó tanto que él, que instintivamente lo rodeó con la mano para apartarlo. Pero al tocarla sintió un extraño cosquilleo de calor, parecido a una descarga eléctrica. Se recuperó un instante después. Apartó el dedo y negó con la cabeza.

—No tengo tiempo —le aseguró.

Kennon decidió recurrir a su arma secreta. Carraspeó y, de repente, Madelyn y Meghan llegaron corriendo para saludar a su padre. Meghan agarró la mano de su padre y tiró de ella.

—Por favor, papi, ven con nosotras —suplicó.

—Ir con vosotras, ¿adónde? —preguntó él, confuso.

Quería a sus hijas, era innegable. Pero nunca había sido un hombre efusivo ni de palabra fácil. Sin un ejemplo que seguir, Simon no tenía ni idea de cómo relacionarse con sus hijas. Eran personas pequeñas, visitantes de un mundo desconocido para él. Le parecía que su infancia había tenido lugar hacía siglos, y nada de ella destacaba en su memoria; ningún acontecimiento memorable.

—A la tienda de muebles —dijo Madelyn, siguiendo el hilo a su hermana—. Kennon nos va a llevar mañana para ver lo que nos gusta.

—He decidido empezar por sus dormitorios —le explicó Kennon. Al menos, ellas daban su opinión.

—Ven con nosotras, papi —suplicó Meghan—. Queremos que vengas.

—Sí, por favor —pidió Madelyn. Luego añadió el toque final—. Nunca hacemos nada contigo.

Él miró a Kennon. La escena le parecía demasiado organizada.

—¿Esto ha sido idea tuya?

Era una pregunta retórica. No había otra razón para que sus hijas empezaran a suplicarle que las acompañara a una tienda de muebles. Nunca se habían comportado así.

—¿Qué? —Kennon simuló inocencia—. ¿Que las

niñas quieran pasar tiempo con su padre? —imaginó que cruzaba los dedos detrás de la espalda—. No, se les ha ocurrido a ellas, claro.

—Los niños suelen querer ir a parques de atracciones, no a tiendas de muebles —apuntó él.

—¿Qué puedo decir? Tus hijas son muy maduras para su edad —de repente su voz adquirió un tono serio—. Además, sospecho que es cuestión de conseguir lo que puedan —al ver que él la miraba interrogante, se explicó—. Un parque de atracciones requiere un día entero. Una tienda de muebles una hora y media como mucho. Tal vez quieran acostumbrarte poco a poco .

A Simon lo sorprendió ver que se acercaba a él, lo tomaba del brazo y lo llevaba a un lateral de la habitación.

—Disculpadnos un minuto, niñas —se excusó Kennon por encima del hombro. Sabía que estaba cruzando una línea que a él no le gustaría que cruzara, pero tenía que hacerle entender antes de que fuera demasiado tarde.

—Está bastante claro que tus hijas quieren que formes parte de su vida. Yo diría que eres muy afortunado, y sugeriría que aceptaras la oferta —vio un destello de enfado en sus ojos. La mayoría de la gente habría dado marcha atrás en ese momento. Pero no entendían a los niños tan bien como ella, así que siguió—. Dentro de poco sólo las verás cuando corran a la puerta para irse con sus amigas. Y después llegarán los chicos y la universidad, y esta etapa no será más que un recuerdo. Un recuerdo que no vas a tener, si no haces cosas con ellas ahora.

Él era un hombre reservado y no le gustaba que

nadie se entrometiera en su vida. Sin embargo, la mujer tenía razón y lo sabía.

—Vas a seguir hablando hasta que me rinda, ¿verdad?

Los labios de ella se curvaron lo suficiente para confirmarle que había acertado.

—Lo hago pensando en ti… y en ellas.

Simon le lanzo una mirada sarcástica. «Pensaba» y no tenía escrúpulos a la hora de manipular la situación y a los actores para conseguir lo que quería. Llevarlo a ver muebles. Pero tenía que admitir que no solía estar disponible para las niñas. Y eso era, en gran medida, porque no sabía qué decirles.

—Mañana es sábado —estaba diciendo Kennon—. Tienes tiempo libre.

—¿Ahora también eres adivina? —arrugó la frente, preguntándose cómo lo había sabido.

—No. Pero tengo mis recursos.

Edna le había dicho que Simon se había incorporado al Equipo Cardiovascular Newport Beach, que estaba ubicado en un moderno edificio de dos plantas, a dos manzanas del hospital Blair Memorial. Fue de lo más sencillo telefonear y preguntar si el doctor Sheffield trabajaba el sábado. La recepcionista le había dicho que era el doctor Champion quien estaba de guardia ese fin semana. Kennon no necesitaba saber más.

—Recursos —repitió Simon, escrutando a la dinámica mujer que tenía ante sí—. Preguntaría qué significa eso, pero tengo la sensación de que es mejor no saberlo.

Simon suspiró para sí. Aunque no iba a admitirlo en voz alta, la mujer tenía razón. Además, en el funeral de Nancy había hecho voto de involucrarse y participar más en la vida de sus hijas. Hasta el momento no había estado a la altura de su palabra. Pasar unas horas con ellas el sábado, incluso si era con el fin de amueblar sus dormitorios, sería un buen principio.

—¿A qué hora? —se rindió.

Ella había contado con al menos otra ronda de tira y afloja, si no más, para convencerlo. Había sido casi demasiado fácil. Cabía la posibilidad de que, a fin de cuentas, fuera un hombre razonable.

—Entonces, ¿vendrás? —le sonrió. Era un alivio dejar de jugar a ser su Pepito Grillo.

Simon pensó que tenía una sonrisa endiablada. Era de ésas que atraían y hacían que uno tuviera la sensación de que todo iba bien en el mundo.

Se descubrió mirando su mano izquierda y preguntándose por qué no lucía una alianza o, al menos, un anillo de compromiso. Por primera vez desde su irrupción en su vida, sintió curiosidad por sus antecedentes. Puso coto al pensamiento.

—Es lógico suponerlo, teniendo en cuenta que he preguntado a qué hora.

Kennon sintió la tentación de decirle que tenía que soltarse un poco, por el bien de las niñas y el suyo propio, pero ya había avanzado bastante por un día. Mejor ir paso a paso, era más seguro.

El doctor Boca Sexy había dado su primer paso. Se trataba de conseguir que siguiera dando pasos hasta llegar al destino que le correspondía.

—Niñas —llamó, volviéndose hacia ellas—. Vuestro padre vendrá con nosotras mañana.

Él no estaba preparado para los gritos y vítores de alegría, ni esperaba que las niñas corrieran hacia él, exultantes, y se le echaran encima. No estaba preparado, pero le gustó mucho.

También le gustó la sonrisa satisfecha que vio en el rostro de su decoradora. Un hombre podría perderse en ese rostro tan bonito.

Desvió la mirada y se centró en Madelyn y Meghan. Eso era mucho menos perturbador.

Capítulo 8

SIMON se decía que, cuando tuviera tiempo, iba a tener que analizar cómo una sola tienda se había convertido en dos y cómo la supuesta salida única del sábado por la mañana se había repetido dos sábados más. Había sucedido de forma tan natural que no había sido consciente de darle el sí a Kennon después de hacerlo.

Intentar recordar como se habían originado las expediciones de compras era como buscar la costura en una falda que da la impresión de no tenerla. Se sabe que la costura está en algún sitio, pero a primera vista, la tela da la impresión de no tener principio ni fin, parece algo continuo.

Tenía que acabar con aquello, o visitar tiendas de muebles con sus hijas a los lados y la efervescente decoradora liderando la marcha se convertiría en un ritual de sábado por la mañana.

Decidió ponerse firme la mañana del cuarto sábado. Puntuales como un reloj, Madelyn y Meghan entraron en su dormitorio corriendo, en vez de titubeantes como aquel primer sábado en el que había accedido a ir a una sola tienda a comprar muebles para ellas. Envalentonadas por sus éxitos previos y por sus avances adentrándose en el mundo de su padre, esa mañana eran dos niñas alegres y llenas de energía, en vez de reservadas.

Meghan saltó a la cama, evitando caer sobre su pecho por unos centímetros. Gateó hacia él.

—Adivina qué, papi —gritó, con voz aguda.

—Vais a casaros y os marcharéis de casa antes de mediodía —murmuró, intentando espabilarse.

—Eres gracioso, papi —Meghan se rió.

Él comprendió, con sorpresa, que era verdad. En algún momento, entre safari y safari a tiendas alejadas del mundanal ruido, había desarrollado un sentido del humor. O algo parecido.

No estaba seguro de cómo había ocurrido. Pero sospechaba que si examinaba el origen, descubriría que tenía que ver con la autodefensa y con la mujer que aparecía en su puerta seis días a la semana con la regularidad del sol.

—No estás adivinando —protestó Madelyn, subiendo a la cama junto a su hermana.

A esas horas, el cerebro de él se movía con la velocidad de una gacela artrítica. Soltó un suspiro.

—Bueno, me rindo. ¿Qué? —preguntó, mirando primero a Meghan y luego a Madelyn.

—Kennon dijo que hoy íbamos a comprar tus cosas —afirmó Meghan, adelantándose a su hermana, que quería ser quien diera la noticia. Meghan siempre había hablado más rápido.

Simon pensó que igual seguía adormilado, porque no entendía qué tenía eso de especial. Todo lo que compraban eran «sus» cosas. Al fin y al cabo, era él quien pagaba las facturas, aunque tenía que admitir que eran mucho menos abultadas de lo que había esperado.

Al menos, si se basaba en lo que había oído comentar a otros cirujanos sobre los proyectos de decoración de sus esposas. Los precios que mencionaban para renovar una habitación eran tan elevados que darían dolor de cabeza a cualquier hombre. Kennon, por lo visto, era una gran compradora de gangas, que sabía descubrir muebles rebajados que no parecían de saldo.

—Mis cosas —repitió, esperando una aclaración.

—Las cosas para tu dormitorio —le dijo Madelyn, mirando a su hermana con disgusto—. Se suponía que iba a ser una sorpresa.

—Y lo será —dijo él—. Una sorpresa para la señorita Cassidy, porque no voy a comprar nada —señaló el escritorio y la cama que le había enviado Leasing Castillo. El eslogan de la tienda rezaba: «Alquile el mobiliario de su castillo mes a mes».

—Niñas, dejad que vuestro padre se vista —ordenó Edna desde la puerta—. Tiene que desayunar antes de ir de compras con vosotras.

—¿Tú también, Edna? —gruñó Simon. Era obvio que también había sido adoctrinada por esa mujer.

—Yo también, ¿qué?, doctor —preguntó Edna con expresión perpleja. Pero en ese momento sonó el timbre y su rostro se iluminó, al igual que el de las niñas—. Será la señorita Cassidy. Es muy puntual. Vamos niñas. Dejad en paz a vuestro padre —guió a las niñas fuera de la habitación.

Simon se planteó ignorar a todo el mundo y seguir durmiendo. Pero sabía que Meghan y Madelyn volverían y saltarían sobre su cama hasta que se levantara. Y la decoradora era capaz de unirse a ellas. Ya no lo trataban con silencioso respeto. Echaba de menos los viejos tiempos.

Con un suspiro, salió de la cama y fue al cuarto de baño. Se prometió que, después de ducharse y despejarse el cerebro, le diría a la señorita Cassidy que los días de ser arrastrado de tienda en tienda habían llegado a su fin.

Pero veinte minutos después, cuando salió duchado, afeitado y vestido con pantalones negros casi tan formales como los que llevaba al hospital, ni siquiera tuvo la oportunidad de protestar.

En cuanto entró en la cocina, su decoradora esbozó una sonrisa deslumbrante y empezó a hablar. Él pensó que esa boca debería ser declarada arma letal. Contra ella no tenía nada que hacer. Ni él, ni nadie. Apabullaría a cualquiera.

—Me ha parecido que sería mejor salir más temprano hoy, justo después del desayuno.

—¿Por qué más temprano? —preguntó él, sentándose ante la barra de la cocina, donde Edna había servido su desayuno. Le extrañó que no estuviera en la mesa, como era habitual. Más tarde comprendió que era una estrategia: la barra y el taburete sugerían brevedad, un alto en el camino antes de hacer otra cosa.

—Porque «Buen Mobiliario por Menos» es muy popular y se llena enseguida. Tienen una amplia gama de muebles de marca rebajados —dijo ella.

Simon notó que las niñas estaban pendientes de cada una de sus palabras, como si estuviera exponiendo una verdad sagrada.

—Se supone que es un lugar secreto, pero todo el mundo lo ha descubierto —continuó ella—. Sé cuánto odias las multitudes, así que para evitar el problema tenemos que llegar temprano.

A él se le ocurría otra forma de evitarlo: no ir. Pero, antes de expresar lo obvio, tenía que hacerle una pregunta, o lo reconcomería todo el día.

—¿Cómo sabes que odio las multitudes?

Estaba seguro de no haberlo mencionado, aunque era verdad que le molestaba estar rodeado de gente, como si formara parte de un rebaño. No entendía que hubiera personas que disfrutaban estando apretujadas unas contra otras para celebrar, por ejemplo, el inicio del Año Nuevo en Times Square. Él no iría ni muerto.

La mirada de Kennon lo dijo todo, además de expresar cuánto le divertía esa pregunta tan básica. Pero vio que él esperaba una respuesta.

—Digamos que te vuelves más «callado», en proporción directa al número de personas que tienes alrededor —contestó.

—El caso es que mi dormitorio sirve tal y como está —arguyó él, utilizando su última arma.

Eso era cuestión de opiniones. «Ecléctico Temprano» no era un estilo, y no encajaba en absoluto con el resto de la casa.

—Es el último bastión —alegó ella—. Los demás ya están remodelados y decorados.

Un contratista que utilizaba de vez en cuando se había ocupado de los retoques de electricidad y pintura necesarios. Meghan, a quien no le gustaba dormir sola, compartía sus sueños con sus dibujos animados favoritos, que le sonreían desde las paredes. El dormitorio de Madelyn era pura feminidad y encaje. La habitación de invitados, en tonos amarillos con toques de gris, era apropiada tanto para visitas femeninas como masculinas.

Y el dormitorio de Edna reflejaba sus raíces irlandesas en los cálidos tonos verdes de las paredes y en la tradicional colcha de cama.

El de Simon, en cambio, era puro caos carente de estilo. Kennon pretendía poner fin a eso.

—El objetivo era amueblar las habitaciones —le recordó él—. La mía está amueblada.

—Con muebles alquilados —dijo ella, como si eso equivaliera a la peste—. En un año habrás pagado mucho más de lo que valen —pensó que seguramente ya lo había pagado en el primer mes—. No tiene sentido tirar el dinero.

Él buscó su mirada. Le pareció que los ojos verdes estaban salpicados por motas doradas.

—¿Ahora habla mi asesora financiera? —preguntó Simon, más divertido que molesto.

—Cambio mucho de sombrero en este trabajo —dijo ella, burlona.

—No. Nunca llevas sombreros —saltó Meghan. Arrugó la carita como si intentara descifrar el misterio—. ¿Están en tu maletero? —sus ojos chispearon—. ¿Puedo verlos?

—Es una forma de hablar —dijo Madelyn con superioridad. Miró a la mujer que se había convertido en su heroína y arqueó una ceja interrogante, esperando su confirmación.

Asintiendo, Kennon se situó entre los dos taburetes que ocupaban y rodeó a cada niña con un brazo. Los taburetes habían requerido bastante negociación a la hora de elegirlos, porque las niñas tenían gustos muy definidos y distintos.

Simon, al contrario que sus hijas, había aceptado todo lo que le sugería, sin manifestar preferencia alguna. Sólo parecía desear que la experiencia concluyera. Era como si quisiera dificultarle el trabajo al no darle ningún dato.

Aun así, Kennon seguía empeñada en conseguir su objetivo. La noche anterior había decidido optar por el eclecticismo y utilizar estilos distintos en cada habitación. Pero cada una de ellas sería armónica en sí misma y también conjuntaría con las demás, a su manera.

—Tengo la sensación de que este sitio te va a gustar —le dijo. De reojo, vio que Edna sonreía. Como era habitual, la niñera estaba de su parte.

—Lo que me gustaría sería recuperar los sábados para mí —contestó Simon.

De hecho, se planteó ofrecerse voluntario para la guardia del fin de semana siguiente, para no estar disponible el sábado. Como era recién llegado, los otros cirujanos habían tenido la deferencia de no incluirlo en la rotación aún. Pero, si además de ayudar, conseguía librarse de ir de tienda en tienda mirando muebles que no le interesaban, merecía la pena.

Madelyn fijó la mirada en la punta de sus zapatos, soportando con estoicismo lo que consideraba rechazo. Pero Meghan, más batalladora, dio réplica a las palabras de su padre.

—¿No te gusta estar con nosotras, papi?

La pregunta le pilló desprevenido. Su cerebro forcejeó buscando una manera de contestar con dignidad y sin herir los sentimientos de sus hijas.

—Sí, claro que sí, pero… —hizo una pausa y Kennon aprovechó para interrumpirlo.

—La familia comparte la casa y por eso toda la familia debería opinar sobre su decoración, aunque luego cada uno tenga su habitación personal, su reino —miró a Simon—. Considéralo una experiencia de vinculación afectiva.

Simon tuvo que hacer un esfuerzo para dejar de mirar su boca. Ésa era otra razón para evitar las excursiones de los sábados. Estaba pasando demasiado tiempo con esa mujer, permitiendo que se metiera bajo su piel.

—Diría que ya estamos vinculados —dijo él, pensando que si el vínculo se hacía más fuerte, necesitaría disolvente para romperlo.

Ella sonrió, compasiva. El buen doctor se parecía a muchos hombres en su rechazo a ir de compras. Pero como era importante para sus hijas, y útil para ella, no iba a liberarlo del anzuelo. En el fondo, sabía que no podía molestarle tanto. Simon Sheffield no daba la impresión de ser un hombre que hiciera nada que no quisiera hacer.

—La casa estará acabada pronto —le prometió—, falta que encuentres un dormitorio que te guste.

Los términos «gustar» y «no gustar» carecían de significado para Simon cuando se aplicaban a mobiliario. Pero sabía que si pedía a Kennon que eligiera ella, le daría una charla sobre la importancia de crear entornos memorables o algo así. Era más fácil ceder e ir de compras.

Se terminó las tortitas que le había servido Edna y bajó del taburete, resignado.

—De acuerdo, acabemos con esto —suspiró.

—Ese disgusto sería mucho más creíble si no estuvieras sonriendo —le susurró Kennon al pasar por delante de él, guiando a las niñas.

—No estoy sonriendo —protestó él, alzando la voz para que lo oyera, ya fuera de la cocina.

—Pues yo diría que sí —apuntó Edna, acercándose a recoger los platos de la barra. Los miró, divertida, mientras salía de la cocina.

Simon captó su reflejo en el espejo del recibidor y maldijo para sí. Kennon tenía razón. Estaba sonriendo sin ser consciente de ello. A ese ritmo, pronto no podría confiar en nadie.

Ni siquiera en sí mismo.

Kennon dejó escapar un largo suspiro. Estaba agotada, pero feliz. El día había sido largo, pero había merecido la pena. Se sentía eufórica porque había avanzado mucho.

No había confiado en conseguir que Simon aprobase un dormitorio que le gustara de verdad. La tienda a la que habían ido tenía una selección tan amplia, que si no hubieran encontrado algo allí, habría sentido la tentación de tirar la toalla. Pero no había tenido que rendirse. Simon había encontrado algo realmente a su gusto.

Finalmente, había elegido un dormitorio que evocaba el estilo californiano temprano. A pesar de su aspecto contundente y masivo, no era opresivo ni oscuro. La madera era de tono medio, un compromiso entre claro y oscuro.

Al ver el dormitorio y el interés que el doctor mostraba por él, Kennon había pensado que el conjunto se parecía a Simon. Era un hombre de apariencia rígida y oscura, pero en su interior había algo más luminoso y sensible de lo que se veía a primera vista.

Ella sólo tenía que seguir rascando el exterior oscuro para sacarlo a la luz. Y lo haría por el bien de las niñas, que eran quienes vivían con él. Era muy probable que ella, una vez concluido su trabajo, no volviera a ver a Simon Sheffield, así que no tenía por qué importarle que aprendiera a relajarse y mostrara al mundo su lado más cálido y suave.

«Pero te importa», susurró una vocecita en su cabeza. A Kennon no le gustaba la mentira y, sin embargo, se estaba mintiendo a sí misma.

Dedujo que era puro instinto de supervivencia. Se sentía muy atraída por Simon y sabía que eso no llegaría a ninguna parte. Él tenía su trabajo y sus hijas, y su corazón seguía perteneciendo a su difunta esposa. En su vida no había sitio para nada más. Alimentar la más mínima esperanza, haría de ella una idiota aún mayor que la que había sido cuando Pete la abandonó, dejándola con el ego dolorido y el corazón sangrando.

Era hora de marcharse a casa. Había trabajado más que suficiente. Pero cuando se preparaba para irse, Edna la miró con expresión compasiva.

—Pareces cansada, Kennon. ¿Por qué no te quedas un rato? Quédate a cenar. Toma una taza de té y descansa las piernas en ese escabel que habéis elegido el doctor y tú.

El escabel. Edna hablaba como si comprarlo hubiera sido una experiencia compartida. Pero no era el caso. Simon Sheffield era un comprador muy reacio, y la labor de ella era obligarlo a elegir cosas. De hecho, le pagaba un sueldo para que lo presionara.

—Será mejor que no —miró a Simon, que estaba en el sofá con los ojos cerrados. Por lo visto, las niñas y ella lo habían agotado—. Estoy segura de que Simon está deseando librarse de mí por hoy —Kennon dejó escapar una risita incómoda. «Y seguramente por mucho más tiempo», añadió para sí.

—No hay prisa —comentó una voz grave.

Kennon, sobresaltada, casi dio un bote. El hombre la ponía nerviosa, por muchas razones.

—Pensé que estabas dormido —dijo.

—Pues parece que no —contradijo él. Se enderezó y rotó los hombros para aliviar la tensión—. ¿Por qué no aceptas el té que te ha ofrecido Edna? Y la cena —añadió—. A no ser, claro está, que tengas planes.

—No —consiguió murmurar ella. O se habían trasladado a un universo paralelo, o él acababa de pedirle que se quedara—. No tengo planes.

—Entonces, está decidido —dijo él—. Cena y té, no necesariamente en ese orden.

Si en ese momento alguien la hubiera rozado con una pluma, Kennon habría caído redonda al suelo.

Capítulo 9

AQUÍ está el té, querida —Edna puso un tazón en manos de Kennon—. Es chai, que ayuda a relajarse —añadió con una sonrisa.

—Lo que me relajará de verdad —dijo Kennon, bajando del taburete en el que llevaba sólo unos minutos—, es ayudar con la cena.

—A mí también —dijo Meghan, imitando el tono de voz de Kennon.

—Yo también quiero ayudar —declaró Madelyn.

—Acabo de recordar eso de que «muchos cocineros estropean el caldo» —Edna las miró y se rió.

—No es aplicable en este caso —le aseguró Kennon.

—Eso mismo iba a decir yo —aceptó Edna. Sus labios se curvaron con una sonrisa.

Poco después convencían a Edna para que se sentara y se convirtiera en observadora.

—Parezco un cacho de madera, aquí sentada sin hacer nada —se quejó.

—Un cacho de madera muy honrado y querido —le aseguró Kennon. Ya que estaba allí, quería sentirse útil, y eso implicaba aliviar la carga de Edna, que era mucho mayor que ella—. Ya haces doble función como niñera y ama de llaves, además de cocinar. Te mereces un respiro. Además, me gusta cocinar y a las niñas les gusta ayudarme, ¿verdad, chicas?

—Verdad —Meghan y Madelyn asintieron vigorosamente con la cabeza.

—¿Ves? —Kennon miró a la niñera con expresión de haber ganado la discusión—. Así que quédate sentada y relájate. Nosotras nos ocuparemos de los pesos pesados.

—¿Qué pesos? —preguntó Meghan, mirando a su alrededor.

Madelyn, que a esas alturas ya había pillado el truco a la forma de hablar de Kennon, la corrigió.

—Es sólo otra forma de hablar, estúp… Meggie —Madelyn se abstuvo de insultar a su hermana al ver la mirada de advertencia de Kennon—. ¿Verdad, Kennon?

—Verdad —corroboró Kennon, eligiendo una cacerola grande. Ya se había llevado sus cacharros a casa. Habían comprado una batería de hierro fundido, de color verde, que habría que ir estrenando pieza a pieza.

—Ya lo sabía —declaró Meghan con un movimiento de cabeza que agitó sus rizos.

—Claro que sí —Kennon sonrió a su ayudante más pequeña—. Bueno, tropa, vamos a poner la obra en marcha.

—Ya sé, otra forma de hablar —anunció Meghan, haciendo una mueca a su hermana.

Un rato después, Edna se levantó y cruzó hacia donde estaba sentado su jefe, aún trabajando en su ponencia.

—Reconforta el corazón, ¿verdad? —le comentó en voz baja.

Simon alzó la vista de un sombrío artículo sobre el futuro de las instituciones prestatarias. Dado el comentario, dudaba que la mujer hubiera estado leyéndolo por encima de su hombro.

—¿El qué? —preguntó, por si había oído mal.

—El modo en que Meghan y Madelyn se han encariñado con ella. Se iluminan como luciérnagas cuando están con Kennon. Al principio temí que la rechazaran, pero no fue así. Las pobres anhelan las caricias de una mujer.

«No son las únicas», se sorprendió pensando él, tras el comentario de Edna. Carraspeó para recuperar la compostura.

—Te tienen a ti.

—Siempre me han tenido —indicó Edna—. He sido parte de su vida desde que nacieron. Igual que tú —dijo, mirándolo con fijeza.

Él se preguntó si estaba criticando su fracaso a la hora de conectar con sus hijas. Tras la muerte de su esposa, se había retraído, imponiéndose un exilio del alma hasta poder respirar de nuevo. Porque al principio se ahogaba, no se veía en el mundo sin Nancy. Pero fueron pasando los días y seguía vivo, así que emergió y retomó sus responsabilidades. No había sido fácil, pero se obligó a andar, hablar y vivir con la gente. A vivir con sus hijas, que lo necesitaban.

Conectar con ellas, bueno, eso era otra cosa. Eso requería tiempo, paciencia y un saber hacer que no poseía por naturaleza.

Al reflexionar al respecto, Simon se dio cuenta de que había avanzado más en las últimas cuatro semanas que en trece meses. Y la diferencia estaba en que Kennon y su don para entender a los niños habían irrumpido en su vida. Estaba más que dispuesto a admitir que la mujer era especial.

Tenía que serlo para conseguir que ir de compras le pareciera menos odioso que antes.

De la cocina llegaba el sonido de las risas de sus hijas. Miró a Edna.

—Lo estoy haciendo lo mejor que puedo.

—Lo sé, claro que sí —lo apaciguó Edna—. Pero, ¿no es curioso cómo Kennon consigue que ese mejor, mejore aún más? Esa mujer tiene algo, desde luego que sí —Edna sonrió abiertamente—. Me alegro de que la encontraras.

—No lo hice —contradijo él—. Ella nos encontró a nosotros. O, más bien, nos fue enviada.

—¿Tú también tienes esa sensación? —la voz de Edna sonó solemne y reverente.

Simon comprendió que Edna pensaba que la burbujeante decoradora había aparecido en sus vidas por algún designio divino. Y no era así.

—Nos fue «enviada» por la mujer que me vendió la casa, Edna —aclaró. Edna había estado bastante enferma, y no esperaba que recordase cómo había llegado Kennon ni de dónde salía.

—¿Te refieres a Maizie Sommers? —preguntó Edna. Asombrado por su buena memoria, Simon asintió—. Le enviaré una nota de agradecimiento por recomendarla. Creo que nadie, excepto Kennon, podría haber logrado este milagro.

—¿A qué milagro te refieres?

—A conseguir que llevaras a las niñas de compras estos últimos sábados, claro —dijo ella, sorprendida porque no hubiera entendido de inmediato a qué se refería.

—No llevé a las niñas, las niñas me llevaron a mí —corrigió Simon.

Y eso había sido porque la mujer que en ese momento troceaba alegremente apio y zanahorias, había llevado a sus hijas con ella. Aunque no estaba familiarizado con el proceso, tenía la sensación de que la mayoría de los decoradores trabajaban con autonomía; unas veces enviaban a los clientes a las tiendas y otras veces les llevaban cosas para que dieran su aprobación.

Dudaba mucho que la gente viviera sus proyectos decorativos de forma tan íntima, por llamarlo de alguna manera, como lo estaban haciendo las niñas y él.

—Mejor aún —estaba respondiendo Edna.

En cierto modo sí era mejor. Dejado a su libre albedrío, habría hecho pequeños intentos de interacción con sus hijas, pero habría seguido dejando casi todo en manos de Edna, que lo hacía mejor que él. Y ella no lo habría presionado para que se relacionara más con Madelyn y Meghan, Edna no era insistente. Nada que ver con la insistencia de esa mujer de la sonrisa sexy.

Tal vez la palabra «milagro» no fuera tan inapropiada como había creído en un principio.

Simon Sheffield llevaba mirándola toda la cena. Observándola, en realidad, y Kennon se sentía algo in-

tranquila por ello. Pero, también, increíblemente acalorada.

¿Por qué la miraba? ¿Qué estaba pensando?

Dado que no era un hombre fácil de leer, no pudo
evitar preguntarse si estaría intentando comunicarle
que ya no necesitaba sus servicios.

No podía ser eso. Si quisiera despedirla, lo diría
claramente, sin jugar al gato y al ratón.

Por otro lado, no podía despedirla mientras sus hijas estuvieran sentadas a la mesa. Cualquiera, por ciego que fuera, notaría que la habían adoptado como si
fuera suya. Si las niñas le oían decirle que no volviera,
montarían un drama de escándalo. Simon Sheffield,
aunque no era ningún candidato a padre del año, quería a sus hijas. Kennon lo había notado desde el primer día. Sencillamente, no sabía cómo expresar su cariño.

Tal vez estaba haciendo tiempo, esperando a que
las niñas se fueran a jugar.

O podía tener otra cosa en mente. Otra razón para
mirarla como si estuviera intentando encontrar la entrada oculta a un edificio.

Quizá lo había ofendido de alguna manera. O…
¿O qué? No entendía el porqué de tanta tensión y ansiedad con respecto a ese hombre. No era como si su
sustento dependiera de ese trabajo, ni iba a caer en
bancarrota cuando acabara. Y eso ocurriría, si no de
inmediato, en unas semanas. Todo acababa antes o
después.

Ésa era la naturaleza de la bestia. Ella llegaba,
veía, decoraba. Y luego se iba. Siempre se iba. Era la
única constante, lo único que no cambiaba.

Sin embargo, esa vez se resistía a que llegara el final. Por más que razonaba, no conseguía librarse de la sensación de ansiedad que recorría su cuerpo y la anclaba al suelo. Se sentía amenazada.

Comprendió que no quería dejar de pasar tiempo con Simon y sus hijas. No quería acabar su tarea, pero no podía prolongarla indefinidamente. De hecho, la contrataban para ganar tiempo. Era lo que Simon había querido: que alguien decorara su casa para involucrarse lo mínimo posible.

«Era demasiado tarde para eso», pensó ella.

El problema era que al involucrarlo a él, se había involucrado ella, sin pretenderlo.

En cuanto acabaron de cenar, Kennon se levantó y empezó a recoger los platos. Quería despejar el ambiente y preguntarle a Simon por qué la miraba así. Le había impedido comer e incluso saborear la poca comida que se había llevado a la boca.

—Como has cocinado, nosotras recogeremos —dijo Edna, quitándole los platos —miró a las niñas que la escoltaban—. ¿Verdad, chicas?

Esa vez el equipo de ayudantes demostró poco entusiasmo. Fue Meghan quien expresó la razón.

—¿No podemos quedarnos con Kennon?

—La señorita Cassidy —dijo Edna con formalidad, con la esperanza de que las niñas la imitaran—, se ha ganado el derecho a descansar, niñas. Vosotras, en cambio, seguís llenas de energía. Una energía que me vendrá muy bien.

Meghan sacó el labio inferior hacia fuera, mostrando su decepción y frustración.

—Si hacéis caso a Edna —Kennon quería evitar enfrentamientos y rabietas—, el sábado que viene nos tomaremos un respiro de las compras.

Madelyn sumó dos y dos, y no le gustó el resultado que obtuvo.

—¿Tomarnos un respiro? —preguntó con voz consternada—. ¿Eso significa que no vendrás?

—No —Kennon se apresuró a tranquilizarla—.
Significa que voy a llevaros a un parque de atracciones del condado… —echó una mirada a Simon—. Si
a vuestro padre le parece bien.

—¿Podemos, papá? —empezó a suplicar Meghan
de inmediato—. ¿Podemos ir?

—Por favor, papá. No hemos ido a ninguno todavía y mamá siempre decía que iríamos a uno.

En vez de contestar a las súplicas de sus hijas, él
miró a Kennon con sorpresa en los ojos.

—¿No quieres que vaya yo también? —Simon, en
vez de sentirse libre del yugo, sentía una extraña decepción. Eso le pareció un gran cambio.

Kennon tenía que admitir que la pregunta la había
desconcertado. Habría apostado cualquier cosa a que
Simon se sentiría aliviado porque no le había sugerido
acompañarlas. No al contrario.

—Bueno, sí, desde luego —contestó con sinceridad—. Pero pensé que sería demasiado pedir —obviamente no lo era. Inspiró con fuerza—. ¿Quieres venir
con nosotras?

—Claro, ¿por qué no? —aceptó él. Poner pegas
después de lo dicho habría resultado ridículo.

—Eso digo yo, ¿por qué no? —aportó Edna desde
la puerta de la cocina, muy complacida.

—Ah, sí, tú también, Edna —dijo Kennon, sintiendo no haberla incluido. También las niñeras tenían derecho a relajarse de vez en cuando—. Estás invitada.
Pago yo —añadió. Se volvió hacia Simon—. Vale,

asunto arreglado… —iba a seguir hablando, pero él la interrumpió.

—No, no lo está —contradijo él.

—¿No? —la tregua había durado bien poco.

—No está arreglado porque seré yo quien invite —la informó—. Puedo permitírmelo mucho mejor, a no ser que me estés cobrando en exceso —sonrió—. Y ganando una fortuna a mi costa —dijo.

No esperaba que contestara o refutara lo que había dicho. Además, incluso cuando estaba de acuerdo con él, sonaba como si no lo estuviera.

—No, no estoy cobrando de más —dijo ella—. Ni ganando una fortuna. Estoy haciendo todo lo posible para encontrar lo mejor al mejor precio…

—Lo sé, lo sé. Era broma —interrumpió él—. No hace falta decir más.

Pero ella tenía más que decir. Quería que él le explicara por qué había estado mirándola toda la cena.

—Bueno, chicas, los platos ¿os acordáis? —intervino Edna, como si percibiera que la conversación no acabaría ahí.

Las niñas se levantaron rápidamente, sin protestar, y corrieron a hacer lo que les decían con ojos brillantes. Era obvio que ya estaban pensando en el sábado siguiente.

—Las has hecho muy felices —le dijo Kennon, cuando por fin estuvieron solos.

—No ha sido idea mía, sino tuya.

—Fue idea mía llevarlas a un parque de atracciones —puntualizó la diferencia—. Están emocionadas porque irás con nosotras. Con ellas —se corrigió—. Eso es lo importante.

Él la miró largamente, mientras elegía sus palabras

y se debatía entre decirlas o no. El silencio era seguridad. Sabía que si hablaba dejaría de estar a salvo. La razón dictaba silencio, pero la razón no lideraba en ese momento.

—De hecho, creo que lo importante en todo esto eres tú.

—¿Yo? —preguntó ella incrédula. Esa noche, el hombre estaba estableciendo un récord en el número de veces que podía sorprenderla.

Simon no pudo controlarse. Soltó una carcajada.

—Simulas muy bien inocencia, para ser una persona tan taimada.

Inconscientemente, ella cuadró los hombros en actitud defensiva. Simon se dio cuenta.

—No soy taimada —protestó.

Simon no dio marcha atrás. No buscaba discutir, sino más bien lo contrario.

—Sí que lo eres. Pero afortunadamente, usas tus poderes para el bien —vio que Kennon sonreía de oreja a oreja a punto de reír—. ¿Qué? —preguntó.

—Simplemente no te imaginaba diciendo lo que acabas de decir.

Simon la entendía muy bien. Ni él mismo se imaginaba diciendo algo chistoso. Ella había conseguido que recuperara su lado más liviano.

—Sin embargo, lo he dicho.

—Sí, cierto —lo observó durante un momento. Sintió un cosquilleó en su interior. Una sensación de orgullo, tal vez, aunque parecía ser algo más.

—Me parece que el brusco cirujano cardiovascular que conocí en la puerta hace un mes ha recorrido un largo camino —le dijo.

Supo que tenía razón al ver que él no refutaba sus

palabras de inmediato. Había avanzado mucho, sin ser consciente de la transición.

—Así es —concedió él. Buscó sus ojos y le sostuvo la mirada—. Y lo has conseguido tú.

—No sé si me estás dando las gracias, o culpándome —dijo ella, pensativa.

—Entonces, tal vez debería intentar dejarlo más claro —sugirió él.

Habría sido difícil saber quién se sorprendió más por lo que ocurrió a continuación, él o la mujer que lo había llevado por un camino que no había tenido intención de emprender.

Hasta que lo hizo.

En un instante, pasó de estar sentado ante la mesa del comedor, intentando verbalizar sus pensamientos, a estar inclinado sobre la mesa con el rostro de ella entre las manos. Manos de cirujano, capaces de realizar las operaciones más delicados, pero que le parecieron casi grandes y torpes mientras daba el paso siguiente.

Simon se descubrió besándola.

Capítulo 10

CUALQUIER remordimiento que Simon pudiera sentir por lo que estaba haciendo, por el momento estaba oculto tras las pesadas cortinas que había abierto para dar paso al sol y al calor que existían fuera de la cueva en la que se había exiliado tantos meses atrás.

Estaba inmerso en el momento. Atrapado por el hecho de que era capaz de sentir.

Había pensado que había perdido esa capacidad. Su mente era un torbellino.

No sabía cómo algo tan suave y delicado podía tener una fuerza tan brutal.

Sólo sabía que el beso de Kennon, que había comenzado como el roce de una mariposa posándose en un pétalo de rosa, había crecido en fuerza y magnitud hasta abarcarlo todo. Era como si nada existiera fuera de su entorno.

Simon se levantó de la silla y, poniendo las manos sobre sus brazos, la alzó con él. Quería estar más cerca de ella, sin que una maldita mesa se interpusiera entre sus cuerpos. En ningún momento despegó los labios de los suyos.

Tras levantarla, atrajo a Kennon hacia él, sujetándola como si, en cualquier momento, fuera a disolverse y escurrirse entre sus dedos.

Desde el instante en que conoció a Simon, Kennon había intuido que sería capaz de hacerla arder con el mero roce de sus labios. Pero intuirlo y vivirlo eran dos cosas muy distintas.

Había subestimado hasta qué punto él podría hacer que se tambalearan sus cimientos. Era verdad que no había estado con nadie, ni siquiera había intercambiado un beso amistoso con un hombre desde que Pete hizo trizas su mundo e hundió su autoestima.

De eso hacía ya bastante tiempo, pero, aun así, conocía la diferencia entre «agradable» y «fabuloso». Entre «bien» y «maná para el alma». Simon Sheffield, con su devastadora boca, entraba en la segunda categoría.

Por suerte, cuando por fin se retiró, siguió sujetando sus brazos. En otro caso, era probable que se hubiera desplomado sin mayor ceremonia.

Una vez libre de sus magnéticos labios, Kennon tuvo que concentrarse en recuperar el aliento. Se sentía como si acabara de completar un maratón. La cabeza le daba vueltas. Era imposible concentrarse cuando una explosión de arcoíris y fuegos artificiales dominaba su mente.

Y quería besarlo de nuevo.

«Contrólate, caray. No eres una adolescente encandilada, y él tampoco».

Pero ése era el problema. Se sentía como si lo fuera. El pulso acelerado, las manos sudorosas y el aliento entrecortado eran típicos de una adolescente ingenua e inexperta.

¿Qué le había hecho ese hombre?

Soltó el aire despacio e inspiró profundamente. Desesperada por desviar la atención de su rostro, que suponía arrebolado, dijo lo primero que se le pasó por la cabeza.

—Supongo que esto significa que me estás dando las gracias —dijo, refiriéndose a las últimas palabras que habían dicho su boca antes de que él volviera su mundo del revés.

—Algo así —confirmó Simon, con tono evasivo.

«Piensa, Kennon, piensa. Formula frases, no te quedes ahí parada como una especie de tonta del pueblo. Pensará que no te han besado nunca».

Y acertaría. Nunca la habían besado así.

Su cerebro daba pasitos de hormiga, buscando un tema de conversación. Sólo se le ocurrió retomar el asunto del que habían hablado antes; el resto de su mente seguía carbonizado.

—Respecto al parque de atracciones… —empezó, titubeante.

—¿Has cambiado de opinión sobre ir? —preguntó Simon, sorprendido.

Tal vez, por haber roto todas las reglas no escritas al besarla, Kennon había decidido evitar complicaciones adicionales y dar marcha atrás en su oferta. No podía culparla por ello. No estaba seguro de qué le había ocurrido; durante un instante había querido ser humano de nuevo, saber si era capaz de volver a serlo.

Obviamente, lo era y podía serlo. Demasiado bien, por lo visto.

Probablemente la había asustado. De hecho, se había asustado a sí mismo. Sin embargo, a pesar de haber cruzado fronteras que no debería haber cruzado, tenía ganas de sonreír. De sonreír porque mientras había durado el increíble encuentro, no sólo se había sentido humano, también había percibido un destello de esperanza en su interior. Pero cuando empezaba a crecer, una punzada de deslealtad y remordimiento le quitó fuerza.

No tenía derecho a buscar la felicidad, ni a ser feliz. Porque Nancy no podía serlo. Porque Nancy había muerto en su lugar.

—No —Kennon se preguntaba si él quería que cambiara de opinión. Pero no podía hacerlo. Las niñas sufrirían una terrible desilusión—. Sólo quería decirte qué parque podría gustarles a las niñas… y a ti.

Su propia voz le sonó metalizada. Buscó en su mente algo que decir para paliar el silencio que amenazaba con devorarles. Alzó la vista hacia Simon y vio como la felicidad se apagaba en sus ojos. Peor aún, vio lo que aparecía para ocupar su lugar. Una tristeza que le rompió el alma.

No quería que él se retrajera sin darle tiempo a explorar lo que acababa de ocurrir.

«No te sientas mal. Por favor, no te arrepientas de esto», suplicó interiormente. Se aclaró la garganta para evitar que se le cascara la voz.

—He pensado que el Berry Farm de Knott las divertiría —al darse cuenta de que sonaba como si estuviera al mando, añadió—: A no ser que tú tengas una idea mejor.

Él no tenía una idea mejor. No tenía ninguna idea. Se sentía algo mareado, afectado por el impacto de lo que acababan de compartir. Lo que había iniciado sin pensarlo antes.

—No —murmuró—. No tengo ninguna idea mejor. Ése estará bien. Seguro que les encanta.

«Parece que tú también les encantas», pensó, comprendiendo que Edna tenía razón. Las niñas estaban desesperadas por la atención de una mujer. Y habían elegido a una.

No podía decirse que tuvieran mal gusto. Habían acertado de pleno, por mucho que le inquietara reconocerlo.

—Vale —Kennon se mordisqueó el labio inferior, pensativa. Debatiendo consigo misma—. ¿Estás bien? —se oyó preguntar un segundo después.

Aunque la había besado con pasión suficiente para provocarle un desmayo, no quería que él pensara que las cosas habían cambiado entre ellos.

Aunque lo habían hecho.

—Estoy… —Simon iba a decir «bien», pero se lo pensó mejor—. La verdad, no estoy seguro.

La inquietud nubló sus ojos. Quería que ella entendiera. Quería hacerle entender que no estaba intentando aprovecharse de ella, ni sentando las bases para un futuro encuentro más apasionado. El beso había ocurrido de forma natural, sin premeditación por su parte. Necesitaba que ella lo supiera.

—Kennon, aún sigo intentando superar lo ocurrido, intentando realinear mi mundo diario y sacarle algún sentido —le resultaba difícil admitirlo, compartir algo tan personal—. Mi esposa era una parte enorme de mi vida.

Ella se preguntó qué se sentiría al ser amada así. Asintió con la cabeza, para tranquilizarlo.

—Lo entiendo.

—Si por mi culpa te has hecho una idea equivocada... —Simon no estaba seguro de haber aclarado por completo la situación.

Ella se preguntó qué quería decir con eso. ¿Lamentaba haberla besado? ¿O lamentaba que pudiera pensar que se había aprovechado de ella en cierto sentido? ¿Cuál era la idea equivocada y cuál la correcta?

—No, ninguna idea equivocada —contestó con desparpajo, intentando aparentar que no daba importancia a la situación—. Ninguna idea, punto —afirmó—. Ya sabes, como decía aquella canción de *Casablanca,* «un beso es sólo un beso».

Aunque Kennon tenía la sensación de que reincidir habría sido más que agradable, tal vez fuera mejor así. Él se ahorraría complicaciones y ella no correría el riesgo de sentirse como una tonta cuando la historia acabara.

—No es como si esperara encontrarme la tienda alfombrada de rosas —añadió, burlona. Al apretar los labios, notó su sabor. Se le aceleró el pulso. Era hora de retirarse, o caería en la tentación de volver a besarlo—. Será mejor que me vaya. Tengo algunas cosas pendientes —dijo, esperando que la excusa no le pareciera tan vacua como sonaba.

—Me temo que hemos estado monopolizando tu tiempo —Simon asintió con la cabeza.

Aunque le ofrecía una salida, Kennon no podía permitir que pensara que ella lo veía así. Añadía un sesgo negativo, e irreal, a la situación.

—Eso sólo sería un problema si me molestase ser

monopolizada —por si acaso le quedaba la más mínima duda, lo aclaró aún más—. No es el caso.

Se colgó el bolso del hombro y puso rumbo hacia la puerta. Él la siguió. En ese momento se oyeron dos pasos de pies corriendo hacia ella.

—¿Te vas? —protestó Madelyn, quejumbrosa.

—¿Sin despedirte? —la acusación llegó de boca de Meghan.

—Es sólo hasta el lunes —dijo Kennon, acariciando la barbilla de Meghan. Si alguna vez tenía hijas, quería que fueran justo como ellas...

«Cuidado, no vayas por ese camino», se advirtió. No había hijas en su horizonte. Tenía un negocio que dirigir y dinero que ganar. Aparte de eso, le bastaba con la complicación de elegir qué película ver esa noche. Se había prometido darse un respiro respecto a los hombres, quería verlos sólo como clientes potenciales.

Su corazón no estaba preparado para iniciar otro descenso por las cataratas del Niágara. Pero si lo hubiera estado, Simon Sheffield habría sido el primero en la lista de candidatos para emprender el viaje, eso era innegable.

—¿No puedes venir mañana, Kennon? —preguntó Meghan.

—Dale un respiro a la pobre mujer, Meghan —Simon acudió al rescate—. Veros siete días seguidos superaría con creces la llamada del deber. Dais mucho trabajo —puso los brazos sobre los hombros de las niñas. Meghan se escabulló, sin dejar de mirar a Kennon.

—Pero a nosotras nos gusta verte siete días a la semana —le dijo a la mujer que había decidido era su mejor amiga. Se volvió hacia su hermana, buscando apoyo. Lo recibió de inmediato.

—Si no quieres venir aquí, ¿podemos ir a tu casa mañana? —preguntó Madelyn esperanzada.

—Madelyn, no puedes invitarte tú misma a casa de alguien —la regañó Simon, estupefacto por la pregunta de su hija.

Kennon no pudo soportar ver la expresión dolida en la carita de la niña. Además, no tenía planes para el domingo, excepto no madrugar.

—Sí, podéis venir —le dijo a Madelyn—. Si a Edna no le importa llevaros.

—El domingo es el día libre de Edna —dijo Madelyn. Era luchadora y no estaba dispuesta a aceptar la derrota—. Pero puede llevarnos papá, ¿verdad, papi?

Kennon no quería que Simon quedara en evidencia, pero habría mentido si dijera que no quería oír su respuesta. Una vez expresada la idea, lo cierto era que le encantaría verlo en su terreno. Así que, en vez de ofrecerse a ir a recoger a las niñas, esperó a ver qué decía.

Él tardó un momento en contestar. La petición de su hija lo había pillado desprevenido.

—Claro, puedo llevarlas —dijo por fin.

Kennon sintió un cálido cosquilleo que se extendió por todos su cuerpo. Apuntó su dirección en un papel y se lo dio.

—¿Qué tal sobre las once? —dirigió la pregunta a Simon, pero fue Meghan quien contestó.

—¡Perfecto! —Meghan y su hermana sonreían de oreja a oreja.

—Entonces, está decidido. Os veré mañana —giró sobre los talones y se alejó rápidamente, antes de que

Simon tuviera oportunidad de arrepentirse. Cuando cerró la puerta a su espalda, empezó a tararear una canción.

Mientras conducía a casa, Kennon oyó su teléfono móvil sonando en el bolso, pero contuvo el deseo de contestar. No había activado la función manos libres antes de arrancar el coche. Sabía que la llamada pasaría al buzón de voz y eso aguijoneó su curiosidad.

Pero no podía hacer nada al respecto sin arriesgarse a ser multada. Si apareciese un policía de repente, no tendría piedad.

El teléfono volvió a sonar diez minutos después, justo cuando llegaba a su urbanización. Su curiosidad era tal que tuvo la tentación de mirar la pantalla al menos, para ver quien llamaba. Entonces vio a un policía en moto, que giraba a la derecha. El móvil siguió en el bolso.

Cuando sonó por tercera vez, mientras Kennon metía la llave en la cerradura, por fin pudo satisfacer su curiosidad. Rebuscó en el bolso hasta encontrarlo. Lo sacó, abrió la tapa y entró en casa. Estaba demasiado oscuro para ver el nombre de quien llamaba en la diminuta pantalla.

—Hola —contestó.

—Ya era hora. Si no fuese por las dieciocho horas que tardé en traerte al mundo, habría empezado a pensar que eras una invención mía.

Kennon contuvo un suspiro. Tanteó la pared para encontrar el interruptor, lo pulsó y cerró la puerta con la espalda.

—Hola, mamá.

—Ah, recuerdas quién soy, eso es alentador. Pero es obvio que has olvidado mi número de teléfono, y dónde vivo. Hace una eternidad que no escucho tu voz, y más que no te veo. ¿Has cambiado mucho? ¿Te reconocería si te viera al otro lado de la calle?

No había pasado tanto tiempo. Había visto a su madre justo antes de aceptar su último encargo. A su madre le encantaba exagerar. Ruth Cassidy tenía una tendencia natural al melodrama.

—Lo siento —se disculpó Kennon, sabiendo que era lo que su madre esperaba de ella—. He estado muy liada últimamente.

—¿Liada en el buen sentido o en el malo? —presionó su madre.

Kennon odiaba que la sometiera al tercer grado, pero como era hija única suponía que no tenía más remedio que aguantarse. Tal vez, si ella fuera una madre divorciada con una hija adulta, haría lo mismo.

—En el buen sentido —dijo Kennon—. He estado trabajando muy de cerca con un cliente —había trabajado más bien con sus hijas, pero su madre no necesitaba enterarse. Sabía cómo funcionaba su mente: saltaba de una conclusión a otra, creando escenarios imposibles y fantasiosos a partir de datos y eventos inconexos.

—¿Qué clase de cliente? —preguntó su madre.

—De los que necesitan amueblar y decorar una casa entera —contestó, rezando para que el interrogatorio acabase allí. Sabiendo que no tendría esa suerte.

La respuesta pareció satisfacer a su madre. Tuvo un destello de esperanza que se apagó un instante después.

—Entonces, tiene dinero. Bien, bien. ¿Algo más que quieras contarme? —la animó su madre.

En ese momento, no quería hablar con su madre, porque sabía cómo funcionaba su mente. Ruth Cassidy quería una cosa por encima de todas: ver a su única hija caminar hacia el altar y oírle prometer amar y respetar a un hombre vestido de esmoquin. Y si era un hombre rico con esmoquin propio, en vez de alquilado, mejor que mejor.

No era ninguna sorpresa a esas alturas. Su madre llevaba hablándole de «encontrar a alguien», desde que se había graduado en el instituto y había pasado a la facultad.

—Algo más… —repitió Kennon—. Sí, me duelen los pies y estoy cansada. ¿Puedo llamarte en otro momento, mamá? —sugirió. «Dentro de un mes sería ideal», pensó para sí.

—Claro que puedes —contestó su madre, con un deje de irritación—. Pero que vayas a hacerlo o no, es otra historia —su voz adquirió un tono quejoso—. No voy a vivir eternamente, ¿sabes?

«Oh, oh, ya empezamos. De vuelta con el chantaje emocional. Pero esta noche no, mamá. Estoy agotada», pensó Kennon.

—Claro que sí, mamá. Dios no está preparado para que subas a reorganizarle el cielo de arriba abajo. Podrías acabar siendo la primera mujer que vive para siempre.

—«Oh, más afilada que el colmillo de una serpiente…».

Kennon que estaba abriendo la nevera para sacar una lata de refresco, puso los ojos en blanco. Llevaba oyendo esa cita de *El Rey Lear* desde antes de llegar a la adolescencia.

—…es la ingratitud de un hijo», lo sé. Prometo

que, si me regalas un reino, no te desterraré. Incluso te dejaré elegir una torre para ti. Pero estoy muy cansada, y aún tengo que limpiar…

En cuanto lo dijo, supo que había cometido un error táctico. Su única esperanza era que su madre no lo hubiera oído.

—¿Por qué tienes que limpiar?

—Porque mañana tengo visita —admitió. Odiaba pensar en todo lo que tenía que hacer.

—Tu tía Maizie tiene a esa amiga que lleva una empresa de limpieza. Puedo pedirle su teléfono para que llames y…

—Mamá, mi visita llegará a las once de la mañana —dijo, negándose a especificar quién iba a visitarla—. No hay tiempo para que alguien…

—Déjamelo a mí. Siempre hay tiempo suficiente —le prometió su madre.

Kennon volvió a poner los ojos en blanco. Ni siquiera sabía por qué se molestaba en discutir.

—Mamá, no pienso gastar dinero en algo que puedo hacer yo misma.

—Suenas agotada. Siempre te irritas cuando estás agotada. Necesitas dormir, nena.

—Muy bien. Me levantaré temprano mañana y limpiaré entonces. Buenas noches, mamá —se despidió con firmeza—. Ya te llamaré —añadió.

Habría jurado que su madre decía «Cuando los cerdos vuelen», pero hizo caso omiso. No quería empezar otra discusión que no llevaría a ninguna parte.

Capítulo 11

KENNON no tenía nada en contra de las mañanas. Siempre que empezaran a una hora razonable, las siete y media o similar. Cuando empezaban a las seis, como la suya ese día, podía ocurrir cualquier cosa.

Kennon, después de que la alarma la despertara sin ninguna ceremonia, fue a la cocina a tientas. Descubrió que el primer reto del día iba a ser prepararse una taza de café. Su coordinación distaba de ser buena antes de que saliera el sol. Pero sabía que sin café tardaría una hora, si no más, en despejarse.

Poner el despertador a las seis le había parecido buena idea la noche anterior. Pero no tanto esa mañana. Sin embargo, el madrugón era inevitable. Necesitaba ponerse en marcha y limpiar la casa.

Pronto.

El teléfono sonó a las siete menos cinco, justo

cuando acababa de recoger la taza de café y los restos del desayuno. Lanzó al aparato una mirada acusadora. Era demasiado temprano para una llamada comercial o a número equivocado, a no ser que proviniera de otra parte del país. Como siguió sonando, levantó el auricular.

—¿Hola?

—Ah, bien —dijo su madre con voz alegre—, estás levantada.

Kennon pensó que aguantar a su madre tendría que contar como penitencia en algún sitio.

—He tenido que levantarme, sonaba el teléfono —respondió Kennon con voz carente de emoción.

—Muy gracioso, cariño. Pero estás levantada, ¿no? —insistió su madre.

—Sí, estoy levantada —«y me encuentro fatal», añadió para sí—. ¿Por qué te interesa eso? —preguntó. Empezó a recordar trozos sueltos de la conversación que había mantenido con su madre la noche anterior. Se preguntó si su madre había llamado para despertarla, por si acaso.

—Porque sé que odias que utilice mi llave para entrar en tu casa.

Eso despertó a Kennon por completo. Lo último que necesitaba era que su madre condujera hasta allí a esas horas.

—Mamá, no necesitas usar la llave —le dijo.

—Tirar la puerta abajo es muy melodramático, cielo —suspiró su madre—. Tendríamos que volver a levantarla, y la reparación nos robaría un tiempo precioso.

—¿«Nos»? —repitió Kennon, incrédula—. ¿A quién te refieres con ése «nos»? —exigió.

El sonido del timbre, en vez de palabras, fue la respuesta. Kennon inspiró profundamente y fue hacia la puerta, esperando que fuera un ladrón.

Sus esperanzas quedaron en nada.

—Nosotras, cielo —dijo Ruth Cassidy, sonriendo mientras señalaba con el brazo. Kennon se encontró mirando a su madre, a su tía Maizie y a otra mujer de rostro agradable, las tres en el umbral—. Esta es Cecilia Parnell, una de las más queridas amigas de tu tía Maizie —anunció su madre, indicando con la cabeza a la mujer que tenía a la izquierda—. Hemos venido a dejar la casa lista —añadió con el aplomo de una mujer acostumbrada a ponerse al mando.

Kennon miró a su tía, con la esperanza de poder apelar a su sentido común.

—No van a fotografiarla para la revista *Architectural Digest*. No hace falta «dejarla lista». No vienen más que un hombre y sus dos hijas.

Achacó el enorme desliz a que seguía adormilada y no pensaba con claridad. Pero lo cierto era que su madre tenía ese efecto en ella demasiado a menudo.

—Ah, así que él es quien viene —la sonrisa satisfecha de Ruth se ensanchó aún más.

«Como si no lo hubieras adivinado», pensó Kennon. Sabía que estaba acorralada. Cuanto antes le diera los datos a su madre, antes dejaría de jugar al gato y al ratón con ella.

—Las niñas querían ver mi casa. Les dije que me parecía bien. Que vinieran a las once. Van a venir. Fin de la historia —enunció con voz seca.

—¿Te das cuenta de lo que tengo que aguantar? —le preguntó Ruth a su cuñada con entonación dramática. Concluyó con un devastador suspiro.

En respuesta, Maizie miró a la hija de su difunto hermano y le dio una palmadita en la mejilla.

—No te preocupes, cariño, nos habremos ido antes de que te des cuenta. Tú relájate, nosotras nos ocuparemos de todo.

—No necesito que limpiéis mi casa, tía Maizie —Kennon no iba a poder relajarse con tres mujeres maduras corriendo por allí—. Por favor, puedo hacerlo yo sola —insistió.

Vio un destello de piedad en los ojos de Maizie y, durante un maravilloso instante, Kennon creyó haber ganado la partida. Pero el instante acabó en cuanto Maizie abrió la boca.

—No te ofendas, cielo, pero Cecilia puede hacerlo mejor. Es lo que hace, rápida y concienzudamente —le aseguró Maizie a su sobrina. Después miró a Ruth y deslizó un brazo dentro del suyo—. Venga, vamos a necesitarte.

Desconcertada, Ruth miró de Maizie a su hija. No había ido allí a trabajar.

—Pero yo había pensado hablar con Kennon...

—Lo siento, pero habías pensado mal —Maizie la empujó hacia la escalera—. Si eres muy buena, Cecilia va a dejar que pases el aspirador en la planta de arriba...

—No hace falta limpiar arriba —protestó Kennon, siguiéndolas—. Todo el mundo se quedará aquí abajo.

Maizie la miró como si la maravillase que pudiera ser tan ingenua.

—Tienen ocho y seis años —le recordó a su sobrina—. Se mueven, exploran, y lo hacen mientras tú estás sentada en el sofá, creyendo que están quietecitas.

Limpiaremos arriba. Además, nunca se sabe lo que puede ocurrir…

Dejó que su voz se apagara y esbozó una sonrisa que se habría denominado pícara si hubiera tenido cuarenta y cinco años menos.

—Ve a darte un baño de burbujas. Relájate. Nosotras nos ocuparemos de todo.

En ese momento, volvió a sonar el timbre.

Kennon, irritada, pensó que su casa empezaba a parecer una estación de tren en horas punta. Fue a abrir la puerta y se encontró ante otra mujer desconocida. Parecía tener la misma edad que su madre, su tía y la mujer que habían traído para limpiar la casa.

—Ah, tú debes de ser Kennon —dijo la nueva invasora con voz cálida.

—Debo de serlo —aceptó Kennon, esforzándose para no sonar antipática, o enfadada—. Y tú eres ¿parte de la pandilla de mi madre?

—Más bien de la de Maizie —le confió la atractiva mujer—. Soy Theresa.

Un momento después, Theresa Manetti entraba en la casa con una enorme bandeja cubierta. Atónita, Kennon se dio la vuelta y pilló a su madre escabulléndose por el pasillo, detrás de su tía. «No tan deprisa, madre», pensó.

—Mamá, ¿qué es todo esto? —le gritó. Temía descubrir qué aparecería en su puerta a continuación. ¿Un violinista zíngaro, tal vez?

Ruth Cassidy no regresó, ni se molestó en volver la cabeza. Sólo se oyó su respuesta.

—El principio del resto de tu vida, espero.

Kennon movió la cabeza, aceptando la derrota momentáneamente. Fue arriba para darse una ducha caliente y, si era posible, despertar de la fantasía que había invadido su mente.

Para cuando Kennon abandonó el refugio de la ducha y se vistió, en una habitación que tenía un aspecto mucho mejor que cuando había cerrado la puerta del cuarto de baño a su espalda, tuvo la inesperada sensación de estar sola.

¿Había sido todo una fantasía de su mente?

Habría estado dispuesta a creer que había imaginado la escena, si no fuera porque todo estaba reluciente.

Kennon, atónita, se preguntó como podían trabajar tan rápido cuatro mujeres que, si no mayores, habían cumplido ya bastantes años. Fueran cuales fueran las vitaminas que estaban tomando, tenía que conseguir unas cuantas y, de paso, aprovechar para reducir el alijo de su madre.

Fue de habitación en habitación, maravillada. No recordaba la última vez que había visto todo tan limpio y ordenado al mismo tiempo.

No le quedaba nada que hacer excepto prepararse. Eso y apaciguar a las mariposas que habían aparecido de repente en su estómago.

Kennon se dijo que estaba siendo absurda. No tenían ninguna razón para estar nerviosa; y no lo estaría si su madre no hubiera dado tanta importancia a la visita. Si no hubiera irrumpido en su casa con un comité de limpieza.

Limpiar la habría mantenido ocupada y, más importante, le habría impedido pensar. Ya no tenía nada que hacer, excepto pensar.

Y abrir la puerta, pensó, cuando oyó el timbre.

Miró su reloj. Aún era pronto. Pensó, sarcástica, que tal vez fuera su madre, que regresaba con un conjunto provocador con el que tentar a Simon.

Seguramente tanga y liguero. Su madre estaba desesperada. Al fin y al cabo, su sobrina Nikki tenía un hombre, y ella no. En ese tipo de asuntos, su madre era competitiva como pocas.

—¿Has olvidado algo? —preguntó Kennon, abriendo la puerta.

—No que yo sepa —contestó Simon. Estaba allí de pie, con las manos sobre los hombros de sus hijas. Posiblemente para sujetarlas porque las niñas parecían deseosas de saltar sobre ella—. ¿He olvidado algo? —preguntó, recorriéndola de arriba abajo con los ojos.

La larga y atenta mirada dejó claro que no la estaba viendo como decoradora, ni siquiera como la mujer que se había ganado la adoración de sus hijas. La miraba como si estuviera viéndola por primera vez, y le gustara mucho lo que veía.

—No —contestó ella, con la boca tan seca como una caja de serrín—. Creí que eras mi madre. Acaba de irse.

Él miró por encima del hombro, hacia la calle. Pero no había nadie andando por los alrededores.

—Siento no haberla conocido.

—No, no lo sientes —le aseguró Kennon—. Créeme, no lo sientes —reiteró. Bajó la mirada hacia las niñas, sabiendo que se sentiría más segura hablando con ellas—. Hola, chicas. Espero que tengáis hambre, porque hay comida suficiente para alimentar a un regimiento.

—No tendrías que haberte molestado —le dijo Simon, soltando a las niñas. Como era previsible, Madelyn y Meghan cruzaron el umbral de inmediato, mirando a su alrededor y absorbiendo todo lo que veían.

Kennon sabía que su madre habría querido que dijera que no había sido ninguna molestia, que lo había preparado todo en un momento, pero ella siempre había preferido la verdad. Y esa vez no iba a ser una excepción.

—No me he molestado —le dijo, cerrando la puerta de entrada—. Mi madre tiene una amiga cuya comida, según dicen, consigue que los ojos se llenen de lágrimas.

—¿Picante? —adivinó Simon, con expresión totalmente seria.

Ella tardó un segundo en darse cuenta de que estaba bromeando. Soltó una risa y, afortunadamente, se liberó de gran parte de la tensión que la atenazaba.

—Por lo visto, es tan buena que podría preparar un banquete con una ramita y una servilleta.

—Eso me gustaría verlo —dijo él, divertido.

—Y su otra amiga, como ves... —Kennon abarcó la habitación y el resto de la casa con un gesto— limpia como nadie.

Simon asintió, pero en sus ojos destellaba un brillo escéptico.

—¿Son las amigas de tu madre o tus hadas madrinas? —preguntó.

—Un poco de las dos cosas, supongo —Kennon tenía que admitir que su historia sí sonaba un poco a cuento de hadas—. Mi madre pensó que necesitaría su ayuda para causar buena impresión.

—No necesitas ayuda para impresionarme —le aseguró Simon, interpretando la frase en sentido personal, aunque ella no la había dicho así.

Ella sintió que su piel se calentaba y enfriaba al mismo tiempo. Era una sensación incomprensible, pero también lo era la mirada de los ojos azul oscuro de Simon. Tuvo que recordarse que necesitaba seguir respirando.

—¿Puedo ver la parte de arriba? —preguntó Meghan, acudiendo al rescate sin saberlo. Kennon aprovechó la interrupción para recuperarse.

Simon seguía buscando su camino en el laberinto de la paternidad, un término medio que le permitiera alentar la disciplina sin convertirse en un ogro. Así que hizo un esfuerzo para que su voz sonara severa y al mismo tiempo afectuosa, cosa nada fácil.

—Meghan —se volvió hacia su hija pequeña—. ¿Qué he dicho sobre pedir cosas a la gente?

—Que no se hace —murmuró la niña, abatida, con la cabeza gacha.

—No me molesta —le aseguró Kennon a Simon. Tras el paso de Cecilia por allí, no tenía nada que esconder ni de lo que avergonzarse. Hasta la última telaraña había sido eliminada—. Claro, puedes subir —hizo un gesto a Madelyn para incluirla en el safari—. Todo el mundo puede.

—¿Papá también? —se interesó Meghan, dedicándole a su padre una sonrisa indicativa de que no le guardaba rencor por amonestarla.

—Sí, él también —dijo Kennon.

Mientras encabezaba la marcha, Kennon se alegró de que Cecilia hubiera insistido en limpiar la planta de arriba. Deseó fervorosamente no verse obligada a admitirlo ante su madre. No le gustaba nada humillarse ante ella, y su madre era dada a cacarear su triunfo cuando tenía razón.

Hasta que no finalizaron la visita turística de la planta superior y volvieron abajo, Kennon no cayó en que faltaba alguien. Edna.

Sabía que era su día libre, pero había pensado que la niñera aprovecharía la oportunidad para visitarla, como amiga. Se preguntó si había tenido una recaída. La verdad era que, si lo pensaba bien, Edna estaba un poco alicaída. La mujer no había llegado a recuperarse por completo de la gripe.

—¿Dónde está Edna? —le preguntó a Madelyn—. Pensé que a lo mejor venía con vosotros.

—Quería venir, pero la llamaron por teléfono —intervino Meghan.

—No sería por nada malo, espero —dijo Kennon, mirando a Simon por encima de las cabezas de sus hijas.

Él pensó que eso era cuestión de opiniones. A él le parecía malo, pero no por la razón en sí. Era malo porque le dejaba sin niñera.

—La mujer de su sobrino acaba de dar a luz a su primer bebé y tiene un caso grave de nerviosismo de principiante —le dijo a Kennon—. Edna me ha pedido unos días para ir a ayudarla. Te envía recuerdos —añadió.

—¿Eso se pega? —Meghan tiró de la manga de su chaqueta para que le hiciera caso.

—No, no es contagioso de persona a persona —contestó Simon. Meghan sonrió con alivio.

—¿Cuándo volverá? —preguntó Meghan.

—Dijo que el jueves, si todo va bien —contestó Simon—. Entretanto, tendré que llamar al equipo de cardiovascular mañana y pedirles que reorganicen mis citas —murmuró más para él que para la mujer con la que hablaba.

—¿Por qué? —preguntó Kennon, sin seguirle.

Él esbozó una sonrisa indulgente. Había descubierto que cuánto más sonreía, más ganas tenía de sonreír. Otra revelación debida a Kennon.

—Porque de momento no he descubierto la manera de estar en dos sitios al mismo tiempo, por más que lo intente. No puedo ver a mis pacientes y recoger a las niñas del colegio al mismo tiempo —aclaró. Estaban en junio, y normalmente el curso habría acabado o estaría a punto de acabar. Pero había matriculado a las niñas en un colegio sin vacaciones de verano, pensando que les iría bien en la transición.

Kennon entendía que estar en dos sitios a la vez podía suponer un problema. Pero la solución era de lo más fácil.

—Yo las recogeré —ofreció alegremente. Le gustó la mirada de sorpresa que vio en sus ojos. También le gustó lo bien que se sentía por haber sido la causante—. Ya sé dónde está el colegio, y no tengo que pasar ocho horas diarias en la oficina. Soy mi propia jefe y puedo organizar mi horario. Así que también puedo recogerlas.

Por muy agradecido que estuviera, los problemas de Simon no acababan ahí.

—También necesito que alguien se quede con ellas hasta que yo vuelva a casa. ¿Conoces a alguien que esté disponible para eso? —preguntó.

De hecho, Kennon conocía a alguien. A su madre. A Ruth Cassidy le encantaría cuidar de las niñas, pero si ella se lo proponía, sería como abrir una caja de Pandora. Sabía por experiencia que su madre era de esas personas a las que si les dan la mano no sólo se toman el brazo, sino que además lo lavan, lo depilan y lo masajean.

A la larga, sería mejor ofrecerse ella misma. Sólo iban a ser unos días y su negocio no estaba precisamente boyante de trabajo en ese momento.

La situación económica había llevado a mucha gente a apretarse el cinturón. Nathan podía ocuparse de la empresa sin problemas.

—Sí conozco a alguien. Yo misma.

Simon la miró con escepticismo, mientras sus hijas gritaban de alegría y corrían hacia ella.

—No puedo pedirte eso —protestó.

—No lo has hecho —señaló Kennon—. Me he ofrecido voluntariamente. No es lo mismo —le ofreció una sonrisa—. Además, sólo serán un par de días. Así tendré más tiempo para concentrarme en la casa y en las diferentes posibilidades para conseguir el mejor resultado final.

Él tenía la clara impresión de que eso ya podía conseguirlo, y no sólo con la casa, pero se limitó a asentir con la cabeza, en silencio. No le cabía duda de que era la actitud que menos problemas y discusiones causaría.

Capítulo 12

LO malo de la lluvia en California del Sur era que cuando llovía diluviaba.

Kennon y las niñas corrieron del coche a la casa. El nubarrón había explotado hacia diez minutos con una fiereza desacostumbrada.

Como la mayoría de los californianos, cuando oía al hombre del tiempo predecir lluvia en esa época del año, escuchaba a medias.

La lluvia tenía su momento y su lugar en California del Sur: la denominada «temporada de lluvias», que iba de noviembre a marzo. El verano no encajaba ahí. Por tanto, las predicciones de lluvia solían ser ignoradas; les pasaba como «al coco», que nunca llegaba.

«Un punto para el hombre del tiempo», pensó Kennon. Aunque sólo habían tenido que correr diez metros hasta la puerta, las tres estaban completamente empapadas. Era una tormenta en toda regla.

—Esperad aquí —les dijo a las niñas. Se quitó los zapatos, para no mojar toda la casa, y también la chaqueta—. Iré a por toallas y ropa seca.

Descalza, corrió escaleras arriba. Regresó en dos minutos, cargada de toallas. Dejó ropa seca en los escalones para que las niñas se cambiaran.

Madelyn y Meghan no tardaron en desnudarse y ponerse las camisetas y vaqueros que había bajado. Después, empezaron a secarse el pelo con las toallas.

Kennon ofreció su ayuda a Meghan. La niña esbozó una sonrisa deslumbrante e inclinó la cabeza hacia ella, para facilitarle el acceso.

Fue un momento muy maternal. Algún día…

—¿Y tú? —preguntó Meghan, volviéndose para mirarla.

—Estoy bien —le aseguró Kennon, quitando importancia a la preocupación de la niñas.

—No lo estás —protestó Madelyn, arrugando la frente—. Estás toda mojada —añadió compasiva—. ¿No quieres ponerte ropa seca también?

—Aquí no tengo ropa —contestó Kennon, a quien le habría encantado ponerse algo seco.

—Papá tiene ropa —apuntó Madelyn—. No le importará que te la pongas —le aseguró, frotándose el pelo con la toalla.

Kennon no estaba tan segura de eso. Dudaba que fuera a gustarle llegar a casa y encontrársela vestida con ropa suya.

—Su ropa es demasiado grande para mí.

—Tiene un pantalón de chándal y una sudadera. Eso puedes ponértelo —insistió Madelyn tozuda—. Papá me dijo que esa ropa tiene que llevarse más grande.

—Sí —intervino Meghan—. A propósito —no queriendo que su hermana tuviera más protagonismo que ella, salió corriendo —. ¡Iré a traértelo!

—No, en serio, no me he mojado tanto —protestó Kennon.

No sirvió de nada, porque Meghan regresó con su botín de inmediato, arrastrando las mangas de la sudadera azul marino por el suelo.

—¡Aquí están! —declaró, triunfal, poniéndole las prendas en los brazos.

Kennon no creía que fuera buena idea ponerse la ropa de Simon. Implicaba una intimidad excesiva.

—Es igual, Meghan. No necesito cambiarme —le dijo a la niña, intentando evadirse.

Un momento después, sintió que Madelyn agarraba el bajo de su falda y lo retorcía. Varias gotas cayeron al suelo. Kennon tenía la sospecha de que las hijas de Simon eran tenaces como perros pitbull a la hora de salirse con la suya. Tozudas hasta la enésima potencia.

Como esa característica le era afín y las niñas pretendían realizar una buena acción, decidió ceder. Tendría tiempo de sobra para volver a cambiarse antes de que Simon regresara.

—Vale. Ya lo veo —le dijo a Madelyn—. Volveré enseguida.

Subió al dormitorio principal a cambiarse. Acababa de quitarse la ropa empapada y ponerse el chándal cuando sonó un fuerte trueno.

Un segundo después se apagó la luz del cuarto de baño. No había pasado un minuto cuando la puerta se abrió de golpe.

Meghan, asustada y con los ojos muy abiertos, entró en la habitación recién redecorada. Kennon alzó a la niña de seis años y la apretó contra sí. Estaba temblando.

—Sólo es una tormenta, cariño —la tranquilizó, acariciando su sedoso pelo.

—Se han ido las luces. Todo está oscuro y callado —gimió la niña, asustada.

—¿Dónde…? —Kennon no tuvo necesidad de terminar la pregunta. Al salir del cuarto de baño, vio al objeto de su interés junto a la puerta, cambiando el peso de un pie a otro.

Aunque Madelyn hacía lo posible por no parecer tan asustada como su hermana, era fácil ver que lo estaba.

—La electricidad se ha ido —dijo, agitada.

—Volverá pronto —prometió Kennon. Bajó las escaleras y fue a la sala de estar, con Meghan en brazos. Madelyn la seguía, tan pegada a ella como si fuera su sombra.

—¿Estás segura? —preguntó Madelyn. La tormenta había apagado por completo la luz del sol, y todo parecía oscuro y sombrío.

—Muy segura. Siempre ha vuelto antes —dijo Kennon. Dejó a Meghan en el suelo—. Tengo una idea, ¿qué os parece hacer una acampada?

—Pero está lloviendo —Madelyn frunció las delicadas cejas con expresión confusa.

—Una acampada de mentira —corrigió Kennon—. Venga, vamos —las animó, yendo hacia la cocina.

Debido a su orientación, en la cocina hacía falta luz artificial alrededor de las tres de la tarde. La tormenta había adelantado la penumbra, pero aún se distinguía la forma general de las cosas.

Kennon se dijo que tendría que sacar la linterna del bolso. Si no, la siguiente vez que fuera a la cocina tendría que andar a tientas.

Moviéndose con rapidez, Kennon recogió toda la comida y bebida que pudo. Cuando no pudo con más, estiró el bajo de la sudadera, formando una especie de capazo en el que echó las latas de refresco y la comida.

Kennon era consciente de que dos personitas la seguían a cada paso. Consciente de que estaban demasiado asustadas para quedarse solas en la sala, no iba a obligarlas a que fueran allí a esperar. Decidió que era mejor hacer que se sintieran útiles, así que les dio cubiertos y platos de papel para que los llevaran ellas.

Acabó con la recolecta e hizo un repaso mental para asegurarse de que no olvidaba nada. Justo cuando terminaba el inventario se oyó otro trueno. Las dos niñas dieron un salto y se pegaron a ella. Kennon se sintió como una gallina con sus polluelos.

—Vale, creo que eso es todo. Volvamos a la sala, señoritas —dijo. Regresó con las niñas pegadas a sus costados como imanes.

Justo antes de que llegaran a la sala hubo un relámpago seguido de inmediato por un trueno impresionante. Meghan se quedó inmóvil, con los ojos abiertos como platos. Parecía a punto de echarse a llorar.

—Son los ángeles jugando a los bolos —le dijo Kennon. Era una vieja historia que su padre le había contado cuando tenía la misma edad que Meghan. En aquella época le daba miedo que saliera un ruido tan fuerte de lo que ella consideraba la morada de Dios. La idea de que eran ángeles jugando la había tranquilizado.

—¿Los ángeles juegan a eso? —preguntó Madelyn, perpleja.

—Desde luego que sí —contestó Kennon con voz solemne—. Los ángeles tienen hobbies, igual que nosotros.

—¿Qué son bolos? —preguntó Meghan.

Kennon, riéndose, fue hasta la mesita de café y depositó su botín. No se le había ocurrido que las niñas pudieran no saber a qué se refería. En esos tiempos de videojuegos, los bolos no eran un pasatiempo habitual.

—Os tendré que enseñar alguna vez —prometió.

—Bueno —aceptó Meghan. Miró la comida que había sobre la mesa—. ¿Vamos a comernos eso? —preguntó, más animada.

—Puedes apostar a que sí. Y vosotras dos vais a ayudarme a cocinarlo.

Las niñas la miraron como si estuviera a punto de hacer un truco de magia.

La electricidad se fue en el hospital justo en mitad de la operación que estaba realizando. Simon dio gracias al cielo por el generador de emergencia, que se puso en marcha de inmediato, permitiéndole concluir la intervención.

—Hay apagón en todo Newport Beach y en Bedford —le dijo una enfermera al celador que empujaba la camilla del paciente para llevarlo a la sala de recuperación.

Simon, al oírlo, pensó en sus hijas. Tanto Meghan como Madelyn dormían con una luz en el dormitorio, porque les daba miedo la oscuridad. Madelyn había superado su miedo con la edad, pero había vuelto tras la muerte de su madre. Las dos estarían aterrorizadas.

En cuanto tuvo la seguridad de que su paciente estaba estable y recuperándose de la operación de by-pass, Simon se quitó la ropa de quirófano. Cinco minutos después iba camino del aparcamiento.

El viaje de vuelta a casa fue un verdadero suplicio. Tenía prisa por llegar, así que lo reconcomía la impaciencia. Seguía sin haber electricidad y los semáforos estaban apagados. Había que atenerse a los criterios de preferencia en las señales de stop para evitar que se produjeran accidentes a diestro y siniestro. Eso originaba grandes retenciones, e implicaba detenerse en cada cruce.

Tardó una eternidad en incorporarse a la autopista, para descubrir que la situación no era mejor allí. En consecuencia, la vuelta a casa le tomó el triple del tiempo habitual.

Para cuando llegó, estaba tan tenso que se sentía capaz de arrancar el volante con las manos. Estaba loco de preocupación por sus hijas.

Simon dejó caer la llave dos veces mientras intentaba meterla en la cerradura. Mordiéndose la lengua para no blasfemar, lo consiguió por fin y abrió la puerta. Iba a entrar corriendo y llamando a sus hijas, cuando oyó algo que le hizo parar en seco. Tardó un momento en procesar el sonido.

Estaban cantando.

No eran imaginaciones suyas. Oía voces cantando, algo que sonaba como...

—¿Veintisiete botellas de gaseosa en la pared? —preguntó, confuso, asimilando la escena.

Kennon y las niñas estaban sentadas en una manta,

delante de la chimenea. El fuego encendido era la única fuente de iluminación. Eso demostraba que la chimenea no era falsa.

Al oírlo, dejaron de cantar. Madelyn y Meghan se pusieron de pie y se lanzaron sobre su padre, en un batiburrillo de brazos, piernas y besos.

—¡Lo has conseguido, papi! —gritó Meghan con alegría—. ¡Has venido a casa!

—Yo le dije a Meggie que podrías —le informó Madelyn, con su tono de voz más maduro. Sin embargo, él notó que se sorbía levemente la nariz al decirlo.

Con los brazos sobre los hombros de sus hijas, Simon miró a la mujer que estaba poniéndose en pie. Sobre la manta que había extendida ante la chimenea, se veían restos de lo que parecía la comida. La calidez de la escena lo golpeó con fuerza.

—Ya veo que no tendría que haberme preocupado —dijo, sintiendo una mezcla de alivio y emoción.

Frunció los ojos, sorprendido por el atuendo de Kennon. La veía rara.

—Las niñas han sido muy valientes —le informó Kennon con orgullo.

Él pensó que eso se debía únicamente a que ella había estado allí. Dudaba que Edna hubiera conseguido, no ya tranquilizarlas, sino además, por lo que veía, hacer que disfrutaran mientras tronaba como si fuera a acabarse el mundo.

—¿Cómo has conseguido que se olvidaran de la tormenta? —preguntó.

—Me sé muchas canciones de scouts —respondió ella con una sonrisa contagiosa—. Llevamos un buen rato cantando y comiendo.

Vio que Simon la miraba con curiosidad. Y com-

prendió que seguramente era por el chándal que llevaba puesto.

¿Cómo podía haberse olvidado de ponerse su ropa
otra vez? Había sabido que él volvería. El problema
era que se había concentrado en entretener a Madelyn
y a Meghan, olvidándose del chándal por completo.

—¿Podemos acampar, papi? —preguntó Meghan,
con expresión esperanzada.

—Cariño, afuera todo está mojado —le dijo Simon
con tacto. Tal vez la niña bromeaba.

—No —Meghan movió la cabeza—. Aquí dentro.
¿Podemos acampar aquí?

—Kennon dijo que teníamos que pedirte permiso
—Madelyn añadió su voz al asalto—, pero que si te
parecía bien, haría tiendas con sábanas y cosas. ¿Por
favor, papi? —le suplicó.

—Sí, papi, ¿por favor? —Meghan tiró de su chaqueta para dar énfasis a la petición—. Di que sí.

Sus días de infancia quedaban muy lejos, y Simon
era poco imaginativo. Nunca se le habría ocurrido organizar una acampada en el salón, ni usar sábanas
para simular las tiendas. Tenía que reconocer que
Kennon era creativa.

Además de estar sutilmente deliciosa con ese enorme chándal que, si no se equivocaba, le resultaba muy
familiar.

—Sí, claro. No me gustaría ser el que echara un ja-
rro de agua fría sobre vuestro plan —dijo.

—Eso no será un juego de palabras, ¿verdad? —
preguntó Kennon, haciendo una mueca.

—Puede que un poco —admitió él, bajando la cabeza—. ¿Cómo vamos a levantar esas tiendas?

Kennon pensó que tenía que estar cansado después

de trabajar todo el día. No quería imponerle más obligaciones de las necesarias.

—Dime qué sábanas podemos usar y deja lo demás en mis manos.

A él le gustaba su manera de hacerse cargo de la situación y la independencia que demostraba. Eran dos cualidades que siempre había admirado en la gente.

—Haré más que eso. Iré a por ellas —ofreció.

Un momento después, subía la escalera para recoger un par de juegos de sábanas que estaban al fondo del armario de la ropa blanca. Edna le había dicho que las guardaba «por si acaso». La niñera nunca había explicado qué incluía en ese «por si acaso», pero Simon tenía la sensación que aprobaría el uso que iban a darles.

Igual que ya lo había hecho Kennon.

Tras observarla durante la hora siguiente, Simon empezó a preguntarse si había algún reto al que Kennon no estuviera dispuesta a enfrentarse. No sólo había aplacado el miedo de las niñas, había conseguido que disfrutaran de la tormenta e incluso desearan que durase «un poquito más, para acampar mañana por la noche».

Él tenía la sospecha de que sobre todo les había gustado que Kennon le pidiera que escribiese notas para sus profesoras, explicando por qué no podían entregar los deberes. En realidad, había sido inevitable. Les enviaban las tareas a casa por correo electrónico, y como no había luz, no había ordenador.

Lo maravillaba lo hábil que era Kennon. En vez de

recurrir a una cena fría, había preparado una caliente. Había sacado el lomo de cerdo que había en la nevera, improvisado un asador y cocinado la carne en la chimenea.

—Así lo hacían los pioneros que viajaban hacia el Oeste, camino de California —les dijo a las niñas, que observaban cada uno de sus movimientos con admiración.

Las niñas, que comieron como si llevaran días de ayuno, absorbían todo lo que Kennon les contaba como si fuera la Biblia.

—¿Tú fuiste *pion y era*? —preguntó Meghan, después de acabar su segunda ración.

—Pionera —corrigió Madelyn, moviendo la cabeza. Sonrió con orgullo por haber entendido la palabra bien.

—No, no lo fui —contestó Kennon, notando que Simon apretaba los labios para no reírse—. Pero leí sobre los pioneros cuando tenía tu edad —la historia siempre la había fascinado, incluso antes de tener que estudiarla en el colegio.

—¿Nosotras también podemos leer sobre ellos? —preguntó Meghan, ansiosa por emularla.

—Claro que sí —contestó Kennon—. Creo que aún tengo algunos de esos libros en mi casa —vio que Simon la miraba con curiosidad—. Mi padre solía regalarme libros de historia en Navidad y en mi cumpleaños. Decía que quería que utilizara mi mente.

Simon asintió con aprobación. Él seguía intentando encontrar el equilibrio adecuado como padre. Desde su punto de vista, cualquiera que lo hubiera conseguido, era admirable.

—Parece un hombre listo —dijo.

—Lo era —Kennon dejó escapar un suspiro, deseando que su padre hubiera sido más accesible para ella. No había tenido la oportunidad de retomar la relación. Había fallecido poco después de que él y su madre se divorciaran.

Simon consultó el reloj. Era más tarde de lo que había creído.

—Hora de acostarse, chicas.

Por una vez, las niñas estaban demasiado cansadas para discutir. Además, estaban deseando dormir dentro de la estructura que Kennon había levantado para ellas. Se pusieron el pijama en un tiempo récord y le pidieron a Kennon que les leyera un cuento.

No tardaron ni diez minutos en dormirse.

—Tal vez debería intentar cortar la luz yo mismo de vez en cuando —comentó Simon.

Kennon, nerviosa de repente, recogió los platos sucios de la manta y los llevó a la cocina.

—¿Por qué no dejas eso ahora? —dijo Simon.

—De acuerdo —aceptó ella. Iba en contra de sus principios pero estaba en casa de él, no en la suya.

Volvió a la sala. Empezó a llover más fuerte, las gotas repiqueteaban en el tejado.

—Es hora de irme —dijo, buscando su bolso con la mirada. Como si quisiera llevarle la contraria, un relámpago iluminó el mundo, seguido por un trueno cinco segundos después.

—Sería mejor que te quedaras hasta que escampe un poco —sugirió Simon con voz queda. No quería que condujese con ese temporal.

Kennon se preguntó si estaría más segura afuera con la tormenta, que allí dentro.

Al pensar en quedarse allí con Simon, sentía una

agradable oleada de calor. Si tuviera el más mínimo sentido común, se iría.

La tentación ganó la partida.

—Tal vez sí —aceptó—, sólo un rato.

Como no podía quedarse de pie en mitad de la sala, mirando sus increíbles ojos azules, Kennon fue hacia el sofá. Igual que una persona que intentara salir de un trance, se sentó, consciente de que le faltaba el aliento.

Y sabía por qué.

Capítulo 13

DURANTE un largo momento, sólo se oyó el crepitar del fuego y el repiqueteo de la lluvia contra las ventanas. Hasta que habló Simon.

—Por cierto, tengo que preguntarlo. ¿Es mío? —sus ojos indicaron el chándal que llevaba puesto.

Ella se sonrojó. Se preguntó por qué no se había acordado de cambiarse. O, mejor aún, por qué no había rechazado la oferta de las niñas.

—Sí —murmuró—. Lo siento.

—¿Por qué? —preguntó él, sin entenderla.

Ella empezó a explicarse, consciente de que el problema era que, siendo una mujer adulta, se había rendido a dos niñas menores de nueve años,

—Las niñas se cambiaron la ropa mojada y después insistieron en que yo hiciera lo mismo —encogió los hombros—. Les dije que no tenía ropa seca, así que Meghan fue a tu habitación y me trajo esto —

miró la sudadera que llevaba puesta—. Me obligaron a desvestirme y ponerme el chándal.

—Eso me habría gustado verlo —Simon, al ver el intenso rubor que teñía las mejillas de Kennon, comprendió lo que había entendido y lo aclaró—. Que dos mujeres diminutas te obligaran a hacer su voluntad. No me refería a…

—Ya sé que no —ella alzó la mano para callarlo, librándolos a ambos de la vergüenza de poner en palabras lo que estaban pensando.

—Has dicho eso muy rápido —comentó Simon. No sabía por qué lo intrigaba tanto su rubor, ni por qué había decidido asumir el papel de abogado del diablo, pero lo hizo—. ¿Estás segura de no tendría esa clase de pensamientos? No soy un robot, Kennon, aunque a veces pueda parecer que voy en piloto automático.

Ella no había pretendido ofenderlo. Soltó el aire lentamente, intentando serenarse. La forma de mirarla de Simon la aturdía, y al mismo tiempo la acaloraba. El fuego de la chimenea no podía competir con el calor que sentía.

—No te considero un robot —se oyó decir. Tenía la sensación de que su boca seca emitía las palabras demasiado lentamente.

—Ah, ¿qué me consideras? —preguntó él, curioso.

Ella se quedó en blanco. Su cerebro se sentía como un ratoncito de campo perdido en un almacén, buscando el camino de regreso a casa. Desesperada, dijo lo primero que se le ocurrió.

—El padre de las niñas.

—¿Eso es todo? —Simon, de repente, sentía la necesidad de más.

—No —admitió Kennon, con voz casi inaudible.

Tenía el corazón desbocado, como si fuera a salírsele del pecho—, eso no es todo.

—¿Estoy incomodándote, Kennon? —preguntó Simon, sentándose a su lado.

—Sí —al captar cómo podía interpretar su respuesta, rectificó—. No. —como tampoco era verdad, se encogió de hombros—. Quizás.

—Bueno, eso lo cubre todo, ¿no? —dijo él, divertido—. Sí, no y quizás —hizo una pausa y sonrió—. Ídem de ídem.

—¿Cómo? —Kennon sacudió la cabeza.

—Ídem de ídem —repitió Simon—. Significa…

—Sé lo que significa —lo interrumpió—. Pero, ¿por qué iba a incomodarte yo a ti?

Si hubiera sido otra persona, podría haberse escabullido. Pero Simon siempre decía la verdad.

—Porque estás haciendo que sienta cosas, Kennon, cosas que estaba seguro que no volvería a sentir. Y es incómodo porque duele volver a sentir. Duele y aun así es… —buscó una palabra para describir el territorio en el que se descubría deambulando. La única que le venía a la cabeza era «excitante».

Puso una mano en su mejilla y la miró a los ojos, consciente de que se adentraba en un terreno peligroso. El hielo podía romperse bajo sus pies en cualquier momento, y él se hundiría en agua helada. Aun así, decidió seguir avanzando.

—Una parte de mí no quiere «esto», y otra parte se siente aliviada por volver a estar entre los vivos —calló y movió la cabeza. Sus palabras le sonaban a mero parloteo—. ¿Tiene sentido lo que digo?

—Sí. Mucho sentido —balbució Kennon. Apretó los labios—. Y lo entiendo.

Porque ella también tenía miedo a entregarse, miedo a que le hicieran daño. No había sufrido la muerte de una pareja, pero sí la muerte del amor. La muerte de algo que había creído tener, sin tenerlo, y eso conllevaba su propia ración de dolor y miedos.

—Entonces, ¿no estoy perdiendo la cabeza? —preguntó él, con una risita de autodesprecio.

En vez de contestarle con palabras, Kennon se inclinó hacia él y lo besó.

Pretendía ser un beso suave y tranquilizador, para confirmar que ella estaba experimentando la misma clase de sentimientos confusos.

La pasión no entraba en la ecuación, pero apareció de repente, tomando el control. Abriendo puertas que habían estado cerradas y liberando sensaciones de sus grilletes. Llenó completamente el vacío con su presencia.

La pulsión que había estado martilleando en su interior, triplicó el ritmo. Kennon se dijo que eso debía de ser la famosa «química instantánea». Sentía una atracción desatada y apabullante que la había capturado en cuanto puso los labios sobre los de él.

Con la mente hecha un torbellino, se perdió en el beso. Él lo intensificó hasta el punto de que a Kennon le pareció que no tenía límites, que se convertía en un pozo que la atraía a sus profundidades como una vorágine.

No tendría que estar haciendo eso.

Técnicamente, había empezado Kennon. Pero se suponía que él era lo bastante fuerte para apartarse, en vez de saltar al abismo como un hombre en ayunas saltaba sobre un banquete.

Era innegable que sentía más que una mera atracción sexual, a eso podría haberse resistido, aunque no sin dificultades. Tenía la sensación de estar envuelto por las llamas de un fuego que ella avivaba. Conseguía que la deseara con una fiereza que calaba hasta en los huesos. Le hacía recordar necesidades que había creído enterradas para siempre y que exigían ser saciadas con urgencia.

El beso creció en profundidad y fuerza, absorbiéndolos y haciéndolos prisioneros. No tenía la sensación de controlar lo que estaba ocurriendo, y sospechaba que tampoco ella. Era algo más grande que ellos.

Simon entregó el aliento y la voluntad. Aunque una pequeña parte de él se aferraba a la creencia de que, al final, conseguiría liberarse, por el momento se dejó llevar. Saboreó y absorbió lo que había faltado en su vida durante tantos largos y penosos meses.

Dejó sus labios y recorrió otras partes de su cara y cuello, depositando cascadas de besos por doquier. Los besos se multiplicaban en número y fuerza, por más que se esforzaba en contener el deseo que amenazaba con consumirlo.

En medio de esa neblina ardiente, sintió las manos de Kennon en el pecho, empujándolo. Levemente al principio, después más fuerte.

Pensó que ella había cambiado de opinión. Al menos uno de ellos tenía la fuerza necesaria para resistirse antes de que fuera demasiado tarde.

Lo invadió una intensa sensación de pérdida.

Pero antes de que pudiera decirle que no había pretendido que las cosas se le fueran de las manos de esa manera, habló Kennon.

—Las niñas —musitó. Él no necesitó que dijera

más. No podían hacer eso delante de sus hijas, aunque estuvieran dormidas.

—Quieres que paremos.

Kennon se lo tomó como una pregunta. Y contestó, corrigiéndolo.

—Quiero que subamos arriba.

Él no estaba preparado para la excitación que pulsó en todo su cuerpo al oírla. De todas formas, controló el deseo de levantarla en brazos y llevarla a su dormitorio sin mediar palabra.

Sabía que no podría vivir consigo mismo si se aprovechaba de la locura que los había invadido sin darle a Kennon la oportunidad de pensárselo mejor. Y, en consecuencia, a cambiar de opinión.

—¿Estás segura? —preguntó, mirándola a los ojos.

Kennon había conseguido desterrar el recuerdo de Pete y del daño que había infligido a su corazón y a su autoestima. Había limpiado su mente de todo menos ese momento y ese hombre. Y cómo hacía que se sintiera: gloriosa e inmortal.

—Estoy segura —susurró, sorprendiéndose de ser capaz de formar y emitir las palabras.

Simon miró hacia donde se encontraban sus hijas. Quería asegurarse de que estaban dormidas. Bastó con echar un vistazo dentro de la tienda de sábanas para confirmar que era así.

En silencio, entrelazó los dedos de la mano derecha con los de la izquierda de Kennon, y la condujo arriba. En cuanto estuvieron en su dormitorio, cerró la puerta.

—Última oportunidad —avisó, volviéndose hacia la mujer que había elevado su temperatura corporal a niveles peligrosos.

—Espero que no —murmuró ella. Se puso de puntillas, rodeó su cuello con los brazos y lo besó.

Y ambos volvieron a encenderse.

El frenesí tomó posesión de ellos, como si fueran conscientes de que disfrutaban de un tiempo prestado y tenían que aprovecharlo al máximo.

Simon tiró de la sudadera hacia arriba, liberando primero sus brazos, mientras seguía besándola, y luego su cabeza. Dejó caer la prenda al suelo y empezó a bajarle el pantalón lentamente. Excitándola. Excitándose.

Cuando tenía el pantalón en los tobillos, Kennon sacó los pies y se liberó de él.

Entonces Simon se dio cuenta de que sólo le quedaba puesto un tanga. Se le cerró la garganta.

—Supongo que querías recuperar tu chándal —murmuró ella, sonriendo bajo sus labios.

Pensar que su aroma impregnaba las prendas revolucionó sus sentidos. Al igual que lo hizo sentir sus manos en el cuerpo mientras empezaba a quitarle la ropa.

Un momento después, su impaciencia le llevó a ayudarla en su tarea. El roce de sus dedos en la piel desnuda lo inflamaba y le hacía anhelar más.

Dejando la ropa revuelta en el suelo, Simon la tumbó en la cama. Haciendo un esfuerzo por controlarse unos minutos más, se apartó un poco.

Justo cuando ella iba a preguntarle si algo iba mal, él empezó a darle placer con las manos, los dientes y los labios, entregándose a disfrutar de su aroma, sabor y suavidad.

Cuanto más hacía, más la deseaba, hasta que llegó al punto en que creyó que estallaría si no sellaba su unión.

Lentamente, se situó sobre su cuerpo. Entrelazó las manos con las de ella mientras sus cuerpos se fusionaban en uno.

El movimiento de sus caderas contra las de ella fue creciendo en intensidad hasta que, unido a su boca por un beso, percibió, más que oyó, que ella gritaba su nombre. Un instante después, él se hizo eco de ese grito.

Estallido, resplandor y euforia se fueron diluyendo hasta convertirse en un suspiro.

Entonces fue cuando el remordimiento empezó a aguijonearle, por más que intentó controlarlo. Mientras recuperaba el ritmo de respiración normal, Simon se preguntaba qué podía decirle.

¿Gracias?, ¿lo siento? Ninguna de las dos opciones parecía remotamente adecuada.

No había pretendido llegar tan lejos, a pesar de haberlo deseado con cada fibra de su cuerpo.

—Kennon —empezó por fin, con la voz ronca—. Yo…

Ella lo oyó. Oyó el arrepentimiento. La disculpa. No quería oír eso aún, no mientras seguía abrazando el momento, las sensaciones que le habían hecho sentirse intensamente viva.

En lugar de permitir que Simon dijera una palabra más, giró y se movió para situarse encima de él, a horcajadas. Silenció sus palabras con la boca.

Kennon empezó a hacerle el amor de nuevo, mordisqueando sus labios, besando su cuello y su pecho, acariciando su piel con las yemas de los dedos hasta conseguir excitarlo de nuevo. Poco después, pasaba de hacer el amor «a» Simon a hacerlo «con» él, tal y como había pretendido.

La pasión que los había arrebatado la primera vez se atemperó, permitiéndoles saborear en vez de devorar, pasear en vez de correr, disfrutando de cada segundo del camino.

El tiempo se detuvo mientras se hacían el amor con languidez.

Y en algún momento, mientras ocurría todo eso, en contra de su voluntad, Kennon le entregó el corazón.

Entero.

Capítulo 14

HABÍA dejado de tronar, pero la lluvia aún golpeaba rítmicamente el tejado. La casa seguía a oscuras. Mientras, en algún lugar, trabajadores de la compañía eléctrica embutidos en impermeables se esforzaban por restablecer la energía en las zonas afectadas.

Simon no tenía ni idea de qué hora era. Sólo sabía que era de noche y que, por primera vez en muchos meses, no estaba solo en la cama.

El perfume de Kennon invadía su consciencia de forma sutil. Abrazándola, esperaba a que los latidos de su corazón se serenaran. Esperaba que el orden se restaurara en su cuerpo. En su mundo.

Finalmente, su respiración agitada se alargó y se hizo más pausada. Desterró todo pensamiento de su mente, deseando disfrutar del momento tanto tiempo como pudiera.

Kennon, de costado, acurrucada contra él, escuchaba su respiración. Escuchó largo rato, hasta que el ritmo regular le confirmó que dormía.

Temiendo la conversación que tendría lugar cuando él se despertara, temiendo ver arrepentimiento en sus ojos y, más aún, que Simon viera algo muy distinto en los de ella, Kennon se levantó de la cama.

Recogió el chándal del suelo y lo puso en una silla. Después entró al cuarto de baño, donde había dejado su ropa mojada horas antes.

En otra vida.

La ropa seguía húmeda, pero no le importó. Era una inconveniencia, no un problema.

Lo importante era escapar antes de que Simon abriera los ojos y pusiera fin al delicioso interludio que ella quería recordar tal cual.

Se estaba portando como una cobarde, una actitud no sólo desconocida para ella, sino también odiosa. Pero en ese momento no podía enfrentarse a la realidad. Si se iba antes de que él despertara, podría aferrarse a la maravillosa sensación que le provocaba haber hecho el amor con él no una, sino tres gloriosas veces.

Más adelante tendría tiempo de sobra para recuperar el sentido común y aparcar esa noche en la estantería con el resto de sueños rotos de su vida. De momento quería seguir siendo feliz, y sabía que para eso tenía que seguir inmersa en el mundo de ilusiones que giraba a su alrededor.

Kennon se peinó con los dedos, evitando mirarse al espejo. Con los zapatos en la mano, para no hacer ruido, Kennon salió del cuarto de baño y luego del dormitorio. Cerró la puerta a su espalda y bajó las escaleras.

Afortunadamente, el tenue resplandor de la chimenea le permitió encontrar el bolso rápidamente. La respiración armoniosa y pausada de las niñas le indicó que seguían dormidas.

No había nadie que impidiera su huida.

Sin saber por qué, ese pensamiento la entristeció, aunque quería escapar. Una tristeza opresiva la aplastó, dificultándole la respiración. Salió de la casa despacio, sin ganas.

Ya fuera, se obligó a correr hacia el coche. Apenas notó la lluvia que caía sobre ella. Estaba empapada para cuando subió al coche. Pero le daba igual. Estaba demasiado ocupada intentando controlar las lágrimas para pensar en el charco que se estaba formando en el suelo del coche.

Había fracasado miserablemente en su intento de retener la euforia que sentía unos minutos antes, eso era indudable.

Metió la llave en el contacto y arrancó el coche. Segundos después pisaba el acelerador para alejarse antes de cambiar de opinión.

Mientras la lluvia golpeaba el parabrisas, Kennon se rindió al llanto.

El leve movimiento lo había despertado de un sueño ligero. Antes de que abriera los ojos, Kennon había bajado de la cama. Simon supuso que iba al cuarto de baño.

Simuló que seguía dormido para ganar algo de tiempo. Se devanó los sesos buscando algo que decirle. Algo que no expresara arrepentimiento ni le indicara que estaba batallando en silencio contra la sensación de culpabilidad que, para su sorpresa, era menor de lo que había esperado.

Había temido que la culpabilidad lo ahogaría. Desde la muerte de su esposa ni siquiera había invitado a una mujer a cenar, y mucho menos llegado al punto de hacerle el amor con abandono.

Pero eso era lo que había ocurrido esa noche. Se había perdido en Kennon, no sólo en el mero acto sexual, sino en un acto de amor compartido.

Kennon le importaba de verdad.

Eso también le sorprendía. No se había creído capaz de volver a tener sentimientos, y menos aún unos sentimientos tan intensos que requerían atención inmediata. Si los ignoraba, corría el riesgo de desintegrarse allí mismo.

Simon no sabía cómo manejar eso. No sabía que esperaría Kennon que dijera cuando estuviesen cara a cara y la pasión se hubiera calmado lo suficiente como para poder hablar.

Así que se quedó tumbado en la oscuridad, escuchando la lluvia y pensando en qué decir. Tenía que ser algo que no atara a ninguno de los dos; necesitaba analizar lo que sentía en realidad.

Cuando se abrió la puerta del cuarto de baño y siguió haciéndose el dormido, le sorprendió darse cuenta de que Kennon intentaba salir de la habitación sin despertarle.

Eso le daría tiempo para pensar y aclararse. Pero no le dio ninguna sensación de paz.

Aunque sentía un alivio relativo, no pudo evitar preguntarse por qué se iba. Tras una unión tan intensa, de cuerpo y alma, ¿por qué esa necesidad de abandonar su cama y su casa sin decir una palabra?

No tenía sentido para él.

Tampoco lo tenía lo rápido que él se había rendido a sus encantos, pero era innegable que ambas cosas habían ocurrido.

Simon se sentó. Durante un segundo pensó en seguirla, en traerla de vuelta antes de que saliera de la casa. Pero si hacía eso tendría que decirle algo, y no tenía ni idea de qué.

Tenía el cerebro paralizado.

«Lo he pasado muy bien, gracias», se quedaba muy corto y era una sandez. Pero si expresaba más que eso, Kennon podría considerarlo un primer paso para «algo más», y él no estaba seguro de querer eso. Tal vez no fuera capaz de soportar la culpabilidad, o el miedo subterráneo y aterrador de una posible pérdida. No sabía si era lo bastante fuerte para pasar por eso.

Simon se pasó la mano por la cara. Nunca se había sentido tan confuso como en ese momento.

Con un suspiro, se tumbó de nuevo. Decían que la adolescencia era lo más difícil. Pero la adolescencia había sido un paseo comparado con lo que estaba viviendo.

Y tenía la impresión de que las cosas iban a ponerse todavía más difíciles.

Así que no se levantó, ni se vistió, ni corrió tras ella. Se quedó donde estaba, intentando volver a dormir para sumirse en la inconsciencia.

Tardó un buen rato en conseguir su deseo.

Nathan abrió la puerta de la oficina y se quedó perplejo al no oír un irritante y agudo zumbido. Ése era el aviso de que tenía cuarenta y cinco segundos para desconectar la alarma antes de que se montara un escándalo increíble.

Se quedó parado y escuchó. Pronto se dio la vuelta y contuvo un grito. Se llevó la mano al pecho, para evitar que el corazón se le parara. Soltó un suspiro entrecortado e intentó recuperar la calma.

—Diablos, Kennon, casi me matas del susto —declaró, ni molestarse en ocultar su irritación. Inspiró profundamente y fue hacia Kennon, que estaba sentada ante su tablero de dibujo—. ¿Qué haces tú aquí?

—Trabajo aquí, ¿recuerdas? —miró la página vacía con frustración. Si no se le ocurría algo pronto, lo de trabajar allí se iba a acabar.

—No, no es cierto —contradijo Nathan, acercándose más—. La mujer que trabaja aquí no ha aparecido hace un mes, excepto un par de veces para echar una ojeada y salir corriendo.

—Y para pagarte —Kennon entrecerró los ojos. No estaba de humor para recriminaciones.

—Bueno, sí —concedió Nathan alzando un hombro—. Eso también. Pero tenías que hacerlo, ¿no? Últimamente soy yo el que lleva esto, y que yo sepa los esclavos fueron liberados por aquel agradable tipo alto, el de barba y chistera —Nathan simuló escrutarla de arriba abajo—. Enséñame una tarjeta de identificación, por favor.

—Puedo despedirte —amenazó ella con fastidio.

—Ésa sí es la Kennon que conozco y quiero —repuso él con satisfacción. Miró la hoja en blanco y arrugó la frente, pero no dijo nada—. ¿Qué haces de vuelta, aparte de visitar los barrios bajos?

Mientras hablaba, Nathan se quitó la trenca negra, de última moda.

—Y ya que estamos —caminó a su alrededor, observándola desde todos los ángulos posibles—, ¿hay alguna razón para que parezcas algo de lo que hasta un gato se avergonzaría? —enarcó una ceja, interrogante—. ¿Problemas en el paraíso?

Ella no necesitaba frivolidades esta mañana. Quería hundirse en el trabajo. Tenía que terminar algunas cosas en casa de Simon antes de poder seguir adelante con su vida.

Que era lo que, sin duda, haría él también.

Hacía tres horas que se había levantado el sol, y suponía que también lo habrían hecho él y las niñas. El teléfono no había sonado ni una vez. Ni el de casa, que había puesto en desvío de llamada, ni el móvil. Si ella le importara, Simon habría llamado. No había llamado, luego no le importaba. Era una mujer adulta, entendía que lo ocurrido la noche anterior no conducía necesariamente a «felices para siempre».

En su caso concreto, nada conducía a eso.

—No hay ningún paraíso —dijo, seca.

—Eso es cuestión de opiniones —Nathan se quitó la chaqueta y empezó a remangarse la camisa cuidadosamente—. He visto como te mira el doctor Guaperas, y como le miras tú. Es más, cuando has aparecido por aquí, he tenido que soportar tus tarareos, desafinados, por cierto. Si eso no apunta a paraíso, soy una marioneta de madera a que le crece la nariz —cuando acabó, Nathan la miró con más detenimiento. Su voz se tiñó de compasión—. Sí que hay problemas en el paraíso, ¿verdad?

—Deja de llamarlo así —le advirtió Kennon, a punto de perder la paciencia—. El doctor Simon Sheffield es sólo un cliente más.

—Ya, ya, y las Olimpiadas sólo son un juego de niños —Nathan se apoyó en el borde del escritorio—. Háblame, Kennon. ¿Qué ha pasado?

—No ha pasado nada.

Pensó que había sido un error ir a la oficina. No había querido quedarse en casa, a solas con sus pensamientos, analizando la noche anterior desde todos los ángulos. El trabajo, además de su pasión, era su terapia. Definía quién y qué era, y había momentos, como cuando Pete la había dejado, que servía para hilvanar de nuevo su cuerpo y su alma. Pero si iba a tener que aguantar el interrogatorio de Nathan, no iría. Era mejor quedarse en casa comiendo helado de menta con chocolate y escuchando un antiguo CD de canciones dedicadas a lamentar la estupidez de enamorarse.

Kennon se puso en pie. Nathan, leyéndole la mente, interceptó su huida clavándole los largos y huesudos dedos en los hombros.

—Ha ocurrido algo, y tienes que decirme qué —afirmó. Al ver que callaba, probó a utilizar la lógica—. Sabes que es mejor desahogarte —como seguía sin contestar, Nathan jugó su as—. No me obligues a sacar la artillería pesada —advirtió. Metió la mano en el bolsillo, sacó su teléfono móvil y se lo enseñó—. Tengo el teléfono de tu madre en marcación directa, y no me da miedo pulsar el botón.

Kennon cerró los ojos y suspiró. Su madre no. Eso sí que no. No soportaría que descendiera sobre ella disparando preguntas como una metralleta. No aguantaría su comprensión ni sus miradas compasivas, y menos aún el aluvión de sugerencias que tendría que ofrecer.

Ruth Cassidy era una de esas personas que realmente creía que podía arreglarlo todo si se empeñaba en ello, tardara lo que tardara. Kennon no quería convertirse en su proyecto del mes.

Kennon tomó aire y decidió elegir el mal menor. Le dijo a Nathan lo que quería oír.

—Me acosté con él.

Nathan esperó. Al ver que no decía nada más, arrugó la frente.

—Perdona pero, ¿eso no es algo bueno?

Tendría que haberlo sido, cierto. Al fin y al cabo ni siquiera le había dado la mano a un hombre desde el fiasco de Pete.

—En este caso no.

—Ah. Ya lo entiendo —Nathan espació mucho las palabras, para dejar claro que captaba cuál era el problema. La decepción—. Es un desastre en la cama. Lo siento —movió la cabeza, compasivo—. Y eso que parecía tener mucho potencial —suspiró, como si la entendiera muy bien—. Eso corrobora que no se puede juzgar un libro por la cubierta.

Kennon supo que seguiría así toda la mañana si no corregía su error.

—No, no es un desastre en la cama —le dijo. Nathan la miró desconcertado—. Es… —Kennon buscó una palabra descriptiva, pero no empalagosa. No era un tema del que quisiera hablar, ni ese momento ni nunca— bueno —dijo por fin. Al ver que Nathan seguía mirándola expectante, cualificó la palabra—. Muy bueno.

—Vale —aceptó él—. El doctor es bueno en la cama. Muy bueno —añadió, imitando el tono de voz de ella—. Entonces, ¿cuál es el problema?

—El problema es que está enamorado de su mujer

—dijo Kennon. Estaba claro que así era imposible trabajar.

—¿Está casado? —casi gritó Nathan, horrorizado e indignado por ella. Su cejas se dispararon hacia arriba—. ¿Cuándo lo has descubierto?

—No, no está casado. Es viudo.

La confusión reemplazó al enfado. Nathan hizo su análisis de la situación. Después, suspiró.

—Contrariamente a la filosofía de algunas películas de horror a la moda, los muertos no regresan para obsesionar a los vivos.

—No está obsesionado por ella —dijo Kennon. Deseaba que Nathan dejara el tema, pero sabía que no lo haría hasta que estuviera satisfecho con su explicación—. Le causa remordimiento sentir algo por otra persona.

Nathan frunció más el ceño, intentando seguir su lógica.

—Y el doctor Guaperas te lo dijo después de…

—No.

—¿Antes? ¿Te presentó la excusa antes de hacerlo y luego se puso al tema?

—No, no con esas palabras…

—A ver, ¿te lo dijo con alguna palabra? —interrumpió Nathan.

Ella cerró los ojos y suspiró. Tendría que haber recordado que Nathan no se rendía. La había acosado así la última vez, cuando le contó que Pete la había dejado. Y luego había tenido que convencerlo para que abandonara la idea de colarse en casa de Pete e intentara envenenarlo añadiendo hojas trituradas de adelfa a su botella de aliño para ensalada. Había leído que era un veneno inodoro y sin sabor.

—No, pero fue lo que sentí, eso es todo…

—A ver si lo he entendido —Nathan levantó la mano—. Estás aquí, con pinta de acabar de enterarte de que un camión ha atropellado a tu perro favorito, porque, tras pasar una tórrida y fantástica noche haciendo el amor, ¿*asumes* que el príncipe Encantador va a decir algo poco principesco? —Nathan movió la cabeza—. ¿Sabes lo estúpido que suena eso?

—No lo sabía hasta que lo has dicho en voz alta —contraatacó Kennon. Él inclinó la cabeza, satisfecho. Ya podía ponerse a trabajar.

—Bien, entonces he hecho lo que tenía que hacer —señaló la puerta de entrada—. Vuelve con el hombre, dile que eres sonámbula, pero que ahora estás despierta y en plena posesión de tus sentidos. O —corrigió, burlón—, al menos, en lo que cabe dentro de tus posibilidades.

—No es tan fácil —Kennon no se movió.

—Claro que sí —contradijo Nathan—. Tú eres quien lo está haciendo difícil —iba a ponerse detrás de Kennon para empujarla hacia la puerta, cuando miró por la ventana—. Hablando del diablo.

—¿Qué diablo? —Kennon se giró para mirar. Soltó el aire de golpe justo cuando empezaba a sonar la campanilla que anunciaba un cliente.

Y Simon entró en la tienda.

Capítulo 15

EL silencio se hizo eterno mientras se miraban el uno al otro.

—Te fuiste —dijo Simon con voz queda y rostro inexpresivo.

Kennon apretó los labios, secos como pergamino. No sabía si la estaba acusando o expresando su alivio.

—Lo notaste, ¿eh? —bromeó, intentando aligerar la tensión que la atenazaba.

—¿Por qué te marchaste? —estrechó los ojos, haciendo caso omiso de su comentario.

Kennon no sabía cómo contestar a eso. Podía decir que temía que notase cuánto lo quería si se quedaba. Que temía que la rechazara. Que su miedo al rechazo la había llevado a huir. No sabía si había forma de expresar la verdad sin darle la impresión de que lo necesitaba.

Iba a intentar responder cuando se dio cuenta de que no estaban solos. Nathan estaba a su lado, como si

tuviera todo el derecho a escuchar el intercambio. Por
más que fuera su mejor amigo, no tenía por qué formar parte de una escena tan personal, al menos hasta
que ella dilucidara su propio papel y estuviera dispuesta a compartirlo.

—¿No tienes nada que hacer en el almacén? —
preguntó, voviéndose para mirarlo.

—No —contestó él como si aquello no fuera con
él. Kennon sabía que Nathan no era tonto, se lo estaba
haciendo.

—Claro que sí —insistió. Al ver que la miraba
como si estuviera malgastando saliva, habló con toda
claridad—. Tienes que estar allí.

Con un suspiro dramático y el principio de una
mueca que amenazaba con un dramatismo mayor,
Nathan giró sobre los tacones de sus caros zapatos y
fue hacia el almacén, muy lentamente.

Simon empezó a hablar, Kennon alzó la mano y le
pidió que esperara un momento. Nathan acababa de
dar la vuelta a la esquina.

—La puerta, Nathan —llamó, en voz alta—. Cie-
rra la puerta, por favor.

Un segundo después oyó el sonido del encuentro
entre la puerta y el marco. Portazo, más que encuentro. Satisfecha por haberse librado de Nathan, se volvió hacia Simon.

—¿Qué decías? —preguntó, preparándose para recibir una estocada mortal.

—Nada —corrigió él, mirándola a los ojos—. Tú
decías. Ibas a explicarme por qué abandonaste mi
cama, y mi casa en mitad de la noche.

Ella se preguntó por qué insistía en el tema. Habían
hecho el amor, pero ambos habían sabido a donde con-

duciría. Directo al olvido. Al irse ella, se habían librado de incómodas e inanes conversaciones. Y él aparecía allí para darle vueltas al tema.

—Quería facilitarte las cosas —le dijo, intentando que su voz sonara carente de emoción.

—¿Exactamente cómo iba a «facilitarme» las cosas descubrir que te habías ido, después de pasar la mitad de la noche haciendo el amor?

Ella desvió la mirada. Era la única forma de contener las lágrimas, y evitar golpearle.

—Pensé que te libraría de tener que decir algo así como: «Ha sido fantástico, pero no tendría que haber ocurrido. No te hagas ilusiones». O, peor aún, de que intentaras pedirme disculpas.

—Disculpas —repitió él—. ¿Por qué iba a disculparme? —a Simon sólo se le ocurrió una respuesta—. ¿Tan malo fue para ti?

—¡No! —gritó ella.

Era increíble que se atreviera a pensar eso. Él había conseguido que su mundo se tambaleara, no una, sino tres veces, cada una mejor que la anterior; una proeza asombrosa en sí misma. Nunca se había sentido tan bien, como si estuvieran a punto de brotarle alas que le permitirían volar hasta el cielo.

Como Simon seguía esperando una explicación, intentó encontrar las palabras adecuadas para hacerle entender lo que ni ella entendía. El miedo la estaba paralizando.

—Tenía miedo de que lo que ocurrió entre nosotros anoche fuera sólo cuestión del momento, el lugar y las circunstancias…

Él la miró fijamente, intentando sacar sentido a sus palabras, sin conseguirlo.

—¿Vienes con subtítulos?, porque no consigo seguirte —comentó, finalmente.

Ella suspiró. Si tuviera un ápice de sentido común, no habría dejado que las cosas llegaran tan lejos la noche anterior, ni tantas veces. Una superviviente nata habría escapado al primer beso, no se habría quedado esperando más.

Pero lo hecho, hecho estaba, y había que apechugar con ello.

—Mira, hablé con Edna cuando empecé a trabajar en tu casa. Sé que quieres a tu esposa, tu difunta esposa —corrigió—, y no quiero que te sientas culpable, ni menos aún que te enfades conmigo por estar en el lugar correcto a la hora exacta, o en el lugar incorrecto en mala hora, o como sea que definas lo que ocurrió entre nosotros —lo miró y se dio cuenta de que seguía sin seguirla en absoluto. Lo intentó de nuevo—. Si quieres saber la verdad…

—Por favor —afirmó él con sentimiento.

—No quiero que vuelvan a dejarme —reconoció, obligándose a mirar sus ojos color azul profundo.

—¿Así que me dejas tú para que no te deje?

—No te he dejado —protestó ella—. No estaba dejándote, sólo estaba… escabulléndome —concluyó, aunque seguía sin expresar lo que quería—. Mira, la noche de ayer fue maravillosa. Puede que demasiado maravillosa —admitió—. No quiero echarla a perder. Mejor acabar así que permitir que degenere hasta convertirse en algo menos perfecto —Kennon no quería recriminaciones, ni recuerdos que la persiguieran y obsesionaran, como había sucedido con la última escena vivida con Pete—. Te ofrecí una vía de escape.

Hizo una leve pausa, intentando serenarse y centrarse en sus palabras, en vez de en el desagradable vacío que creaban en su interior.

—Así que tómala, ¿de acuerdo? —su mente giraba como un torbellino y, de repente, le hizo recordar por qué se habían conocido—. Sé que no he terminado con la decoración de la casa, pero Nathan puede ocuparse de lo que falta.

Durante un instante, Simon no tuvo ni idea de a quién se refería. Luego recordó.

—¿Nathan es el tipo alto y delgado con las orejas grandes? —preguntó.

Ella asintió.

—Es muy bueno —dijo—. No te decepcionará.

Él la miró durante un momento eterno.

—Yo no estaría tan seguro —le dijo, tan bajo que apenas se oyó. No sabía qué más decir.

Había ido hasta allí sintiéndose como un hombre que intentara caminar sobre arenas movedizas; quería enderezar las cosas, u olvidar lo sucedido para siempre. Simon tenía la sensación de no haber hecho ni una cosa ni la otra. Si acaso, estaba más confuso que antes. Pero forzar un desenlace en ese momento, con una mujer que parecía empeñada en huir de él, no parecía la mejor opción.

Ella necesitaba tiempo y él también.

Sin decir una palabra más, Simon se dio la vuelta y salió de la estancia.

El ruido del pestillo resonó una y otra vez en la mente de Kennon. Se quedó inmóvil, mirando la puerta cerrada y sintiéndose como si le hubieran dado un puñetazo en la boca del estómago.

Había sabido que las cosas acabarían así, por eso había intentado precipitar la conclusión, para que no doliera tanto como habría dolido más adelante. Era como darse un golpe preventivo.

Pero una parte de ella había deseado, con auténtica desesperación, que Simon negara todos sus miedos, que acabara con ellos tomándola en sus brazos y diciéndole que estaba siendo ridícula y que era la única mujer que podía hacer que volviera a alegrarse de estar vivo.

Pero no lo había hecho.

Simon había aceptado la vía de escape, que ella le había ofrecido en bandeja de plata, y se había marchado sin más. Sólo le había faltado entonar un aleluya al salir.

Sintió que sus ojos se humedecían y cerró las manos con fuerza, clavándose las uñas en las palmas, con la esperanza de impedir que las lágrimas se derramaran.

—No tengo las orejas grandes.

Se dio la vuelta y vio a Nathan regresar con paso marcial. Disgustada y frustrada, Kennon se enfrentó con su ayudante.

—Te pedí que fueras al almacén.

—Y fui —dijo él con expresión entre indignada e inocente.

—¿Y cómo le oíste decir eso? —exigió ella.

Él señaló la pared que había detrás de ella. En concreto, señaló la zona más cercana al techo.

—Conductos de ventilación —comentó—. Hay aquí, en tu despacho y en el almacén. Por si no lo sabías, amplifican las voces, a no ser que uno susurre —Nathan, obviamente perturbado por la descripción de Simon, se miró en el espejo y ladeó la cabeza de un lado a otro. No le gustó lo que vio—. Tal vez tendría que dejarme el pelo largo, para taparlas.

Como Kennon no le llevó la contraria ni le dio la razón, desvió la mirada para estudiar su reflejo. De inmediato, giró en redondo y la abrazó.

—Oh, cielo, no llores. Este asunto no ha acabado aún, ya lo verás —Kennon forcejeó un instante, pero como no consiguió apartarlo, se rindió y dejó que la consolara—. Él recuperará la cordura —le prometió Nathan—. Con un poco de suerte, tú también —añadió, supuestamente para sí, pero lo bastante alto para que ella lo oyera.

Kennon tomó aire y esa vez consiguió liberarse. Cuadró los hombros. No tenía tiempo para la autocompasión. Si había sobrevivido a lo de Pete, superaría lo de Simon. Al fin y al cabo, había invertido mucho más tiempo en Pete.

Apenas podía soportar el intenso dolor de corazón que sentía, pero hizo un esfuerzo.

—Tenemos trabajo que hacer —le dijo a Nathan.

Quedaban varios detalles que finalizar en casa de Simon antes de dar su labor por terminada. Había dicho en serio lo de pasarle el trabajo a Nathan. Pero dada la tendencia de su ayudante a permitir que los sentimientos incidieran en su juicio, sabía que tenía que supervisar sus elecciones. Simplemente no vería el conjunto.

Pero no se sentía lo bastante fuerte para enfrentarse a eso. Ni a Simon ni a sus hijas.

Estaba intentando entender un informe recién publicado, que esbozaba una nueva técnica para un procedimiento quirúrgico utilizado para quemar tejido cardíaco dañado y poder controlar palpitaciones indeseadas. Intentándolo, pero sin conseguir centrarse. Llevaba más de media hora en el mismo párrafo. Suspiró con disgusto.

Alzó la mirada y vio a Meghan en la puerta del estudio, con los bracitos cruzados sobre el pecho.

—¿Qué pasa? —preguntó, dejando el documento sobre la mesa por el momento.

—¿Por qué no está aquí, papi? —preguntó Meghan, con el ceño fruncido.

Habían pasado ocho días desde que había ido a ver a Kennon a su oficina, sin tener la menor idea de lo que iba a decir. Y no había dicho nada que tuviera sentido. Había salido de allí con la sensación de que quizá Kennon y él no estuvieran destinados a estar juntos.

Había hecho lo posible por sacarla de su mente y seguir con su vida. Pero ella se negaba a abandonar sus pensamientos, a disolverse en el olvido. Cuando menos lo esperaba, allí la tenía, obsesionándolo. Y cuando no era así, se daba cuenta de que alguna de las niñas lo miraba como si fuera culpable de una terrible transgresión.

Se consideraba afortunado porque no lo habían presionado pidiendo detalles. Pero al ver la expresión de Meghan en ese momento, supo que el periodo de gracia había concluido oficialmente.

—¿Ya no le gustamos? —preguntó Meghan, al ver que no contestaba a la primera pregunta.

Antes de la breve irrupción de Kennon en sus vidas, le habría dicho a Meghan que se trataba de un asunto de «adultos» y no concernía a los niños. Pero ahora comprendía que habría sido insultante. Meghan y Madelyn eran personas, igual que él, y tenían sentimientos, como él. Lo último que quería era que sus hijas se sintieran rechazadas, sobre todo cuando lo ocurrido no era culpa suya.

—Oh, no, claro que le gustáis —le aseguró a su hija menor—. Es que está ocupada.

—Ocupada ¿en qué?

—En su trabajo —vio que su respuesta no satisfacía a Meghan—, Kennon decora casas, ya lo sabes. Y ha terminado con la nuestra —«y conmigo», añadió para sí.

—¿No podemos decirle que necesitamos otra cosa? —sugirió la niña esperanzada.

«Sí, ver su cara al abrir los ojos por la mañana y antes de cerrarlos por la noche», pensó él.

Se recriminó por dejar que sus pensamientos se desmandaran así. No ganaría nada aferrándose a una esperanza carente de base. Eso sólo provocaba infelicidad a la larga.

—Pero no es verdad, cielo, ya lo sabes —le dijo.

—Sí la necesitamos —le contradijo Madelyn. Había estado en el pasillo, sin dejarse ver, escuchando el intercambio entre su padre y su hermana. Pero en ese momento cruzó el umbral, empeñada en conseguir que su padre hiciera algo.

—¿Para qué la necesitamos, Madelyn? —le preguntó.

La niña no titubeó ni un segundo.

—La necesitamos para que no estés triste otra vez —Madelyn tomó aire y emprendió su explicación—. A mami no le gustaba cuando estabas triste, papá. Siempre quería que estuvieras feliz. Kennon hace que te rías —miró a su hermana, pidiendo apoyo—. Nos hace reír a todos —dijo. Meghan colaboró asintiendo con fuerza—. Y eso es bueno, ¿verdad? —presionó Madelyn. Al ver que su padre asentía lentamente, insistió en su empeño. A mami le habría gustado Kennon, lo sé. Así que está bien que nos guste. Por favor, papá, ¿puede volver Kennon? Volverá si tú se lo pides —afirmó, con la certeza de los más jóvenes, que aún desconocen las complicaciones del mundo que les rodea.

Hacía mucho que Simon no era tan joven.

—No creo que quiera volver —Simon negó con la cabeza. Sus hijas lo miraban poco convencidas—. Dije algunas cosas para que se fuera.

—Pues desdícelas —suplicó Meghan.

Madelyn pareció darse cuenta de que a él no le parecía algo fácil de hacer. Añadió peso a la súplica de su hermana.

—Mami siempre decía que cuando uno siente mucho, mucho una cosa mala que hizo o dijo, ya no es tan mala. Si lo sientes mucho, se borra.

Simon miró a su hija mayor. La niña de ocho años acababa de expresar con palabras sus sentimientos. Le había hecho enfrentarse a lo que había intentado ignorar. Kennon le había hecho que se sintiera feliz por primera vez en trece meses. Tan feliz, que le había dado miedo.

Porque temía que le arrancaran esa felicidad, igual que había ocurrido cuando murió su esposa. Sin embargo, en vez de protegerlo del dolor, distanciarse de Kennon lo había acentuado con creces. Comprendió que incluso una chispa de felicidad era mejor que el oscuro vacío actual.

Mejor para él y mejor para sus niñas.

Se merecían tener un padre feliz, y él se merecía a

Kennon. Si hubiera sabido lo que iba a ocurrir, no habría permitido que Nancy ocupara su lugar. Y él tampoco habría ido. Pero Nancy había elegido ir, y la vida les había jugado una mala pasada.

Pero se había presentado la oportunidad de volver a jugar, mientras durase la partida. Y tal vez durase el resto de su vida.

—¿Cuándo te has vuelto tan lista? —le preguntó a Madelyn, esbozando una sonrisa.

—Mami me hizo lista —Madelyn hinchó el pecho con orgullo.

Él se levantó y fue a darle un rápido abrazo. Le resultaba más fácil expresar sus emociones desde que Kennon había entrado en sus vidas. Todos le debían a esa mujer un voto de agradecimiento. Y más.

—Desde luego que sí —corroboró él.

—¡A mí también! —gritó Meghan, que no quería ser menos.

—Sí, a ti también —asintió, sonriente.

El que pudiera abrazar a sus hijas y reír con ellas también era obra de Kennon. Le había enseñado a ser más abierto con ellas, a escucharlas. Y a tratarlas como seres humanos pequeñitos. No podía permitir que una mujer como ésa, que había abierto sus ojos y su corazón, se le escapara por su incapacidad de saltar a la acción. Había llegado la hora de dar el salto.

—Edna —llamó. La niñera había regresado tres días después de que Kennon y él dejaran de verse. Había captado de inmediato lo sombrío del ambiente—. Tengo que salir un rato.

—A ver a Kennon, espero —dijo Edna, que pareció materializarse de la nada.

—¿Tú también? —preguntó, sin esconder la sonri-

sa. Por lo visto, todas participaban en la conspiración
para unirlo a Kennon.

—Yo también —le aseguró ella.

—Pues será mejor que me ponga en marcha.

—Eso mismo estaba pensando yo —dijo la niñera,
casi empujándolo hacia la puerta.

Capítulo 16

NO fue la presión lo que llevó a Kennon a reconsiderar su postura y rendirse.

Al menos, no la presión exterior. Y eso, a pesar de que Nathan había desarrollado la irritante destreza de que cada comentario que salía de su boca acabara remitiéndolo a Simon de alguna manera. Tampoco había sido su madre, que telefoneaba una o dos veces al día para «charlar» y preguntarle cómo iban «las cosas». Solía concluir las «charlas» preguntándole cuánto tiempo más iba a perder antes de recuperar el sentido común.

Aunque ambas cosas hacían que se subiera por las paredes, ninguna de ellas la llevó a rendirse. Lo hizo porque echaba de menos a Simon. Desesperadamente. Los añoraba, a él y a sus hijas, más de lo que había creído humanamente posible. El dolor que sentía creció hasta engullirla, imposibilitando cualquier tarea. En ese estado no era útil para ella ni para nadie, y decidió.

Ni siquiera en la fase inicial había echado de menos a Pete como echaba de menos a Simon. La diferencia era abismal. No podía soportar la cadena perpetua de soledad que se había autoimpuesto. Huiría de esa cárcel y correría de vuelta a Simon y las niñas. Tenía la esperanza de que, una vez hecho eso, encontraría la manera de solucionar las cosas, de conseguir que Simon la quisiera. Sabía que las niñas estaban de su parte.

O lo estarían cuando les pidiera disculpas por haber desaparecido así.

Kennon estaba en plena búsqueda de los complementos perfectos para la sala de juegos de su nuevo cliente cuando decidió salir corriendo del almacén, subir al coche y conducir a casa de Simon, como una flecha en busca de su diana.

Habían pasado ocho días sin verse, y se habían convertido en una eternidad.

Por fortuna, el departamento de policía de Bedford debía de estar ocupado con otras cosas, ya que Kennon superó todos los límites de velocidad.

Un crisol de emociones se desbordó cuando vio la casa. Rezó en silencio para que no resultara demasiado difícil solucionar las cosas.

No vio el coche de Simon delante de la casa, pero no le dio importancia. La puerta del garaje estaba cerrada. Sabía por experiencia que Simon prefería aparcar el vehículo dentro para mantenerlo limpio más tiempo.

Para ser varón, era increíblemente ordenado, en todas las acepciones de la palabra.

Con los nervios en danza, llamó al timbre. Rezó para que no fuera demasiado tarde. Para que Simon no hubiera decidido que había hecho bien al poner distancia entre ellos.

Al verla en la puerta, Edna esbozó una amplia sonrisa, espontánea y cálida. El nerviosismo de Kennon pasó a mejor vida de inmediato.

—Kennon, ¿cómo estás? —preguntó la niñera—. Entra, entra —urgió, sin darle tiempo a contestar.

En cuanto cruzó el umbral, Kennon se vio envuelta por dos pares de bracitos, gritos de alegría y achuchones. Madelyn y Meghan, al oír el saludo de Edna, habían volado hacia la puerta para comprobar en persona el regreso de su adorada Kennon.

—Has venido, has venido —gritaba Meghan, abrazándola con tanta fuerza que jadeaba.

—¡Papá lo ha hecho! —declaró Madelyn triunfal—. ¡Ha ido a buscarte!

Emocionada por tanto amor, Kennon se echó hacia atrás, sin soltar a las niñas. Intentó sacar sentido a lo que había dicho Madelyn.

—¿Vuestro padre no está aquí? —mientras preguntaba, echó un vistazo a su alrededor. Sintió una intensa punzada de desilusión.

Madelyn, por su parte, ladeó la cabeza para mirar hacia afuera. Contestó a la pregunta de Kennon con otra pregunta.

—¿No viene contigo?

—No. ¿Por qué? —Kennon intentó no sonar muy nerviosa—. ¿Ha dicho que vendría conmigo? —miró a Edna, buscando una explicación.

—El doctor les dijo a las niñas que iba a verte —Edna hizo una pausa. Bajó la voz y se acercó más, intentando que sólo la oyera Kennon—. Adivino que iba a pedirte disculpas por lo que quiera que hiciese para hacerte marchar.

—No hizo nada —dijo Kennon, sintiéndose culpa-

ble por haberla llevado a pensar eso—. Fue culpa mía
—admitió. Apartó con delicadeza a sus dos admiradoras—. Iré a buscarlo.

En vez de animarla, o desearle suerte, la alta y fornida mujer puso una mano sobre su hombro y la detuvo.

—Sugiero que te quedes aquí. Simon tiene que
volver a casa antes o después, y si vas a buscarle, me
imagino que él hará lo mismo si vuelve y las niñas le
dicen que has estado aquí —miró a Kennon compasiva—. Podríais pasaros la vida yendo uno en busca del
otro, sin encontraros. ¿Por qué no esperas hasta que
vuelva?

—Es verdad, esperaré —Kennon asintió, pensando
que la mujer tenía toda la razón

—¿Nos has echado de menos? —preguntó Meghan, una vez eso estuvo solucionado.

—Una barbaridad —aseguró Kennon a las dos.
Con los niños no había necesidad de juegos ni secretos. Respondían bien a la verdad. Volvió a poner los
brazos sobre los hombros de las niñas—. Más de lo
que podéis imaginar.

—Nosotras a ti también —afirmó Madelyn, solemne. Para ratificar sus palabras, se dibujó una cruz sobre el corazón.

Kennon tenía la esperanza de que Simon también
la hubiera echado de menos. Intentó centrar la atención en las niñas, en vez de hacerse preguntas sobre
Simon. Obtendría las respuestas muy pronto.

Simon se tragó la palabrota que cosquilleaba en
sus labios, pugnando por salir.

La tienda de Kennon estaba cerrada cuando llegó. Miró por el escaparate de la sala de exposición y no vio ninguna luz que indicara que podía estar allí dentro.

Encontró el mismo panorama cuando llegó a su casa. Ni siquiera había una luz encendida en el porche, que sugiriera que iba a volver más tarde.

Inquieto, se preguntó si se habría ido de viaje a algún sitio. O si habría otro hombre en su vida.

La llamó al teléfono móvil. El buzón de voz saltó al cuarto toque. Tres veces seguidas.

Con el teléfono de casa le pasó igual. Pero saltó un contestador automático grabado por ella.

—*Si quiere dejar un mensaje…*

—No, no quiero dejar un maldito mensaje —gruñó, entre dientes—. Quiero hablar contigo en persona. Quiero abrazarte y hacerte el amor hasta que entiendas que tenemos que estar juntos.

De repente, al darse cuenta de que el contestador lo estaba grabando todo, cerró la tapa de su móvil, poniendo fin a la llamada.

Fantástico. Ella pensaría que estaba loco y solicitaría una orden de alejamiento.

Frustrado, caminó por delante de la casa, preguntándose si esperarla allí hasta que volviera. Pero si estaba de viaje, no había forma de adivinar cuánto tiempo pasaría fuera. No podía quedarse allí como un adolescente enamorado. Tenía una vida que vivir. Una vida que ya no le parecía completa, no sin ella.

Simon suspiró y se mesó el cabello. Era hora de volver con las niñas. Iba a tener que encontrar la manera de explicarles por qué no volvía a casa con la mujer de quien se habían enamorado los tres.

Arrancó el coche pensando que por fin lo había admitido. En silencio y estando solo, cierto, pero era un principio. Quería a Kennon. Y quería pasar el resto de su vida con ella.

Pero antes tenía que encontrarla.

Después de ir a casa y hablar con las niñas. No quería tenerlas esperando y preocupadas.

Perdido en sus pensamientos, Simon no prestó atención al coche que había aparcado junto a la acera. Puso rumbo al garaje y pulsó el botón del mando a distancia. La puerta se estaba cerrando cuando se dio cuenta de lo que había visto.

El coche de fuera era el de Kennon. Reconocía el modelo y el número de matrícula.

Se preguntó si estaba allí. Si había ido a buscarle mientras él la buscaba a ella para hablar.

O tal vez hubiera otra razón.

Pero le daba igual la razón. Lo importante era que estaba allí y él quería aprovechar la oportunidad para convencerla de que volviera a formar parte de su vida.

Sobre todo, quería convencer a Kennon de que le diera otra oportunidad. Quería causarle una mejor impresión, cambiar su vida como ella había cambiado la de él y la de sus hijas.

En cuanto abrió la puerta que comunicaba el garaje con la casa, sus hijas corrieron hacia él, rebosantes de excitación.

—¡Está aquí, está aquí! —sus voces infantiles se fundieron en una cuando gritaron la noticia.

Cada niña le agarró una mano y, tirando con fuerza, lo llevaron a la sala de estar.

Simon no recordaba haber andado. Las niñas habían corrido hacia él, y de pronto se encontró en la sala, frente a Kennon, sin desear otra cosa que tomarla entre sus brazos. Bueno, tal vez otra cosa más. Pero si la besaba, temía no poder parar, así que se contuvo.

Kennon lo observaba algo intranquila, sin saber cómo reaccionaría al verla allí.

—No pretendía aparecer sin… —empezó

—Fui a tu tienda. Y luego a tu casa —dijo él al mismo tiempo.

Sus voces se cruzaron y mezclaron buscando ser oídas.

—Lo siento, no pretendía decir lo que dije…

—Tendría que haber ido a buscarte antes…

Siguieron hablando a la vez, mezclando palabras, frases y emociones. Las niñas se miraban entre sí, claramente frustradas.

—Dejad de hablar y daros un beso —suplicó Madelyn, situándose entre ellos y empujándoles con sus manitas.

Dándose cuenta de la absurdidad de la situación y de lo confusa que tenía que parecerles a las niñas, Simon y Kennon dejaron de hablar y empezaron a reír.

—Tienes una hija muy lista —le dijo Kennon al hombre que se había ganado su corazón sin intentarlo siquiera.

—Empiezo a darme cuenta de eso.

Meghan, cansada de estar en segunda fila, se colocó detrás de Kennon y la empujó hacia Simon. Madelyn, para no ser menos, se situó tras su padre y lo empujó hacia Kennon.

Ninguna de las dos tuvo que esforzarse mucho para conseguir su objetivo.

—Pídeselo, papi. ¡Pídeselo! —suplicó Meghan, una casamentera en ciernes.

—Sí —la apoyó Madelyn—. Pídeselo antes de que vuelva a cambiar de opinión.

Él no había pretendido que su encuentro con Kennon se convirtiera en una labor de grupo. Y desde luego no había pretendido que dos pequeñas mujercitas le robaran la declaración que había revoloteado por su mente toda la semana anterior, sobre todo cuando empezó a sufrir por la pérdida de una relación que no había tenido la oportunidad de echar raíces y florecer.

Impaciente por la lentitud de su padre, Meghan tomó las riendas del asunto e hizo la importante pregunta a Kennon.

—¿Quieres ser nuestra mamá?

Kennon, atónita, sintió una oleada de calor, al tiempo que una extraña mezcla de anhelo y júbilo recorría su cuerpo de arriba abajo.

Se recordó que la pregunta no provenía de Simon, sino de su hija. Posiblemente el hombre sólo quisiera algún tipo de relación temporal. Pero al menos sería una relación. Eso era un principio.

Simon miró a Megham e intentó que su voz sonara severa. Antes de la aparición de Kennon en sus vidas, no habría tenido que realizar ningún esfuerzo, porque era severo. Ella lo había suavizado. Y le estaba agradecido.

—Meghan, no puedes poner a Kennon en una situación tan comprometida —la recriminó.

—Pero es que tú no se lo preguntas, papi —Madelyn acudió en defensa de su hermana—. Por eso tenemos que ayudar —se situó junto a Meghan y miró a Kennon con ojos grandes, luminosos y, sobre todo, suplicantes—. ¿Quieres? —preguntó.

Kennon deseó gritar que sí con todo su corazón, pero temía que si demostraba demasiado entusiasmo, Simon volvería a dar marcha atrás. Así que eligió sus palabras con mucho cuidado.

—Os aseguro que siempre estaré disponible cuando me necesitéis —afirmó, evadiéndose.

—Pero tienes que casarte con papi —Meghan movió la cabeza, insatisfecha—. Eso es parte del trato.

Simon avergonzado, no sabía por dónde empezar. Miró a Kennon y le pidió disculpas.

—Siento haberte puesto en un aprieto —miró a sus hijas pero, aunque hubiera querido, era incapaz de ser duro con ellas. Sobre todo porque entendía sus sentimientos.

Él sentía exactamente lo mismo.

—No lo sientas —le dijo ella. Desvió la mirada para que no leyera demasiado en sus ojos—. Es agradable ser tan querida.

Él pensó que nunca conseguiría una pauta de entrada mejor que ésa.

—Bueno, entonces… —empezó.

—¿Sí? —ella tenía el corazón en un puño.

Él siempre había sido de los que sabían lo que querían cuando lo veían. Cierto que esa vez había tardado un poco, pero había sido porque seguía intentando aceptar el traumático cambio que había habido en su vida. Eso ya estaba hecho y podía volver a concentrarse. Sabía que Kennon era la mujer con quien quería estar. Lo sabía igual que lo había sabido cuando estuvo con Nancy.

Y lo animaba mucho tener la seguridad de que Nancy habría estado de acuerdo. Siempre había querido que él y las niñas fueran felices. Y Kennon les hacía felices. Más aún, Kennon había conseguido que volvieran a ser una familia de verdad.

—Si te lo pidiera —dijo lentamente—, ¿qué contestarías?

Ella no iba a exponerse de esa manera, no sin que Simon dijera algo más vinculante que eso.

—Depende de qué pidieras —contestó.

Si bien ella le había enseñado la importancia de estar juntos y compartir cosas con la familia, había momentos que tenían que ser privados, en los que sobraban las animadoras.

—Madelyn, lleva a tu hermana al cuarto de juegos, por favor. Jugad a algo allí —le dijo a su hija. La niña lo miró como si tuviera toda la intención de quedarse donde estaba.

—No queremos jugar a nada, papi, nosotras…

Edna llegó de pronto, como un vendaval.

—Ya habéis oído a vuestro padre, niñas. Tenéis que dejarle solo con Kennon un rato —mientras hablaba, empezó a guiar a las niñas hacia fuera.

Meghan se rindió a lo inevitable, pero antes de salir se volvió y le hizo a Kennon una pregunta.

—¿Seguirás aquí después?

Kennon miró primero a Simon, de reojo, y luego a Meghan.

—Creo que hay bastantes posibilidades —dijo. Cuando ya salían de la habitación, Kennon bajó la voz—. ¿Edna siempre aparece así, justo en el momento exacto?

—Sí —asintió él—. Está incluido en su contrato.

—Has desarrollado sentido del humor —los labios de Kennon se curvaron hacia arriba.

—Ha sido cosa tuya —admitió él—. Igual que el

que haya aprendido a pasar más de unos minutos seguidos con las niñas —hizo una pausa—. Me estoy desviando del tema otra vez.

—¿Y cuál es ese tema?

—Que quieren que seas su madre.

—Lo sé —dijo ella—. Estaba escuchando.

Simon se dijo que él debería estar hablando. Tomó aire y lo soltó lentamente.

—Sólo he hecho esto una vez antes, y no se me da muy bien.

Ella cruzó los dedos mentalmente y elevó al cielo una plegaria silenciosa.

—Inténtalo —lo animó. Aunque no quería entusiasmarse, no podía evitar la esperanza de que el asunto fuera encaminado por donde ella quería que fuera.

—No sólo me has ayudado a encontrar el sentido del humor y me has enseñado lo importante que es formar parte de la unidad familiar y ser un verdadero padre para mis hijas, además me has hecho volver de entre los muertos.

—Y todo eso antes del desayuno —bromeó ella, que empezaba a ponerse nerviosa otra vez.

—Eso es humor nervioso —comentó él, interpretando correctamente el comentario.

—Cierto —Kennon asintió y esperó un rato—. ¿Intentas pedirme algo?

—No —contestó él con seriedad—. Intento decirte algo —observó su expresión mientras seguía hablando—. Intento decirte que te quiero. Que tu llegada a nuestra vida ha hecho posible todo lo que mencioné antes. Sé que no tengo más derecho que Meghan a ponerte en un aprieto…

—Deja que eso lo juzgue —lo interrumpió—. Algunas personas trabajamos mejor cuando nos ponen en aprietos. Sigue —lo urgió.

—Vale —se preguntó por qué tenía la boca tan seca—. ¿Quieres casarte conmigo?

—¿Podrías repetir la parte del amor? —pidió ella con una sonrisa cálida—. Me gusta oír esa parte.

—Yo no te he oído decir nada de amor —dijo él, dándose cuenta de repente.

—Entonces, no has estado prestando atención —le había estado transmitiendo ese mensaje con cada fibra de su cuerpo desde hacía tiempo. Se lo había dicho sin palabras.

Rodeó su cuello con los brazos.

—Pero para que quede claro, sí, te quiero. Y quiero a las niñas, incluso quiero a Edna. Y sí, seré su mamá, y sí me casaré contigo —concluyó, soltando el aire de golpe—. ¿Vale con eso?

—A mí me vale —Simon la atrajo y sintió el calor de su cuerpo. Acababa de empezar a besarla cuando sus hijas irrumpieron en la habitación, gritando y vitoreando a todo volumen—. Creí que Edna os había llevado a la sala a jugar —dijo él, mirándolas por encima del hombro—. ¿Estabais afuera escuchando? —intentó mirarlas con severidad.

—No, papi —protestaron al unísono.

—Es cosa de los conductos del aire —le dijo Kennon—. Vuelve aquí, no he acabado contigo.

Él atrapó sus labios y pensó que no acabaría en mucho tiempo. Por lo menos en una vida.

O tal vez más.

—¿Y ahora iremos por fin a Berry Farm? —se oyó preguntar a Meghan detrás de ellos. Simon sintió cómo sonreía su corazón.

do a [...]
Señor [...] mira por [...] salvo el tiempo [...]
el hombro—. ¡Pero qué altura tan excesiva [...]

JULIA™

MARIE FERRARELLA

EL HOMBRE
DE SUS SUEÑOS

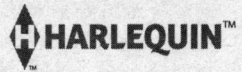

Prólogo

MAIZIE Sommers contempló las cinco cartas que tenía en la mano, alzó la vista y miró detenidamente la expresión de sus dos amigas de toda la vida, Theresa Manetti y Cecilia Parnell. Estaban jugando al póker. Aquella partida era una simple excusa que les permitía reunirse una vez a la semana para darse un respiro en sus prósperos negocios, a la vez que para contarse sus chismorreos o, como Theresa solía decir, para «revisar las noticias locales».

Una de sus grandes aficiones era hacer de casamenteras. Eran realmente buenas en ese campo.

—¿Tenemos algún proyecto en perspectiva? —preguntó Maizie, mirando expectante a sus amigas como si no las hubiera visto nunca.

Las tres tenían sus propios negocios. Maizie llevaba un agencia inmobiliaria, Cecilia una empresa de servicios de limpieza de alto *standing* y Theresa un negocio de catering. Pero estaban algo tristes y decepcionadas porque, en las últimas semanas, no habían podido demostrar sus habilidades para emparejar a algún soltero empedernido.

Cecilia miró con desgana las cartas que le habían tocado y se descartó de cuatro con gesto de desdén.

—Bueno, no sé si esto puede llamarse un proyecto —dijo ella de improviso—, pero Anastasia del Vecchio sigue muy preocupada por la soltería de su hijo. La última vez que estuve con ella, supervisando la limpieza del mausoleo que tiene por casa, me dijo que iba a salir de gira con su compañía durante unos seis meses y que le gustaría dejar a su hijo y a su nieta en buenas manos.

—¿Su hijo no era ése que escribía bestsellers de suspense? —dijo Maizie muy pensativa.

—Sí. Se llama Brandon Slade —replicó Cecilia—. Tengo contratado también el servicio de limpieza de su casa. Brandon es una persona bastante ordenada, para ser hombre. ¡Ya quisiera su madre ser como él!

—Es una actriz. Y ese papel no forma parte de su repertorio —comentó Maizie con una sonrisa—. En cuanto a lo de dejar a su hijo en buenas manos, estoy segura de que a un hombre tan famoso como Brandon Slade no le van a faltar mujeres que quieran hacerle compañía.

—Hay una gran diferencia entre una simple compañía femenina y una mujer responsable con la que un hombre pueda pasar el resto de su vida —intervino Theresa con cara de circunstancias.

Maizie y Cecilia comprendieron que se estaba refiriendo veladamente a su hijo Kullen, un joven abogado, apuesto y de mucho prestigio, que había estado saliendo con una mujer distinta cada semana, pero que ellas tres se habían encargado de arreglar las cosas para que se reencontrara con la única mujer que había significado algo para él. Una mujer con la que, gracias a ellas, pronto se casaría.

Maizie dejó las cartas boca abajo sobre la mesa y miró atentamente a Theresa.

—Te conozco muy bien. Tienes algo pensado para el hijo de Anastasia, ¿verdad?

Theresa sonrió sibilinamente. Era la más tímida de las tres, pero sus convicciones sobre ese tema eran tan firmes como las de sus amigas.

—Digamos que tengo a alguien que necesita que le den un empujoncito —admitió Theresa con mucha sutileza.

—Venga, dínoslo —dijo Cecilia, impaciente, mirando a su amiga con mucho interés.

—Serví una vez un catering a una clínica privada de fisioterapia, con ocasión de una fiesta que celebraban —comenzó diciendo Theresa ante la mirada expectante de sus dos amigas—. La propietaria, Zoe Sinclair, me dijo que estaba muy preocupada por su hermana menor, Isabel, porque se pasaba el día trabajando en la clínica y no tenía apenas vida sentimental. Según me dijo, llevaba más de dos años sin salir con nadie.

—Sé muy bien lo que es eso —dijo Cecilia suspirando.

Las tres lo sabían. Amigas desde niñas en el colegio, no habían tenido nunca secretos entre ellas. Se habían contado siempre las cosas de sus noviazgos, matrimonios e hijos. Y últimamente, las tres compartían, por desgracia, otra cosa más: su viudedad.

Optimistas por naturaleza, creían firmemente en el amor, lo que les había llevado a inmiscuirse en la vida de sus hijos e incluso en la de los hijos de sus clientes y amigos, siempre tratando de buscarles una relación afectiva satisfactoria y duradera. Y lo hacían todo sin buscar ninguna recompensa, sólo por la felicidad de conseguir unir a las personas.

Al no recibir el comentario de Cecilia ninguna respuesta, Theresa mostró una foto de la hermana de su cliente, que alguien le había sacado durante la fiesta.

Con una sonrisa, Cecilia rebuscó en su bolso y sacó un libro. Era la última novela de Brandon Slade, que él mismo le había regalado en una ocasión en que había estado en su casa supervisando al equipo de limpieza. Lo puso sobre la mesa con la cubierta hacia abajo, de forma que se viera la foto de Brandon que había en la contraportada.

—Pondremos juntas las fotografías de los dos —dijo Cecilia, empujando el libro hacia el centro de la mesa hasta dejarlo junto a la foto de Isabelle Sinclair.

Maizie miró las fotos de Brandon e Isabelle y asintió con la cabeza, muy pensativa.

—Creo que estos dos jóvenes harían una pareja maravillosa. Pero ¿cómo nos las vamos a arreglar para conseguir que se conozcan?

Quizá hiciese falta un milagro, pero no había nada imposible para aquellas tres simpáticas damas.

Capítulo 1

LA vida de Anastasia del Vecchio había estado desde el principio consagrada al teatro. Mimada por la crítica desde que a los tres años interpretó su primer papel, adorada y respetada en su madurez por el público que la consideraba la reina de la escena, y que la perdonaba algunas salidas de tono típicas de toda diva, había tenido la virtud de reinventarse a sí misma incorporando los más diversos papeles dramáticos.

Se la consideraba uno de los últimos grandes iconos del mundo de la escena.

Aunque no podía decirse que fuera una mujer precisamente tímida ni retraída, Anastasia del Vecchio procuraba no ir de diva por la vida, a pesar de que su carrera profesional desbordaba a veces su intimidad.

Era un mujer muy vital y exigente con su trabajo y ello le había llevado a aceptar sólo grandes papeles. Había vivido su vida con la misma energía y pasión que había puesto en el escenario. Se había casado cinco veces y había tenido numerosas aventuras amorosas.

No fue, por tanto, ninguna sorpresa para nadie el inesperado desmayo que sufrió durante el ensayo de la última obra que iba a representar. Aquejada de grandes dolores, fue atendida por el personal sanitario de la ambulancia que acudió en seguida a atenderla.

—Puedo pasarme sin esto —dijo apartando la mano del enfermero que trataba de administrarle una dosis de morfina para aliviarle el dolor—. Esto me servirá de experiencia para cuando tenga que interpretar a alguna heroína agonizando en su lecho de muerte —añadió apretando los dientes y con los ojos llorosos por el dolor.

Anastasia había sido testigo de demasiados desfallecimientos en escena, por parte de actrices que habían abusado de los fármacos y estimulantes, como para tomarse el asunto a la ligera. Además, no quería perder el control y la vitalidad que le habían caracterizado siempre.

Ésas fueron las últimas palabras que la prestigiosa actriz pronunció en la ambulancia antes de perder el conocimiento.

En el momento de producirse el accidente de su madre, Brandon Slade estaba buscando inspiración para su siguiente novela. Pero las musas no parecían serle favorables. Así que, en cuanto sonó el teléfono, descolgó inmediatamente. Tyler Channing, el director escénico del teatro, le contó lo sucedido con voz angustiada. Brandon tomó el coche y se presentó allí en poco más de tres minutos, justo a tiempo para montarse en la parte de atrás de la ambulancia, junto a su madre, cuando estaban ya a punto de cerrar las puertas para marcharse.

El asistente sanitario le dirigió una mirada de circunstancias mientras le administraba un calmante a su madre, ya inconsciente.

—¿Es siempre así? —preguntó el hombre.

—Sí —contestó Brandon con una leve sonrisa mientras sujetaba la mano de su madre.

Brandon Slade, uno de los ídolos de los medios de comunicación por derecho propio, era el único hijo de Anastasia. Había sido fruto del segundo de sus matrimonios. La actriz se había casado, muy enamorada, con Kevin Slade, un actor australiano muy apasionado, pero que, por desgracia para ella, tenía la costumbre de compartir su pasión con otras mujeres además de con su esposa.

Embarazada de ocho meses, pero incapaz de soportar sus infidelidades, le echó de casa, con gran dolor de su corazón, al año y medio de su matrimonio. El mujeriego actor sólo se dignó a volver a aparecer una sola vez en su vida, para ver a su hijo Brandon a través de una ventana de la guardería donde jugaba con otros niños. Luego desapareció de su vida para siempre.

Brandon se crió con varias niñeras. Unas muy buenas y otras no tanto. Pero nunca echó en falta el amor de su madre, a pesar de que ella entraba y salía de su vida como una aguja de zurcir. Ella procuraba trabajar siempre en algún teatro que estuviese cerca de casa, y cuando tal cosa no era posible, lo dejaba con una niñera, bajo el cuidado de su propia madre, la abuela de Brandon.

Él no se sintió nunca descuidado ni abandonado, a pesar de aquel ambiente peculiar en que le había tocado crecer. Nunca se sintió un niño desadaptado ni guardó el menor resentimiento hacia su madre por su estilo de vida. Ella era Anastasia del Vecchio, la diva del mundo de la escena, un torbellino de mujer y de artista.

Brandon llevó una adolescencia feliz, disfrutando de la compañía de su madre siempre que podía, y cuando trató de abrirse camino en la vida, ella le apoyó incondicionalmente en todo. Eso era algo que no podía olvidar y que le hacía amar a su madre profundamente.

Ella le había acogido en su casa y le había consolado cuando su mujer le abandonó, diciéndole que le aburría tanto él como su forma de vida. La ruptura se había producido al poco de haber publicado su primera novela de éxito y haber sido incluida por el *New York Times* en su lista de bestsellers. Él, con el corazón roto, había tratado de rehacer su vida, por su hija Victoria más que por él. La niña tenía poco más de un mes y él no tenía ninguna experiencia sobre el cuidado de un bebé. En cuanto Anastasia se enteró de la situación de su hijo, reestructuró su vida para adaptarse a la de su hijo. Aceptó papeles secundarios en una serie de televisión que se estaba filmando en Los Ángeles sólo para poder estar cerca de su nieta Victoria y poder echar una mano a su hijo.

Y, a diferencia de muchos padres que gustaban ir pregonando a los cuatro vientos los sacrificios que hacían por sus hijos, ella nunca llegó a mencionar a Brandon los trastornos que aquel cambio de vida le habían causado. Como tampoco le dijo nunca que, por estar a su lado, había dejado pasar un papel maravilloso que supuso un Oscar de la Academia de Hollywood a la actriz que lo interpretó en su lugar. Brandon se enteraría de ello cinco años después, por Olga Newton, una estilista y gran amiga de Anastasia.

Ahora le tocaba a él ayudarla, pensó Brandon, mientras seguía sosteniendo la mano de su madre entre las suyas y la ambulancia se dirigía al hospital con la sirena puesta, a toda velocidad.

Al final, el resultado de la caída fue una cadera rota. Cuando se despertó de la anestesia once horas después, la actriz vio horrorizada que se hallaba en la cama de un hospital, que habían tenido que operarla de urgencia y que donde hasta entonces tenía un hueso ahora tenía una prótesis de titanio.

—Como la mujer biónica —exclamó ella consternada al enterarse de lo sucedido.

—Algo por el estilo, salvo que no podrás correr tan deprisa como ella —replicó Brandon con una sonrisa—. Pero te recuperarás pronto. El cirujano ha experimentado una nueva técnica contigo.

—¿Y has dejado que me usaran como conejillo de Indias? —preguntó ella alarmada.

—No es ningún experimento, mamá. Se trata de un método probado y consolidado. Lo que trataba de decirte es que vas a recuperarte más rápido de lo normal porque con esta técnica no se precisa efectuar ninguna incisión en los músculos. Así que podrás valerte por ti misma en cuanto lleguemos a casa.

Victoria, que tenía ya doce años, estaba también en el hospital. La había llevado el representante de Anastasia y había estado sentada todo ese tiempo en una silla junto a la cama de su abuela, mirándola con cara de preocupación hasta que la vio abrir los ojos.

Brandon le pasó a su hija una mano por el hombro y miró a su madre atentamente.

—A propósito, estoy llevando tus cosas a mi casa, al cuarto de invitados.

Anastasia frunció el ceño. Luego suspiró con aire de resignación.

—Tú no sabes las cosas que necesito —dijo ella malhumorada.

Brandon conocía bien a su madre y trató de no perder la calma.

—Tienes razón, pero estoy seguro de que me lo dirás si me he olvidado de algo.

Con gesto huraño, Anastasia buscó la mano de su nieta. Parecía como si se hubieran cambiado los papeles y la niña fuera ahora la protagonista de la historia.

—Sería más fácil si me dejaras en mi casa y me buscaras una enfermera.

Anastasia estaba acostumbrada a llevar siempre la voz cantante, pero en aquellas circunstancias estaba claro que tendría que someterse a las prescripciones de una enfermera especializada durante al menos un mes.

—No creo que pueda encontrar a nadie capaz de soportarte las veinticuatro horas del día —respondió Brandon a su madre con una sonrisa llena de afecto—. No hay nada que discutir, mamá. Se hará como te he dicho.

—Voy a suponer un gran trastorno en tu vida —protestó Anastasia sin mucha convicción—. Tendrás que soportar a mucha gente del teatro entrando y saliendo de tu casa.

—Ya me acostumbraré —respondió Brandon—. Lo más importante ahora es seguir las indicaciones del médico. Tenemos que empezar cuanto antes las sesiones de rehabilitación.

—Eso es para personas mayores —dijo ella furiosa.

—No, abuela —intervino Victoria con voz serena—. Eso es para personas que, como tú, necesitan moverse mucho en un escenario.

En el curso de aquella conversación a tres bandas,

Cecilia Parnell entró en la habitación. Inicialmente sólo como supervisora del servicio de limpieza, pero luego también como confidente y amiga de Anastasia.

—Sabes, Anastasia. Conozco a una fisioterapeuta excelente con muy buenas referencias.

Aunque Brandon pudiera parecer a veces indiferente a todo, no estaba dispuesto a dejar la salud de su madre en manos de una desconocida.

—Me gustaría ver esas referencias —dijo Brandon a Cecilia.

—Vamos, Brandon, no seas quisquilloso. Si Cecilia dice que es buena, es que lo es. Si de verdad quieres ser de utilidad, haz lo que ella diga —replicó Anastasia mirándole fijamente con sus ojos color violeta, y luego añadió dirigiéndose a su amiga—: Me prometieron que me darían de alta en dos días. Así que mira a ver si esa señorita tan milagrosa puede estar en mi casa el miércoles por la mañana. Tengo que poder andar e incluso bailar antes de seis semanas. Tendrá una bonificación extra si consigue hacerlo en menos tiempo.

—Estas cosas no funcionan así, mamá —dijo Brandon muy sereno, intercambiando una mirada con Celia.

—Soy rica, Brandon. Si yo digo que algo es posible, es porque lo es —respondió Anastasia muy segura de sí.

Cecilia esbozó una sonrisa misteriosa. Todos la interpretaron como expresión de su satisfacción por haber conseguido que contrataran a su recomendada, pero ella sabía que acaba de poner la primera piedra para la realización de un pequeño milagro.

A las diez de la mañana del miércoles, cuando Brandon se dirigió a la puerta para abrir a la fisioterapeuta que Cecilia Parnell les había recomendado, no sabía muy bien a quién se encontraría. Se había hecho a la idea de que Isabelle Sinclair sería una mujer robusta y corpulenta, y lo bastante fuerte como para sostener sin problemas a una paciente de peso medio. Como la mayoría de la gente, tenía el estereotipo de asociar fuerza con tamaño en una persona.

Al abrir la puerta, vio a una mujer delgada y pequeña que apenas sería capaz de sostener a un bebé en brazos, y en todo caso, muy diferente de la que se había imaginado.

Era una joven rubia, menuda y delicada que parecía como si fuera a salir volando en cuanto se levantase algo de viento en la playa de Newport Beach. Quizá todo tuviese una explicación lógica y aquella mujer esbelta que tenía ahora bajo el dintel de la puerta no fuera la fisioterapeuta que él esperaba y estuviera allí por alguna otra razón.

Tal vez se tratase, por ejemplo, de una enfermera enviada por la clínica para evaluar la condición física de su madre, a fin de enviar luego a la persona más adecuada para hacer el verdadero tratamiento de fisioterapia.

En un primer momento, Isabelle no lo reconoció. Por supuesto, vio delante de ella a un hombre alto y apuesto, de pelo negro, con un aspecto muy juvenil, que la miraba con unos ojos penetrantes, pero tardó casi medio minuto en reconocer su cara.

Sí, era él. Era Brandon Slade, el famoso autor de al menos diez bestsellers de misterio, y que además resultaba ser el hijo de la diva del mundo del cine y el teatro que era ahora su paciente. No sabía si se sentía más impresionada por ella o por su hijo.

Admiraba el talento de Brandon Slade. Había leído todas sus novelas, algunas varias veces. Ahora, viendo la forma en que la miraba, se sentía como si le hubiese tocado un premio en una rifa.

Por fin comprendía la cara sonriente de su hermana Zoe cuando le había asignado ese trabajo y le había deseado mucha suerte. Sí, su hermana tenía un extraño sentido del humor, pensó ella. La había enviado a la casa de un escritor que admiraba, para trabajar con su madre, una actriz que había sido su heroína cuando, de niña, había tenido que pasarse unos cuantos meses en la cama de un hospital por culpa de un accidente de coche en el que se había roto casi todos los huesos del cuerpo, o al menos eso era lo que había sentido.

Anastasia del Vecchio era su modelo a seguir. Una mujer independiente y segura de sí misma que no se dejaba manejar por nadie.

—¿Puedo ayudarla en algo? —preguntó Brandon, viéndola tan callada en el umbral de la puerta.

«Oh, ya lo creo que sí. Y de muchas maneras», pensó para sí. Pero el decoro y las buenas maneras le impidieron decir lo que de verdad pensaba.

—En realidad, estoy aquí para ayudar a su madre, señor Slade —respondió Isabelle con una sonrisa—. Soy Isabelle Sinclair, la fisioterapeuta que ha enviado la clínica —añadió extendiendo la mano a modo de saludo.

—¿Está bromeando?

Ella lo miró un tanto incómoda, sorprendida por su reacción.

—No, en absoluto. ¿Por qué iba a bromear con una cosa así?

Brandon se dio cuenta de que había metido la pata, pero tenía que buscar una salida lo más airosa posible a aquella situación.

—¿No debería usted ser… cómo le diría, más… grande? —dijo él usando las manos para dar idea del tamaño al que se estaba refiriendo.

Ella sonrió, y él se percató inmediatamente de que tenía una de esas sonrisas radiantes que parecían iluminar una habitación.

—Confíe en mí, señor Slade —dijo Isabelle—. Tengo el tamaño necesario para hacer mi trabajo.

Él tenía sus dudas al respecto, pero pensaba estar cerca de ella para echarle una mano en caso de que tuviera algún problema.

—Si usted lo dice —murmuró él—. Vamos, la llevaré con mi madre. La está esperando.

Isabelle le acompañó por el pasillo, sintiendo como si tuviera en la boca del estómago varias mariposas aleteando para poder salir. Era la primera vez que sentía una cosa así. Nunca antes había estado tan nerviosa con un cliente.

Brandon abrió la puerta del cuarto de estar donde estaba Anastasia y le presentó a la fisioterapeuta. Luego se apartó a un lado para dejar a su madre el centro del escenario. Sabía que era el lugar que ella adoraba y necesitaba más que el aire que respiraba.

—Estaré en el vestíbulo por si me necesita —le dijo a Isabelle muy suavemente.

Ella sintió un escalofrío al oír el tono sugestivo de su voz. Era un hombre demasiado atractivo para ella, se dijo para sí.

Pero unos segundos después, todos esos pensamientos se disiparon de repente al ver los ojos de color violeta de Anastasia del Vecchio.

—Hábleme de usted, querida —dijo Anastasia, con un suave movimiento de la mano derecha, cuya elegancia no habría mejorado la mismísima reina Victoria de Inglaterra.

Anastasia estaba echada en un gran sofá del cuarto de estar, donde había establecido su trono y desde el que dominaba mejor la situación, en vez de enclaustrarse en el cuarto de invitados, una habitación que había sido lujosamente decorada de acuerdo con sus gustos para pasar allí alguna noche que no le apeteciese volver a su casa. La actriz vivía en una pequeña mansión, a aproximadamente diez minutos en coche de la casa de Brandon.

Anastasia observó a Isabelle, que trató de sostener su mirada. Tenía una sonrisa agradable, y una piel y un pelo adorables, pensó la actriz, pero necesitaba unos cuantos consejos para sacar mejor partido de su físico. Era un buen comienzo. Eso significaba que la chica sólo se dedicaba a su trabajo. Ésa era, después de todo, la razón por la que la estaba predispuesta a contratarla.

«Espero que tengas razón, Cecilia», se dijo ella para sí, cruzando los dedos.

Estaba delante de la mismísima Anastasia del Vecchio, pensó Isabelle tratando de controlarse para no dar la imagen de una admiradora fanática. Apenas podía creerlo.

Por supuesto, estaban en el sur de California, donde uno se cruzaba por la calle con cualquier estrella del cine o la televisión a cualquier hora del día o de la noche, pero eso no quitaba para que se sintiera emocionada teniendo a la reina del drama a unos pasos de ella. Como nativa de la zona, había conocido a más de una celebridad a lo largo de su vida, pero ninguna había captado su interés tanto como Anastasia del Vecchio. Especialmente cuando era niña, esa edad en la que la fantasía y la imaginación juegan un papel tan importante.

—No hace falta que estés tan callada, puedes hablar —le dijo Anastasia.

La sinceridad había sido siempre una de las virtudes de Isabelle. Así que, en lugar de contestar que había estado ocupada revisando mentalmente su caso, algo que ya había hecho antes ir allí, admitió la verdadera razón por la que había permanecido sin decir una palabra.

—Lo siento, señora Del Vecchio, pero soy una ferviente admiradora suya.

Anastasia, complacida, se incorporó ligeramente en el sofá. En aquella postura y con la ropa que llevaba ofrecía una pose de princesa egipcia, y ella lo sabía.

—No tienes por qué disculparte, querida.

—Me llevará unos minutos hacerme a la idea de estar en la misma habitación que usted —confesó Isabelle.

Anastasia sonrió satisfecha, viendo halagada su vanidad.

—Lo comprendo, querida —dijo la actriz, tratando de adoptar una postura más cercana, pero desistiendo de inmediato al sentir un dolor agudo en la cadera—. Pero, dime, ¿qué películas mías has visto?

—Todas —respondió ella sin pensárselo dos veces.

—¿De veras? —exclamó Anastasia—. ¿Y cuántas son exactamente?

De nuevo, Isabelle no necesitó reflexionar ni hacer ningún tipo de cálculos. Rara vez olvidaba algo que hubiese aprendido.

—Cincuenta y tres películas, tres series de televisión y dos miniseries —recitó ella de memoria.

—Cincuenta y dos películas —le corrigió Anastasia, arqueando una ceja con gran maestría.

—Hizo una colaboración especial en *Las gemelas* —le recordó Isabelle, imperturbable.

—Estás contratada, Isabelle —dijo Anastasia muy impresionada—. ¿Cuándo puedes empezar?

—¿Perdón? —exclamó ella sorprendida, como si no hubiera entendido bien.

—Voy a necesitarte las veinticuatro horas del día y no tengo tiempo para zarandajas —dijo Anastasia, no muy acostumbrada a dar explicaciones—. Tengo un papel muy importante en una obra musical. Es una nueva versión de *A Little Night Music*. Yo canto la canción *Send in the Clowns* —dijo ella muy orgullosa—. He invertido mucho tiempo y esfuerzo en ese trabajo y no estoy dispuesta a que Channing, el director escénico, contrate a una suplente sólo por una estúpida caída de nada. Esto me recuerda al papel que hacía Anne Baxter en *Eva al desnudo* tratando de destronar a Bette Davis.

Isabelle dudó por un momento. Era la oportunidad de su vida. ¡Vivir varias semanas al lado de Anastasia del Vecchio! Sintió deseos de gritar que sí, que aceptaba gustosa el trabajo. Pero no podía tomar una decisión así sin hablar antes con Zoe. Su hermana contaba con ella para atender a otros clientes y Anastasia pretendía monopolizarla las veinticuatro del día.

—Tendré que consultarlo con mi hermana, señora Del Vecchio. Zoe es la que lleva el negocio.

Anastasia la miró con cara de incredulidad. No estaba acostumbrada a que le pusieran obstáculos en su camino.

—Estoy segura de que le parecerá bien a tu hermana. Te pagaré el doble de la tarifa habitual —dijo la actriz, convencida de que aquello sería suficiente para cerrar el trato, y luego añadió, sacando el teléfono móvil de un bolsillo de la rebeca que llevaba puesta—: Dime el número de teléfono de la clínica, por favor.

Justo en ese momento, entró Brandon en el cuarto. Algo le había dicho que, conociendo el carácter dominante de su madre, tal vez la pequeña fisioterapeuta podría necesitar su ayuda.

—¿Cuál ha sido el veredicto final?

La pregunta iba dirigida a Isabelle, pero fue Anastasia la encargada de contestarla.

—Está encantada de venir a trabajar a esta casa.

Era la segunda sorpresa que Brandon recibía en menos de una hora.

—No te he entendido bien, mamá. ¿Podrías repetírmelo?

A Anastasia no se le había ocurrido que pudieran presentársele problemas por parte de su hijo.

—La necesito a mi servicio las veinticuatro horas del día, Brandon. Pero puedo volver a mi casa si tú prefieres seguir con tu vida de ermitaño —dijo ella, sabiendo que ésa era la mejor fórmula para convencerle—. Me debo a mi público y todo el mundo está esperando verme en esa representación. Salimos a escena en seis semanas. Eso significa que en ese tiempo tengo que ser capaz de andar por el escenario y moverme con soltura. Sería preferible que pudiera bailar, pero me conformo con poder caminar. Isabelle va ser la encargada de conseguir devolverme de nuevo la flexibilidad —dijo mirándola con una sonrisa beatífica—, ¿no es verdad, querida?

Isabelle intentó abrir la boca para decir que eso dependía del tiempo que tardase en adaptarse a la prótesis y al esfuerzo que ella pusiese de su parte en la recuperación, pero no tuvo oportunidad de decir una sola palabra. Como ya era habitual en la diva del teatro y el cine, Anastasia se encargó de responder por ella.

—Claro que sí. Ahora, lo único que queda es decidir si llevar a cabo aquí las sesiones de rehabilitación o irnos a mi humilde morada, que es un poco más espaciosa.

—Por supuesto que puede quedarse aquí contigo —contestó Brandon muy solícito—. No voy a echarte de mi casa, mamá, pero…

Madre e hijo estaban decidiéndolo todo sin contar con ella, se dijo Isabelle. Como si ella no tuviera voz ni voto en aquel asunto. Tenía que consultarlo antes con Zoe. Sabía que no pondría ninguna objeción, pero pensaba que lo correcto era mantenerla informada de cualquier desviación de la norma habitual que se seguía con los clientes. Presintió que era necesario que dijera algo antes de que la situación se le escapase de las manos. Respiró hondo.

—¡Un momento! —gritó Isabelle Sinclair con todas sus fuerzas, convencida de que sería la única forma de que la tuvieran en cuenta.

Sorprendidos por el volumen inusitado de la voz que había salido de aquel cuerpo aparentemente tan frágil, Anastasia y Brandon se volvieron hacia ella con los ojos como platos. Y, por lo menos en el caso de Brandon, consiguió ganarse su respeto.

Capítulo 2

ISABELLE Sinclair sabía que la primera impresión que se llevaba la gente de ella era que tenía aspecto de ser una chica sencilla, tranquila y humilde. Esas etiquetas no significaban, sin embargo, que fuera una mujer cobarde que se dejara pisotear fácilmente por nadie.

Era tan dulce y comprensiva que la gente se sorprendía al descubrir que tenía también un gran carácter y una gran tenacidad para conseguir todo aquello que consideraba verdaderamente importante en la vida.

Ese rasgo de su carácter resultaba de especial utilidad con aquellos pacientes de la clínica que estaban dispuestos a darse por vencidos ante la menor adversidad.

Ellos podrían estar dispuestos a rendirse, pero ella no. No los dejaba hasta que veía cumplidos todos los objetivos que se había marcado con ellos.

Esa tenacidad la aplicaba también a su vida privada, hasta el punto de que nunca eludía, por dejadez, involucrarse en cualquier asunto que la afectara directamente. Y la cuestión que la madre y el hijo estaban debatiendo en ese momento era algo que la afectaba sin la menor duda. Más aún, afectaba también a Zoe. Y no había nada que pusiese más en juego su sensibilidad y su instinto de protección que ver a alguien que apreciaba en situación de peligro o de necesidad. Consideraba una obligación personal acudir en su ayuda.

Por eso, cuando Anastasia del Vecchio y Brandon Slade dieron por sentado que ella aceptaría el trabajo y se pusieron a discutir entre ellos cuál sería la casa donde ella pasaría las próximas seis semanas, se vio en la obligación de pararles los pies. Había alzado la voz unos cuantos decibelios por encima de su nivel habitual, consiguiendo efectivamente captar la atención de los dos, que la miraban ahora con cara sorprendida, como si no la hubiesen visto antes. Cosa que, seguramente, fuera verdad. Podían haberla visto, pero no se habían fijado realmente en ella. Como regla general, la gente tendía a considerarla, a primera vista, como una persona tímida y reservada. Pero pronto salían de su error. Ella era capaz de defender sus opiniones ante cualquier persona, aunque fuera tan enérgica y dominante como la propia Anastasia del Vecchio, una mujer que sabía proyectar su voz de forma tan espléndida que podía oírsele desde la última fila de cualquier gran teatro sin necesidad de micrófono ni de cualquier otro dispositivo electrónico.

Dos pares de ojos la miraban expectantes.

—Ya se lo he dicho, señora Del Vecchio, tengo que consultarlo con mi hermana para confirmar que está de acuerdo en que me quede todo este tiempo con usted.

Anastasia hizo un ademán despectivo con la mano al escuchar sus palabras.

—No te preocupes, por supuesto que estará de acuerdo —dijo muy segura de sí—. Ya te dije que te pagaré el doble de la tarifa habitual. Y el triple si es necesario. Y te abonaré una cantidad extra por tu dedicación exclusiva. ¿Qué más se puede pedir?

—Aun así, tengo que llamarla —replicó Isabelle muy serena pero con firmeza.

Anastasia estaba acostumbrada a conseguir siempre lo que quería y sabía utilizar sus dotes psicológicas para manipular con habilidad la voluntad de la gente.

—¿No le gusta a tu hermana que seas independiente y tomes tus propias decisiones cuando se trata de tu trabajo? —le preguntó la veterana actriz con aire de inocencia.

Brandon, a pesar de lo mucho que quería a su madre, sabía hasta dónde era capaz de llegar. No le gustaba la idea de una confrontación desigual y decidió ponerse del lado de Isabelle.

—Mamá, sé que para ti no existe esa palabra, pero hay personas que tienen que seguir unas normas. Deja a Isabelle que haga su llamada —dijo Brandon.

Ella le dedicó una sonrisa de agradecimiento. Habría llamado a su hermana de todas formas, por muchas dificultades que Anastasia le hubiera puesto, pero era mucho mejor hacerlo con su beneplácito.

Isabelle se apartó unos pasos para tener un poco de intimidad y marcó el número de teléfono de su hermana. Al cuarto tono de llamada le saltó el buzón de voz. Esperó a que terminara la odiosa locución: «Por favor, deje su mensaje después de oír la señal».

—Contesta, Zoe —dijo Isabelle antes de rendirse a la evidencia—. Está bien, ya que no me respondes, tendré que tomar yo sola la decisión. Anastasia del Vecchio tiene tanto carácter en la vida real como en la pantalla y necesita una respuesta en este momento —

hizo una pausa tratando de imaginar alguna razón por la que su hermana pudiera poner alguna objeción al deseo de la actriz, pero no se le ocurrió ninguna—. Pues bien, me ha pedido que me quede a vivir con ella durante el tiempo que dure el tratamiento y está dispuesta a pagarme el triple de la tarifa habitual, además de los gastos. Creo que eso debería calmar bastante tu maltrecho ego por ver usurpada tu autoridad. Ya sabes dónde localizarme si decides darme un sermón como en los viejos tiempos.

Tras colgar, se quedó pensando en el mensaje que acaba de dejar a su hermana. Aún no podía creer lo que estaba sucediendo. Parecía un sueño. Anastasia del Vecchio, su ídolo de la infancia, le estaba pidiendo encarecidamente que se quedase a vivir con ella unas semanas.

Y eso significaba también vivir en la casa de Brandon Slade, su autor favorito de toda la vida. Había leído sus diez novelas de suspense, algunas varias veces. Unas por placer y otras para comprobar si había algún fallo o punto débil en su trama argumental que se le hubiese pasado por alto en la primera lectura. Pero nunca los había. Era un hombre increíble.

Y tan atractivo como para parar el corazón de cualquier mujer, se dijo.

Isabelle se guardó el móvil en el bolsillo y se acercó a donde estaban Anastasia y Brandon. Si Zoe quería ponerse en contacto con ella para recuperar su autoridad tan sibilinamente usurpada, como diría ella, todo lo que tenía que hacer era telefonearla. Ella nunca dejaba el móvil desconectado.

—¿Y bien? —dijo Anastasia mirándola con sus penetrantes ojos de color violeta.

—Creo que me quedaré aquí durante algún tiempo —respondió Isabelle con una leve sonrisa.

—Excelente —dijo la actriz sonriendo de forma regia, como una reina egipcia dispuesta a mostrarse magnánima ante sus súbditos—. Brandon, ¿por qué no te portas como un caballero y le enseñas a Isabelle su habitación? Y ayúdala a llevar sus cosas.

Trabajar con aquella mujer iba a resultar todo un reto, se dijo Isabelle. Si no tenía cuidado, aquella leyenda viva iba a pasar sobre ella como un rodillo hasta dejarla aplanada psicológicamente antes de que ella se diera cuenta.

—Si no le importa, echaré un vistazo a esa habitación más tarde —dijo Isabelle, interrumpiendo a la ilustre dama antes de que siguiera dando más órdenes—. Ahora me gustaría empezar a trabajar con usted. Quiero hacer una valoración previa de su estado para poder establecer un calendario de trabajo.

Isabelle se quitó de forma mecánica la chaqueta que llevaba y se subió las mangas.

Anastasia no veía la necesidad de todos esos juegos preliminares. Sabía muy bien lo que quería.

—Lo único que tiene que hacer es conseguir que ande y baile.

Con el rabillo del ojo, Isabelle captó la sonrisa irónica de Brandon. A pesar de su aspecto tan varonil, tenía unas facciones muy finas, y su boca era tan delicada como la de su madre. Seguramente la habría heredado de ella.

—Buena suerte —le oyó decir a él en voz baja.

Sus miradas se cruzaron por un instante y luego él le guiñó un ojo.

Isabelle sintió un extraño vacío en la boca del estómago. Entregada siempre a su trabajo en donde se movía como pez en el agua, era sin embargo bastante mojigata en su trato con la gente, fuera del trabajo. Podía defender con firmeza sus convicciones con un paciente o con algún miembro de su familia, pero cuando salía de ese entorno, se convertía en Isabelle Sinclair, la mujer soltera y sin compromiso, una mujer muy distinta: tímida, algo acomplejada y consciente de su inferioridad en un mundo en el que tenía muy poca, por no decir ninguna, experiencia.

Trató de controlar la atracción que sentía hacia el escritor centrando su atención en la verdadera razón por la que estaba allí: Anastasia del Vecchio.

—Muy bien, señora Del Vecchio —dijo Isabelle—. Vamos a ponernos a trabajar, a ver qué se puede hacer.

Cuarenta y cinco minutos después, Isabelle sabía exactamente lo que podía esperar de su paciente. En el curso de su reconocimiento pudo registrar varios dos sobreagudos de la diva, como resultado del dolor, o presunto dolor, que había sentido al masajearla en las zonas más afectadas por la operación. El último grito, un do de pecho especialmente escandaloso, había atraído la atención de otra persona que había entrado en el cuarto con cara de preocupación.

—Ava, ¿te encuentras bien?

La pregunta provenía de una joven con aspecto de tener unos quince años, aunque Victoria Slade era en realidad más joven. Doce a punto de cumplir los veintiuno, era como la había descrito su padre en una reciente rueda de prensa a propósito de la publicación de su última novela. A su corta edad, era más madura que muchas mujeres de treinta. Victoria era la alegría de su padre y de su abuela, y a pesar de los mimos que recibía de ambos, seguía siendo, increíblemente, una chica sensata y prudente.

—¿Ava? —exclamó Isabelle, con gesto de sorpresa, mirando a la niña y luego a Anastasia con cara de curiosidad, sin lograr explicarse por qué la nieta llamaba así a su abuela.

—Cuando era pequeña, Victoria no sabía decir abuela, ni siquiera *agüe* como suelen decir la mayoría de los niños. Ava era lo único que le salía. Así fue como me convertí en Ava —dijo Anastasia con una sonrisa, y luego añadió mirando a su nieta para responder a su pregunta—: Me están torturando, cariño. Pero aparte de eso, estoy bien.

Isabelle podía percibir el amor que había en aquellas palabras que dirigía la famosa actriz a su nieta. Amor que, por otra parte, parecía correspondido, y con creces.

La chica del pelo largo y rubio como el sol asintió con la cabeza, como si se tomara en serio la explicación de su abuela. Luego dándose cuenta de que había en el cuarto una persona desconocida para ella, se acercó a Isabelle con una sonrisa que parecía un calco de la de su padre, salvo en que podía percibirse un pequeño atisbo de timidez en su mirada.

—Hola, soy Victoria Slade —dijo la niña a Isabelle, tendiéndole la mano.

—Yo soy Isabelle Sinclair, la fisioterapeuta de tu abuela —dijo ella saludándola efusivamente.

—Isabelle va a conseguir que vuelva a bailar muy pronto en el escenario… —dijo Anastasia con una sonrisa, para añadir luego con una estudiada expresión—: cuando se canse de torturarme.

—Gracias a esa tortura, va a conseguir la flexibilidad y el tono muscular que necesita para poder bailar en el escenario —dijo Isabelle, haciendo gala de su paciencia.

La actriz se había marcado un objetivo ambicioso. La mayoría de los pacientes se conformaban con poder caminar sin cojear. Tener aspiraciones y altas miras era siempre algo muy positivo, se dijo Isabelle, viniéndole a la memoria los versos de un poema de Robert Browning: «Un hombre debe poner sus ambiciones más allá de lo que puede alcanzar con la mano, o si no, ¿para qué existe el cielo?».

Evidentemente, la cita valía también para las mujeres.

—Muy bien, creo que de momento es suficiente, ya me he hecho una idea de su condición física —dijo Isabelle a Anastasia.

La diva de la escena volvió a tumbarse en el sofá, suspiró con gran dramatismo y procedió a abanicarse con una revista que había en la mesita del café y que, no por casualidad, tenía en la portada una foto suya en la que había salido muy favorecida. Había también una leyenda al pie que decía: «Nuestro icono de la escena ha caído, pero muy pronto se levantará».

—Gracias a Dios —exclamó Anastasia—. No sé si hubiera podido aguantar un minuto más.

Seguro que hubiera podido, se dijo Isabelle. Y no sólo un minuto, sino varias horas. Y ella iba a poner todo su empeño en conseguir que la diva estuviese a punto para el estreno de aquel musical, aunque tuviera que soportar sus quejas y sus lamentos.

—Por cierto, señora Del Vecchio —comenzó diciendo Isabelle, mirando fijamente las atractivas piernas de la actriz que habían inspirado un poema a un famoso actor de teatro que había acabado convirtiéndose en uno de sus innumerables amantes—, ¿dónde están sus medias blancas de algodón?

Anastasia se miró las piernas con cara de sorpresa, como si esperase ver en ellas las medias de marras.

—¿Te refieres a esas cosas tan horribles de algodón blanco que me dieron en el hospital?

—Exacto, a esas cosas tan horribles de algodón

blanco que le dieron en el hospital —repitió Isabelle con mucha templanza—. ¿Dónde están?

La actriz señaló con un gesto de desdén hacia la parte de atrás de la casa.

—En el cuarto de baño, las eché al cesto de la ropa sucia.

Isabelle ya se había sospechado algo parecido. Miró a su paciente con cara muy seria.

—Tiene que recuperarlas inmediatamente.

—¿Por qué? —preguntó Anastasia—. Me hacen las piernas más gordas, parezco una viejecita con ellas.

Paciencia, Isabelle, se dijo ella, tratando de darse ánimos.

—Esas medias no están pensadas para que se sienta elegante con ellas, señora Del Vecchio.

—Llámame Anastasia, por favor.

Isabelle se quedó perpleja por un instante, tratando de ocultar la emoción que la embargaba. Ella, una simple fisioterapeuta, llamando por su nombre de pila a Anastasia del Vecchio, la estrella del cine y del teatro. Tuvo la sensación de que estaba empezando a ganarse la simpatía de su difícil y testaruda paciente.

—Las medias están diseñadas para ayudarte en tu recuperación y para que no se te formen los coágulos típicos del postoperatorio.

—¿En serio?

Isabelle prefirió limitarse a responderle con sus mismas palabras en vez de enzarzarse en largas y tediosas explicaciones que probablemente tampoco servirían de mucho.

—En serio.

Anastasia dejó escapar un nuevo suspiro de resignación. No era ninguna estúpida y sabía cuándo retirarse a tiempo. Quizá pudiera dejar la discusión para otro día.

—Muy bien —dijo la actriz, acomodándose en el sofá para ver mejor a su nieta—. ¿Victoria?

—Aquí estoy, Ava —respondió la niña, dándose la vuelta en dirección al cuarto de baño, pero al pasar junto a Isabelle le dijo en voz baja con una sonrisa—: Vas ganando por uno a cero.

Isabelle no supo explicarse por qué aquellas palabras, aun viniendo de una niña, le produjeron tanta satisfacción, pero el hecho fue que se sintió feliz de oírlas.

Unos minutos después, la niña volvió a la sala con las medias blancas de algodón bastante arrugadas y se las dio a Isabelle que procedió a ponérselas a su paciente con mucho cuidado. Una vez puestas, Anastasia miró aquellas medias que le llegaban sólo hasta las rodillas con cara de desprecio.

—¿Estás segura de que esto vale para algo? —preguntó a Isabelle.

—Completamente —respondió Isabelle mientras sujetaba las medias con lo que podría pasar por un liguero, aunque comparado con los que aparecían en las revistas femeninas, mostrando las mil y una maneras de seducir a un hombre, ése, en particular, no era especialmente sexy.

Cuando hubo terminado sonrió y prefirió cambiar de tema de conversación.

—Bueno, si me voy a quedar aquí por un tiempo, será mejor que vaya a casa a por mis cosas —dijo ella tomando el bolso y dirigiéndose a la puerta.

—Supongo que volverás.

Aunque la frase parecía más una orden que una pregunta, Isabelle creó advertir una cierta inquietud en la voz de la actriz. Se suponía que había habido mucha gente en la vida de Anastasia que, incapaces de soportar su carácter tan fuerte, habían renunciado a trabajar con ella. «Eso no me va a suceder a mí», pensó Isabelle.

—Nada podría impedírmelo —afirmó ella, recibiendo la sonrisa de gratitud de la diva.

—Recuérdale a Brandon que le dije que te ayudara.

«Sí, como si yo fuera capaz de ir a decirle una cosa así», se dijo Isabelle para sí.

—Seguramente esté ocupado, señora Del Vec… Anastasia. Además, tampoco tengo muchas cosas que traer. No me llevará mucho tiempo.

Isabelle creyó ver de nuevo una sonrisa amable en el rostro de la actriz. Con un poco de suerte, aquello saldría bien.

Salió del cuarto y se encaminó a la puerta de salida, pero al llegar al vestíbulo se encontró de frente con el hombre que se suponía debía ayudarla a llevar las cosas.

Sintió el corazón en el pecho latiéndole al doble de su velocidad habitual.

Capítulo 3

ISABELLE, medio asustada, no pudo reprimir un grito y se tambaleó hacia atrás, tropezando entonces con el tacón de uno de los zapatos en el borde de la alfombra, que estaba puesta sobre el suelo de travertino sin las fijaciones adecuadas.

Trató de mantener el equilibrio, pero seguramente habría terminado por caerse de no haber sido por dos brazos fuertes que la sostuvieron en el último momento.

Sintió que le faltaba el aire de los pulmones, y no por el percance, sino por aquel cuerpo atlético y aquel rostro tan atractivo que tenía a escasos centímetros de ella.

Brandon llevaba un suave perfume con olor a limón y a loción de afeitado que ella hubiera calificado como terriblemente sexy si no le hubiera parecido un loco atrevimiento. Su corazón comenzó a latir con tal fuerza que creyó podría salírsele de la caja torácica en cualquier momento.

Le hubiera gustado poder echar la culpa de ello a la repentina agitación de sus pechos debido al tropiezo, pero sabía que no era por eso. Ella era una mujer atlética que podía correr varios kilómetros sin problemas de respiración y casi sin sudar.

—No pensaba que le diera tanto miedo —le dijo Brandon con una sonrisa burlona.

—¿Perdón? —replicó ella confusa sin saber qué decir.

—Lanzó un grito. No pensé que mi cara pudiera asustar tanto a una mujer. Además, estoy recién afeitado

—Oh, no, no es eso. Usted es muy guapo…, quiero decir...

Aquello empezaba a parecerse a una de esas pesadillas que solía tener por la noche cuando sentía que alguien le iba quitando poco a poco la ropa hasta que se despertaba angustiada antes de verse completamente desnuda. Con la diferencia de que ahora no podía despertar, porque no estaba dormida. Lo que estaba haciendo era el ridículo.

Se tomó un respiro, tratando de no mirar aquellos labios tan tentadores que seguían sonriéndole, y lo intentó de nuevo. No quería dar la imagen de una de esas admiradoras fanáticas que seguían como zombis a las celebridades de un sitio a otro, profiriendo todo tipo de alabanzas y halagos estúpidos.

—Estoy segura de que se ha mirado en un espejo últimamente y sabe el aspecto que tiene —dijo ella lo más serena que pudo.

Su temperatura corporal se elevó algunos grados cuando Brandon clavó los ojos en ella con una radiante sonrisa que pareció traspasarle el estómago como si fuera un sacacorchos.

—Por extraño que parezca, no tengo tiempo material para perderlo mirándome en los espejos —dijo él levantando suavemente la mano al ver que ella quería decir algo para contradecirle—. Y antes de que me lo pregunte, le diré que, cuando me afeito por la mañana, suelo tener el espejo del baño tan empañado por el vapor del agua caliente que la mayoría de las veces me afeito directamente en la ducha —de nuevo vio un gesto de sorpresa en ella y se vio en la necesidad de dar una explicación—. Tengo un pequeño espejo en un lado de la mampara.

Isabelle sintió que le flaqueaban las piernas imaginándose a Brandon en la ducha, de pie, desnudo y chorreando agua mientras se afeitaba. En comparación de cómo sentía las piernas, la gelatina que solía usar en las tartas era una sólida roca de granito.

Un calor intenso invadió todo su cuerpo, amenazando con achicharrarla.

«Contrólate, Isabelle, no pierdas la calma. Eres muy buena y sensata en todo lo que haces, eres una fisioterapeuta muy solicitada, no una niña estúpida que sigue a sus ídolos como una histérica. Deja de actuar como tal», pareció decirle una voz interior.

Aquello era sólo una verdad a medias, admitió ella. Cierto que era una fisioterapeuta de prestigio, siempre dispuesta a incorporar en su trabajo las últimas técnicas e innovaciones, y que no tenía nada que ver con aquellas histéricas que perseguían a sus ídolos por la calle, pero tenía que reconocer que no tenía una verdadera vida fuera del trabajo.

De lo contrario, ¿cómo podría recoger sus cosas sin más y trasladarse a vivir en casa de un cliente? Sólo una persona sola y sin compromiso como ella podría hacer eso.

Se había prometido a sí misma que después de ese trabajo con Anastasia del Vecchio, se tomaría unos días libres y haría algo. Iría a alguna parte. A cualquier lugar. Sólo para poder decir que, al menos, había estado en algún sitio.

Trató de ordenar sus pensamientos y seguir la conversación con Brandon, sin dejarse llevar por las sugerentes imágenes que, sintiéndole tan cerca, acudían a su mente.

—Me sobresalté un poco, eso es todo —dijo ella mirándose los zapatos, como si le llamaran más la atención que aquellos dos brillantes ojos azules—. No me esperaba encontrar a nadie en el vestíbulo.

—¿Acostumbra siempre a gritar cuando está asustada? —preguntó él, manteniendo su sonrisa.

—En realidad, no —respondió ella con toda sinceridad—. Ésta ha sido la primera vez

Él se hubiera reído de su expresión, si no hubiera temido con ello herir sus sentimientos.

—Bien, entonces, creo que deberíamos ir a algún lugar para discutir esto —dijo él, lo más serio que pudo—. Las primeras veces tienen algo de especial. Al menos, eso es lo que dicen.

¿Por qué sentía cada palabra de Brandon corriendo suavemente por su piel como si fueran las manos ardientes de un amante apasionado?

No es que ella tuviera mucha experiencia en eso, se dijo con tristeza, pero sí tenía la imaginación suficiente como para hacerse una idea.

Volvió a respirar hondo. Tendría que hacer algo en esos días libres que se iba a tomar para ponerse un poco al día. Averiguar lo que se sentía teniendo un amante, aunque sólo fuese por un fin de semana. Saber lo que era sentir las caricias de un hombre y hacer el amor con él. Si su vida no cambiaba pronto, sería sólo cuestión de tiempo que alguien viniese a ponerla en una bandeja, la tapase con una urna de cristal y la mostrase como la última virgen viva con veintiocho años de edad, en cautividad.

Sonrió de forma forzada para tratar de ocultar sus complejos, esperando que no pareciese una sonrisa idiota. Pero la verdad era que, lo mirase por donde lo mirase, Brandon Slade era un hombre rebosante de atractivo.

Pero no era solamente eso. Allí en el sur de California había montones de jóvenes guapos por todas partes, dispuestos a conquistar la fama y el éxito. Si una miraba a uno cualquiera de ellos, podía sentirse impresionada unos segundos por su atractivo, pero en seguida se daba cuenta de que era una belleza estéril, que no había nada detrás de sus ojos, que no había en ellos más profundidad de la que había en un dedal de agua.

Pero Brandon era otra cosa. Era diferente. Tenía otro tipo de atractivo. Era el hombre por excelencia. Tenía un mentón esculturalmente cincelado, pómulos altos y unos ojos azul cielo que podrían derretir a la mujer más exigente hasta reducirla a un montón de polvo.

Tenía que superarlo. De lo contrario, él podría pensar que era una especie de cabeza de chorlito y rescindir el acuerdo con su madre. No podría culparle por ello. A ella tampoco le habría gustado que una cabeza hueca se hubiera hecho cargo de la rehabilitación de su madre después de una operación de cadera. En caso de que tal cosa fuera posible, que no lo era. Su madre había muerto y a ella se le partía el corazón cada vez que lo recordaba.

—Me temo que tendré que dejar esa celebración para más adelante —bromeó ella, jugando con las palabras que él acababa de pronunciar—. Tengo que ir a mi apartamento a recoger las cosas y volver aquí en seguida —dijo Isabelle mirando el reloj para ver qué hora era—. Su madre estará esperándome impaciente.

—Es usted muy perspicaz, Isabelle —dijo él con una sonrisa—. Sólo lleva un par de horas con nosotros y veo que ya conoce a mi madre casi mejor que yo. Creo que se va a llevar bien con ella. Mi madre tiene muchas virtudes, pero la paciencia no es una de ellas.

A ella le gustó la forma en que Brandon pronunció su nombre. ¡Cielo santo! Si el cajero del supermercado tuviera una voz como la suya, hasta le escucharía con placer cuando le leyese la factura de la compra.

—En ese caso, razón de más para que me vaya ahora mismo —dijo ella.

Se dirigía ya muy resuelta hacia la puerta cuando él la detuvo.

—¿Por qué no me deja que la acompañe? Podría ayudarla a traer las cosas más pesadas.

Probablemente él la tomaba por una de esas mujeres que se vuelven medio locas yendo de tiendas y comprando de forma compulsiva todo lo que ven.

—No hace falta, sólo necesito un par de cosas para cambiarme y algunos libros para leer por la noche —replicó ella.

—Creo que es usted muy optimista —afirmó él con una sonrisa burlona.

—¿Perdón?

—¿Cree que va a tener tiempo y energías para quedarse a leer por la noche después de haber estado todo el día con mi madre? Ella tiene la costumbre de monopolizar a la gente —dijo él, sin ánimo de criticar a la mujer que le había traído al mundo, sino de dejar simplemente constancia de un hecho—. A ella le encanta tener un público que la escuche y usted es un territorio virgen para ella... —Brandon vio con sorpresa el intenso rubor que subía por las mejillas de Isabelle—. Perdón… ¿He dicho alguna inconveniencia que le haya…?

—No, no —se apresuró a decir ella, interrumpiéndole antes de que pudiera adivinar la razón por la que no era capaz de escuchar la palabra «virgen» sin avergonzarse.

A ella no le importaba realmente no tener una pareja, ni haber tenido nunca una relación con un hombre, lo que la molestaba era que se la pudiese catalogar como un bicho raro en una sociedad tan permisiva, en la que una pareja se conocía en el quinto piso de un ascensor y cuando llegaban a la planta baja ya sentían una pasión loca el uno por el otro

—Hace un poco de calor aquí, eso es todo —añadió ella como excusa, abanicándose con la mano para reafirmar sus palabras.

—Veo que es usted más ardiente que yo —replicó él, mientras ella se le quedaba mirando fijamente tratando de adivinar si lo decía en serio o sólo la estaba tomando el pelo—. En cualquier caso, cuatro manos hacen más que dos y podrá así volver antes con mi madre. Además me haría un gran favor.

—No lo entiendo.

—Bueno, si me deja que le ayude a traer las cosas, me daría una buena excusa para no tener que sentarme frente al ordenador a trabajar y a… sufrir.

Ella lo miró desconcertada. Siempre había leído en sus entrevistas que adoraba su trabajo. ¿Cómo podía decir que escribir era un sufrimiento para él?

—¿No le gusta escribir? —preguntó ella.

—Bueno, no es exactamente eso. Me gusta cuando me viene la inspiración y me surge una idea, me gusta anotar, en mitad de la noche, todas esas cosas que se me ocurren y que parecen soldados de élite caídos del cielo en paracaídas. Y me gusta también tener ya algo escrito

para corregirlo y cambiar unas frases por otras que sue-
nen mejor, más sinceras y convincentes. Esa parte me
encanta —dijo él con mucha vehemencia—. Pero no
puedo decir lo mismo del hecho material de sentarme a
escribir y ponerme delante del ordenador para buscar las
palabras adecuadas con que rellenar esa pantalla horri-
blemente vacía. No, esa parte no me gusta. Ésa es la parte angustiosa de este trabajo. Me hace sentir como si me
fuera a abrir las venas hasta desangrarme.

Lo decía de una manera que hasta daba miedo,
pensó ella.

—Parece como si no disfrutara con tu trabajo —
comentó Isabelle.

—Me alegra que sepa ver esa otra cara del asunto.
Bueno, entonces, ¿puedo acompañarla?

Era gracioso. Ya era la tercera o cuarta vez que se
lo pedía. Y lo hacía de aquella forma tan encantadora
y humilde. ¡Como si pensara que pudiera haber alguna
posibilidad de que ella le dijera que no! ¿Estaría bromeando? ¿Qué mujer en su sano juicio podría negarle
nada? Sobre todo con aquella cara tan atractiva que
ponía cuando se lo pedía.

—¿No se molestará su madre si la dejamos sola?
—preguntó ella.

—No, no se va a quedar sola. Está con Victoria.

A Isabelle le gustaba oír aquel nombre. Siempre le
había gustado el nombre de Victoria. Sonaba tan egre-
gio, tan solemne... No como el suyo, que parecía sugerir algo tosco y duro. Las Isabelles eran las trabaja-
doras del mundo. Las Victorias, por el contrario, eran
las princesas.

«Isabel la Católica fue la reina española que finan-
ció el viaje a Colón para que pudiera descubrir el nuevo mundo, ¿recuerdas?», le dijo una voz interior. «Sin
la reina Isabel, tú no estarías ahora aquí».

—Sí, con su hija.

—¿Conoce ya a Victoria? —preguntó él, sorprendido.

Era curioso que su hija no se lo hubiera dicho, cuando se lo contaba todo, pensó él. Se estaba haciendo mayor, cualquier día comenzaría a echar de menos sus confidencias.

—Sí, entró cuando estaba a punto de terminar la revisión con su madre. La había visto en una foto que publicó la revista *People*, pero la encontré más asentada que entonces.

Brandon tardó unos segundos en recordar el reportaje al que se refería.

—¡Ah, sí! Ya recuerdo. Fue una entrevista que salió en las páginas centrales el año pasado, a propósito de la edición de mi última novela *Sólo la muerte nos separará*. Victoria tenía once años y como le gusta decir a ella, ha madurado mucho desde entonces.

Sí, estaba creciendo muy deprisa, pensó él con tristeza. Sabía que no podía ser siendo una niña toda la vida, pero había albergado en secreto la esperanza de conseguir ralentizar el tiempo. Pero, por lo que veía, sin ningún éxito.

Sonrió al pensar en su hija. Se había enamorado de ella desde el primer instante de su nacimiento. Nunca había entendido cómo su madre, Jean, había sido capaz de abandonarla. Ella se lo perdía, se dijo para sí. Su exmujer le había roto el corazón al abandonarle, pero él había hecho todo lo posible para que Victoria no se sintiese huérfana de madre. Y quería creer que lo había logrado.

—Puede parecerle una paradoja, pero creo que Victoria es la más adulta de los tres. Es la que pone siempre la nota de sensatez. Demuestra tener más madurez que su abuela y su padre juntos —dijo él sonriendo emocionado—. No sé si eso dice mucho a favor nuestro o no, pero le hace muy feliz a mi madre. Ella no es muy amiga de los números, salvo cuando tienen que ver con la recaudación en taquilla de un teatro o los honorarios de alguna serie de televisión. Pero, desde luego, no con algo tan mundano, como ella dice, como la edad.

Isabelle le escuchaba hablar embelesada, haciendo un esfuerzo para no perderse en el hechizo de su voz. Consiguió salir por un momento de aquella nube embriagadora en que estaba inmersa y se dio cuenta de repente de que, si él la acompañaba, tendría que ver por fuerza su humilde apartamento. La idea no le hacía mucha gracia. Él estaba acostumbrado a vivir en una casa donde cabrían seis apartamentos como el suyo, y aunque ella no era presuntuosa, tampoco quería ir de pobre por la vida, dando lástima a la gente.

Se mordió el labio inferior, pensativa. Tal vez podría decirle que se quedase en el coche esperándola mientras ella subía al apartamento a por sus cosas. Pero…

«Brandon es un hombre, no una mascota que puedes dejar en el coche mientras te vas a hacer un recado. Además, hoy hace mucho calor. No querrás que le dé una insolación, ¿verdad? Se supone que no eres una mujer presuntuosa, máxime cuando no tienes nada de qué presumir».

Tras esas reflexiones tan personales, puso su mejor sonrisa y le miró a los ojos.

—Me encantaría que viniera a ayudarme, señor Slade.

—Brandon, llámame Brandon —dijo él—. Veo que sabes mentir muy bien —añadió en el mismo tono que podría haber empleado para decirle algún cumplido.

Brandon la tomó del brazo como si fueran amigos de toda la vida y la guió hacia la puerta, con una sonrisa luminosa a la vez que sexy y pícara.

Ella sintió un nuevo vacío en el estómago al ver esa sonrisa y recordar la forma en que le había alabado la habilidad que tenía para que una mentira sonara a verdad, algo que él practicaba habitualmente, por otra parte, en sus novelas.

—¿Sabes una cosa, Isabelle? Tengo la sensación de que vamos a llevarnos de maravilla.

«¡Dios te oiga!», se dijo ella, con el corazón desbocado.

Capítulo 4

EN lugar de seguirla en su propio coche, como Isabelle había supuesto, Brandon la acompañó hasta donde había dejado el vehículo y se montó con ella en dirección a su apartamento.

Isabelle se sentía muy orgullosa de aquel coche porque, además de haberle salido muy económico y no habérsele averiado casi nunca, era el primer coche nuevo que tenía y era, en su opinión, muy elegante. Había tenido antes otros coches de segunda mano, casi todos muy viejos y destartalados.

No entendía por qué él había preferido ir en su coche. Brandon mediría entre uno ochenta y cinco y uno noventa, y su vehículo estaba diseñado para personas que no fuesen más altas de uno setenta. Iba a tener que ir muy encogido.

—¿Estás seguro de que quieres ir ahí? —le preguntó ella, con gesto de preocupación.

—Lo intentaré —respondió él con una sonrisa, tratando de acoplar las piernas en aquel espacio tan reducido, hasta conseguir finalmente sentarse y abrocharse el cinturón de seguridad.

Aquello no había sido una buena idea, se dijo Isabelle.

—Lo siento. Cuando lo compré, no podía suponer que fuese a llevar a alguien tan alto como tú. Espero que no vayas demasiado incómodo —dijo ella, a pesar de que al mirarle le parecía estar viendo la imagen de uno de esos mártires cristianos haciendo penitencia.

—No te preocupes —dijo Brandon, casi encajonado y sin poder moverse en aquel espacio tan estrecho—. Hasta puede resultar espacioso si lo comparo con uno de esos karts donde he tenido que montar con Victoria para darle una vuelta por el circuito. Pensé que tendría que pasar las piernas por encima de la cabeza para caber dentro... No vivirás muy lejos, ¿verdad?

Isabelle había puesto ya en marcha el coche en cuanto él cerró su puerta.

—No, qué va, en Oxnard, a menos de cincuenta kilómetros —dijo ella muy seria, pero añadió en seguida al ver su cara de sufrimiento—: No, hombre, era broma. Vivo aquí cerca, en Bedford.

Y apretó el acelerador, no muy segura de que aquello le hubiera dejado más tranquilo.

Brandon observó cómo subía la aguja del indicador de velocidad y se agarró con las dos manos al salpicadero al ver cómo Isabelle rebasaba el límite permitido de velocidad, dándole la impresión de que aquel coche podía despegar en cualquier momento.

—No tienes necesidad de romper la barrera del sonido para llegar allí —dijo él algo asustado—. Prefiero sufrir unos minutos más en esta lata de sardinas a que la policía te ponga una multa.

Isabelle, aflojó un poco el pie del acelerador, al verle tan nervioso.

—No te preocupes, siempre voy muy atenta.

Brandon nunca la hubiera imaginado como un demonio de la velocidad.

—¿Has tenido muchos accidentes?

Con un ojo en la carretera y otro en el espejo retrovisor, Isabelle negó con la cabeza.

—Ninguno.

—Es realmente milagroso —dijo él escuetamente.

Después de unos minutos, Isabelle tomó una salida de la autopista y se adentró en el complejo de apartamentos donde vivía desde hacía un par de años.

Las margaritas blancas, que habían plantado hacía un mes a ambos lados del paseo de entrada, se estaban marchitando bajo el sol abrasador de aquel día de mediados de julio. Incluso el asfalto empezaba a reblandecerse con aquellas temperaturas tan altas.

Conforme se acercaron al garaje de su bloque de apartamentos, comenzó a escucharse cada vez con más fuerza el bullicio que provenía de la zona de la piscina situada a unos cien metros de su apartamento. Parecía como si todos los inquilinos de esos pisos, abrumados por el calor, hubieran decidido bajar a refrescarse a la piscina a la misma hora.

La mayoría era gente joven que residía en los apartamentos Sunflower Creek. Estudiantes y jóvenes recientemente graduados que acababan de conseguir su primer empleo. A sus veintiocho años, Isabelle se sentía la decana del lugar. Era, sin duda, una de las inquilinas más veteranas, si no la más veterana, de aquel complejo de apartamentos de alquiler.

Se sentía desplazada en aquel ambiente y rara vez se mezclaba con los vecinos. Había rechazado las dos o tres invitaciones que le habían mandado para asistir a las fiestas nocturnas que se organizaban en la piscina, que solían comenzar cuando el matrimonio propietario de los apartamentos, una pareja ya mayor, cerraba la oficina al atardecer y se iba a su casa.

Aparcó el coche en su plaza del garaje mientras se preguntaba si sería sensato lo que estaba haciendo. No se refería a su trabajo con Anastasia del Vecchio, ni siquiera a haber aceptado quedarse a vivir unas semanas en casa de Brandon, mientras durasen las sesiones de rehabilitación de su madre. Eso era un trabajo que necesitaba y que podría resultar incluso agradable. Y además tenía sus ventajas. No tendría que tomar el coche por las mañanas para ir a trabajar, ni tendría que aguantar los problemas del tráfico a esas horas, siempre con la angustia y el estrés de si llegaría a tiempo o no a la cita con un paciente. No había nada que odiara más que llegar tarde a un sitio.

No, su duda tenía que ver con la conveniencia o inconveniencia de haber llevado a Brandon a aquel apartamento suyo que más parecía una casa de muñecas. Estaba acostumbrada a necesitar muy poco para vivir, pero no quería que él pensara de ella que estaba poco menos que en la miseria y a un paso de ser acogida en un albergue para indigentes.

Así que decidió hacer lo que hacía siempre que se le presentaba alguna situación conflictiva: anticiparse al problema.

Se bajó del coche y esperó un buen rato hasta que Brandon consiguió al fin salir por la puerta.

Le condujo, acto seguido, hasta su apartamento. Abrió la puerta y pasaron dentro.

—El pasillo es un poco estrecho, así que ten cuidado no sea que te des un golpe en las espinillas o en la cabeza. Ya sé lo que estás pensando —dijo ella cerrando la puerta—. Todo este apartamento cabría en uno de tus armarios.

Brandon no encontró en un primer momento una respuesta que no fuera ni falsa ni ofensiva. Desde allí, junto a la puerta donde estaba, dominaba, como en una vista panorámica, todo el apartamento: la cocina, el cuarto de estar y la entrada del dormitorio.

—Deberías haber visto el primer apartamento que tuve. En este tuyo cabrían dos como aquél y aún te sobraría espacio —dijo él con una sonrisa que la dejó sorprendida—. ¿No has leído acaso en las revistas mis comienzos como escritor novel en busca de una oportunidad? Vivir con lo justo y a veces sin nada es el precio que se supone que hay que pagar para poder entrar en el mundo exclusivo del espectáculo, donde están incluidos también los escritores. Además, yo quería tener mi propia vida. Mi madre estaba por entonces con su cuarto marido, un poeta ruso que se había traído de San Petersburgo mientras rodaba allí una película, y necesitaban, claro está, un poco de intimidad. Así que alquilé un chamizo y comencé a pagar con mis penurias y estrecheces el precio del artista que quiere alcanzar la gloria… Estás muy callada —dijo él con una sonrisa que hubiera puesto la carne de gallina a cualquier mujer—. ¿Por qué no me dices que todo esto que te estoy contando no son más tópicos?

—No pensé que quisieras que hiciera una crítica de tus palabras —replicó ella muy serena.

—Compasiva y con talento —dijo él, asintiendo con la cabeza—. Una excelente combinación.

Ella podía admitir de buen grado lo primero. Se sentía orgullosa de ser amable con la gente cuando quizá no se lo merecía. Era algo consustancial en ella. Pero lo segundo le hacía dudar de la sinceridad del hombre que tenía delante.

—¿Cómo sabes que tengo talento? —preguntó ella.

¿Estaría tratando de flirtear con ella? No debería hacerlo, siendo el hijo de su cliente.

«Vamos, Isabelle, ¿no sabes quién es este hombre? Es Brandon Slade, el autor de diez bestsellers y, por si fuera poco, un hombre muy atractivo. ¿Cómo se va a fijar en ti?», pensó ella.

Pero, ¿y si, a pesar de todo, estuviera flirteando con ella…?

La vida no le sería fácil las próximas semanas, tomase el camino que tomase. Tanto Brandon como su madre pertenecían a un mundo encargado de crear ilusiones y de hacer creer a la gente fantasías que no existían en la realidad. Nada de lo que dijeran o hicieran podría tomarse en serio. Por mucho que ella lo desease o por muy maravilloso que sonase.

—Sé que tienes talento en todo lo que haces porque le oí a mi madre dando gritos de dolor pero no te echó de casa. Eso significa que pensó que lo que le estabas haciendo era beneficioso para ella. De lo contrario, créeme, te lo hubiera dicho a la cara sin pensárselo dos veces. Eso te coloca también en un grupo muy exclusivo —dijo él aproximándose un poco más a ella, como si se le hubiera enturbiado la vista y necesitase tenerla más cerca para poder verla—. A mi madre le gustan muchos los hombres, pero no hay muchas mujeres que le gusten, aparte de Victoria y de su propia madre, y de esas dos sólo una está aún viva —hizo una pausa para echar otra ojeada al piso—. En realidad, tienes un apartamento encantador. Y muy acogedor.

—Está un poco desordenado —respondió Isabelle, encogiéndose de hombros con desdén para subrayar sus palabras.

—¿Siempre haces eso? —preguntó él mirándola con gesto pensativo.

No estaba segura de a qué se refería. Que ella supiera, no había hecho nada. Al menos, en los últimos dos o tres minutos.

—¿Hacer qué?

—Rechazar los cumplidos que te hacen. Créeme, está bien aceptarlos, ¿sabes? Por eso no vas a ser más o menos presuntuosa o frívola, si es eso lo que temes.

Brandon creyó ver durante un instante una sombra de irritación en su mirada.

—Yo no le temo a nada.

—Eso te hace una mujer singular. La valiente pequeña fisioterapeuta —dijo él casi para sí, como si estuviera considerando usarlo como título de alguna de sus novelas—. No, tiene que haber un título mejor que ése —añadió moviendo la cabeza con gesto negativo.

—¿Un título?

—Sí, para una historia.

¿Hablaba en serio? ¿Una historia sobre una fisioterapeuta? No, tenía que estar tomándole el pelo otra vez, se dijo ella. No podía pensar en un tema menos emocionante para una novela que ése. Y él era famoso precisamente por sus novelas de suspense. Bueno, por eso y por su ingenio. Tal vez un poco de sentido del humor no le vendría mal.

—Estás bromeando, ¿verdad?

Brandon la miró detenidamente durante un buen rato con una expresión en los ojos que ella fue incapaz de descifrar.

—¿No te ha prevenido nadie contra los escritores? —preguntó él.

—¿Prevenirme de qué? —exclamó ella desconcertada—. ¿Qué pasa con los escritores?

—Que devoramos como caníbales todo lo que encontramos a nuestro paso y dejamos las partes mejores para la historia siguiente, para poder aprovecharlas

de una manera o de otra. Algo así como las tribus che-
yenes hacen con los búfalos —vio la cara de perplejidad de ella y se vio en la necesidad de explicar la ana-
logía—. Aquellos indios aprovechaban absolutamente
todas las partes de los búfalos que cazaban, incluyendo la piel, los intestinos y sus... productos de desecho,
llamémosles así. Los usaban para encender las hogue-
ras.

—No debían oler a rosas precisamente —dijo Isabelle arrugando la nariz inconscientemente.

—En aquellos tiempos, no creo que fuera muy importante para ellos el que olieran a incienso, cuando
su única preocupación era la supervivencia del día a
día de sus familias.

Ella había pasado también por muy malos momentos. Noches en las que se había acostado preguntándose qué le depararía el día siguiente, aspirando únicamente a sobrevivir. Y de alguna manera, eso es lo que
venía haciendo.

—¿Por qué no te sientas? —le dijo ella señalándo-
le el sofá de cuero de imitación, que se hundía cuando
se sentaba uno en él—. No creo que me lleve mucho
tiempo.

Brandon miró al sofá y pensó que ya había sufrido
bastantes penalidades por ese día, máxime teniendo en
cuenta las que le quedaban aún por pasar en el viaje
de vuelta.

—¿No quieres que te ayude a bajar esas cosas que
tienes en la parte alta del armario? —le preguntó él,
alargando el brazo para ver hasta dónde podía llegar.

—No te preocupes, tú siéntate. Lo tengo todo con-
trolado, tengo una banqueta en el armario —respondió
ella mientras andaba los tres pasos que separaban el
pasillo de la habitación.

Brandon sonrió mientras la miraba fijamente por

detrás, recreándose en la forma tan cadenciosa y seductora con que sus caderas se movían al andar.

—Apuesto a que de niña pertenecías a las girl scouts.

Sí, era cierto, pero no veía ninguna razón para confirmar sus sospechas. ¿Acaso era una mujer tan transparente y predecible?

¡Oh, Dios! ¡Qué cabeza la suya!

Demasiado tarde. Le había dicho que se sentara en el sofá, que estaba enfrente de su televisión de plasma con su colección de DVDs favoritos y sus libros predilectos.

En medio de los cuales estaban todas sus novelas.

Tal vez no se hubiera dado cuenta.

Cruzó mentalmente los dedos para que fuera así y decidió ir al cuarto de estar a ver lo que estaba haciendo, con la esperanza de que se hubiera quedado dormido de puro aburrimiento.

Avanzó de puntillas, sin hacer el menor ruido para no despertarle si estaba dormido, pero al entrar en el cuarto vio que Brandon estaba de pie junto a la televisión hojeando la colección de libros que tenía en la estantería. Y en particular, las novelas que él había escrito.

Isabelle se quedó petrificada en la puerta, deseando que se produjese en ese instante un pequeño seísmo y se la tragase la tierra antes de que pudiera cruzarse con la mirada de Brandon.

Pero no parecía que fuera a producirse ningún terremoto ese día, así que pensó en volverse al dormitorio antes de que él la viera. Pero ya era demasiado tarde incluso para eso.

Como si hubiera sentido su presencia, Brandon alzó la vista del libro que estaba hojeando, una copia muy bien encuadernada de su tercer bestseller, *Háblame dulcemente y muere* y le sonrió de forma seductora.

—No me dijiste que fueras una fan mía. Porque eres una de mis fans, ¿verdad? —dijo él cerrando la novela para prestarle a ella toda su atención—. Tienes todas mis novelas y, a menos que pienses usarlas para encender la chimenea este próximo invierno, debo entender que eres una ferviente seguidora de mis obras.

Isabelle se sintió avergonzada, aunque no había ninguna razón para ello. Después de todo, ella no había ido detrás de él. Había sido su madre la que había llamado a la clínica solicitando el servicio de una fisioterapeuta y Zoe se lo había asignado a ella porque era la que estaba disponible en ese momento.

—Sí, soy una admiradora tuya —respondió ella con una voz tan baja que parecía provenir de algún pequeño duendecillo del bosque.

Por el contrario, la pletórica sonrisa que le devolvió Brandon parecía más propia de un gigante mitológico. Un gigante muy apuesto, eso sí.

—Me siento halagado —dijo él.

Y curiosamente, a pesar de la legión de fans que ella sabía que tenía, le creyó.

Capítulo 5

ISABELLE recogió las cosas que consideró podían serle de más utilidad e hizo las maletas en unos minutos. La mayor parte eran instrumentos o equipos de fisioterapia que podrían servirle de ayuda para la rehabilitación de Anastasia.

Puso todo su esfuerzo en ello para tratar de no prestar atención al hombre que paseaba algo inquieto por los escasos metros cuadrados de su casita de muñecas.

No sabría decir exactamente por qué, pero el hecho era que la presencia de Brandon allí la intimidaba. Sin embargo, no quería salir precipitadamente del apartamento para no correr el riesgo de olvidarse algo.

¿Desde cuándo se había vuelto tan atolondrada?, se preguntó algo irritada consigo misma. Siempre había tenido a gala ser una mujer equilibrada y sensata, con los pies en el suelo. Siempre había sabido lo que había que hacer, al menos en su profesión. De hecho, Zoe siempre le reprochaba que fuera tan seria y formal y no pensase más que en su trabajo.

¿De dónde le venía aquella agitación y esas palpitaciones?

Era aún demasiado joven para pensar en esa segunda adolescencia por la que pasaba uno cuando se hacía mayor. Aunque ella, ciertamente, no había tenido tiempo siquiera de disfrutar de la primera. Recordaba lo seria y responsable que era ya entonces.

Y todo había sido para ganarse el reconocimiento y el respeto de su padre.

Su padre había sido un neurocirujano de prestigio y su madre había tenido un puesto de responsabilidad en la dirección de los Laboratorios Swan. Ambos habían hecho grandes proyectos para sus hijas. Pero entre ellos no estaba desde luego el que se dedicaran a la fisioterapia.

A Zoe, como gerente del negocio, aún le vieron algún mérito, pero a ella la veían sólo como una «masajista con pretensiones». Al menos, eso era lo que su padre decía de ella, con una expresión de desprecio en la mirada.

Por eso todo su mundo se le vino abajo cuando descubrió que su padre engañaba a su madre con otra mujer y que esa aventura era sólo la punta del iceberg de una larga lista de infidelidades.

El hombre que siempre le había exigido una conducta irreprochable parecía haber tenido una doble moral. Ella nunca había pensado que existiera una gran pasión entre sus padres, pero sí que les uniera una relación estable basada en el respeto mutuo y la fidelidad. Descubrir que había estado engañada todos esos años había trastocado todas sus referencias. Por eso se había volcado en su carrera, despreciando cualquier relación con un hombre.

Recordó con tristeza esos momentos mientras guardaba sus cosas en una bolsa de color azul marino que había puesto sobre la cama. Sí, ella se había dedicado a su profesión en cuerpo y alma. No quería ser una mujer frívola de ésas que perseguían a un hombre, aunque fuese tan apuesto y atractivo como el que la estaba esperando ahora en el cuarto de estar.

Metió el manual de instrucciones que solía llevar siempre con ella para hacer su trabajo y lo apretó todo con fuerza para poder cerrar la cremallera de la bolsa. La bajó luego al suelo y se dirigió con ella, a duras penas, al cuarto de estar. Pesaba más de lo que se había imaginado.

Al verla entrar por la puerta, Brandon dejó inmediatamente en la estantería el libro que había estado hojeando.

—Déjame —dijo él acercándose a ella para ayudarla, poniendo instintivamente la mano en el asa de la bolsa.

Isabelle sintió el roce de su mano y le pareció como si una corriente eléctrica le hubiera atravesado todo el cuerpo.

—No te preocupes —dijo ella sin soltar la bolsa, como si le fuera en ello la vida—. No pesa tanto.

Pero Brandon no retiró la mano esperando que ella se diese por vencida.

—¿Voy a tener que luchar contigo para llevarte la bolsa? —dijo él con una sonrisa encantadora.

«Serénate, maldita sea», se dijo ella para sí. «¿Qué es lo que te pasa? Es sólo un hombre. Muy atractivo eso sí, pero sólo un hombre. Eres fisioterapeuta. Te conoces de memoria todas las partes del cuerpo humano. Te cayó en uno de los exámenes finales de la carrera y sacaste un sobresaliente, ¿recuerdas? Contrólate, por el amor Dios».

Estaba muy acalorada, y deseó con toda su alma que no le subiese el rubor a las mejillas para que él no lo notase. Siempre había creído que ponerse colorada ante un hombre era cosa de mujeres reprimidas de los tiempos pasados, y no de una mujer independiente y con estudios del siglo XXI.

Decidió no insistir más y soltó la maleta. Había ido a su apartamento a por las cosas que necesitaba para atender a su cliente, no para estar pendiente de lo que hiciera o dejara de hacer su hijo. Pero no era tan fácil. Brandon parecía llenar todos los rincones del apartamento con su presencia. Y su sonrisa.

Abrió la puerta y se dio la vuelta antes de salir, para echar un último vistazo.

—¿Se te olvida algo? —preguntó él.

—No, es sólo una costumbre que tengo para asegurarme de que lo dejo todo bien —replicó ella.

Solía hacerlo desde que se olvidó de apagar el aire acondicionado en cierta ocasión y estuvo funcionando durante todo un fin de semana, para gozo de su compañía eléctrica y desdicha de su cuenta corriente.

—Creo que no he conocido a nadie tan organizada como tú —dijo Brandon.

Acostumbrado a su madre y a sus excéntricas amistades del mundo del espectáculo, Isabelle era como un soplo de aire fresco.

Ella se quedó algo confusa, sin saber si se lo decía en serio o le estaba tomando el pelo. Él siempre hablaba con ella de forma alegre y desenfadada.

—¿Eso es algo bueno o malo? —le preguntó ella.

—Naturalmente —le confirmó él, mientras se dirigían al coche—. ¡Ah, casi se me había olvidado ya esto! —exclamó con cierta angustia, al recordar que tenía que volver a meterse en aquel vehículo tan estrecho.

Porque, tal vez fuese su imaginación, pero, ahora que lo miraba, lo encontraba aún más pequeño que antes.

Isabelle abrió el coche y puso la bolsa atrás. A pesar de que se trataba de una bolsa relativamente pequeña, daba la impresión de que el espacio disponible dentro del coche se había reducido considerablemente.

—Bueno, después de todo, va a ser cuestión de unos minutos —dijo ella para animarle.

Pero, por desgracia, no fue así.

El tráfico, ya de por sí denso en aquella autopista a cualquier hora del día o de la noche, estaba ahora con muchas retenciones debido a una colisión que se había producido entre un todoterreno y un camión de reparto de una conocida cadena de alimentación. El coche había salido volando del impacto y tras dar un par de vueltas de campana había quedado muy abollado y boca arriba, como una tortuga del revés.

Milagrosamente, sus tres pasajeros habían resultado ilesos y, cuando los bomberos, tras conseguir dar la vuelta al vehículo, los habían rescatado, apenas tenían unos rasguños.

El tráfico, sin embargo, estaba prácticamente detenido en los dos sentidos y apenas se avanzaba un par de metros de vez en cuando.

Isabelle miró a Brandon con cara compungida.

—¿Cómo vas?

Llevaban ya en el coche más de cuarenta y cinco minutos y no habrían avanzado más de ochocientos metros. A ese ritmo, llegarían a casa de noche y él necesitaría probablemente volver a aprender a andar o recibir, al menos, alguna sesión de rehabilitación en las piernas.

—Bien —respondió Brandon con una sonrisa—. Pero si seguimos mucho tiempo más aquí, creo que tendrán que venir a sacarme con una motosierra. Tengo las piernas dormidas y no siento ni los dedos de los pies.

Todo por culpa suya, se dijo ella. No debería haber dejado que se montara en un coche tan pequeño como el suyo. Para ella estaba bien, pero él era treinta centímetros más alto que ella.

—No sabes cómo lo siento.

Brandon intentó encogerse de hombros para tratar de quitarle hierro al asunto, pero se dio cuenta de que no tenía ni siquiera espacio para hacer ese leve movimiento. Tenía el hombro derecho materialmente aplastado contra la puerta de su lado.

—No es culpa tuya —le dijo él, para que no se sintiese culpable.

Pero Isabelle no lo veía de esa manera. Aunque, en su fuero interno, se había alegrado ante la idea de poder estar unos minutos a solas con él, le apenaba verle allí encogido, sufriendo dentro de aquella lata de sardinas.

Tenía un instinto protector, por naturaleza, y si no hubiera sido fisioterapeuta, habría sido enfermera, médico, niñera u otra profesión parecida donde hubiera podido poner en juego su vocación de ayudar a la gente. Por eso, sintió la necesidad de hacer algo urgentemente para remediar la triste situación en que se encontraba Brandon.

Se mordió el labio inferior, pensativa. Lo único que se le ocurría era sacarle del coche. Pero no estaba segura de si podría ir caminando desde allí hasta su casa…

Miró más detenidamente la carretera y entonces se le ocurrió la solución. Aunque los coches estaban circulando por un solo carril, quedaba el arcén que tenía a su derecha. Era muy estrecho y ningún vehículo normal podría ir por él, pero sí podía hacerlo un coche tan pequeño como el suyo.

Dicho y hecho. Con un movimiento decidido del volante, se plantó en el arcén. Con el camino libre de coches, aceleró alegremente para tratar de llegar a casa lo antes posible.

Brandon la miró sorprendido, viendo cómo adelantaba por la derecha al resto de los vehículos, como si fuera un piloto de las quinientas millas de Indianápolis. Sin duda, estaba cometiendo varias infracciones.

—¿Qué estás haciendo? —preguntó él.

—Llevarte a casa antes de que tengas problemas para caminar por tu propio pie —respondió ella.

—Si te ve la policía, te pondrá una multa.

Pero ella había estado mirando en todas direcciones para detectar la posible presencia de cualquier coche o moto de la policía de Newport Beach y no había visto a ninguno.

—No te preocupes, llevo cuidado —replicó ella.

La verdad era que nunca le habían puesto una multa de tráfico. Y aunque no podía decirse que fuera un demonio de la velocidad, tampoco era precisamente una santa.

—¿Sabes una cosa, Isabelle? Te tenía por una chica dulce y sencilla, pero veo que eres más sofisticada de lo que parecías a primera vista.

Ella le miró de reojo, complacida. La sonrisa que vio en su rostro le llegó al corazón. Valía la pena correr el riesgo de que le pusieran una multa por oír un cumplido así.

Llegaron a casa mucho antes de lo que Brandon hubiera pensado. Isabelle, además de fisioterapeuta, parecía una auténtica profesional del volante.

Aparcó en el garaje y echó el freno de mano mientras él abría la puerta de su lado y ponía sus cinco sentidos en buscar la forma de salir del vehículo.

—¿Qué tal tus piernas? —preguntó Isabelle con cara de preocupación, saliendo del coche y acercándose a su lado para abrirle un poco más la puerta, viendo los intentos infructuosos que hacía por tratar de sacar las piernas.

—Las tengo entumecidas —respondió él—, pero aún conservo las esperanzas.

Apoyó la mano derecha en la puerta e hizo palanca con la izquierda en el reposacabezas, hasta conseguir, tras algunos forcejeos, salir del coche. Una vez fuera, hizo lo posible por tenerse en pie, pero vio que las piernas no le respondían. Las tenía dormidas, igual que si le hubieran anestesiado. Sentía como si miles de hormigas le corriesen por los muslos y las pantorrillas. No sentía ni los pies.

Trató de dar un paso al frente, pero sintió que no le respondían las piernas y se le doblaban las rodillas. Se hubiera caído al suelo de no haber mediado Isabelle, que al verle tambalearse puso su cuerpo entre medias para que pudiera apoyarse en sus hombros.

Se dobló un poco hacia delante, al sentir todo el peso del cuerpo de Brandon sobre ella, pero aguantó estoicamente. A pesar de su aspecto frágil, estaba en forma, gracias a los ejercicios físicos que hacía en casa en los pocos ratos libres que tenía.

Brandon se quedó asombrado de que fuera capaz de aguantar su peso. Seguramente pesaría cerca de treinta kilos menos que él. Era una mujer increíble. No dejaba de sorprenderle.

—Quédate un rato así hasta que recuperes la circulación de las piernas y puedas andar con normalidad —dijo ella.

—Creo que vamos a tener para rato. Podríamos entretenernos cantando algunas de esas viejas melodías que se cantan en los pubs con una jarra de cerveza en la mano —dijo él bromeando.

Ella lo miró, confusa. Parecía tan serio que no podría decir si estaba bromeando o no.

—¿Qué?

—Era sólo una broma —replicó él—. Al verme así con el brazo sobre tus hombros me vino a la memoria los viejos tiempos de la universidad, cuando tras una semana de arduos estudios y exámenes, nos íbamos los compañeros de clase a festejarlo a algún pub cercano, y cantábamos canciones o nos contábamos historias divertidas con una cerveza en la mano. Las jarras de cerveza eran cada vez más grandes y las historias cada vez más cortas, y al final, llegábamos dando trompicones a nuestras habitaciones, agarrados unos a otros para poder tenernos en pie.

Aquello le había parecido entonces una cosa divertida, pero ahora, con la perspectiva del tiempo transcurrido, veía que su estancia en la universidad había sido una pérdida de tiempo y de dinero. Confiaba en que su hija Victoria fuera más responsable que él cuando empezase sus estudios.

—Parece que te lo pasaste muy bien en esa época, ¿no? —dijo ella secamente.

—Eran otros tiempos —respondió él y luego añadió mirándola fijamente—: Pero ya está bien de hablar de mí. Apenas sé nada de ti. ¿Por qué no me cuentas algo de tus experiencias en la universidad?

—No hay mucho que contar. Todo fue estudiar. Nada de cervezas ni de historias divertidas.

Isabelle recordó aquellos años con tristeza. Su único objetivo había sido sacar su carrera adelante para ganarse el respeto de sus padres. Lo primero lo había conseguido, lo segundo no.

—Así me gustaría a mí que fuera Victoria —afirmó él con toda sinceridad, y luego añadió de repente mirando, como abstraído, a un punto muy lejano—: Espera, creo que empiezo a sentir algo… Sí, efectivamente. ¡Siento los pies!

Muy lentamente, como un niño que se suelta del brazo de su madre para probar a dar su primer paso, apartó la mano del hombro de Isabelle y comenzó a caminar milagrosamente.

Ella se sintió, al principio, aliviada de verse libre de aquel peso, pero al instante echó de menos el calor de su cuerpo.

Capítulo 6

NO puedes hacer algo para acelerar este proceso? —exclamó Anastasia con impaciencia.

Habían pasado ya unos días e Isabelle y su paciente, bastante impaciente, estaban en la habitación que Brandon había habilitado como sala de fisioterapia. Espaciosa y bien ventilada, tenía una camilla de masaje, diversas máquinas de musculación y un gran panel de espejos que cubrían de arriba abajo dos de las paredes. Era un lugar perfecto para llevar a cabo las sesiones de rehabilitación de la actriz. Anastasia podía verse en los espejos mientras hacía cada uno de los ejercicios y corregir así las posturas.

—Lo estás haciendo muy bien —le dijo Isabelle con la voz serena, pero convincente.

—¿Estás segura de que esto es así, como lo estamos haciendo? —preguntó la actriz con cierta frustración—. Pensé que sólo tendría que tumbarme en la camilla mientras tú me estimulabas la zona afectada para que recobrara el tono y la elasticidad.

—Eso sería un masaje, no una sesión de fisioterapia —replicó Isabelle muy seria—. Súbete ahora a la
camilla, por favor.

—¿Vas a darme un masaje? —preguntó Anastasia
muy ilusionada.

—No, voy a hacerte unos giros y unos estiramien-
tos en la pierna de la cadera para ver si conseguimos
recuperar la movilidad en esa zona —respondió Isabelle, poniéndole una pequeña banqueta al lado para que
se subiera más fácilmente.

—Bueno, ¿y ahora qué? —exclamó Anastasia una
vez que consiguió subirse a la camilla.

—Ahora, quédate ahí tumbada —dijo Isabelle, aga-
rrándole con mucho cuidado la pierna y subiéndola
muy despacio hasta la vertical—. ¿Qué tal? ¿Cómo te
sientes?

Anastasia abrió los ojos como platos y lanzó un
grito de dolor que debieron oír todos los vecinos.

—Si sigues así, me vas a romper el hueso.

—No exageres. Aguanta un poco más, lo estás haciendo muy bien —le dijo Isabelle otra vez, girándole
la pierna un par de veces más, ahora un poco más despacio.

—No estoy yo tan segura —se quejó Anastasia.

—No te preocupes, dentro de poco ya no te molestará nada —dijo Isabelle con una sonrisa.

—¿Y cuándo será eso? —preguntó la actriz impaciente.

—Cuando tengas un poco más de fuerza en los
músculos —respondió Isabelle bajándole la pierna
lentamente hasta dejarla sobre la camilla—. Esto es un
proceso lento, Anastasia, y tú estás haciendo más progresos que la mayoría de los pacientes de tu edad.

—¿Me estás llamando vieja?

—No, sólo trato de decirte que, de acuerdo a las

estadísticas de que disponemos sobre el tiempo de recuperación de los pacientes que han pasado por una operación como la tuya, tus progresos están por encima de la media.

—Veo que eres muy diplomática —replicó la actriz no muy convencida.

Isabelle no se dejaba enredar fácilmente. Era algo que había aprendido de su padre, que solía hacerle preguntas capciosas para pillarla en algún renuncio o inducirle a confesar cosas que ella no hubiera querido decir.

—No, es sólo la verdad. ¿Te apetece ahora descansar o quieres que sigamos un poco más?

—Me apetece descansar, pero continuaremos un poco más —contestó Anastasia incorporándose ligeramente con los codos, y luego añadió en voz alta mirando hacia la puerta—: Y, a ser posible, sin espectadores.

Isabelle se quedó sorprendida. Era una expresión que nunca habría creído llegar a escuchar de sus labios. Se volvió para ver a quién se estaba refiriendo. Era Brandon.

Llevaba ya tres días en aquella casa pero, cada vez que le veía aparecer por una puerta, sentía un cosquilleo en la boca del estómago como si tuviera dentro una mariposa atrapada que batiera las alas para intentar salir de allí. ¿Cuánto tiempo iba a tardar en acostumbrarse a su presencia?

—No te preocupes, mamá, no me voy a quedar —dijo Brandon sonriendo a Isabelle al entrar en la habitación—. Sólo quería decirte que voy a salir un rato. ¿Necesitas algo? ¿Un cojín, un masaje en los pies, una taza de café…? —añadió él medio en serio, medio en broma.

—Isabelle me atenderá mejor que tú, si necesito algo. ¿Adónde vas, si puede saberse? —le preguntó su madre con los ojos entornados—. No te estarás viendo otra vez con esa Wanda del demonio, ¿no?

—No, no, tranquilízate, mamá —contestó él muy sereno—. Y no la tomes con ella. Era sólo una periodista haciendo su trabajo. Van a publicar mi última novela en edición de bolsillo la próxima semana, ¿recuerdas? La publicidad nunca viene mal, por muy importante que uno se crea.

Isabelle había leído aquella entrevista que le había hecho Wanda Miller en la que Brandon había salido muy bien. Él siempre se mostraba con mucha naturalidad y sencillez y cooperaba gustoso con la prensa, con la que mantenía una relación muy cordial.

Anastasia pareció no escuchar hasta el final las palabras de su hijo. Hizo un gesto negativo con la cabeza y le miró con cara de incredulidad.

—Sólo una periodista, ¿eh? ¡Ja, ja! Hijo mío, ¿cómo puedes tener treinta y dos años y no conocer aún a las mujeres?

Brandon miró por un instante a Isabelle y luego volvió a fijar la mirada en su madre.

—Supongo que porque me gusta mantener ciertos misterios sin resolver. Tal vez sea deformación profesional.

—Eres como un niño. Creo que necesitas a una persona que cuide de ti —replicó Anastasia.

Brandon sonrió con buen humor. Estaba acostumbrado a esas salidas de su madre.

—Ya os tengo a Victoria y a ti, ¿qué más mujeres necesito?

Anastasia suspiró resignada, dejándole por imposible.

—Todavía no me has dicho adónde vas.

—No, tienes razón —respondió él con intención de salir de la sala.

—¡Brandon!

Sólo una mujer como Anastasia del Vecchio podría haber infundido tantos matices y emociones en las dos sílabas de aquel nombre, pensó Isabelle impresionada. Era difícil poder expresar más cosas con una sola palabra.

—Estoy buscando localizaciones para mi próximo libro —contestó él desde la puerta.

Brandon era, por naturaleza, una persona muy visual, y necesitaba ver un sitio para poder plasmarlo en una novela y describirlo con la precisión y exactitud que deseaba. Una vez que lo veía, era capaz de memorizarlo y crear luego a partir de él otro distinto, acorde con el contexto de la novela. Pero necesitaba ese punto de partida.

—Siempre he sentido debilidad por esa zona de Laguna Beach —dijo Anastasia—. Me recuerda a aquel pequeño hotel de La Riviera, donde tu padre y yo pasamos la luna de miel, antes de que descubriese que era un sinvergüenza —dejó escapar un pequeño suspiro de resignación y luego añadió de repente, como si le hubiera venido una idea brillante a la cabeza—: ¿Por qué no te llevas a Isabelle contigo? A ella le sobra un poco de la sensatez que a ti te falta.

—No necesito sensatez para encontrar una localización para mi novela, mamá. Pero podría venir conmigo, de todas formas —dijo él tras reconsiderar al instante sus palabras—. ¿Qué te parece, Isabelle? ¿Estás preparada para hacer un pequeño viaje sin rumbo fijo?

La verdad era que no estaba siendo sincero consigo mismo. Ya tenía decidido el sitio donde iba a transcurrir la acción de su novela, lo que le faltaba realmente era una trama que encajase con aquel lugar, y esperaba que estando allí presente le viniera la inspiración.

No sería la primera vez.

Isabelle miró a los dos con gesto de sorpresa. ¿Qué estaba pasando allí?

—Anastasia, pensé que habías dicho que querías continuar con la sesión de rehabilitación.

La diva de la escena se deslizó de la camilla, dudando sobre qué pie apoyar primero en el suelo, si el del lado de la cadera con la prótesis de titanio o el otro. Después de un par de segundos de vacilación, decidió posponer su decisión.

—He cambiado de opinión —afirmó Anastasia con un toque de arrogancia—. Yo soy así —añadió más suavemente, al ver la cara de desconcierto de Isabelle.

—Sí, lo sé. Lo sé muy bien —dijo Brandon con cierto retintín.

—Bueno, ya está dicho entonces —dijo la actriz como dando el asunto por zanjado—. Anda, vete a tomar un poco el aire y a renovar tus «jugos» o como quiera que los llames —le dijo a Isabelle haciendo un gesto con la mano para que se fuera—. Tienes que recobrar fuerzas, de lo contrario no me serías de ninguna utilidad cuando empecemos de nuevo.

Isabelle no sabía qué quería decir Anastasia. Ella siempre empezaba sus sesiones de rehabilitación con el mismo entusiasmo y energía. Era una de sus máximas en el trabajo. Ser siempre optimista y no permitir el desánimo en los pacientes. La pagaban para ayudarles a mejorar su condición física, no para que le sirvieran de paño de lágrimas.

—¡Brandon! —exclamó la actriz, casi gritando, haciendo un gesto imperativo con la mano—. Sé un buen chico y ayuda a tu madre a bajarse de esta mesa.

—Como mande la dama de la escena —dijo él con una sonrisa, tomando a su madre en brazos y bajándola de la camilla en un segundo como si pesase menos que una pluma.

—Gracias, hijo. Y ahora idos los dos. Tengo que ensayar algunas escenas.

Él se quedó extrañado. Su madre era una persona muy sociable que rara vez hacía algo sola.

—¿Contigo misma?

—No —respondió Victoria, entrando de repente en la habitación para ver si su abuela estaba ya preparada para el ensayo—. Ava me pidió que le diera la réplica.

A Brandon no pareció agradarle mucho la idea. Miró a su madre con expresión seria.

—No estarás tratando de lavarle el cerebro a mi hija para meterle el gusanillo del teatro, ¿verdad? ¿No te parece que con una actriz en la familia es suficiente?

Anastasia se limitó a mover la cabeza con un gesto de resignación, como si lamentara tener un hijo tan suspicaz. Aunque la verdad era que, si su nieta quisiera alguna vez seguir sus pasos, ella movería cielos y tierra para allanarle el camino.

—No sé de qué estás hablando, hijo —dijo Anastasia—. Siempre he tenido más que suficiente con mi público, Victoria sólo va a ayudarme a ensayar unas escenas. Y ahora idos ya de una vez, que me estáis distrayendo y haciéndome perder el tiempo.

La actriz se apoyó en el bastón de madera tallada a mano que le había regalado Brandon al salir del hospital, y se acercó a su nieta muy despacio.

—¿Estás lista para el ensayo? —le dijo a la niña, apoyando el brazo libre sobre sus hombros.

Victoria esbozó una sonrisa que iluminó toda la habitación. Anastasia presumía de que la había heredado de ella.

—Sí, Ava —contestó la niña.

—Muy bien, ya tenemos la tarde ocupada —dijo la abuela, y luego añadió al ver a su hijo y a su fisioterapeuta a punto de salir por la puerta—: Brandon, quizá Isabelle pueda ayudarte a encontrar la inspiración.

Isabelle le miró sorprendida. Eso era algo nuevo para ella. Brandon Slade tenía fama de ser un escritor muy prolífico, al que nunca le faltaban las ideas ni las palabras.

—¿No me digas que te has quedado sin inspiración?

—Bueno, parece que las musas se han olvidado de mí por unos días, pero estoy seguro de que volverán pronto.

Isabelle asintió con la cabeza. No había ninguna razón para creer lo contrario.

—Y confías en que si ves, in situ, el lugar de la acción de tu novela te vendrá la inspiración del argumento, ¿no es eso?

—Exactamente —replicó él—. Veo que me comprendes.

—La comprensión es una parte fundamental de mi trabajo. Entiendo lo que debes de estar pasando y la frustración que debes de sentir al ver que tu trabajo no progresa al ritmo que te gustaría —Brandon abrió la puerta de la calle y se echó a un lado para que ella saliera primero, pero Isabelle se quedó quieta y le miró fijamente—. Escucha una cosa, no hace falta que me lleves contigo si no quieres. Comprendo que lo hayas hecho para no llevar la contraria a tu madre.

—Me parece que no me has comprendido tan bien como creía —replicó él—. Me gustaría que vinieras conmigo. Podrías darme una nueva visión de la novela.

Isabelle dudó de que él necesitara la ayuda de nadie para escribir una novela. Y menos aún la suya.

—Pensaba que escribir era la experiencia más íntima y personal con que se enfrentaba un autor. Cuando tú te sientas a escribir una novela buceas en lo más profundo de tu ser, para poder expresar tus emociones, tus sentimientos y sacar a la luz esos personajes que en el fondo llevas dentro de ti.

—Todo eso es cierto, pero creo que estás pasando algo por alto. El objetivo último de una novela es servir de entretenimiento a tus lectores y tratar de ganarte a algunos más, si puedes. En otras palabras, una novela no está pensada como un ejercicio intelectual, sino que va destinada al público en general. Tú podrías formar parte de ese público, a menos que tengas esta tarde algo más importante que hacer —dijo saliendo con ella por la puerta.

Isabelle no respondió de inmediato. Pareció meditar seriamente el asunto. Extendió las manos con las palmas hacia arriba como formando con ellas una balanza con la que estuviera sopesando dos cosas.

—Mmm… se me presenta un gran dilema: hacer la colada o ayudar a Brandon Slade a descubrir el lugar ideal para su nueva novela de suspense. Difícil decisión, pero me inclino más por la segunda opción —dijo ella dejando caer las manos y arrugando los ojos mientras soltaba una sonora carcajada—. Vamos, pues.

Él la miró sonriendo y se dio cuenta por primera vez de que tenía un hoyuelo en la comisura de los labios. Sólo en el lado derecho y apenas perceptible, pero lo encontraba delicioso.

Trató de apartar los pensamientos que le venían a la mente y condujo a Isabelle hasta el garaje de seis plazas que tenía en la planta baja. En ese momento había sólo tres vehículos, sus dos coches de lujo y el Mercedes de época de su madre que él había llevado allí por si ella sentía ganas de dar una vuelta con su coche favorito como parte del programa de recuperación. Aunque juzgó que aún la quedarían como mínimo dos semanas para poder ponerse al volante.

Isabelle observó que el resto de la planta había sido habilitado como lugar de recreo y esparcimiento. Había una mesa de billar y diversos juegos distribuidos por varias mesitas primorosamente dispuestas. Había también un frigorífico bien surtido de bebidas y alimentos.

—Has debido de celebrar aquí más de una fiesta, ¿verdad? —preguntó ella, con cierta timidez.

—Sí, unas cuantas —reconoció él—. Después de terminar una novela, me gusta pasar un rato con mis amigos. En realidad, la mayoría son amigos de mi madre. Gente algo excéntrica, pero me gustan. Guardo muy buenos recuerdos de ellos. Yo era como su mascota cuando era pequeño. Escribir puede resultar una experiencia muy solitaria y me gusta compensarla alternando con la gente cuando puedo. Además, hablar con la gente te puede aportar nuevas ideas.

—Sí, ya veo que eres capaz de devorar como un caníbal a cualquiera que se cruce en tu camino —dijo ella usando la expresión que él mismo había usado el otro día.

—Tengo que encontrar una expresión mejor para describir esa idea —dijo él, llevándola a su deportivo último modelo, dotado de todo tipo de equipamientos.

Brandon le abrió la puerta de su lado y esperó a que ella entrara. Luego la cerró, dio la vuelta al coche por la parte delantera, abrió su puerta y se sentó al volante.

—Aquí hay más espacio para poner las piernas —dijo él con una sonrisa, sin poder resistirse.

—Ya me he dado cuenta —respondió ella—. Unos centímetros un poco más largo y se podría jugar a los bolos aquí dentro.

Él se echó a reír mientras ponía el coche en marcha. Luego apretó el mando a distancia que estaba sobre el parasol y la puerta del garaje comenzó a subir silenciosamente al tiempo que la luz del sol entraba a raudales en el interior.

—¿Tienes que estar de vuelta a una hora en particular? —le preguntó él.

Isabelle no había acordado todavía con Anastasia el calendario concreto de las sesiones de rehabilitación, así que se sintió justificada para decir una pequeña mentira, con la esperanza de poder estar un poco más de tiempo con él esa tarde.

—No —respondió Isabelle—. Sólo he quedado con tu madre en realizar algunos ejercicios más de rehabilitación antes de que se vaya a acostar.

—Perfecto, eso significa que tenemos toda la tarde libre por delante. Mi madre se pondrá a ensayar sus frases con Victoria, y cuando hace eso se sumerge de tal modo en su personaje que pierde la noción del tiempo.

Isabelle pensó entonces en Victoria. La niña podría comportarse de forma muy sensata y madura, pero la realidad era que tenía sólo doce años.

—¿Está tu hija preparada para eso? ¿Para darle la réplica a tu madre con esos textos durante horas? ¿No será pedirle demasiado para su edad?

—Ella lo hace todo a la perfección y sin ninguna dificultad —dijo Brandon sin ocultar su orgullo de padre—. Victoria es una chica excepcional.

Ser excepcional era sin duda el sello de la familia, se dijo Isabelle mientras miraba de reojo a Brandon.

Un instante después, el coche aceleró y se alejó de la casa.

Ella notó que también su pulso empezaba a acelerarse. Una vez más.

Capítulo 7

BRANDON enfiló la autopista del Pacífico que llevaba a Laguna Beach a través de las numerosas urbanizaciones repartidas a lo largo de la costa. Circulaba sin prisa, como si fuera a ver, como otras veces, a sus viejos amigos para charlar un rato con ellos.

Sólo que esta vez era diferente. No iba solo. Había un persona en el asiento de al lado. Una persona con la que podía hablar y compartir sus ideas.

Había sintonizado en la radio una emisora que estaba poniendo canciones de los años ochenta. Trató de concentrarse para buscar la forma de iniciar una conversación con Isabelle que le llevara al objetivo que deseaba.

No podía creer que, después de diez novelas que habían sido un auténtico éxito editorial y de la última que iba a salir en un par de semanas y que batiría probablemente todos los récords, se hubiera quedado sin inspiración y como bloqueado desde el punto de vista creativo. Estaba convencido de que su mejor obra estaba aún por llegar.

Sin embargo, tenía que reconocer que, en ese momento, estaba más interesado por la mujer que tenía al lado que por cualquier historia que pudiera plasmar por escrito.

—¿Por qué te dedicaste a la fisioterapia? —le preguntó apagando la radio.

La pregunta, formulada así de repente y sin preámbulos, pilló a Isabelle desprevenida.

Le llevó unos segundos comprender que Brandon estaba hablando con ella. No le había dirigido una sola palabra desde que habían tomado la autopista de la costa del Pacífico y ella tampoco había querido molestarle, imaginando que probablemente estuviese dando vueltas en la cabeza a alguna idea argumental para su nueva novela.

Pero, ahora que le había formulado esa pregunta, se sentía libre para hablar con él.

—Bueno, mi hermana te diría que porque soy muy marimandona y me gusta que la gente haga lo que le digo, pero la verdad es que me gusta ayudar a los demás. Es algo natural en mí. Me encanta motivar a la gente, hacer que se entusiasmen por conseguir una meta y no se den nunca por vencidos. Me siento bien cuando consigo poner mi granito de arena para mejorar su salud.

—Sí, eres una mujer muy persuasiva y convincente —replicó Brandon sin ánimo de halagarla.

No había muchas personas que defendieran sus opiniones con su madre, se dijo él. Eso demostraba que tenía carácter y personalidad.

—No, no lo creo —dijo ella encogiéndose de hombros—. Pero, por alguna razón, tengo la capacidad de llegar a los sentimientos más íntimos de la gente y encender esa chispa que llevan dentro para que saquen fuerzas de flaqueza y vuelvan a intentarlo de nuevo hasta superar uno a uno todos los obstáculos que les separan de la meta final.

—Como es el caso de mi madre, ¿no? —dijo él asintiendo con la cabeza.

Anastasia del Vecchio era terca y obstinada, pero, a pesar de sus quejas, era una mujer que tenía la firme voluntad de recuperar la forma que tenía antes de la operación. Eso era un punto muy positivo para su rehabilitación, pensó Isabelle.

—Tu madre no es precisamente uno de los casos más difíciles —replicó ella—. No, lo digo en serio —añadió al ver la sonrisa de escepticismo de Brandon—. Ella quiere que le exijan, que le pidan un esfuerzo adicional. Si me limitara a complacerla, practicando unas sesiones suaves y tranquilas, descansando cada diez minutos, seguro que ella se quejaría aún más que ahora. Y sería con razón. Está dispuesta a superar cualquier dolor con tal de recuperar su forma física. La verdad es que tu madre está espléndida para su edad.

Brandon sonrió divertido al escuchar esas últimas palabras.

—¿Sabes una cosa? Yo, en tu lugar, no utilizaría esa expresión de «para su edad» estando mi madre delante, si es que aspiras a llevarte bien con ella. La edad de mi madre es un secreto mejor guardado que los documentos clasificados de la Casa Blanca. Ni yo mismo sé con certeza el año en que nació.

—He sido una admiradora ferviente de tu madre desde que tengo uso de razón —respondió Isabelle—. En aquella época, no le importaba si la gente sabía o no en qué año había nacido.

Brandon movió la cabeza con gesto negativo y esbozó una sonrisa.

—En eso te equivocas. Anastasia del Vecchio siempre se preocupó por mantener el secreto de su edad. Quería que el público la viese como una actriz intemporal, eternamente joven.

—¿Y no te has preocupado nunca por saber realmente su edad?

—No, en realidad no —respondió él, encogiéndose de hombros—. Eso es algo que forma ya parte de su leyenda como diva de la escena. Anastasia del Vecchio es un personaje muy especial que no puede medirse con los mismos patrones que la gente corriente. Lo que de verdad me importa de ella, más que si tiene unos cuantos años más o menos, es que ha estado a mi lado apoyándome siempre que la he necesitado.

Brandon miró a ambos lados de la carretera. Estaban pasando por una zona muy turística de la costa. A la derecha había una zona de camping plagada de caravanas, mientras que en la izquierda se alzaban algunas de las mansiones más lujosas de Laguna Beach.

—Como cuando te quedaste sólo con tu hija, ¿no?

La carretera estaba totalmente despejada en ese momento y Brandon se permitió girar la cabeza hacia ella.

—Así que sabes eso, también.

Sus palabras no eran evidentemente una pregunta, pero tampoco una acusación.

Isabelle se ruborizó ligeramente al sentir que podía haberse entrometido en su vida privada.

—Creo que has sido siempre una prolongación de la vida de tu madre. Se puede advertir su presencia en casi todas tus novelas…

Se detuvo de repente al comprender que quizá estaba yendo demasiado lejos y que sus palabras podían resultarle ofensivas. No había sido nada personal ni intencionado, sólo estaba dando su opinión sobre la vida de su escritor favorito. Del mismo modo que había sido siempre una ferviente admiradora de Anastasia del Vecchio. Aún se sentía emocionada pensando que estaba atendiendo personalmente a la legendaria estrella, de forma exclusiva.

Isabelle apretó los labios. Había tantas cosas que quería saber de Brandon… Él le había preguntado por su trabajo y ella estaba en su derecho de preguntarle a él por el suyo.

—¿Puedo hacerte una pregunta?

Habían llegado a una curva bastante cerrada y Brandon fijó la vista en la carretera.

—Adelante.

—¿Has querido siempre ser escritor?

De pequeño había soñado con ser vaquero o astronauta, pero a los doce años había comprendido que su vocación era ser escritor.

—Bueno, siempre me ha gustado el mundo de la ficción y la fantasía. De niño, me pasaba las horas muertas imaginando historias en las que yo era el héroe que salvaba a la chica y, en ocasiones, también al mundo —dijo él con una leve sonrisa—. Cuando llegó el momento de tener que salir a ganarme la vida, me di cuenta de que lo único que quería era ser escritor. Afortunadamente, mi capacidad para inventar historias había ido mejorando con los años.

Curiosamente, había contribuido a ello la habilidad que tenía de niño para inventar disculpas cuando no hacía los deberes a tiempo o se saltaba alguna clase. Un maestro bastante severo, de pelo gris y acento escocés, le había dicho en cierta ocasión que le iría mejor en la vida si pusiese su gran imaginación al servicio de algo más productivo que a inventarse excusas. Aquellas palabras le habían calado hondo y había decidido tomarlas al pie de la letra.

Habían entrado hacía un par de minutos en el centro mismo de Laguna Beach. Brandon no se había dado cuenta, pero podían verse a ambos lados sus pintorescas tiendas.

Su estómago le avisó de que era ya la hora de comer.

—¿Tienes hambre? —preguntó Brandon.

Isabelle miró el reloj y se dio cuenta de que llevaban casi una hora en el coche. No sabía si él estaría pensando en volver a casa o preferiría quedarse por allí para evitar el sufrimiento, como él decía, de tener que enfrentarse a la pantalla en blanco del ordenador. En tal caso, ella estaría feliz de darle una excusa para que se quedaran allí. Además, tenía realmente hambre.

—¿Por qué lo dices? ¿Me hacen ruido las tripas?

—No —respondió él con una sonrisa—, pero acabo de darme cuenta de que estamos llegando a La Casa Encantada, uno de los mejores restaurantes de la ciudad, y no sé tú, pero yo estoy aún casi en ayunas.

Ella tampoco había comido todavía y apenas tomado nada en el desayuno. Pero lo que había despertado de verdad su interés había sido el nombre que él acababa de mencionar.

—¿La Casa Encantada? —repitió ella—. ¿No es una obra de teatro que se llevó al cine en los años cuarenta con el título de *Su milagro de amor* y que interpretaban Robert Young y Dorothy McGuire?

—Eres la primera persona a la que oigo hablar de esa película —dijo él mirándola asombrado—. ¿Es que te pasaste la infancia y la adolescencia viendo cine?

—Pues sí, me encantaban las películas antiguas en blanco y negro.

Aquellas historias y melodramas tan emocionantes le habían ayudado mucho a sobrellevar la rígida educación que le habían impuesto sus padres.

—Estoy impresionado. Pero aún no me has contestado. ¿Tienes hambre?

—Sí, podríamos tomar algo.

—Perfecto —dijo él con una sonrisa.

El restaurante, una cabaña muy pintoresca, estaba muy cerca. Brandon enfiló la calle muy despacio buscando un lugar para aparcar. Encontró un sitio bastante estrecho en la siguiente bocacalle, entre un camión y un deportivo rojo, pero consiguió dejarlo aparcado con gran habilidad.

—Eres un portento aparcando.

—También me sé de memoria todas las estrofas del himno americano —dijo Brandon bromeando mientras apagaba el motor y echaba el freno de mano.

—Eres un hombre de mucho talento —afirmó Isabelle con admiración, mitad sincera y mitad irónica.

—Yo no habría encontrado una forma mejor de describirme —replicó él con una carcajada.

Pero la risa se le quedó helada de repente en los labios. Se lanzó hacia Isabelle, que salía en ese momento del coche y la agarró con fuerza por los hombros, tirando de ella hacia la acera.

Ella, sorprendida, se tambaleó y se agarró con fuerza a él para no caer, quedando abrazada a su cuerpo tan estrechamente que apenas quedó entre ellos la más leve rendija por la que pudiera filtrarse un rayo de luz.

Isabelle había salido del coche justo cuando pasaba un deportivo a toda velocidad, cuyo conductor iba probablemente ebrio y había estado a punto de haber sido arrollada de no haber sido por los reflejos de Brandon. El conductor trató de frenar para evitar estrellarse contra los vehículos que estaban estacionados unos metros más adelante. Isabelle escuchó el chirrido de los neumáticos sobre el asfalto. Fue un sonido que se le quedó grabado en la mente.

Pero lo primero que sintió fue un gran calor.

Un calor que no era debido a la temperatura que hacía, sino al estrecho contacto de su cuerpo con el de Brandon, momentáneamente sellados el uno contra el otro de la forma más sensual y provocativa. Isabelle sintió el sonido de un corazón latiendo de forma salvaje como un tambor de guerra, pero no supo decir si era el suyo o el de Brandon. Sólo sabía que corría el riesgo de derretirse en sus brazos, mientras sentía la sangre corriendo de forma desenfrenada por sus venas como un torrente al comienzo de la primavera.

—Lo lamento —dijo Brandon, mirándola a los ojos pero sin hacer el menor ademán de apartarse de ella.

—No hay nada que lamentar —respondió ella, lo más serena que pudo—. De no haber sido por ti, ese loco me habría atropellado.

Más tranquilo por sus palabras, Brandon fingió mirar con mucho interés a un lado y a otro de la calle.

—Nunca hay un policía cerca cuando se le necesita.

—Afortunadamente tú estabas ahí —dijo ella empezando a ver con claridad lo que había sucedido.

—Sí, fue una suerte —respondió Brandon, muy excitado, mirándola de arriba abajo.

¡Por Dios santo! ¡Qué conversación tan estúpida y pueril!

En sus novelas no lo hacía tan mal, se dijo Brandon. Incluso en la vida real nunca había mostrado tanta torpeza con una mujer. Pero en ese momento sentía como si el cerebro no le funcionase y fuese incapaz de hilar una frase medianamente inteligente. Lo único en lo que podía pensar era en besar a la mujer que tenía delante. Besarla loca y apasionadamente.

Pero ella era la fisioterapeuta de su madre y no le parecía muy correcto hacerlo.

Pero pensándolo mejor. ¡Qué demonios! ¿Por qué podía estar mal besar a una mujer si no iba en contra de su voluntad?

Tomó la cara de Isabelle entre las manos y la miró fijamente. Vio en sus ojos un gesto de sorpresa y luego de entrega, mientras inclinaba la cabeza hacia atrás ligeramente.

Era una invitación muda pero clara.

Brandon la besó en la boca suavemente.

Ella sintió que la agitación que había sentido hacía unos instantes cuando estuvo a punto de resultar atropellada, no había sido nada en comparación con la que estaba sintiendo ahora.

Sintió como si la cabeza le diera vueltas y estuvieran estallando a su alrededor un castillo de fuegos artificiales mientras sentía los labios y la lengua de Brandon en su boca.

En cierta ocasión, había leído una descripción parecida en una novela, pero siempre se había dicho a sí misma que esas cosas eran sólo licencias literarias que no ocurrían en la vida real. Un beso era sólo eso: un beso, unos labios en contacto, una piel sobre otra piel. Nada más. Los besos no tenían poderes secretos, no podían impulsar un cohete al espacio ni mover un tren de mercancías. Todo eso no eran más que fantasías de los poetas y novelistas.

Pero allí estaba ella para desmentirlo, sintiendo su cuerpo flotando misteriosamente en el cielo del atardecer de Laguna Beach.

La atracción repentina que Brandon había sentido por ella le producía una sensación de fuego que la quemaba por dentro. Era algo que nunca había sentido antes.

Brandon, por su parte, se sintió desconcertado. No era habitual que perdiera el control ante una situación imprevista. Había sido bastante irresponsable de joven y había luchado con ahínco para conseguir ese equilibrio en su carácter. Tenía a gala no perder los papeles en ningún momento.

Pero no se había imaginado que pudiera sentir alguna vez lo que estaba sintiendo en ese instante con Isabelle en sus brazos.

Dándose un respiro, dio un paso hacia atrás y contempló admirado a la mujer que le había transportado al mundo del placer y el deseo. Se sintió preocupado por si pudiera haberla ofendido. No sabía si sería procedente pedirle disculpas o no.

Se hizo un largo silencio, que se vio obligado a romper, incapaz de soportar tanta tensión.

—Lo siento.

—Ya te dije antes que no tienes por qué pedir perdón —dijo ella.

—Ya, pero eso fue antes de que te…

—Sigue siendo válido —le interrumpió ella.

Él se sintió más tranquilo al saber que no se había molestado, que no pensaba que se hubiera aprovechado de ella por la oportunidad que se le había presentado. Nada más lejos de la realidad. La verdad era que todo había sido fruto de un momento de debilidad por su parte.

A Brandon no le gustaba abrir su corazón de esa manera. Las personas que iban así por la vida solían sufrir mucho. Por eso, él estaba desde hacía tiempo completamente encerrado en sí mismo. Nada ni nadie conseguía acceder a su interior.

La última vez que le había abierto su corazón a alguien había sido a Jean, la madre de Victoria. Y ella se lo había roto. Había pensado, en aquella ocasión, que valdría la pena porque su amor sería para toda la vida, pero había aprendido lo que de verdad significaba esa expresión. Había sido una lección muy dura y cruel pero la había aprendido y no estaba dispuesto a olvidarla.

Aunque Isabelle había conseguido que la olvidase, al menos por unos minutos.

Debía tener cuidado para que no le volviese a pasar de nuevo. Sabía muy bien las consecuencias.

—¿Qué hay de esa comida que me prometiste? —exclamó Isabelle con gran jovialidad, sintiendo la necesidad de desviar los pensamientos de ambos a un terreno más intrascendente.

—Adelante.

Brandon miró a izquierda y derecha antes de cruzar la calle con ella del brazo. Ya había asumido demasiados riesgos por un día.

Capítulo 8

QUÉ vista tan impresionante se ve desde aquí! —exclamó Isabelle—. Es como estar mirando la eternidad.

—Mirando la eternidad… —repitió Brandon, pensativo—. No sería un mal título para una novela.

Habían comido en aquel restaurante, que a ella le había parecido aún más pintoresco por dentro que por fuera, y después se habían ido a ver un poco la ciudad para disfrutar de sus vistas. Estaban ahora en un pabellón techado desde el que se tenía una vista privilegiada de la ciudad y de la playa. Era de forma circular y estaba pintado de gris. Colgaba materialmente del borde de un malecón muy abrupto que daba a la playa. El mar se extendía desde allí hasta donde se perdía la vista.

Isabelle lo miró extasiada. Las aguas eran de un color azul cristalino. Las olas llegaban a la costa besando la arena por unos segundos para retirarse luego discretamente, como una coqueta joven sureña provocando a su pretendiente para poner a prueba por primera vez sus poderes femeninos.

—¿Vienes por aquí a menudo? —dijo ella, echándose a reír a continuación.

—¿Qué te hace tanta gracia? —preguntó él con una sonrisa, contagiado por su buen humor.

—Es que la pregunta me suena a eso que suelen decir los hombres cuando encuentran a una chica en un bar o en un club —contestó ella, y repitió ahora arqueando graciosamente las cejas y poniendo una voz pretendidamente seductora—: ¿Vienes por aquí a menudo, muñeca?

—Sí, suelo venir con cierta frecuencia —replicó él, con un tono falseado, una octava más alta que el suyo, adoptando el papel de la chica del bar para seguir la broma, para añadir luego más serio y con su voz natural—: Dar una vuelta con el coche por la autopista de la costa del Pacífico y contemplar el mar desde aquí son dos cosas que me ayudan a despejarme y a cargar las pilas.

De repente, Isabelle creyó percibir un cierto olor a humedad en el aire. Rara vez llovía en el sur de California en el mes de julio, por lo que supuso que sería una racha de viento procedente del mar.

—¿Y no paseas nunca por la playa en busca de inspiración?

—Sí, ésa es mi tercera opción —contestó Brandon mirando los zapatos que ella llevaba.

Isabelle vestía siempre de manera muy cómoda y funcional y su calzado era lo único que desentonaba con el resto. En vez de unas zapatillas deportivas o unos zapatos planos, llevaba unas sandalias de tacón alto. No eran como esos tacones estrechos de aguja, con los que uno se pregunta cómo las mujeres pueden mantenerse en equilibrio, sino más gruesos y estables.

Pero tacones al fin y al cabo. Nunca la había visto con otro tipo de zapatos. En una ocasión le había preguntado por qué no llevaba un calzado más apropiado para su trabajo y ella le había respondido sorprendentemente que se sentía más segura con sus zapatos de tacón alto. Brandon llevaba ya suficientes años viviendo con su madre y con Victoria como para saber que era inútil discutir con una mujer cuando estaba convencida de algo.

—¿Te animas entonces a dar un paseo por la playa? —dijo él.

Isabelle apoyó el brazo en su hombro para guardar el equilibrio y se quitó las sandalias. Tenía el dobladillo de los pantalones blancos ligeramente manchados por el roce con el suelo.

—¡Adelante! —respondió ella sonriendo, con las sandalias en la mano.

Brandon la contempló allí descalza y tuvo que hacer un esfuerzo para disimular la excitación que sentía. Aquél no era el momento ni el lugar…

—Pues vamos, es por ahí —dijo él, señalando un camino estrecho y sinuoso que había estado pintado en otro tiempo pero cuyo color se había desvaído con los años, por el sol y el paso de los peatones.

Tenía también una pendiente hacia abajo bastante pronunciada, por lo que ella, no sintiéndose muy segura, decidió agarrarse del brazo de Brandon, hasta llegar a la playa.

La arena tenía una blancura inmaculada. El servicio de la playa y los propios vecinos estaban orgullosos de mantenerla siempre limpia. Isabelle notó el calor de la arena en la planta de los pies al pisarla por primera vez. Brandon se había quedado atrás un momento para quitarse los zapatos y los calcetines y ella aprovechó para subirse un poco el bajo de los pantalones.

La playa estaba casi desierta y dada su gran extensión parecía prolongarse hasta el infinito.

Isabelle se preguntó si él tendría esa misma impresión.

—¿No te hace sentirte más pequeño, como si fueras sólo un grano de arena?

—No, me hace sentir algo especial. Como si estuviera viendo el paraíso por primera vez.

A Isabelle le gustó aquella comparación. Iba a decírselo, pero se detuvo al darse cuenta de que no sólo estaba ahora oliendo la lluvia, sino que estaba sintiéndola también en la piel.

¿Serían sólo imaginaciones suyas? Miró al cielo pero no vio ningún nubarrón negro que amenazase lluvia. Estaba tan azul y transparente como antes. Pero de alguna parte estaban empezando a caer las gotas de agua. Quizá hubiera alguna grieta en el cielo por la que se filtraran. Brandon, sin esperar un segundo más, la agarró de la mano para regresar lo antes posible. Echaron a correr por la playa y luego por el camino que ahora era cuesta arriba. La lluvia arreciaba cada vez más, haciendo que ellos aceleraran también el paso hasta llegar casi exhaustos al pabellón y ponerse a cobijo.

—Creo que hemos quemado todas las calorías de la comida —dijo ella tratando de recobrar el aliento.

Escucharon entonces unos golpes tremendos sobre el techo de madera de aquel cobertizo.

—¿Está granizando? —preguntó ella, mirando a Brandon con cara de asombro.

—Eso parece —respondió él, señalando con la mano las bolas de granizo que poco a poco iban cubriendo el césped que había entre el pabellón y la acera de la calle.

Isabelle tenía todo el pelo mojado. Se lo apartó de

la cara con la mano. Debía de estar hecha una facha, pensó ella. Dejó las sandalias en el suelo y se las puso. Luego se pasó las manos por los brazos para quitarse las gotas de agua.

—Estoy calada hasta los huesos —exclamó ella.

Parecía una de esas chicas de los concursos de «miss camiseta mojada».

Brandon, en vez de recrearse en su cuerpo tentador, la miró a los ojos. Sacó del bolsillo un pañuelo limpio y perfectamente doblado y le limpió cuidadosamente la cara. Luego le dio el pañuelo para que se secara el resto. Ella se lo pasó por el cuello y por el nacimiento de los pechos hasta que el pañuelo quedó empapado.

—Gracias. Ya estoy bastante seca —dijo ella con una sonrisa devolviéndole el pañuelo.

Él se echó a reír, guardándose el pañuelo en el bolsillo de atrás de los vaqueros que tenía también empapados de agua.

La tormenta de granizo había remitido. Parecía que todo hubiera sido un espejismo y nada de todo aquello hubiera pasado, de no ser por el manto de granizo que se veía en las calles.

—¿Qué fue eso? —preguntó Brandon, mirando sorprendido el azul del cielo.

Había visto en su vida dos o tres precipitaciones de granizo, pero en ninguna de ellas el cielo había permanecido azul y transparente durante la tormenta.

—No estoy muy segura —respondió ella—. Pero, si después de la granizada no nos viene una plaga de ranas y mosquitos, diría que estamos de suerte y que Dios no está enojado con nosotros.

—Bueno es saberlo —replicó él con una sonrisa.

Una vez pasado todo, Isabelle recordó que él le había agarrado la mano para subir corriendo la cuesta hacia el refugio del pabellón. Lo había hecho en silencio y sin hacer ninguna ostentación. Los hombres se distinguían por sus actos, no por sus palabras, pensó ella. Y él era sin duda un hombre ardiente y apasionado, pero también un caballero.

Perfecto en todos los sentidos. Hasta el momento, no le había encontrado ningún defecto. Era un buen hijo con su madre, amaba a su hija, tenía buen sentido del humor y era ingenioso e inteligente. No se podía pedir más.

Sin embargo, ella sabía muy bien por su padre que ningún hombre era perfecto.

¿Cuál sería el defecto de Brandon Slade?, se preguntó ella.

Hasta el momento, no tenía evidencia de ninguno, pero sabía que tenía que tenerlo. Los hombres tan perfectos como parecía ser Brandon sólo existían en los cuentos de hadas y todos respondían al mismo nombre: el Príncipe Azul. En otras palabras, eran personajes de ficción que no necesitaban siquiera tener un distintivo propio. ¿Para qué malgastar un nombre verdadero en un personaje que no tenía existencia en la vida real?

La voz profunda y bien timbrada de Brandon interrumpió sus pensamientos.

—Creo que deberíamos volver a casa ahora que está el tiempo tranquilo, antes de que pueda volver otra vez la tormenta. A menos que quieras quedarte un rato más aquí.

Aunque ella hubiera preferido quedarse allí un poco más con él, era consciente de que tenía que estar esa tarde en casa de Brandon para la sesión de rehabilitación de Anastasia. Por muy a gusto que se sintiese a su lado, tenía que concienciarse de que ella estaba en su vida sólo de forma temporal.

—Me encantaría —respondió ella—, pero tengo a

las tres una sesión de fisioterapia con tu madre. Anastasia lo está haciendo muy bien y no me gustaría interrumpir sus progresos.

—¿A casa, entonces?

A casa. Se sintió emocionada al escuchar esa palabra, tratando de imaginar lo que sentiría si él no se estuviese refiriendo a su casa, sino a una que fuera de ambos.

Tenía que tener cuidado, se dijo Isabelle. Tenía cierta tendencia a dejarse llevar por la imaginación y a creerse cosas que no eran realidad. Brandon se había portado muy bien con ella desde el principio, pero eso no significaba nada. Estaba con él porque la habían contratado para ayudar a su madre a recuperarse. Eso era todo. Pensar otra cosa sería engañarse a sí misma y complicarse la vida sin razón.

Pero, a pesar de todos esos razonamientos tan sensatos, ella sentía que nunca le había pasado nada parecido en todos sus años de profesión. Ahora todo era diferente. Brandon había entrado a formar parte de su mundo.

«Él no ha entrado en tu mundo, imbécil. Tú eres la que has entrado en el suyo. En cuanto su madre se recupere dejarás de estar presente en su vida, pasarás a ser simplemente alguien que él conoció un día», le dijo, de forma cruel, una voz interior.

Había momentos en que se odiaba a sí misma por ser tan sensata y razonable.

—Te has quedado muy callada —le dijo Brandon cuando llegaron al coche—. ¿Te ocurre algo?

Abrió el maletero y le dio una toalla de baño para que se la echara por encima.

—No, sólo estaba pensando en el programa de rehabilitación de tu madre —mintió Isabelle.

Era una buena excusa para salir del paso, pensó ella.

Pero se sintió algo disgustada consigo misma porque no estaba acostumbrada a mentir. Nunca había tenido razón para hacerlo.

Brandon puso la llave de contacto en el coche y la miró fijamente a los ojos.

—Tienes suerte de que la historia de Pinocho sea sólo un cuento infantil —dijo él poniendo el coche en marcha y tocándose luego la punta de la nariz con intención.

Ella se puso muy digna y erguida como si la alusión no fuera con ella.

—¿Tratas de decirme que estoy mintiendo?

—Sólo estaba haciendo una observación —respondió él con fingida ingenuidad, y luego añadió con voz más grave—: Pero estoy algo preocupado.

—¿Preocupado? —repitió ella—. ¿Por quién? ¿Por tu madre? No tienes motivos para estarlo. Ya te lo he dicho, tu madre está haciendo grandes progresos para recuperarse.

—Sí, eso ya lo sé.

Vaya, tal vez, se había confundido y no era su madre lo que le preocupaba.

—¿Entonces...?

Brandon sacó el coche de donde lo había aparcado y se dirigió a la esquina del semáforo.

—Me estaba refiriendo a ti.

—¿A mí? —exclamó ella sorprendida—. ¿Tú estás preocupado por mí? ¿Por qué?

La respuesta no era fácil. Ése era un terreno desconocido para él.

—Me preocupa que, después de lo que ha pasado, quieras dejar tu trabajo con mi madre.

—¿Por qué? ¿Qué ha pasado? —exclamó ella, pensando que se estaba refiriendo a haberse empapado con la lluvia—. No está en mi ánimo el ofenderte, Brandon. Tú eres un hombre muy famoso y con prestigio, pero no creo que tengas que sentirte responsable de un cambio brusco del tiempo.

—No, me refiero a lo que pasó antes de eso —dijo él escuetamente, entrando en la autopista de la costa del Pacífico.

Las pintorescas tiendas de Laguna Beach iban quedando atrás mientras se adentraba, de camino a casa, por Mac-Arthur Bulevar y Newport Beach.

—¿Crees que dejaría mi trabajo con tu madre sólo porque me besaste? —replicó ella—. ¿O porque te apartaste de mí al poco tiempo? —añadió luego con una sonrisa.

Brandon se sintió más tranquilo al escuchar sus palabras. Por supuesto, podía encontrar otra fisioterapeuta para su madre. Isabelle no era la única disponible en todo el continente americano, pero a su madre le gustaba y eso, en sí, ya tenía mérito. Además, a él también le gustaba, y no le apetecía separarse de ella.

—¿Todo aclarado entonces? —dijo él, para guardar las formas.

—Sí —respondió ella—. Créeme, si hubieras intentado hacer algo que no me hubiese gustado, no te lo habría permitido. No me habría portado de forma tan dócil y sumisa. Aunque lo pueda parecer, no soy tan tímida ni mojigata.

No, se dijo él, recordando la forma tan temeraria en que había conducido el coche por el arcén, tras recoger sus cosas del apartamento.

—No, no lo eres —dijo él—. Y que conste que…

Interrumpió la frase al ver delante un camión de ocho ejes ocupando prácticamente toda la carretera. Maniobró con habilidad para adelantarle.

Isabelle esperó impaciente a que terminara la maniobra para saber lo que quería decirle.

—¿Sí?

—Y que conste —repitió él—, que a mí no me pareces ni tímida ni mojigata. Por cierto, ¿quién te ha dicho eso? —le preguntó él mirándola de reojo con una sonrisa.

—Zoe —respondió ella, y añadió por si no recordaba quién era—: Mi hermana.

—Sé quién es Zoe —replicó Brandon que tenía una memoria portentosa para los nombres—. Lo que no sabía es que fuera ciega —dijo él bromeando y a modo de cumplido.

—Se preocupa mucho por mí —dijo complacida, disculpando a su hermana—. Quiere que saque el mayor provecho de mis posibilidades para que no acabe convirtiéndome en una solterona.

—Creo que, si estás sola, es porque quieres —afirmó él.

Eso era muy amable de su parte, pensó ella. Pero estaba tocando una de sus fibras sensibles y no quería entrar en ese juego para el que sabía no estaba muy preparada.

—Tampoco es que vaya apartando a los hombres con un palo —dijo ella con una sonrisa.

—Creo adivinar que eso es porque te has dedicado toda la vida, en cuerpo y alma, a tu trabajo y no has tenido tiempo de relacionarte con nadie —dijo él muy comprensivo.

¿Había sido una feliz conjetura, tendría poderes de adivino o sólo estaba tratando de ser amable?, se dijo ella. De cualquier modo, había dado en el clavo. Lo que él no sabía era por qué ella había obrado de ese modo y no había tenido ninguna relación con un hombre. Pero ése era un secreto que no quería desvelar.

—Creo que no te pedí que me leyeras la mano —dijo ella con ironía.

—Considéralo un extra por trabajar con mi madre o, si lo prefieres, por estar con un escritor al que le gusta estar siempre psicoanalizando a la gente que tiene alrededor.

Sí, un extra. Ésa era la palabra adecuada para definir lo que había sido su cita de esa tarde y sobre todo el beso que le había dado. Un beso que muy probablemente sería el primero y el último.

—Lo tendré en cuenta —dijo ella.

¿Qué había querido decir con eso?, se dijo Brandon. Nunca había oído antes a nadie decir esa frase con ese tono. Parecía abrir todo un abanico de posibilidades sobre su intención.

Pero él no podía saberlo. Hacía muy poco que conocía a Isabelle.

Capítulo 9

DESPUÉS de esa incursión inicial en el proceso creativo de Brandon, Isabelle se vio sumergida, para su sorpresa, cada vez más y más en su mundo literario.

Estaba entusiasmada con aquel emocionante universo de las palabras. Pero, al mismo tiempo, no quería que Brandon pudiera pensar que era una admiradora más de esas histéricas que le seguían por todas partes con los ojos como platos. Por eso tenía pensado rechazar la siguiente invitación que le hiciese.

Pero lo que no podía saber era que esa invitación iba a ser para asistir a la recepción que se iba a dar, con motivo de la presentación de su última novela, en uno de los locales de una famosa cadena editorial de ámbito nacional. Cuando Brandon se lo pidió no pudo negarse. No tendría probablemente otra oportunidad de asistir a una recepción como ésa, en calidad además de invitada del autor.

No, no podía negarse. Y máxime cuando se lo pidió como un favor personal, para que estuviera pendiente de su madre y de su hija, que iban a asistir también al acto.

Por esa razón se encontraba, al día siguiente, en el centro comercial de la zona, aprovechando un hueco entre las sesiones de rehabilitación de la mañana y de la tarde. La recepción iba a tener lugar a las seis y había pensado comprarse para la ocasión un vestido negro sencillo.

Al final, a juzgar por el precio que ponía en la etiqueta, el vestido resultó cualquier cosa menos sencillo. Pero, puesto que se trataba de una de esas cosas que suceden una sola vez en la vida, había decidido tirar la casa por la ventana. Aquel vestido valía más que todos los que tenía colgados en su armario.

Pero cuando se miró al espejo esa noche en el servicio de señoras del local donde iba a tener lugar la presentación de la novela, sintió que había valido la pena.

Se había acostumbrado a dejar volar la imaginación y a hacerse castillos en el aire, después de la tarde que había pasado con Brandon en Laguna Beach.

Tenía que ser consciente de que iba a asistir a aquella recepción no como amiga de Brandon, ni siquiera como admiradora de sus obras, sino como fisioterapeuta de su madre. Iba a ir por una razón muy justificada: ayudar a Victoria a estar pendiente de su abuela, porque Anastasia del Vecchio tenía tendencia a excederse en ese tipo de celebraciones y ellos no querían que pusiese en peligro los progresos que con tanto esfuerzo había realizado hasta la fecha. Lo que significaba que ella tendría que estar todo el rato detrás de ella, como si fuera su sombra. Sabía que no sería tarea fácil. Anastasia no acataba ningún tipo de prohibiciones, aunque fuesen por su propio bien. Pensaba que podía seguir haciendo las mismas cosas que cuando tenía treinta años.

Se volvió a mirar en el espejo, desde todos los ángulos imaginables y sonrió complacida. Estaba espléndida con aquel vestido. Acostumbrada a llevar siempre el pelo recogido hacia atrás, se lo había dejado suelto esa noche, sin más sujeción que un pequeño pasador dorado colocado discretamente encima de la oreja derecha.

Llevaba unas sandalias negras de tacón alto con las que ganaba más de diez centímetros de estatura. Se echó al hombro el bolso donde llevaba todas sus cosas. Hubiera preferido llevar un bolso de mano, pero no tenía ninguno donde cupieran todos los objetos que consideraba indispensables para llevar a cabo correctamente su labor esa noche.

Respiró hondo, se estiró un poco la falda y salió al vestíbulo.

Escuchó entonces la voz de Brandon. Venía de la planta de abajo y parecía estar llamando a Victoria y a su madre para que bajasen a la sala donde iba a tener lugar el acto.

—Vamos, señoras. No quiero llegar tarde a la firma.

—¿Por qué no? —dijo Anastasia, mientras bajaba las escaleras con relativa facilidad—. De esa manera, podrías hacer una entrada en escena más espectacular, llevando a una hermosa mujer en cada brazo —añadió la actriz con un gesto dramático, ya al final de la escalera.

—Las entradas teatrales no son mi fuerte. Las dejo para ti, mamá —respondió él afectuosamente—. Me conformo con que no me tiren tomates o huevos podridos.

—¡Qué cosas dices, papá! —intervino Victoria—. ¡Cómo si te hubieran hecho alguna vez una cosa así!

—Tienes razón, hija —dijo él con una sonrisa, pasándole la mano por el pelo pero con mucho cuidado para no estropearle el peinado que le había hecho Olga, la estilista habitual de Anastasia—. Por cierto, ¿por dónde anda Isabelle? —preguntó algo impaciente, mirando al reloj.

—Estoy aquí —respondió la propia Isabelle, desde arriba de la escalera, haciendo un esfuerzo por disimular el nudo que tenía en la garganta.

—Bien, puesto que ya estamos todos…, adelante —dijo Brandon.

La última palabra salió de sus labios como en cámara lenta. Al mirar hacia arriba y ver a Isabelle se había quedado casi mudo y sin respiración. Volvió a mirarla sin dar crédito a lo que veía. Con aquel vestido negro tan ceñido, de diez a quince centímetros por encima de la rodilla, que dejaba ver buena parte de sus muslos, tenía una figura impresionante.

—¿Qué estás mirando? —dijo ella, complacida por el efecto que le había causado.

—Es que nunca te había visto las piernas antes. Quiero decir sin pantalones… O sea, quiero decir que sólo te visto… en pantalones. Lo que trato de decir es que…

—Escuchen cómo se trastabilla el prolífico y famoso escritor —dijo Anastasia en tono de burla.

Isabelle sintió una emoción indescriptible al observar la mirada fascinada de Brandon.

—¿Has tenido siempre las piernas tan largas? —preguntó él, aún cautivado por su imagen.

—Supongo que sí, no creo que me hayan crecido esta noche —respondió ella en broma.

Brandon respiró profundamente tratando de recuperarse poco a poco.

—Es curioso, no me había dado cuenta hasta ahora —dijo él sin dejar de mirarle las piernas.

Anastasia se vio obligada a intervenir para acabar con aquella conversación tan absurda.

—Pues sí, hijo, aunque tú no lo creas, Isabelle tenía ayer las piernas igual de largas que hoy. Y ahora creo que ya es hora de dejarse de tonterías y entrar en la sala. Debe de estar todo el mundo esperándote. ¿No eras tú el que decías hace sólo un momento que no querías llegar tarde a la firma? —añadió ella con sarcasmo.

En realidad, la insigne actriz había visto a Isabelle con muy buenos ojos desde el principio, pero conocía muy bien a su hijo y sabía que, si le hablaba bien de ella o le daba el típico empujoncito, lo único que conseguiría sería el efecto contrario al que buscaba. Brandon era un persona que odiaba que alguien le manipulase. En eso había salido a ella, se dijo Anastasia. Por fortuna, ella sabía manipular a la gente mucho mejor de lo que él sospechaba.

Pero tenía que tener paciencia. Era preciso que a Brandon se le cayese la venda de los ojos y pudiera convencerse por sí mismo de que Isabelle era la mujer perfecta para él. Después de todo, ya no era un jovencito y ella quería estar segura de que tanto Victoria como él tuvieran a alguien que les cuidase cuando ella estuviese fuera trabajando.

No podía seguir estando con ellos por más tiempo, se dijo para sí. El público podría cansarse de esperarla y encontrar otra actriz a la que rendir su adoración. Y ella no estaba dispuesta a dejarse comer el terreno por ninguna advenediza.

Miró a Isabelle con fingida naturalidad, como dándole una discreta aprobación.

—Estás muy mona esta noche, querida. Como todos —dijo sonriendo a Victoria con un gesto de complicidad.

Su nieta estaba adorable con esa coleta que lleva-ba, pensó Anastasia. Estaba hecha ya toda una mujer-cita. ¡Cómo pasaba el tiempo!

—Bueno, ahora tenemos que entrar —volvió a re-petir ella—. ¿No querrás que la gente se canse de es-perarte y dirija sus gustos hacia otro escritor que sea más puntual que tú?

—Sí, mamá —respondió Brandon, mirándola muy divertido pues, aunque no quería decírselo, Victoria y él habían estado esperándola a ella un buen rato a que terminase de arreglarse.

Brandon hizo una pequeña reverencia y le ofreció el brazo a su madre para entrar en la sala.

—Soy perfectamente capaz de valerme sola —dijo ella con arrogancia—. Además, si necesito ayuda de alguien, ya tengo para eso a Victoria —añadió son-riendo a su nieta—. Si quieres de verdad hacerte el ca-ballero, ofrécele tu brazo a Isabelle. Con esos tacones de vértigo que lleva, seguro que te lo agradecerá.

—Ya la has oído —dijo Brandon a Isabelle, ofre-ciéndole el brazo.

—Si crees que me voy a da un batacazo, ya puedes esperar sentado —replicó Isabelle tomándole del bra-zo—. Ando mejor con tacones que con cualquier otra cosa.

—No me lo creo —dijo él—. Te desafío a echar una carrera después de la recepción.

—Acepto el reto —dijo ella con una sonrisa.

Anastasia se quedó unos pasos rezagada observan-do con satisfacción lo que ella consideraba su obra. Tenía que acordarse de felicitar a Cecilia por su elec-ción y enviarle más casos, se dijo ella mentalmente.

—Hacen una buena pareja, ¿verdad, abuela? —le susurró Victoria al oído.

La actriz miró a su nieta, sorprendida. A veces le

costaba creer que sólo tuviera doce años, pero desde que había nacido había demostrado una madurez inusual para su edad.

Era, a su modo de ver, como un premio de consolación que la compensaba de haber sido abandonada por su madre al poco de traerla al mundo.

«La muy bruja no sabe lo que se está perdiendo», pensó Anastasia.

Ella siempre se había alegrado de que Jean se hubiera marchado. Tanto Victoria como Brandon se merecían algo mejor.

—Sí —dijo Anastasia dirigiendo una sonrisa afectuosa a su nieta—. Hacen muy buena pareja.

Isabelle no podía creer que pudiera caber tanta gente en una tienda de libros como aquélla. No quedaba un solo espacio vacío. Todo estaba ocupado por la legión de admiradores de Brandon Slade.

Observó que, en su mayor parte, eran mujeres. Y no sólo había mujeres maduras, las había de todas las edades y condiciones. Jóvenes y viejas, altas y bajas. Unas vestidas de punta en blanco y otras que parecían haberse levantado hacía poco de la cama o haber venido corriendo todas sudadas de hacer aerobic en el gimnasio del barrio.

Se había formado una cola interminable de mujeres que, con su libro bajo el brazo, esperaban pacientes a que les llegase el turno para que Brandon se lo firmase con una dedicatoria que guardarían como un preciado tesoro.

Isabelle dio gracias de estar algo apartada de la multitud, pues de otro modo habría recibido más de un codazo y algún que otro empujón, tal era la histeria reinante en el local. Todas parecían querer estar cerca, si no del mejor escritor del momento, sí al menos del más guapo que habían visto, en persona, en toda su vida.

Anastasia, que estaba de pie con Victoria justo detrás de la mesa donde Brandon estaba firmando los libros, le hizo un gesto para que se acercase a ellas. A duras penas y tras abrirse paso por entre la nube de fans, Isabelle consiguió llegar hasta allí.

—Aquí detrás estarás más tranquila —le dijo Anastasia con una sonrisa—. La guerra se libra ahí, delante de la mesa de Brandon. Yo ya estoy acostumbrada a estos actos.

Isabelle observó que la representante de Brandon, Maura Reynolds, no se había apartado de él en los últimos noventa minutos. Desde que Brandon había leído en público el primer capítulo de su novela, ella se había puesto a su lado y no se había separado de él un solo segundo. Isabelle no pudo evitar preguntarse si Maura, que era claramente mayor que él, estaría colada por Brandon como tantas de sus admiradoras.

Trató de no calentarse la cabeza y se dirigió a Anastasia.

—¿Siempre hay tanto revuelo en este tipo de actos?

—Los he visto peores, créeme —dijo la actriz señalando a la gente con un gesto indulgente—. Pero era aún mucho peor cuando no venía nadie, como en su primera novela —añadió ella en voz baja para que Brandon no la oyera—. Personalmente, creo que su buena presencia física tuvo que mucho que ver en sus primeros éxitos de ventas.

—Y también porque mejoró mucho a partir de su segunda novela —intervino Victoria demostrando la admiración que sentía por su padre.

—Sí, en efecto —admitió Anastasia, ya fuera porque lo creía así sinceramente o porque no quería contrariar a su nieta.

Isabelle sonrió al ver la complicidad que había entre la abuela y la nieta.

Pero la sonrisa se le heló en un instante cuando vio a una mujer en la cola que le llamó poderosamente la atención. Era una mujer con un cuerpo escultural y la melena más larga y rubia que jamás había visto.

—Me gustaría que me firmara un autógrafo, por favor —dijo la mujer inclinándose hacia Brandon, con una voz tan dulce y acaramelada que parecía como si se la hubiese untado en miel.

—Naturalmente, para eso estamos aquí —respondió Brandon, con la pluma en la mano—. ¿A nombre de quién quiere que lo ponga? —preguntó él extendiendo la mano para que le diera el libro que acababa de comprar.

Pero la mujer hizo un gesto negativo con la cabeza, dejó el libro en la mesa, puso las manos encima de él y se inclinó aún más hacia delante. Llevaba una blusa de seda azul, con más botones desabrochados de lo que podía considerarse decente, en opinión de Isabelle, y tenía unos pechos tan prominentes que, en aquella postura, daba la impresión de que la blusa no podría soportar el peso y explotaría en cualquier momento.

—No, en el libro no —dijo ella con un susurro de voz como si fuera Marilyn Monroe felicitando al presidente de los Estados Unidos—. Quiero que me firme aquí —dijo ella con una sonrisa sensual y provocadora—. Póngame: «Para Annaliese, con amor y gratitud. Brandon Slade».

Isabelle se quedó expectante, mirando a Brandon para ver su reacción.

—Lo siento, pero no puedo —contestó él, imper-

turbable devolviéndole la sonrisa—. Me temo que mi
pluma sólo escribe en papel.

Pero la imitadora de Marilyn Monroe parecía estar
preparada para un respuesta como ésa y sacó del bolso
un rotulador indeleble.

—¿Qué tal si prueba con éste? Me han dicho en la
tienda que puede escribir sobre cualquier tipo de superficie —susurró ella.

Isabelle creyó, por un momento, que Brandon iba a
claudicar y a firmar el autógrafo en el pecho, más que
generoso, de aquella mujer, pero en seguida comprendió que no iba a ser así.

—¿Qué le parece si se lo pongo en algún sitio donde no se pueda borrar cuando se duche? —dijo él con
una sonrisa enigmática.

Se veía, por la expresión de su cara, que Brandon
sabía cómo tratar a ese tipo de mujeres.

Con un suspiro, la mujer llamada Annaliese se puso
derecha y la blusa volvió a su ser, o sea, a su posición
de reposo, volviendo a cubrir al menos parte del esco-
te. Con un mohín en los labios, tomó de la mesa el libro que había tenido que comprar para poder ponerse
en la cola.

—Está bien —dijo ella resignada.

Brandon se tomó su tiempo para asegurarse de que
la dedicatoria era algo más que la típica frase consabi-
da de siempre.

La mujer se retiró decepcionada, leyendo con una
sonrisa la dedicatoria que Brandon le había puesto.

—Bien hecho —exclamó Isabelle, en voz baja para
sí.

Brandon, sin embargo, pareció haberla escuchado,
a pesar del jaleo.

—Gracias —replicó él, mirándola de reojo con una
sonrisa, antes de ponerse a atender a la siguiente persona.

Isabelle se sintió confusa. ¿Por qué esa palabra tan simple de sólo siete letras le hacía sentirse como si alguien hubiera encendido un fuego en su interior? Un fuego que le estaba quemando cada una de las partes de su cuerpo.

No tenía respuesta para eso. Todavía.

Capítulo 10

LA recepción no tenía visos de terminar pronto. Los asistentes parecían estar muy animados, conversando alegremente con una copa en la mano, y la velada prometía prolongarse hasta altas horas de la noche.

Se había contratado el servicio de catering a Theresa Manetti. La simpática señora andaba muy atenta por toda la sala, vigilando para que no faltara de nada en las bandejas de la mesa del bufé ni hubiera ningún invitado con la copa vacía. Tenía una reputación que cuidar.

Pero aparte de eso, andaba por allí con los ojos muy abiertos para observar disimuladamente a la joven que constituía extraoficialmente su último proyecto. Isabelle Sinclair había evolucionado mucho en poco tiempo. No se parecía en nada a la chica retraída y tímida que ella conocía. Ahora se la veía una mujer desenvuelta y llena de vida.

Theresa la vio conversando, muy desenfadadamente, con Brandon Slade y abrigó la esperanza de que aquel emparejamiento, que había urdido con sus amigas Maizie y Cecilia, pudiera llegar a buen término. No era el primero que conseguían. Tenían un buen palmarés y todos con final feliz. Cinco de cinco. Con un poco de suerte y un empujoncito, aquél podría ser el sexto, pensó ella con una leve sonrisa.

A la hora y media, aproximadamente, de haber comenzado la recepción, Anastasia, acompañada de Victoria, se dirigió hacia donde estaba su hijo. Brandon estaba, como siempre, rodeado de un buen número de mujeres de diversas edades. Estaba contando en ese momento a sus admiradoras la anécdota de cuando recibió la noticia de que el *New York Times* había incluido su primera novela en la lista de bestsellers.

—Al principio pensé que la llamada era una broma de uno de mis amigos para tomarme el pelo. Así que colgué. Cuando esa misma persona volvió a llamar, decidí ponerme en contacto con Maura, mi representante. Pero mi sorpresa fue cuando me respondió el mismo señor de antes, que resultó ser el ayudante de Maura, y me dijo con mucha frialdad que no podía ponerme con ella porque estaba en una reunión, pero que ella me llamaría en cuanto quedase libre para comunicarme la buena noticia. Parecía muy ofendido. Así que pasé los siguientes quince minutos tratando de disculparme con él, y luego las siguientes cuarenta y ocho horas celebrándolo —concluyó Brandon con una radiante sonrisa.

Ninguna de las mujeres se movió de allí. Estaba claro que estaban deseando que les contase otra anécdota. Pero en cuanto Brandon vio a acercarse a su madre y a Victoria, se deshizo muy educadamente del círculo de mujeres que le rodeaba, con la promesa de que volvería después para contarles otra emocionante historia de las suyas.

—¿Ocurre algo? —preguntó él, mirando a su madre y a su hija a la espera de una respuesta.

—Se está haciendo tarde, Brandon. Victoria y yo nos vamos a casa —respondió su madre.

Brandon aún recordaba cuando su madre se pasaba de fiesta varios días seguidos. Entonces no se cansaba ni le parecía que se estuviera haciendo tarde.

Eran otros tiempos, pensó con cierta tristeza. Pero sabía que ella no iba a admitir que estaba cansada, así que decidió guardar las formas.

—¿Hay algún problema?

—No, ninguno. Pero ya es hora de que Victoria se vaya a dormir. Además no quiero que se acostumbre a trasnochar —aclaró Anastasia.

Era una excusa muy poco convincente, pero no veía ninguna razón para enfrentarse con su madre por una nimiedad como ésa y decidió seguirle el juego para no herir su orgullo.

Miró de soslayo al grupo de mujeres que acababa de dejar y que le estaban esperando como agua de mayo. Una de ellas le saludó incluso muy sonriente con la mano.

A la vista de aquel panorama tan peligroso, pensó que sería mejor hacer caso a su madre.

—Sí, tienes razón, mamá, creo que será mejor que nos vayamos.

Anastasia puso un gesto de verdadera sorpresa.

—No, no, Isabelle y tú os quedáis. ¡Faltaría más! Disfrutad de la noche.

—¿Isabelle no va a irse con vosotras?

Después de todo, por muy sexy que estuviese esa noche, era la fisioterapeuta de su madre y, como tal, debería acompañarla a ella, no a él, pensó Brandon.

—¿Por qué habría de hacerlo? —exclamó Anastasia, sorprendida de que él sugiriese tal cosa—. Para acostar a Victoria, me basto y me sobro.

Brandon notó que su hija parecía querer decir algo, pero Victoria era tan prudente que se abstuvo de hacerlo.

Metió la mano en un bolsillo del pantalón y sacó las llaves del coche. El día anterior, el traumatólogo le había dado a Anastasia autorización para conducir y Brandon suponía que estaría deseando volver a ponerse al volante.

—Llévate mi coche, entonces —dijo él ofreciéndole las llaves.

—No lo necesito —dijo ella apartándole la mano—. Maura nos llevará a casa. Tenía ya pensado marcharse pronto, de todos modos. Tiene que madrugar mañana porque tiene un trabajo a primera hora, una reunión o algo parecido, no la entendí muy bien. Tampoco le estaba prestando mucha atención. Ya sabes que cuando empieza a hablar no hay quien la pare.

A Brandon no le agradaba demasiado la idea. Maura las dejaría en la acera de casa, sin bajarse ella del coche, ni acompañarlas hasta la puerta de casa.

—¿No irías mejor yendo en mi coche? —insistió él.

—No sé de qué te preocupas. No voy a ir sola —le recordó Anastasia—. Tengo a Victoria. ¿Qué más puedo pedir? —añadió pasando la mano cariñosamente por el pelo de su nieta.

Brandon sonrió. Había veces que le parecía que Victoria era la persona adulta de la casa y su madre y él los niños. Su hija había nacido con el carácter y la sensatez de una persona mayor. Afortunadamente para él, porque no habría sabido qué hacer con una típica adolescente rebelde.

Cuando ya parecía todo aclarado, Isabelle se acercó a ellos.

—Creo que debería irme con vosotras —dijo ella a Anastasia.

Eso era exactamente lo que Anastasia no quería. Deseaba que se quedaran los dos solos. Tan solos como era posible en medio de aquel tumulto.

—Tonterías, querida. La fiesta está ahora en todo su apogeo. Diviértete, ahora que puedes. Sólo se es joven una vez en la vida, créeme hija, sé lo que me digo —dijo la actriz, dándole unas palmaditas en la mejilla con su mano llena de anillos y pulseras—. Pásatelo bien, pero no pierdas de vista a Brandon, no sea que se lo lleve una de esas pelanduscas admiradoras suyas. Es un hombre que no sabe decir que no a nadie. A nadie, excepto a su pobre madre, claro.

—Mamá, tú no tienes nada de pobre —dijo Brandon, echándose a reír.

—Gracias, cariño —replicó Anastasia, tomándoselo como un cumplido—. Mira, ahí viene Maura —dijo ella en voz alta, levantando el brazo y moviéndolo a un lado y a otro para llamar la atención de la representante de Brandon—. Ya estamos preparadas para salir.

Maura era una mujer menuda con cara de inteligente y cuerpo rechoncho. Llevaba un vestido azul de lentejuelas con el que parecía una llama azul de gas andante.

—Vamos, pues. Tengo el coche aparcado aquí cerca —dijo ella, poniendo una mano en la espalda de la abuela y la nieta, y conduciéndolas hacia la puerta.

¿Y ahora qué?, se preguntó Isabelle, contemplando cómo se marchaban y debatiéndose entre su sentido del deber y el deseo que sentía cada vez con más fuerza dentro de su ser.

—Debería haberme ido con ella —le dijo a Brandon.

—No, no opino igual —replicó él—. No es fácil comprender a mi madre, pero hay una cosa que sí tengo clara, si ella te dice que quiere que te quedes, es porque quiere que te quedes.

Isabelle seguía teniendo sus dudas mientras observaba a las dos mujeres y a Victoria abriéndose paso lentamente entre la multitud en dirección a la salida de la tienda de libros.

—Se va porque está cansada…

—Por esa razón precisamente no debías acompañarla —apuntó él—. Mi madre ha usado a Victoria como excusa para irse. De esa manera, puede acostarse tranquilamente sin ver menoscabada su reputación de reina de la noche. Si te hubieras ido con ella, se habría visto obligada a quedarse despierta hasta las tantas para demostrar que todavía puede aguantar igual que cuando tenía veinte años menos.

—Me parece un poco enrevesado —replicó ella, aunque en el fondo suponía que debía de tener razón.

—Y lo es, pero así es mi madre. No tiene nada, sólo está un poco cansada, no va a necesitar una transfusión de sangre cuando llegue a casa. No hay ninguna razón para que te hubieras ido con ella… A menos que no quieras estar conmigo.

—¿Que no quiero estar contigo? —dijo ella asombrada, haciéndose eco de sus palabras—. ¿Cómo puedes pensar una cosa así? Sólo me siento un poco como la Cenicienta en el baile del palacio. No he tenido ocasión de ir a muchas fiestas en mi vida.

En realidad, aquélla era la primera. O la segunda, si contaba la pequeña celebración que Zoe había organizado el mes anterior para conmemorar el quinto año de la clínica.

—Entonces, ¿no te has quedado conmigo en contra de tu voluntad? No sabes cuánto me alegro. La noche promete —exclamó él con un brillo especial en sus ojos azules—. ¿Te apetecen unos canapés? Creo que están muy buenos —dijo señalando a la mesa del bufé que había junto a la pared de enfrente.

Isabelle asintió con la cabeza. Era maravilloso estar en aquella fiesta con el hombre más apuesto que había en la sala y que se disputaban todas las mujeres. Igual que era maravilloso estar conviviendo con la estrella más famosa del momento. Pero sabía que estaba viviendo en una nube y que tenía los días contados.

Quedaban menos de tres semanas para el estreno de *A Little Night Music*, el musical que protagonizaría Anastasia. Ése era el plazo que tenía para conseguir tenerla en condiciones de andar y bailar, el tiempo que le quedaba para abandonar aquel mundo idílico de cuento de hadas que por unas semanas se había hecho realidad.

De pronto, recapacitó y se dio cuenta de que Brandon estaba esperando su respuesta.

—Sí, ¿por qué no? —contestó finalmente.

En la mesa del bufé, había tres grandes bandejas de canapés artísticamente dispuestas.

—Tienes que probar éste —dijo Brandon con mucho entusiasmo, masticando la mitad de un canapé y ofreciéndole el otro trozo.

Pero ella apenas lo rozó con los labios. Tenía todos los sentidos puestos en aquel momento feliz que estaba pasado junto a él y que quería dejar grabado en lo más profundo de su alma para poder recordarlo cuando ya no pudiese tenerlo a su lado.

Sí, era un momento dichoso. A pesar del bullicio imperante, ella sentía que estaban los dos solos. Brandon y ella, y un plato con dos canapés de pollo marinado, guacamole y un ingrediente dulce que estallaba en la boca con una amplia gama de excitantes sabores.

Aunque no tan excitantes como el deseo que ella sentía.

«¡Respira! ¡Respira, maldita sea! ¿O quieres caerte desmayada a sus pies como una boba?», le dijo una voz interior en tono de reproche, al darse cuenta de que llevaba ya más de diez segundos conteniendo la respiración.

—¿Qué? ¿Qué te parece? —preguntó él, mirándola fijamente.

«Exquisito. Nunca había probado nada igual», quiso decir ella, pero se limitó a sonreír y a asentir con la cabeza porque tenía un nudo en la garganta que le impedía pronunciar una sola palabra.

Brandon se sirvió otros dos canapés en el plato para darle uno a ella.

—No conozco a la empresa de catering, pero me pondré en contacto con ellos para mi fiesta de Navidad de este año, a la que, por cierto, estás invitada —afirmó él muy sonriente.

Era una invitación improvisada, hecha seguramente para guardar las formas, pero de la que se olvidaría seguramente al día siguiente, pensó Isabelle.

Ella, en cambio, no la olvidaría nunca.

Brandon estuvo toda la noche muy alegre y se quedaron hasta el final de la fiesta.

Se despidió muy cordialmente del dueño de la tienda de libros, un hombre muy corpulento que le dio las gracias dos o tres veces, y se volvió luego hacia Isabelle.

La encontraba aún más hermosa que al llegar. Y no era efecto del vino, que apenas había probado en toda la noche.

Isabelle parecía temblar ligeramente y le ayudó a

ponerse por los hombros el chal. Sintió un escalofrío al tocar con las manos su piel desnuda y se preguntó si ella habría sentido lo mismo.

—No me apetece volver a casa todavía —dijo él—. ¿Quieres dar un paseo por la playa?

Ella sintió deseos de decirle que estaba dispuesta a ir a la playa, al circo o a donde él quisiera, pero se contuvo.

—Sí, me parece una buena idea.

El sonido del mar, con las olas rompiendo suavemente en la playa, producía un efecto apacible y relajante. Isabelle se sentía pletórica.

La playa estaba muy cerca de la librería. Había que andar sólo unos cuarenta metros por un camino que discurría entre dos chalets para acceder a ella.

Había luna llena y su luz plateada se reflejaba en las aguas negras del mar.

—Hay luna llena esta noche —comentó ella.

—¿Te gusta, verdad? —dijo Brandon, tomándole la mano—. Por eso te pedí que vinieras.

Ella le miró fijamente unos segundos. Era el hombre más atractivo que había en el mundo. No era la primera vez que lo pensaba.

—Tú eres capaz de conseguir cualquier cosa que te propongas.

—No me puedo quejar, la verdad. Tengo el trabajo que siempre he querido, una hija maravillosa que a veces pienso que no me la merezco, y además una madre —dijo él con una sonrisa afectuosa—. No puedo decir que sea una madre convencional pero, gracias a eso, he aprendido un montón de cosas de ella que me han servido de mucho en la vida. No hubiera llegado a ser lo que soy sin su ayuda.

—Creo habrías triunfado igual sin ella —afirmó Isabelle.

—¿Sí? ¿Por qué lo crees?

Le costaba trabajo hilvanar las ideas sintiendo la mano de él en la suya.

—Porque todos llevamos dentro una especie de semilla o código genético donde está escrito lo que somos y lo que podemos llegar a ser. Toma, por ejemplo, dos personas en igualdad de circunstancias y que se hayan educado en el mismo ambiente. Una llega a triunfar en la vida y la otra se queda, en cambio, en la más absoluta mediocridad, culpando a los demás de su fracaso en vez de poner los medios para superarse. La única diferencia entre ellos es que uno está motivado para hacer algo por sí mismo, a pesar incluso de la fama que puedan tener sus padres, y el otro siente que ha tenido a todo el mundo contra él desde el principio y no se ha molestado siquiera en intentarlo.

Brandon se preguntó si había contado aquella especie de fábula para alabarle.

—Déjame adivinar…, estudiaste psicología como asignatura optativa, ¿a que sí?

Donde ella la había aprendido de verdad había sido en la escuela de la vida. Él tenía mucha suerte de tener una hija como Victoria, y la niña también de tener un padre tan comprensivo como él. Pero cuando se hiciese mayor podría echar de menos todas esas cosas.

—No, pero tu madre no es la primera celebridad con la que he trabajado. Puedes comprobarlo, si quieres, en mi historial de trabajo —dijo ella vagamente.

—¿Alguna en particular de la que puedas hablarme?

Parecía tan interesado que no podía negarse a responderle.

—Puedo hablarte de un par de casos —respondió ella—. Pero no te puedo decir los nombres.

—No estoy interesado en los nombres, sólo en las situaciones. Yo escribo literatura de ficción, no chismorreos en una revista del corazón, aunque, a veces, puedan parecer la misma cosa.

—En ese caso, no tengo inconveniente, mientras no tenga que utilizar los nombres reales.

Mientras caminaban por la playa, Isabelle le contó dos de los casos más difíciles que había tenido en su profesión, relacionándolos con las circunstancias particulares de sus respectivas familias. A ella le gustaba creer que, cuando trabajaba con un paciente, lo hacía con una persona, no con un brazo o una pierna. Y eso conllevaba también relacionarse con la familia de esa persona. Aunque, en algunos casos, había llegado a la conclusión de que el paciente se habría recuperado antes si hubiera estado lejos de su familia.

No era el caso de Anastasia, se dijo ella. Ellos eran una familia muy unida, y se ayudaban mutuamente unos a otros.

Brandon demostró ser un hombre que sabía escuchar a los demás. Estuvo muy atento mientras hablaba y sólo se atrevió a hacer alguna pregunta durante sus pausas.

Cuando estaba a punto de terminar de contarle el tercer caso, Isabelle se volvió hacia él y le miró fijamente. No estaba segura de si habría despertado de verdad en él tanto interés o si sólo estaba tratando de ser amable con ella, dejándola hablar de su trabajo sin apenas interrumpirla.

—No me puedo creer que encuentres todo esto tan interesante —dijo ella.

—Pues créetelo —respondió él.

Y las historias no eran lo único que encontraba interesante, pensó Brandon. Mientras ella le había estado contando esos casos de sus pacientes y sus familias, él había estado pensando también en ella y había descubierto que no era como la había imaginado. Se sentía cada vez más atraído por ella. Era una atracción fuerte e irresistible.

Decidieron regresar. Brandon había dejado el coche en el aparcamiento que había detrás de la tienda de libros.

A mitad de camino, se detuvo bruscamente. Ella lo miró sorprendida sin decir nada.

—¿Te importa si te beso? —preguntó él.

¿Importarle? Era en lo que único que ella había estado pensando en los últimos diez minutos. Tanto que le había resultado francamente difícil concentrarse en lo que le estaba contando.

—No necesitaste preguntármelo la primera vez —respondió ella en voz baja.

Aquella vez había sido algo accidental. Ahora era totalmente intencionado.

—Te lo estoy pidiendo ahora.

Ella sintió la fiebre del deseo antes incluso de que Brandon la tomara en sus brazos e inclinara la boca hacia la suya. Creó escuchar la sangre corriendo como un torrente por las venas. Pero sabía que no debía precipitarse, que eso podría echarlo todo a perder.

Había leído que el beso de un hombre era como sumergirse en una lluvia de bengalas.

—Permiso para subir a bordo concedido —susurró ella mirándole fijamente, con un tono de voz lo suficientemente alto como para que lo oyera por encima del sonido del mar.

Él sonrió y la atrajo hacia sí estrechando su cuerpo contra el suyo.

—¿Tiene esto algo que ver con montarse en un barco? —preguntó él, con una sonrisa.

—Puede ser.

Isabelle pensó que su respuesta no dejaba las cosas muy claras, pero no tenía otra mejor. No tenía el cerebro en ese momento para frases ingeniosas. Se puso de puntillas y le pasó los brazos por el cuello.

Brandon la besó suavemente en la boca y la apretó contra su cuerpo.

Capítulo 11

ISABELLE había sido siempre una gran admiradora de las películas en blanco y negro, y le vino en ese instante a la memoria la tórrida escena en *De aquí a la eternidad*, donde Burt Lancaster y Deborah Kerr aparecían tumbados en la playa, abrazándose y besándose.

¿Cómo podía un simple beso despertar tanta pasión? ¿Cómo podría lograr que una se olvidara del mundo entero?

No tenía las fuerzas necesarias para tratar de buscar respuesta a esas preguntas, sólo quería abandonarse y disfrutar de ese momento, antes de que se desvaneciera para siempre.

Brandon, por su parte, sabía que no debería estar haciendo eso. Que debería controlar sus impulsos. Isabelle era la fisioterapeuta de su madre y, si las cosas fueran mal entre ellos, aquello podría traerle muchas complicaciones.

Pero ¿y si salía bien?

Vivir con Isabelle, cruzarse todos los días con ella por el pasillo y poder hablar con ella, sería una delicia. Después de todo, aquello duraría sólo tres semanas. Luego, su madre, independientemente de cómo se sintiese, diría que estaba ya totalmente recuperada porque por nada del mundo se perdería salir de gira con la compañía que iba a interpretar el musical *A Little Night Music*. Con Anastasia en el teatro, la casa recobraría su ritmo de siempre, tal como antes de su accidente. Estaría él solo con Victoria y, una vez cada dos semanas, el personal de limpieza vendría a ordenar la casa.

La vida volvería a ser igual que antes, tranquila y apacible.

¿Por qué no podía permitirse entonces disfrutar de esa mujer exquisita que tenía en los brazos? Sus caminos pronto se separarían.

La situación era perfecta. Había una química innegable entre ellos.

Abrazó a Isabelle aún con más fuerza, como si tratara de absorberla. De absorber su entusiasmo y su esencia misma, tan exuberante. Y esa increíble e inusual felicidad que le contagiaba.

Isabelle sintió que la cabeza le daba vueltas, entregada al deseo que sentía por él. Era un sentimiento que tenía ya olvidado después de tanto tiempo dedicada únicamente a su trabajo. Casi había olvidado que era una mujer. Una mujer que vivía y respiraba, y que tenía, por tanto, ciertas necesidades. Unas necesidades que no había satisfecho.

Y ese deseo amenazaba con consumirla si no le ponía remedio.

Apretó su cuerpo contra el de Brandon con tal fuerza que le sorprendió que aún pudieran seguir los dos respirando. Todas sus curvas parecieron encajar perfectamente en la partes más duras y sobresalientes de él. Y sintió su respuesta de inmediato.

Ella le besó apasionadamente hasta robarle el último aliento, aun a costa de sacrificar también el suyo. Brandon apartó la cabeza muy a su pesar. Tenía que hacerlo, porque Isabelle no parecía darse cuenta de que estaba a punto de hacerle perder el control.

—Si sigues haciendo eso, no respondo de mis actos —dijo él con la voz apagada.

—¿Haciendo qué? —replicó ella inocentemente, con una sonrisa en los labios.

—Besándome como una loca —respondió él sin pensarlo dos veces.

Brandon trató de controlarse. Todo lo que quería era perderse en ella y hacerle el amor hasta que no le quedasen fuerzas para moverse.

Ella puso una mano en su pecho liso y duro y le miró fijamente.

—No me creo que por un beso vayas a perder tu aplomo.

—Sígueme besando de ese modo y lo comprobarás —replicó él.

—¿Es acaso un desafío? Ya sabes que me gustan los desafíos —le susurró ella al oído.

Un instante después, ella le estaba besando de nuevo. ¿O era él quien la estaba besando a ella? Brandon no estaba muy seguro. Lo único que sabía era que ella había encendido un fuego tan grande dentro de él que no creía posible que pudiera apagarse en muchos años.

Sintió el deseo de tomarla, de hacerla suya, en ese mismo instante, allí mismo. Pero aquello era una playa pública, y aunque la gente parecía estar durmiendo a esas horas de la noche, no quería correr el riesgo de que pudiera presentarse alguien allí en el momento más inoportuno.

Además, la situación podría resultarle embarazosa a Isabelle y, si llegaba a oídos de su madre, tendría que aguantar sus sermones una buena temporada. Y eso por no hablar de los medios de comunicación, que lo sacarían todo a relucir. No sólo se avergonzaría Isabelle, sino su hija Victoria. No, no podía correr el riesgo.

Tenían que ir a algún sitio discreto. Un lugar en el que no hubiese ninguna posibilidad de que se les apareciese su madre como si fuera un espíritu perdido vagando por las tinieblas de la noche. Eso significaba que su casa estaba descartada. Necesitaban más intimidad.

—Será mejor que regresemos —dijo él en un susurro.

Ella no quería dejar escapar aquel momento tan maravilloso, pero comprendía que no podía dar rienda suelta a sus instintos. Al menos allí, a la intemperie, por muy romántica que sonase la idea de hacer el amor bajo las estrellas.

Pensó en la casa de Brandon. Era enorme, pero estaba siempre la posibilidad de que Anastasia apareciese en cualquier momento. O, lo que sería aún peor, Victoria.

Y entonces se le ocurrió la idea.

—¿Te gustaría ir a mi casa… a tomar una copa? —le preguntó ella.

Añadió la coletilla de la copa en previsión de que él se lo hubiese pensado mejor y hubiera decidido no seguir adelante con lo que habían empezado con tanta pasión en la playa. Era una manera de salvar la cara en caso de que él se echara atrás.

Pero al mirarle a los ojos, supo al instante que ése no iba a ser el caso.

—Eso de la copa me parece una buena idea —respondió él.

«Aunque hacer el amor contigo me parecería mucho mejor», se dijo para sí.

Se agachó para recoger los zapatos de ella y se volvieron caminando, agarrados de la mano, hacia el aparcamiento donde él tenía el coche. La tienda de libros estaba ya cerrada y con las luces apagadas, y el aparcamiento estaba vacío. No había más coches que el suyo. Lo abrió con el mando a distancia y sostuvo la puerta de Isabelle hasta que ella se acomodó en su asiento. Luego él dio la vuelta al coche por delante y se sentó en el sitio del conductor.

Aún quedaban caballeros en el mundo, se dijo ella con una sonrisa de agradecimiento. Y, sin duda, uno de ellos era el escritor tan apuesto que tenía a su lado.

Sintió un escalofrío sólo de pensar en lo que podría pasar unos minutos después, cuando llegasen a casa.

Apenas había tenido un par de experiencias sin importancia en la universidad. Nunca había hecho el amor con un hombre. Por eso estaba tan entusiasmada y a la vez tan preocupada por lo que podía pasar. ¿Y si no estaba a la altura de la situación? ¿Y si a él no le gustaba hacer el amor con una mujer virgen? Se había mantenido virgen porque, hasta entonces, no había conocido a ningún hombre al que hubiera querido entregarse. Pero ahora…

Ahora se preguntaba si podría decepcionarle.

Por primera vez en la vida, se lamentó de su falta de experiencia. Tenía que haber algo que estuviera a su alcance para no decepcionarle. A medida que iban llegando al bloque de apartamentos, se acrecentaba su excitación y su temor. ¿Y si había esperado demasiado de aquel encuentro? ¿Y si fuera él el que no estaba a la altura?

«No, eso es imposible. No hay más que mirarlo.

Brandon no puede decepcionarte, aunque no haga otra cosa en toda la noche más que besarte. Bien, y entonces, ¿qué se supone que tengo que hacer si soy yo la que le decepciono?», pensó ella.

No encontró respuesta a esa pregunta.

Brandon detuvo el coche, pero permaneció en su asiento. Isabelle se le quedó mirando asustada. ¿Habría cambiado de opinión? ¿Se lo habría pensado mejor y había llegado a la conclusión de que no valía la pena estar con ella? ¿O habría sospechado que era virgen?

—¿Ocurre algo? —le preguntó ella.

Brandon respiró hondo. No era fácil para él decir lo que tenía que decir. Nunca había estado antes con una mujer como Isabelle. Había salido por lo general con mujeres mucho más superficiales.

—No quiero que pienses que tienes que pasar por esto… Lo que quiero decir es que no quiero que te sientas obligada a hacer algo que tú no…

Increíble. Brandon estaba preocupado sólo por ella. Le miró fijamente con una expresión llena de ternura, se inclinó hacia él, le agarró de las solapas de la chaqueta y le besó con fuerza. No había nada que pensar ni ninguna pregunta que responder, el beso le salió de lo más hondo del alma y del corazón.

Un beso que parecía hacerse eterno. Pero al final ella se vio forzada a apartar la boca para recuperar el aliento si no quería morir asfixiada por falta de oxígeno.

—¿Te parece esto el beso de una mujer que se siente obligada a hacer algo que no quiere? —le preguntó Isabelle con un hilo de voz casi imperceptible.

—No, yo diría que no —respondió él con una sonrisa.

Isabelle abrió la puerta del coche y se bajó.

No se dio cuenta de la distancia que anduvo desde el coche hasta su apartamento, ni cómo abrió con la llave la puerta del mismo. De lo único que se dio cuenta fue del torbellino en que se vio envuelta en cuanto estuvieron los dos dentro del apartamento.

Un torbellino que alimentó un frenesí entre ambos. Las cuatro manos parecían no poder quedarse quietas, moviéndose sin cesar por todas partes. No se entretuvieron en preliminares, se besaron con ardor por todo el cuerpo, alimentando el fuego de su pasión y atizando sus brasas hasta consumirlos en las llamas.

Ella percibió el sabor de su boca, de sus labios, de su lengua. Y la sensación de su contacto en los labios, en el cuello y en la piel. Sintió la huella de su calor en los pechos, en el vientre, en todas partes.

Creyó sentir unas sacudidas y unas explosiones como de fuegos artificiales. Por un lado se sentía debilitada, abandonada, pero por otro se notaba más viva y atrevida de lo que nunca se hubiera imaginado.

Sentía deseos de reír, de llorar, de gritar de alegría. Pero lo que más quería era que aquello no terminara nunca.

Brandon, por su parte, nunca había estado con una mujer como ella, que tuviera esa reacción tan espontánea y entregada. Nunca había sentido el deseo irrefrenable de hacer gozar más y más a la mujer que tenía en los brazos a la vez que gozaba él de ella. Era como desenvolver un regalo y ver que cada vez que quitabas un papel de la envoltura, te encontrabas con otro y luego con otro y así indefinidamente.

Era tan emocionante como si estuviese haciendo el amor por primera vez. Todo parecía nuevo. Cuantas más cosas hacía, más deseaba hacer. Parecía que nunca iba a tener suficiente, que nunca iba a saciarse de ella.

Pero, llegó un momento en que se dio cuenta de que ya no podía mantener el control por más tiempo. Enlazó las manos con las suyas por encima de su cabeza, la besó en los labios y la penetró. Escuchó un leve quejido de sus labios. Duró sólo un par de segundos y, en seguida, respondió a sus movimientos envolviéndole la cintura con las piernas para sentirle más dentro de ella.

Estaban tan estrechamente unidos que parecían un solo cuerpo.

Los empujes de él se fueron haciendo más y más vigorosos. Ella respondía con igual intensidad acoplándose a ellos, abriéndoles el camino, facilitándoles el acceso. Los dos parecían correr de forma desenfrenada hacia una meta invisible que ni siquiera ellos sabían dónde estaba.

Sus manos se apretaron con fuerza en el clímax final, y Brandon hubiera jurado haber escuchado su nombre en un susurro.

Una lluvia de fuegos artificiales y de estrellas rutilantes pareció caer sobre ellos, en aquellos últimos segundos de euforia, placer y liberación.

Él hubiera querido seguir así sobre ella, sintiendo su cuerpo bajo el suyo, indefinidamente, pero sabía que, a pesar de todo el cuidado que había tenido, no podía mantener su peso encima de ella mucho más tiempo. Se incorporó con los codos y se apartó de ella unos centímetros. Sus cuerpos se habían separado pero no sus almas.

Miró a su alrededor, tratando de reconstruir lo que había pasado. Estaban tumbados en el suelo del cuarto de estar y sus ropas estaban esparcidas a ambos lados. La mesita del centro parecía haber recibido una patada y estaba caída de lado.

Él no recordaba, sin embargo, nada de eso. Tan

sólo recordaba el deseo ardiente y apasionado que había sentido desde que había traspasado la puerta del apartamento.

—¿Isabelle?

Ya llegó el momento, pensó ella. ¿Le habría decepcionado mucho con su inexperiencia o sólo un poco?

—¿Sí? —replicó ella casi en un susurro, tratando de ocultar su temor.

—¿Eres…? —a Brandon parecía costarle pronunciar esa palabra, era como si fuese a proferir un insulto—. ¿Eres virgen?

—No, ya no —respondió ella, desviando la mirada.

—Pero lo eras.

—Todas lo somos hasta un momento dado.

—No hagas juegos de palabras conmigo.

—Lo siento —dijo ella que no recordaba haberle oído nunca hablar con ese tono de voz.

—¿Lo sientes? —repitió él—. ¿Qué es lo que sientes?

—Que te haya decepcionado.

—¿De dónde has sacado esa idea? —dijo él, incorporándose un poco más y mirándola con cara de incredulidad.

—Entonces, ¿no te he decepcionado? —preguntó ella, sorprendida.

—No —respondió él muy tajante—. Claro que no. Pero si me lo hubieses dicho, habría tenido más cuidado, habría hecho las cosas más despacio, más suavemente, más...

—Es imposible que lo hubieras hecho mejor —replicó ella—. Estuviste perfecto. Además, si te lo hubiera dicho, no habrías querido hacer el amor conmigo, ¿verdad?

—No, no lo habría hecho —admitió él. Pero sólo

por la razón de que cuando una chica hace el amor por primera vez se merece algo especial, un sitio especial y alguien especial.

—¿Qué te hace pensar que no tuve esas cosas que dices? —exclamó ella mirándole a los ojos.

Él no sabía cómo responder a eso. Estaba emocionado por sus últimas palabras. Así que decidió variar un poco el tema de la conversación.

—Creo que no llegamos siquiera a la habitación.

Isabelle sonrió aliviada, al ver que había dejado a un lado el asunto de su virginidad.

—No, creo que no. La próxima vez —dijo ella instintivamente, dándose cuenta al instante de lo que había dicho y de que ya no podía dar marcha atrás—. Quiero decir que…

Brandon vio la vergüenza en sus ojos y un leve rubor en sus mejillas. ¿Por qué la encontraba tan atractiva y adorable, cuando el color rosa no era precisamente uno de sus favoritos?

—Sí, la próxima vez —repitió él con mucha naturalidad, tratando de quitarle hierro al asunto.

La sonrisa de gratitud que ella le devolvió, le confirmó que había dicho lo que debía.

Brandon le dio un beso lleno de ternura en la frente y la miró fijamente a los ojos.

—Déjame unos minutos, que me recupere, y veremos si podemos adelantar esa próxima vez.

Ella se apoyó a su vez en uno de los codos, y le miró sorprendida. Siempre había oído que la mayoría de los hombres sólo buscaban satisfacer su deseo y que, una vez conseguido, se retiraban sin querer saber nada de una o se quedaban dormidos.

—¿Lo dices en serio?

—Naturalmente —respondió él sin poder evitar una sonrisa al ver su ingenuidad.

No podía estar seguro al cien por cien de ser capaz de cumplir su promesa, pero veía lo feliz que le hacía a ella y acababa de descubrir el placer que él sentía al satisfacer sus deseos.

Hacía mucho tiempo que no sentía nada parecido. Estaba doblemente sorprendido. No sólo no había salido a la luz el sentimiento de desconfianza hacia las mujeres que Jean había sembrado en su alma, sino que Isabelle parecía haberle rescatado de aquel lugar oscuro y frío en el que había vivido encerrado emocionalmente desde hacía años.

Capítulo 12

LEGASTEIS muy tarde anoche —dijo Anastasia a la mañana siguiente durante su sesión de fisioterapia—. Tuve ayer una de mis noches de insomnio y no conseguí dormirme ni leyendo una novela. Dejé la puerta de la habitación entreabierta y os oí llegar.

Isabelle se preparó para la lluvia de preguntas que imaginó vendría a continuación.

Cuando vivía en casa de su familia, su padre siempre le bombardeaba a preguntas cada vez que volvía un poco tarde por la noche. Al principio había creído que todo era porque su padre se preocupaba mucho por ella, pero pronto se dio cuenta de que, en realidad, era porque tenía celos de que otro hombre pudiera ocupar el lugar de predominio que él ocupaba en su vida. Y eso, a pesar de que nunca le había demostrado el menor afecto. Su padre era de esas personas que se creen con derecho a recibir el amor de alguien sin dar ellas nada a cambio.

Se sintió, sin embargo, un poco más aliviada, cuando Anastasia le hizo la primera pregunta.

—¿Os lo pasasteis bien?

—Sí —contestó ella escuetamente.

La actriz asintió con la cabeza, aparentemente satisfecha con su respuesta, y continuó con el ejercicio que estaba realizando. Isabelle le había atado una cinta grande de colores en la parte alta de los muslos y ella tenía que andar por el cuarto que se había habilitado como sala de recuperación, sin que se le cayera.

—Bien. Ya era hora de que mi hijo saliese con una chica decente. Deberías haber visto el tipo de mujeres con las que salía en el pasado. Parecían todas salidas de un burdel de lujo. Ninguna de ellas se habría ahogado en una piscina aunque no supiese nadar. No sé si me entiendes lo que te quiero decir —dijo Anastasia mirándola con intención.

Sí, Isabelle sabía muy bien a lo que ella se refería. Mujeres con pechos generosos o quizá operados. En ese terreno, no podía competir, pensó ella. No tendría nada que hacer.

—Ninguno de ellas tiene un coeficiente intelectual mayor que el de un mosquito —añadió Anastasia moviendo la cabeza, mientras continuaba andando por la sala procurando que no se le cayese la cinta—. No sé lo que mi hijo podía ver en ellas, además de lo que saltaba a la vista, claro está. Creo que tiene mejor gusto que todo eso.

—Bueno, no creo que los únicos estímulos que busque sean los intelectuales —replicó Isabelle—. Pero, vamos, no te pares, Anastasia, sigue andando, ya sólo nos quedan diez minutos —añadió mirando al reloj.

La actriz frunció el ceño y miró contrariada la cinta que se le había bajado unos centímetros y estaba a punto de caérsele al suelo. Hizo un esfuerzo con los músculos de los muslos y las caderas para mantenerla en su sitio.

El ejercicio, que era una invención de Isabelle, estaba destinado a fortalecer y tonificar todo el sistema motriz necesario para que pudiera desenvolverse con soltura en la escena.

La actriz no estaba teniendo demasiado éxito con el ejercicio y cada vez que la cinta se le caía por las rodillas profería unas cuantas palabras dedicadas al mundo de la fisioterapia, de ésas que no se pueden repetir en público.

En ese momento precisamente, después de dar unos pasos, se le cayó hasta los tobillos y estuvo a punto de tropezarse y caerse al suelo.

—¿Para qué demonios vale toda esta estupidez tan absurda y ridícula? —exclamó ella con esa voz de trueno que sólo solía usar para hacerse oír en las últimas filas de los grandes teatros, sin la ayuda de micrófonos, como ella tenía a gala.

Isabelle se agachó y recogió la cinta una vez más, volviéndosela a colocar.

—Sirve para aprender a guardar el equilibrio cuando se anda. Es algo parecido a lo que practican las modelos cuando ensayan en la pasarela con un libro en la cabeza. Contribuye a perfeccionar la postura, a mantener la espalda recta y erguida, y a fortalecer los muslos, en especial, el del lado de la cadera que te han operado.

Anastasia no parecía muy convencida.

—Me parece que estás tratando de cambiar de conversación —dijo ella, muy suspicaz.

Sí, era cierto. No quería hablar de lo que había sucedido la noche anterior entre Brandon y ella. Había sido algo muy especial que quería guardar para sí.

Lo que tenía que hacer era concentrarse en el trabajo por el que estaba allí. Conseguir la rehabilitación de Anastasia para que pudiera salir de gira con su compañía de teatro.

—En lo que a mí respecta, Anastasia, tú eres el objetivo principal de mi estancia en esta casa.

—Me complace mucho tu respuesta. Pero, a pesar de todo, quiero saber si lo pasasteis bien.

Estaba claro que ella lo sabía. A una mujer tan perspicaz no se le podía escapar una cosa así.

—No puedo hablar en nombre de Brandon, pero sí, yo lo pasé muy bien en la recepción —dijo ella de forma muy diplomática.

—¿Y luego? —insistió Anastasia.

—Después, también —se permitió decir Isabelle, tratando de no sonreír demasiado para no dar demasiadas pistas.

Debía ser él quien asumiese la responsabilidad de admitir o negar lo que había pasado entre ellos, pensó Isabelle. Ella no quería adelantarse a los acontecimientos. Su padre era un buen ejemplo de las decepciones que ese tipo de conductas podían acarrear. Sabía que, si se hacía demasiadas ilusiones, podía verlas luego rotas en mil pedazos.

Y además, si se malograse su relación con Brandon, podría repercutir muy negativamente en el trabajo que estaba llevando a cabo con Anastasia, y no estaba dispuesta a poner en riesgo su profesión.

«Mejor no tener nada que tener algo que te puedan echar en cara», pensó ella.

Para su sorpresa, la madre de Brandon no siguió insistiendo en el asunto.

—Ya veo —dijo con una sonrisa, como dando el caso por zanjado.

Isabelle no sabía si esa sonrisa le inspiraba tranquilidad o recelo. Por lo que había leído sobre la actriz, Anastasia del Vecchio no era de esas personas partidarias de «no despertar al león mientras está dormido». Por el contrario, era del tipo de las que insistía en un asunto hasta llegar al fondo de la cuestión.

¿Qué podía hacer ella?, se preguntó Isabelle.

Una vez más, decidió concentrase en su trabajo. Miró al reloj que tenía en la muñeca.

—Aún nos quedan nueve minutos más, ¿sabes?

—No puede ser —protestó Anastasia, señalando con la mano el reloj que había en la pared de enfrente—. Han pasado ya ocho minutos desde que me dijiste que nos quedaban diez.

—Diez minutos de trabajo —puntualizó Isabelle—. No de cháchara.

—¿Hay algún Legree en el árbol genealógico de tu familia? —preguntó Anastasia con el ceño fruncido y cara de pocos amigos—. ¿No descenderás tal vez de aquel Simon Legree de…?

—Me he leído varias veces *La cabaña del tío Tom*, Anastasia, y no creo que puedas compararme a ese villano, explotador y maltratador de negros. En todo caso, no tengo ningún antepasado de ese Simon Legree que, por otra parte, era sólo un personaje de ficción.

Anastasia sonrió, a pesar de verse obligada a continuar con su ejercicio un rato más. El hecho de que Isabelle estuviera familiarizada con una novela escrita a mediados del siglo XIX era prueba de que era una joven culta y bien educada. Era la mujer perfecta para Brandon. Tenía que encontrar alguna forma sutil de hacérselo ver a él.

Pero no demasiado sutil, se dijo Anastasia. La mayoría de los hombres, incluido su hijo, no captaban muy bien las sutilezas.

Decidió sonsacar a Isabelle, haciéndole algunas preguntas inocentes.

—Pero, tú encuentras atractivo a mi hijo, ¿verdad?

La pregunta estaba hecha con un tono tal que parecía llevar implícita la respuesta. Una respuesta afirmativa, por supuesto. Isabelle se lo pensó dos veces y llegó a la conclusión de que no valía la pena decir a la actriz que eso no tenía nada que ver con el objetivo del trabajo por el que estaba allí, y que sería más fácil decirle lo que estaba esperando escuchar.

—Sí, claro que lo encuentro atractivo. ¿Qué mujer en su sano juicio no lo encontraría atractivo? Tendría que estar ciega.

—Necesita una buena mujer, ya lo sabes —dijo Anastasia complacida, con una sonrisa beatífica.

No, ella no lo sabía y apostaría que quizá Brandon tampoco. De lo que había leído sobre él en las revistas, parecía un hombre feliz siempre con una mujer distinta para cada ocasión. Ayer, había sido ella. Mañana, sería alguna otra.

¿Por qué sentía entonces aquel nudo en el estómago? Ella ya lo sabía antes de haberse acostado con él y de haber aceptado aquel trabajo. Así era como estaban las cosas.

—Brandon parece muy contento con su estilo de vida... Pero no, no des los pasos tan largos con la pierna derecha —le corrigió a Anastasia—. Hasta que se recupere totalmente la izquierda, tienes que acompasar el paso de las dos piernas para que no parezca que andas cojeando.

—Él no es feliz así y tú lo sabes. Brandon es un hombre que ha nacido para estar casado y que entiende el matrimonio como algo para toda la vida. En eso no ha salido a mí. El abandono de Jean, la madre de Victoria, supuso un golpe muy duro para él, del que aún no se ha recuperado del todo. Brandon tuvo que pedirle que le dejase a su hija, ya sabes —dijo Anastasia, en voz baja, como si estuvieran conspirando, por si acaso andaba la niña por allí cerca—. Jean quiso deshacerse de ella cuando supo que se había quedado embarazada.

Isabelle no sabía eso. Tampoco tenía por qué saberlo, se dijo ella. Pero aun así, saber que Brandon había demostrado ese amor por su hija aun antes de haber nacido, decía mucho en su favor y hacía que ella sintiese cada vez más afecto por él.

—Pobre hijo mío —prosiguió la actriz dejando sin ningún disimulo el ejercicio y moviendo la cabeza con un gesto negativo—. Pensó que cuando Jean tuviese al bebé en los brazos, vería las cosas de otra manera. Pero no, ella antepuso su egoísmo a su hija y abandonó a Victoria cuando no tenía siquiera un mes de edad. Yo me alegré por él. No se merecía una mujer como ésa —dijo la actriz con un gesto de desprecio—. Trató, a pesar de todo, de volver con él, cuando su nombre apareció por primera vez en la lista de bestsellers del *New York Times*. Él estuvo a punto de perdonarla —se lamentó la actriz por un instante, aunque luego le volvió la sonrisa—. Pero en seguida se dio cuenta de que no había cambiado. El informe del detective privado acabó de convencerle para que la dejara definitivamente.

—¿Un detective privado? —repitió Isabelle, para tratar de conseguir más detalles.

Anastasia asintió con la cabeza, aparentemente muy contenta y satisfecha de sí misma.

—Sí, contraté a un detective para que le siguiera los pasos a mi nuera y me hiciera un informe minucioso de todo lo que había hecho desde que abandonó a Brandon y a su hija. El informe puso en evidencia el tipo de mujer frívola y promiscua que era, y supongo que seguirá siendo.

—Mamá, ¿no tienes ninguna historia más actual para entretener a tu cuidadora física?

Las dos mujeres se sobresaltaron. Brandon acababa de llegar en silencio y estaba de pie en el umbral de la puerta, mirándolas fijamente.

—No deberías darme esos sustos —dijo Anastasia llevándose su enjoyada mano derecha al corazón—. Cualquier día de éstos vas a conseguir que me dé un infarto. ¿Cuánto tiempo llevas ahí?

—Me haces gracia, mamá. Tú eres la que produces los infartos a los demás —respondió él con una sonrisa de complicidad—. Y en cuanto al tiempo que llevo aquí escuchándoos, eso lo dejo a tu imaginación.

—No deberías escuchar detrás de las puertas —dijo Anastasia muy indignada—. Es una falta de educación.

—No estaba escuchando detrás de la puerta. Había venido a preguntar a Isabelle si podía salir a cenar conmigo esta noche.

—Oh, espera, creo que Victoria me está llamando —dijo Anastasia—. Será mejor que vaya a ver lo que quiere.

—Victoria debe de tener una voz más fuerte de lo que pensaba —dijo Brandon tratando de reprimir su sonrisa—. Está ahora en casa de Marisol, unos números más abajo de la calle. Marisol es su mejor amiga, ¿sabes? —añadió mirando a Isabelle.

—Lo sé. Ella me lo dijo —respondió Isabelle.

Aunque Victoria podía parecer algo tímida al principio, había hecho muy buenas migas con ella. La hija de Brandon no tenía las tonterías típicas de las niñas de su edad. A sus doce años parecía ya una jovencita más que una adolescente. En cierto modo, Victoria le recordaba mucho a como era ella cuando tenía su edad.

A Anastasia le disgustó que le hubieran pillado en un renuncio, y trató de defenderse.

—Aun así, creo que será mejor que vaya a comprobarlo. Estoy completamente segura de que la he oído —dijo la actriz apoyando una mano en el brazo de su hijo y dejando caer la cinta al suelo para poder moverse con libertad—. Sé bueno, recógela del suelo y dásela a Isabelle. ¿Lo harás por mí, verdad?

—Tus deseos son órdenes para mí, mamá —respondió él, mientras la actriz salía por la puerta como si fuera Cleopatra camino del trono, y él recogía la cinta y se la daba a Isabelle—. Te diré una cosa de mi madre. Ella no es nadie sin sus gestos melodramáticos.

—Te he oído —dijo Anastasia desde el fondo del pasillo.

—Como te dije, mi madre es muy noctámbula —dijo él, ahora lo suficientemente alto para que Anastasia pudiera escucharle sin dificultad—. Y entre las cosas que tiene en común con las criaturas nocturnas, está el de poder escuchar el vuelo de una mosca.

Su madre prefirió ser prudente en esa ocasión y no le respondió.

Isabelle tenía el pensamiento puesto en otra cosa. Aunque se había prometido no volver a pensar en Brandon, no podía desaprovechar la oportunidad que tenía de poder estar a solas con él de nuevo.

—¿Dijiste algo sobre una cena? —preguntó ella tratando de no aparentar demasiado interés, pero no queriendo tampoco parecer indiferente.

—Sí —contestó Brandon—. Le prometí a un amigo que iría a cenar a su nuevo restaurante y la persona con la que iba a ir me ha dicho, a última hora, que no podía. No me gusta comer sólo en un restaurante, así que me dije que tal vez tú podrías venir conmigo.

Tendría una cita con otra mujer y le habría dejado plantado a última hora, se dijo Isabelle. Seguramente habrían pasado la noche juntos, haciendo el amor. No perdía el tiempo, no.

Bueno, así estaban las cosas. Había pasado una noche inolvidable con un hombre muy atractivo, pero él no le había jurado amor eterno. Tampoco había que sacar las cosas de quicio.

—Por supuesto, si no has encontrado a otra persona mejor con quien ir…

—Tú eres la primera persona a la que se lo pido —dijo él viendo su falta de entusiasmo—. Y la cita que tenía era…

—No sigas, Brandon —dijo ella levantando la mano—. Siento que hayas podido llegar a creer que… Bueno, el hecho es que no necesitas darme ninguna explicación...

Brandon se creyó ahora con derecho a ser él el que la interrumpiera.

—Lo sé, pero sólo quería que supieras que tenía esa cita concertada desde hace dos meses, cuando mi amigo me dio la fecha de apertura de su restaurante. Entonces, ni siquiera te conocía.

No había ninguna razón para alegrarse. Después de todo, ella sabía que lo que había entre él y ella era sólo algo pasajero, y que no debía esperar nada duradero de esa relación.

A decir verdad, si ella supiera con certeza que lo que había entre ellos podía llegar a algo serio y estable, saldría corriendo de allí con las maletas. Porque eso sería un auténtico desastre. Era algo que sabía muy bien, porque parecía llevarlo escrito dentro con letras de fuego. No pudo evitar, a pesar de todo, esbozar una sonrisa.

Como si ella creyese realmente en el amor eterno...

Capítulo 13

ESTÁS segura de que quieres ir? —le dijo Brandon a su hija.

Estaba sentado en el borde de la cama del dormitorio de Victoria, mientras ella decidía qué pantalones cortos iba a llevarse al campamento de verano.

Brandon echó una mirada a la estantería que ella había tenido siempre repleta de animalitos de peluche. ¿Serían imaginaciones suyas o no había ahora ni la mitad?

No, su vista no le engañaba, quizá pudiese engañarle su corazón de padre. La verdad era que su hija se estaba haciendo mayor sin que él se diera cuenta.

Aún no había terminado de hacer la maleta y la madre de su mejor amiga llegaría en cualquier momento a recogerla para llevarla al autocar. Victoria no había querido que su padre la acompañase como si fuera una niña pequeña.

—Papá, me has pagado la estancia en el campamento para todo el mes de abril. Debes saber que no devuelven el dinero.

El dinero había dejado, hacía tiempo, de ser una preocupación para Brandon.

—No importa —replicó él—. Si cambias de opinión o no estás a gusto allí, no te sientas obligada a quedarte por eso.

Victoria miró a su padre con una expresión llena de cariño.

—No, no te preocupes por eso, me lo pasaré bien —dijo ella echando un último vistazo a la habitación para ver si se dejaba alguna cosa.

Brandon estaba preocupado. Le gustaba estar con su hija y ésa era la primera vez que ella se iba de viaje sin él.

—Muy bien —concedió él de mala gana—. Pero si una vez allí quieres volverte a casa…

Victoria cerró los ojos un instante y le contestó como si recitara unas palabras que hubiera escuchado miles de veces.

—Te llamaré inmediatamente para que vengas a rescatarme.

—Muy bien —dijo él satisfecho, a pesar de la ironía.

Victoria abrió un cajón del armario y puso dos o tres cosas más en la maleta y luego la cerró. Ya lo tenía todo listo. Podía ponerse en marcha.

—¿Llevas el móvil? —le dijo Brandon, levantándose de la cama suspirando.

—Sí, papá —respondió ella tocándose en el bolsillo del pantalón para cerciorarse.

Brandon asintió con la cabeza miró a su alrededor en busca de algo que pudiera servirle de excusa para seguir con su hija uno o dos minutos más.

—Muy bien. ¿Y el cargador? No se te habrá olvidado el cargador, ¿verdad?

—No, lo he puesto en la maleta —respondió ella

con mucha paciencia—. Está junto al silbato que me diste por si me encuentro con una serpiente venenosa que me quiera morder.

—Está bien, reconozco que puedo resultar a veces un poco pesado contigo —confesó él.

—¿Tú crees? —exclamó ella con una sonrisa.

Él tomó la maleta de la cama con una mano y le pasó a su hija la otra por el hombro, mientras salían de la habitación.

—Eres la única hija que tengo y no me gustaría que te pasase algo en ese campamento.

—Tendré cuidado, papá —dijo la niña, y luego añadió cuando se disponían ya a bajar la escalera—: Todo saldrá bien, ya verás.

Parecía como si ella fuese el padre y Brandon la hija a la que tuviera que tranquilizar.

—Sí, lo sé —dijo él, muy orgulloso de ella, mientras bajaban las escaleras.

Anastasia, que estaba deseando poder dar un abrazo a su nieta, se mantuvo, sin embargo, discretamente en otra habitación para dejar que ellos pudieran despedirse tranquilamente.

—¿Victoria? —dijo Brandon cuando llegaron al pie de la escalera.

La niña hurgó en el bolso para ver si llevaba lo que consideraba más importante para ella: el lápiz de labios rosa y la crema solar.

—¿Sí, papá?

—¿Crees que he sido un buen padre para ti?

Victoria cerró el bolso y miró a su padre haciendo un esfuerzo para no reírse.

—Creo que si hubieras sido mejor padre aún, habría tenido que salir huyendo de casa.

Él creyó ver en esas palabras la respuesta a la pregunta que le angustiaba.

—¿Es por eso por lo que…?

—No, papá, tú eres el mejor padre del mundo —le interrumpió ella que le conocía muy bien y sabía por dónde iba a salir—. Me considero una hija muy afortunada. Siempre has estado conmigo cuando te necesitaba. No tengo ninguna queja de ti. Salvo…

—¡Ajá! Ya sabía yo que había algo —dijo él, dispuesto a lo peor.

—Creo que necesitas una… novia.

—¿Qué? —exclamó él sin poder salir de su asombro.

—Papá, ya no eres un chico y yo tampoco una niña. Pronto iré a la universidad y empezaré a salir con amigos. Tienes que buscarte una compañía, yo ya no podré estar siempre a tu lado —dijo la niña suspirando como una persona mayor, y luego añadió mirándole fijamente—: ¿Qué te parece Isabelle? Es muy agradable. A la abuela le gusta y eso ya dice mucho en su favor. Creo que Isabelle es una gran mujer.

En ese momento, se escuchó el sonido de la bocina de un coche. Tocó tres veces seguidas y luego otras dos.

—Es la mamá de Marisol. Me tengo que ir —dijo Victoria agarrando la maleta—. Prométeme por lo menos que lo pensarás.

Pero Brandon no tenía la cabeza para pensar en nada. Sólo le venían imágenes de su hija lejos de allí, andando muy sonriente por la universidad y saliendo con chicos. Se le había hecho siempre muy cuesta arriba tener que dejarla salir una noche a una fiesta de cumpleaños, como para pensar ahora en dejar de verla todo un semestre o quizá aún más tiempo.

Pero no quiso angustiarla más y sacó, a duras penas, una sonrisa de los labios.

Victoria se puso de puntillas y le dio dos besos.

—Gracias. Ya estás más tranquilo, ¿verdad, papá?

—Sí —respondió él, no muy seguro de estar diciendo la verdad.

Anastasia, que se había contenido hasta entonces para no desempeñar el papel protagonista al que estaba acostumbrada, salió al vestíbulo envuelta en su caftán de seda, azul eléctrico, se acercó a su nieta y le dio un abrazo muy fuerte.

—Que te diviertas, Victoria.

—Lo haré, Ava —dijo la niña dedicando a su abuela una radiante sonrisa.

Isabelle había estado rondando por el cuarto de estar, sin atreverse a interrumpir aquel momento que consideraba propio de la intimidad de la familia, pero tampoco quería perderse la oportunidad de despedirse de la niña.

—Que te lo pases bien, Victoria —dijo Isabelle, uniéndose finalmente al círculo familiar.

—Lo haré, descuida —respondió Victoria con entusiasmo y ganas de estar ya con sus amigas.

Se acercó luego para darle un abrazo y aprovechó entonces para susurrarle algo al oído.

—Cuida de papá en mi ausencia.

—Lo haré —dijo Isabelle, mirándola sorprendida.

Fue una respuesta casi automática. Isabelle era una persona que parecía haber nacido con la vocación de cuidar y ayudar a la gente. Pero cuando un instante después se dio cuenta de lo que esas palabras significaban realmente, esperó que no hubieran llegado a los oídos de él.

—¿Le ofendería mucho a tu sentido de la independencia el que te llevara la maleta? —preguntó Brandon a su hija.

—Supongo que sí —respondió Victoria muy sincera, con una sonrisa.

Cuando padre e hija salieron por la puerta de la calle, Isabelle vio con sorpresa que Anastasia se quedó de pie en el vestíbulo sollozando, sin hacer el menor intento de seguirlos.

—¿Por qué será que una nunca tiene a mano un pañuelo cuando lo necesita? —exclamó la actriz, de mal humor.

Isabelle hurgó en su bolsillo, sacó un paquete de pañuelos de papel y se lo dio a Anastasia sin decir nada.

Anastasia sacó uno y se sonó la nariz. Pero se echó a llorar de nuevo.

—Debería haber sabido que eras una de esa girl scouts, dispuesta siempre a ayudar a los demás.

—Creo que se refiere más bien a los boy scouts —le corrigió Isabelle suavemente.

—Se supone que, en los tiempos que corren, ya no hay discriminación de sexos, ¿no? —dijo la actriz volviendo a sonarse la nariz entre sollozos—. No le pasará nada a Victoria, ¿verdad?

Isabelle se quedó sorprendida. Anastasia del Vecchio acostumbraba a proyectar siempre una imagen fuerte y segura de sí, tanto dentro como fuera de la pantalla. Verla tan vulnerable y a punto de echarse a llorar era todo una novedad. Le daba un aire mucho más humano.

—No, no lo creo. Victoria es la más sensata de la familia. Brandon y tú la habéis educado muy bien. Es una niña inteligente y madura. Mucho más de lo que yo era a su edad.

—Oh, permíteme que lo dude, Isabelle. Creo que tú naciste ya madura.

—No sé si debo tomarme eso como un cumplido o como todo lo contrario.

Anastasia había visto a Isabelle con buenos ojos

desde el primer momento. Tomó las manos entre las suyas y les dio unas palmaditas.

—Te lo he dicho muy en serio, querida. Bueno, creo que me voy a ir a descansar un poco para tratar de asimilar todo esto. Estos adioses me trastornan. Se llevan una parte de mí.

Isabelle sonrió. La reina de la escena había regresado. Era una buena señal.

—Está bien. La verdad es que ya habíamos casi terminado nuestra sesión de hoy. Te mereces un descanso por tu buen comportamiento.

—Creo que dices eso porque estás deseando ir a arreglarte para salir esta noche —respondió la actriz muy perspicaz, con una mirada de complicidad.

—No creo que me lleve más de cinco minutos ponerme el vestido y maquillarme un poco.

—Oh, querida, eres aún tan joven… A tu edad no te hacen falta retoques ni maquillajes —dijo la actriz con un tono de nostalgia en la voz.

Isabelle pensó, sin embargo, que había momentos en que se sentía realmente vieja y otros, aún peor, invisible.

—Sí, supongo que soy joven —replicó Isabelle—. Pero no tanto como tú —añadió con un guiño.

Anastasia se echó a reír. Sabía que no trataba de halagarla y mucho menos de ser sarcástica, sino que lo decía con afecto. Por regla general, la actriz no congeniaba muy bien con las mujeres. Estaba siempre en guardia, cada vez que estaba en compañía femenina. Pero no había sido ése el caso con Isabelle. Ella le agradaba de verdad.

Más aún, esperaba que Brandon se diera cuenta de que era la mujer perfecta para él, antes de que llegara otro hombre y se le adelantase.

Anastasia se retiró a descansar finalmente a su habitación.

Segundos después, Isabelle escuchó el sonido de la puerta de la calle. Se dio la vuelta y vio entrar a Brandon. No le pareció que volviese muy alegre.

Trató de decirle algo para animarle, pero prefirió que fuera él quien hablara primero. Sabía que estaba así por su hija y ella no quería inmiscuirse en su vida privada si no se lo pedía.

Brandon suspiró profundamente y se metió las manos en los bolsillos.

—Bueno, ya se ha ido —dijo desconsolado.

—No te preocupes, Brandon, se lo va a pasar muy bien, ya lo verás. Le conviene divertirse un poco con chicos y chicas de su edad. Si no, tengo la impresión de que se pasaría el verano entero leyendo libros, sin salir de casa.

—Sí, lo sé. Tienes razón. Lo del campamento creo que ha sido una buena idea —dijo él suspirando y con la mirada perdida como si estuviera hablando consigo mismo—. A lo mejor, ni siquiera echa de menos... su casa —añadió, cambiando en el último momento la palabra que pensaba decir.

Pero a Isabelle eso no le pasó desapercibido. Supo en seguida que lo que temía Brandon era que su hija no le echase de menos durante su estancia en el campamento. Miró con ternura al hombre que tenía delante y pensó en lo afortunada que era Victoria teniendo un padre así.

—Estoy segura de que echará de menos su casa —dijo recalcando la última palabra—. Pero ya sabes, de vez en cuando conviene echar un poco de menos tu casa, y no estar siempre metido en ella.

Brandon comprendió lo que quería decirle Isabelle con esa forma tan sutil de emplear la palabra «casa» en vez de la de «padre».

—¿Has terminado ya? —dijo él, con el ceño fruncido.

—¿Quieres cancelar nuestra cita? —le preguntó ella a su vez, en lugar de responderle.

Él no entendía qué podía tener que ver una cosa con otra. Pensó que, aunque viviese ciento veinte años, nunca llegaría a comprender a las mujeres.

—No —respondió él, escuetamente.

Isabelle sonrió, aliviada. Le hacía ilusión la idea de volver a salir con él.

—Entonces sí, he terminado ya —dijo ella dirigiéndose a la escalera.

Él suspiró, sacudiendo la cabeza.

—Siempre pensé que, conforme me hiciera mayor, me sería más fácil comprender a las mujeres.

Isabelle se detuvo en el primer peldaño y se volvió hacia él. Quería que le aclarara lo que acababa de decir o que, al menos, terminara la frase.

—¿Y?

—Y me he dado cuenta de que estaba equivocado —confesó Brandon—. No sólo no me resulta más fácil, sino que cada vez las comprendo menos.

—No somos tan difíciles de comprender —replicó Isabelle—. Nos gustan los hombres sinceros, que sean atentas con nosotras y que tengan cierto sentido del humor.

—Pues tú no te ríes mucho cuando te gasto alguna broma sobre el vestido que llevas.

Isabelle bajó la cabeza admitiendo la crítica. No, eso no le hacía ninguna gracia.

—Tienes razón —dijo ella—. Por cierto, hablando de vestidos, tengo que subir a vestirme.

—Sólo si quieres —exclamó él, con una mirada seductora, recordando su cuerpo desnudo la otra noche.

—Claro que quiero —respondió ella, muy halagada al ver la forma en que la miraba—. No tengo intención de ir desnuda para me detenga la policía por escándalo en la vía pública.

—No creo que tu cuerpo tenga nada de escandaloso ni indecente —dijo él con aparente seriedad.

—Aun así —respondió ella—. No creo que te hiciera ningún bien el que se publicaran ciertos titulares escabrosos en la prensa del corazón. No pienso que fuera lo mejor para la reputación de un escritor de fama que tiene una hija de doce años.

Podía sentir la forma en que la miraba. Parecía como si quisiera desnudarla con la vista.

—No sé. Tal vez estaría dispuesto a correr el riesgo por una mujer que valiese la pena.

Isabelle se quedó mirándolo tratando de saber si estaba hablando en serio o en broma.

—Bueno, en cualquier caso, yo no estoy dispuesta a prestarme a ello —dijo Isabelle dándole unas palmaditas en la cara, antes de subir corriendo las escaleras.

—Gracias —le oyó decir a Brandon, cuando ella estaba ya en lo alto.

—¿Por?

—Por darme un poco de ánimo en este momento en que me veo tan desconsolado sin mi hija.

—No hay de qué —le dijo ella con una sonrisa—. Está incluido en la factura de tu madre en el apartado de «servicios de reanimación». A propósito, los primeros quince servicios son gratis —añadió ella, guiñándole un ojo de manera increíblemente seductora.

Las palabras de despedida de su hija le vinieron entonces a la mente.

—Tal vez tengas razón, después de todo, hija mía —se dijo para sí en un susurro.

—¿Decías algo? —le dijo ella desde arriba, sin saber a ciencia cierta si le había escuchado o habían sido sólo imaginaciones suyas.

—No —respondió él con cara de inocencia.

Y sin pensárselo dos veces, subió a toda prisa las escaleras de dos en dos con intención de alcanzarla y de estrecharla en sus brazos, pero ella echó a correr y se encerró en el cuarto de invitados antes de que él pudiera agarrarla.

Brandon escuchó su risa desenfadada y alegre burlándose de él y sintió una gran felicidad y un enorme deseo de vivir.

Capítulo 14

CREO que no fue una buena idea.
La voz de Brandon sonó tan solemne que Isabelle se preparó para lo peor.

Sin embargo, trató de parecer alegre y mantuvo la calma.

—¿A qué te refieres? ¿A lo de salir a cenar?

El restaurante no le había parecido mal, pero ni la decoración ni el menú eran nada del otro mundo. Necesitaría un buen cambio de imagen o una mayor concurrencia de clientes para conseguir salir adelante.

—¿Qué? No. Me refería a esto —replicó él, haciendo un gesto con la mano—. A lo de bailar.

Tras la cena, Brandon había intercambiado unas palabras con su amigo, el propietario del restaurante, deseándole suerte en su nueva empresa, y luego le había propuesto a Isabelle ir a bailar. El restaurante se hallaba a un par de manzanas de un popular club nocturno donde se tocaba algo que pasaba por música y que las parejas podían escuchar y bailar.

Él había sido al que se le había ocurrido la idea y ella no le había querido hacer un desaire.

Sin embargo, ahora, Brandon parecía haber cambiado de opinión. ¿Por qué?

Isabelle no le había pisado una sola vez bailando. Sabía bailar bastante bien. Su madre les había enviado a Zoe y a ella a dar clases de baile cuando eran niñas, porque decía que unas señoritas como ellas debían moverse con gracia y no como los animales de la selva.

¿Por qué estaba entonces contrariado?

—Pensé que te gustaba bailar —le dijo Isabelle.

Él clavó la mirada en ella mientras bailaban muy juntos al ritmo del blues que estaba sonando en ese momento.

—Y me gusta —replicó él.

—Entonces, ¿por qué dices que no fue una buena idea? —preguntó ella bastante confusa.

Brandon esbozó una de sus irónicas sonrisas. Pensaba que la razón era evidente.

—Porque tenerte en mis brazos y no poder besarte supone para mí una tortura insoportable.

Isabelle suspiró aliviada y luego le miró fijamente. Sus cuerpos apenas estaban separados unos centímetros.

—¿Quién te ha dicho que no puedas besarme?

—¿Aquí? —exclamó él mirando alrededor.

Era evidente que Brandon era mucho más tímido y formal de lo que ella se había imaginado. Eso le hacía más encantador. Y a ella más atrevida.

—Sí, aquí —dijo ella muy convencida—. No creo que nadie se vaya a molestar en mirar lo que estamos haciendo.

Tal vez fuera el vino que habían tomado en la cena, pero el hecho era que a ella no parecía importarle nada que alguien les viese. Parecía otra. Ya no era la chica tímida y recatada que había sido siempre. En esos últimos días, había dejado volar la imaginación, soñando cosas que eran muy poco probable que se hicieran realidad. Pero de momento…

—Tal vez haya que probar esa teoría tuya —dijo Brandon.

Quitó la mano que tenía puesta en su espalda para bailar y le alzó la barbilla. Luego inclinó un poco la cabeza y la besó.

Ella comenzó a sentirse mareada y a ver las paredes dando vueltas alrededor de ella. Era una sensación extraña pero deliciosa de abandono y felicidad.

Pero tenía su peligro. Podría crearle una adicción. Si no se la había creado ya.

—Creo que tenías razón —admitió ella—. Bailando así contigo, le entran a una ganas de hacer cosas que no se deben hacer en una pista de baile —añadió ella con un brillo especial en los ojos, que parecían bailar también por su cuenta.

—Al menos en una pista de baile tan concurrida como ésta —replicó él.

La apretó contra su pecho, hasta que sus cuerpos estuvieron pegados como si fueran uno solo.

—¿Lista para ir a casa?

—Lista —susurró ella, sin saber bien si él se lo preguntaba con intención de continuar lo que habían empezado allí o porque pensaba que ya era tarde y había que regresar a casa.

Lo único que sabía era que estaba lista. Todas y cada una de las fibras de su cuerpo estaban listas para llevar aquella sensación excitante y salvaje que albergaba dentro de ella hasta su lógica conclusión final. Desde la noche que habían hecho el amor, Brandon había conseguido despertar en ella algo que había reprimido durante años. Algo que le hacía sentir un placer misterioso cada vez que él le ponía los dedos en la piel como si tocara las cuerdas de un preciado violín del que quisiera arrancar sus sonidos más secretos.

Dejaron la pista de baile y se pasaron unos segundos por la mesa para que ella recogiera sus cosas y Brandon pagase las dos consumiciones y dejase una generosa propina.

Una vez en la calle, Brandon le dio el tique al aparcacoches y en menos de un minuto el mozo estuvo de vuelta dejándole el vehículo aparcado en la acera. Les sostuvo la puerta hasta que se sentaron cada uno en su asiento y luego puso una sonrisa, como la del gato de Cheshire del libro de *Alicia en el país de las maravillas*, al ver la propina que le dio Brandon.

Camino de casa, ella trató de iniciar una conversación para disimular la excitación que sentía.

—¿Crees que tu madre estará durmiendo todavía?

Brandon miró el reloj digital que había en el salpicadero del coche. Eran casi las diez.

—Es difícil saberlo. Recuerdo que en otro tiempo acostumbraba a levantarse a esta hora para asistir a las fiestas que se daban en su honor.

—Cuando hacía *Love Me Sweet* y *The Lucky Rainbow* —dijo ella, asintiendo con la cabeza.

Brandon se la quedó mirando. Llevaba ya varias semanas con ella, pero aún seguía sorprendiéndole.

—Veo que eres, de verdad, una ferviente admiradora de mi madre.

—No sé de qué te sorprendes. Ya te lo había dicho. Tu madre es de una raza en extinción. Ya no quedan muchas estrellas de su talla.

Brandon se echó a reír y movió la cabeza con gesto negativo.

—Comprendo que te lleves tan bien con ella. Pero

ten cuidado. Cualquier día de éstos, sin que te des cuenta, te sacará su álbum de fotos y de recortes de prensa y te contará todas las anécdotas de su vida.

—Demasiado tarde, ya lo ha hecho —le dijo Isabelle—. Fue hace un par de semanas.

—¿Y aún sigues con ella? —exclamó él con ironía.

Isabelle había mirado encantada aquel álbum de recuerdos que Anastasia había estado coleccionando durante años.

—Me sentí muy honrada. Me dijo que ella no le enseñaba el álbum a cualquiera.

—No, eso es verdad. La mayoría de la gente por lo general sale huyendo en cuanto la ve aparecer con el famoso álbum de los recuerdos.

—No estás siendo justo con ella —dijo Isabelle—. Aunque creo, más bien, que se trata sólo de una pose. Sé que estás muy orgulloso de tu madre.

—Sí, es cierto —admitió él—. Ha tenido que recorrer un largo camino lleno de dificultades para poder llegar a donde está. Y, aunque he tenido que pasar la mayor parte de mi infancia y adolescencia al cuidado de mujeres que hablaban con un acento extraño, ella siempre estuvo a mi lado por la noche para acostarme y taparme con la colcha, a menos que estuviese rodando alguna película en el extranjero. Ha sido una buena madre para mí. La mejor que podía tener, dadas las circunstancias —afirmó con una sonrisa llena de afecto—. Se metía tanto en sus personajes que a veces se los traía a casa. Nunca estaba seguro de si la mujer que me estaba arropando por la noche tendría un acento del sur o me hablaría del nuevo caso que estaba llevando en el juicio —sonrió al ver la cara de desconcierto de Isabelle—: Mi madre estuvo interpretando una temporada el papel que hacía Katharine Hepburn en *La costilla de Adán*. Afortunadamente, nunca llegó a interpretar a Joan Crawford en aquella película basada en su biografía…. Cómo se llamaba…

—*Queridísima mamá* —dijo Isabelle de inmediato.

Luego sonrió, negando con la cabeza. Ella estaba segura de que Anastasia, por mucho que se metiera en sus personajes, tenía clara la línea que separaba la realidad de la ficción.

—Estoy segura de que por mucha dedicación que pusiese en su trabajo, siempre estuvo pendiente de ti —añadió ella muy convencida.

A Brandon le gustaba ver la admiración que Isabelle sentía por su madre. La mayoría de las mujeres con las que había salido ni siquiera sabían quién era Anastasia del Vecchio. Su nivel de conocimientos era tan exiguo que se limitaba sólo a los personajes que salían en los programas de cotilleo de la televisión.

Absorta en sus pensamientos, Isabelle casi no se dio cuenta de que habían llegado a casa.

Brandon apagó el motor y echó el freno de mano.

Ella miró a través del parabrisas y vio que las luces de la casa estaban encendidas. Pero eso no quería decir nada. Lo mismo podía estar levantada que dormida. A Anastasia le gustaba dejar las luces encendidas, porque decía que la oscuridad le deprimía.

—La compañía eléctrica está muy contenta con mi madre —dijo Brandon con una sonrisa—. Con la electricidad que consume se podría iluminar entera su ciudad natal.

—Podría estar dormida, a pesar de todo —dijo él, desactivando el sistema de seguridad para poder abrir la puerta sin que sonase la alarma.

Una vez dentro, Isabelle se quedó en el vestíbulo, escuchando el sonido de unos tacones golpeando en el suelo. A pesar de que le había dicho a Anastasia que siguiese una semana más con las medias blancas de algodón, ella había comenzando ya a andar con zapatos de tacón alto porque decía que le hacían las piernas más largas y delgadas y le gustaba presumir.

—A mi edad —le había dicho recientemente—, necesito toda la ayuda posible.

Siempre que la legendaria estrella del cine, el teatro y la televisión decía una cosa así, hacía después una pausa muy elocuente esperando que alguien le dijese que no necesitaba de ninguna ayuda y que seguía tan espléndida y bella como siempre.

Victoria había desarrollado una gran habilidad en ese sentido, pero dado que estaba de veraneo en aquel campamento, Isabelle sintió que esa responsabilidad recaía ahora sobre ella.

Se preguntó si Victoria estaría de vuelta cuando ella terminase su trabajo y tuviera que irse de aquella casa.

Sólo quedaba una semana de las seis que se habían marcado para conseguir la recuperación total de Anastasia. La fecha tope era irrevocable, independientemente de cómo se sintiese la actriz en esa fecha. Aunque a Isabelle no le cabía la menor duda de que Anastasia estaría lo suficientemente bien como para incorporarse a su trabajo. Debajo de su apariencia algo excéntrica y teatral, había una mujer tenaz, con una voluntad de hierro, que no tiraba la toalla con facilidad. Había tenido algún que otro contratiempo en su carrera profesional, pero había sabido salir siempre adelante con resolución.

Isabelle sentía que era su deber como fisioterapeuta hacer también el papel de preparadora física para conseguir que Anastasia pudiera subirse a un escenario sin poner en peligro su salud. Sabía el interés que

tenía y que estaría dispuesta a hacer un esfuerzo sobrehumano por conseguirlo. Era sorprendente la resistencia que demostraba tener, a pesar de su edad y de
los excesos que seguramente habría cometido en la
vida.

—No creo que ella esté…

Brandon no tuvo ocasión de terminar lo que quería
decir de su madre, porque Anastasia entró en ese momento, viniendo de la habitación que ella llamaba «la
biblioteca» por la cantidad de libros que había en las
estanterías.

—Ah, ya estáis por fin en casa —dijo Anastasia
echando una ojeada al reloj—. ¿No te parece un poco
tarde para ser un día laborable, hijo?

—Es verano y Victoria está en el campo —respondió Brandon.

—¡En el campo! —exclamó Anastasia moviendo
la cabeza con un gesto de desaprobación—. ¡Qué
asco! Un lugar lleno de pulgas y otras criaturas pelu-
das que comen con las manos.

—Querrás decir con las patas, mamá —le corrigió
él con una sonrisa.

—Peor me lo pones —replicó ella—. ¡Qué asquero-
sidad! Y totalmente fuera de la civilización. No sé por
qué la has mandado allí.

Él no había mandado a Victoria a ningún sitio desde que tenía seis años. Ella había sido la que había
elegido la escuela, la academia de ballet o el taller de
arte a los que iba.

—Yo no la envié allí, mamá. Ella fue por su voluntad. Fue idea suya, ¿recuerdas? Dijo que se lo iba a
pasar muy bien y que además iba a ir con Marisol.

Marisol era la mejor amiga de Victoria. Habían ido
juntas al colegio desde que eran pequeñas.

Anastasia se encogió de hombros. Nunca se daba

por vencida en una discusión aunque le demostrasen con todo tipo de argumentos que estaba equivocada. Sabía cómo darle la vuelta a las cosas para que pareciese que era ella la que llevaba razón.

—Bueno, supongo que algo habrá de eso también —admitió la actriz con arrogancia—. En cualquier caso, la soledad es algo que está muy sobrevalorado —dijo ella, ondeando la mano en el aire con gesto muy teatral—. Yo ya me he acostumbrado por ejemplo al soniquete de tus zapatillas paseando por la casa —añadió ella disponiéndose a irse a su habitación—. Bueno, ahora que ya habéis llegado, me puedo ir tranquilamente a descansar.

—Haz lo que hagas habitualmente cuando estás sola en tu casa.

—¿Quién dice que esté sola en mi casa? —exclamó ella con una sonrisa maliciosa.

Y dejando esa pregunta flotando en el aire, la diva se retiró majestuosamente a su habitación.

—Anastasia es una mujer diferente —dijo Isabelle, con un tono de admiración.

—Sí, sin duda. Algún día la ciencia descubrirá exactamente de qué está hecha —le confirmó Brandon, y luego añadió haciendo una imitación bastante buena de un narrador de melodramas radiofónicos de años pasados—: La última vez que dejamos a Isabelle y a Brandon estaban besándose. Ella estaba en sus brazos y él trataba infructuosamente de controlar el deseo que sentía por ella.

Isabelle se echó a reír. Nunca había pensado que Brandon pudiera tener aquel lado tan alegre y divertido.

—¿Estás pensando en narrar todo lo que suceda entre nosotros? —preguntó ella tratando de parecer lo más seria posible.

—No —dijo él rozando con los labios sus mejillas y luego depositando un par de besos en cada uno de sus ojos—. Mi fuerte son los thrillers, no las escenas románticas, ¿recuerdas?

Ella sonrió dulcemente mientras él la estrechaba entre sus brazos.

—Yo no me atrevería a decir eso —replicó ella—. Creo que tienes una aptitud natural para las escenas de amor.

—Me agrada que te hayas dado cuenta —dijo él, dándole unos pequeños besos por toda la cara—. Creo que deberías saber que siempre trato de superarme en todo lo que hago, con independencia de lo que sea.

Isabelle sintió que el corazón comenzaba a latirle al triple de velocidad.

—Bien, como decía la inmortal Bette Davis en *Eva al desnudo*, creo que será mejor que me abroche bien el cinturón, la noche promete ser movida.

—No te molestes en abrocharte nada —dijo él con una mirada llena de sensualidad—. Así tendré menos cosas que desabrocharte.

La besó en la boca otra vez y, agarrándola de la mano, subió con ella la escalera en dirección a su dormitorio. Era lo que había estado deseando hacer durante todo el día.

Capítulo 15

FISIOTERAPEUTA de día y diosa del amor por la noche. No se puede pedir más. Lo tienes todo —susurró Brandon con una sonrisa sensual a la vez que burlona.

Estaban tumbados en la cama. Acababan de hacer el amor y él tenía el brazo por debajo de su cuerpo desnudo aún tembloroso. Le acarició el pelo y le dio un beso en la frente. Ella se sentía eufórica y feliz.

—Si me dejas unos segundos para recuperarme, creo que podremos repetirlo —le dijo él al oído.

—Cuenta conmigo —respondió ella.

Ella se abrazó a él, sintiendo el calor de su cuerpo aún sudoroso.

—Eres maravillosa.

Casi demasiado, se dijo él para sí. Isabelle podía dejarle agotado pero, al minuto siguiente, se sentía con deseos de tenerla de nuevo. ¿Qué mujer era ésa que ejercía aquel poder tan increíble sobre él? ¿Qué tipo de hechizo tenía para haberle convertido de un hombre normal en aquella criatura sexualmente insaciable? No se reconocía a sí mismo. Era otro hombre distinto del que siempre había creído.

Inhaló la fragancia de su pelo.

Sin duda, había estado equivocado con respecto a muchas cosas, se dijo él mientras gozaba de la suavidad de su cuerpo. Podía estar equivocado en la forma en que había enfocado su futuro. Hasta que Isabelle había entrado en su vida con sus ojos risueños y llenos de ternura, había pensado que sabía exactamente cómo se desarrollaría el resto de su vida: su trabajo, sus fiestas ocasionales y sus momentos felices junto a las personas que más quería, su madre y su hija. Nunca había considerado la posibilidad de que otra mujer pudiera entrar a formar parte de aquel círculo. Con un matrimonio había tenido ya más que suficiente. No tenía ganas de tropezar dos veces en la misma piedra.

Pero Isabelle no se parecía en nada a Jean. Por eso llevaba ya varios días replanteándose su visión de la vida y sus prejuicios sobre el matrimonio. Pero, sobre todo, su idea de la renuncia. Él no había tirado la toalla cuando una editorial le había rechazado su primera novela. Todo lo contrario, se había crecido en la adversidad y había seguido intentándolo hasta conseguir un contrato que le dio la oportunidad de demostrar su valía. Y tras ése, vinieron después otros contratos, otras novelas y finalmente los éxitos.

¿Por qué tenía que enfocar el matrimonio de manera diferente? Él había escogido la primera vez a la persona equivocada, eso había sido todo. Pero eso había pasado hacía ya hacía trece años, cuando él era un joven inexperto de veinte años. Ahora era mucho más maduro y sensato. Sabía discernir mejor el carácter de las personas y sus motivaciones.

Además, él sabía lo que buscaba en una mujer que

pudiese compartir su vida con él, y era muy consciente del peligro que suponía dejarse llevar por los impulsos sin sopesar debidamente todos los factores.

Los estaba evaluando en aquel momento precisamente, y le gustaba lo que veía. Le gustaba la idea de levantarse por las mañanas y saber que Isabelle estaría a su lado. Y que no sólo estaría ese día, sino el resto de los días que le quedasen por vivir.

Pero eso no significaba que la idea del matrimonio no le pusiese nervioso, ni que la perspectiva de casarse de nuevo y confiar su corazón a otra persona no le asustase. Aunque, como le decía su hija Victoria: quien no se arriesgaba, seguro que no perdía, pero tampoco ganaba. Y ése era un dicho que él podía aplicarse a la perfección.

Todo lo que tenía que hacer, pensó él, mirando a la mujer que tenía en los brazos, era tener el valor de pedírselo.

Y no podía andarse con vacilaciones. No le quedaba mucho tiempo. Isabelle seguiría en aquella casa sólo mientras su madre la necesitase.

Se le presentaba un gran dilema. Deseaba, por supuesto, que su madre se recuperase y volviese a ser la de antes, pero eso significaba que la presencia de Isabelle en aquella casa dejaría de ser necesaria.

Brandon sonrió para sus adentros. ¿Quién habría pensado que acabaría siendo un ferviente defensor de la teoría de «sin prisa pero sin pausa», cómo la fábula de la tortuga y la liebre?

Isabelle, por su parte, estaba intranquila. Brandon llevaba demasiado tiempo callado. Más de lo habitual en él. ¿En que podía estar pensando?

Su inquietud fue creciendo por momentos, apagando el fuego que se había encendido en su cuerpo unos segundos antes. Algo andaba mal. Lo presentía.

Dudó entre serle franca, preguntándole abiertamente lo que pasaba entre ellos, o no decirle nada y dejarlo pasar por alto.

Había gente que pensaba que cuanto más ignorante era uno más feliz se era. Pero ella era de la opinión de que adoptando la política del avestruz no se solucionaban los problemas. Todo lo contrario, lo único que se conseguía era fomentar la angustia y volverse paranoica.

Sin embargo, una pequeña voz interior le aconsejó que se decantase por no decirle nada. Era mejor quedarse con la duda que verse obligada a hacer frente a una dura realidad que podría romper el encanto del momento que estaba viviendo.

Así que, en vez de permanecer allí, dando vueltas y más vueltas a esos pensamientos, como si fueran una pelota de tenis yendo de un campo a otro, le abrazó, apretando su cuerpo desnudo contra el suyo, y le besó apasionadamente.

El efecto en él no se hizo esperar. Por el brillo que ella vio en sus ojos, comprendió que iba a prolongar, al menos unos minutos más, la felicidad de aquel cuento de hadas que habían forjado entre ellos.

—Me vas a dejar exhausto, ¿sabes? —le susurró él al oído.

Ella respondió con una carcajada y le atrajo hacia ella aún con más fuerza, sumergiéndose con él en ese mundo que temía pudiera desvanecerse en cualquier momento.

—¿Sabes una cosa? Cuando te vi entrar por primera vez por esa puerta, tuve algunas dudas sobre ti —le dijo Anastasia a Isabelle con toda franqueza.

La actriz acababa de terminar su sesión de rehabilitación: los ejercicios que había encontrado agotadores y casi imposibles de realizar hacía sólo unas semanas, ahora, para su satisfacción, los llevaba a cabo sin ninguna dificultad. Había ido de una esquina a otra de la sala sin que se le cayera la cinta de los muslos.

Lo había hecho contoneándose como un pato, pero como un pato con elegancia, le gustaba pensar. Ya no tendría ningún problema en realizar cualquier tipo de ejercicio que tuviese que hacer. Sentía que había empezado a recuperar la flexibilidad y la movilidad que había perdido tras la operación. Y también la juventud.

—¿Ah, sí? —preguntó Isabelle, con curiosidad—. ¿Y qué tipo de dudas eran ésas?

Anastasia se encogió de hombros de esa manera vaga y desdeñosa tan característica suya.

—Bueno, sabía que eras una fisioterapeuta muy competente y profesional. Pero no pensaba que fueras una mujer capaz de saber llevarme y obligarme a hacer los ejercicios de rehabilitación. Sé que, para algunas personas, puedo parecer una mujer difícil, pero…

—Tú, Anastasia, eres una mujer difícil para cualquier persona —le interrumpió Isabelle con una sonrisa afectuosa—. Pero ha sido para mí una experiencia muy enriquecedora y te estoy agradecida. Sí, eres una mujer difícil, pero eso es lo que te hace única.

Anastasia se sintió muy satisfecha de sus palabras.

—Me alegra que me veas de ese modo. De cualquier forma —dijo la actriz retomando el tema de la conversación—, nunca pensé que pudieras obligarme hacer esos ejercicios tan estúpidos, pero lo conseguiste y, gracias a eso, ahora me siento mucho mejor. Gracias —dijo a regañadientes, poniendo las manos en los hombros de Isabelle y dándole un par de besos en las mejillas—. Me has prestado un gran servicio. A mí y a mi público.

—Me alegro de haber podido serte de ayuda —respondió Isabelle, muy serena, pero sintiendo por dentro un sabor agridulce que la angustiaba.

Trató de esbozar una sonrisa y de poner un tono optimista en la voz, pero no le resultó fácil.

«Esto es el fin», le dijo una voz por dentro. «Todo ha terminado. El cuento de hadas en el que has estado viviendo estas semanas ha llegado a su punto final. Es hora de volver al mundo real, Cenicienta».

Isabelle tomó aliento. Después de todo, era algo que ya sabía que tenía que pasar.

—¿Cuándo sales de gira, Anastasia?

—La compañía sale pasado mañana —respondió ella como si tal cosa, pero produciendo en Isabelle el mismo efecto que si le hubieran clavado un dardo en el corazón—. Gracias a Dios, tuve ocasión de ensayar parte de la obra antes del accidente y no parto de cero —añadió impertérrita, con su confianza habitual—. Vendrás a verme cuando volvamos a Los Ángeles, ¿verdad? —preguntó la actriz de repente.

Isabelle respiró hondo, como si con aquello pudiera forrar el corazón con una coraza protectora, y sonrió de manera forzada.

—No me lo perdería por nada del mundo.

—Muy bien. Te dejaré una entrada en la taquilla —replicó Anastasia satisfecha.

Una entrada. Una sola entrada. Parecía un fiel reflejo de su vida. Ella también estaba sola. Soltera. Y para siempre.

Era curioso, ella ya se había resignado a eso antes de llegar a esa casa. Había llegado a la conclusión de que era mejor estar sola que vivir en un estado permanente de angustia y de temor, a la espera de ser engañada y traicionada, como había hecho su padre con su madre.

Pero el haber estado viviendo allí durante seis semanas, formando parte de esa familia, una familia por la que había llegado a sentir un verdadero afecto, había cambiado su forma de verlo. Le había hecho soñar que podía aspirar a algo más. Había empezado incluso a pensar en que era posible...

«Eso ha sido tu mayor equivocación, imbécil. ¿Cómo podías pensar que una cosa así podía ser posible? ¿No sabes aún quién es él? ¡Por el amor de Dios! Él es Brandon Slade. ¿Y tú?, ¿tú quién eres? No eres más que...».

«Calla», le ordenó ella a esa voz interior que parecía dispuesta a abrirle los ojos cruelmente.

«Ya sabías cómo iban a ser las cosas cuando aceptaste este trabajo. Él es un escritor de fama mundial. ¿Qué es lo que puedes tú ofrecerle a ese hombre que no lo encuentre en cualquier otra parte? Nada».

Su vida anterior le estaba esperando. Todo lo ocurrido le parecería un sueño. Un sueño maravilloso pero inalcanzable.

—¡Oh, Dios! —exclamó Anastasia, dando vueltas por la habitación—. Hay un montón de cosas que tengo que hacer antes de irme. Tengo que llamar a Tyler —dijo de repente, y añadió luego mirando a Isabelle—: Tyler Channing es el director escénico. Ha estado muy preocupado todo este tiempo, preguntándose si estaría lista para incorporarme a tiempo a la compañía. Tenía ya una sustituta en la recámara —dijo ella resoplando ante la sola idea de que otra actriz pudiera reemplazarla—. Bueno, gracias a ti —dijo a Isabelle con una sonrisa—, esa mujer puede esperar sentada. Ahora ya estoy lista. Lista para hacer que el teatro se venga abajo de los aplausos —añadió muy entusiasmada—. ¡Oh, Dios! Tengo tantas cosas que hacer que no sé por dónde empezar.

Anastasia era una mujer muy radical en la que no cabían términos medios. Se puso a dar vueltas por el cuarto, mirando por todas partes, como tratando de encontrar en algún rincón la solución a sus dudas.

Isabelle decidió salir de la habitación, dejando a la actriz haciendo sus planes y satisfecha de sentir que empezaba a recuperar su vida de antes.

¡Qué lástima que no podamos sentirnos todos de esa misma manera!, se dijo ella para sí.

Tuvo la impresión de que Anastasia ni siquiera se había dado cuenta de que ella había salido de la habitación.

¿Y ahora qué?, se preguntó, mientras caminaba por el pasillo.

La casa estaba vacía.

Brandon estaba en Hollywood, donde iba a pasar la mayor parte del día. Él y su todopoderosa representante, Maura, iban a reunirse con un productor que había expresado su interés por llevar al cine una de sus últimas novelas.

Por primera vez, desde que había puesto allí los pies, la casa le pareció inquietantemente vacía. Era todo un presagio, se dijo ella. Sólo le quedaba hacer las maletas y marcharse.

Sintió un nudo en la garganta ante la idea de tener que despedirse de todos. Tal vez, no consiguiera siquiera decir una palabra. No era precisamente muy buena en las despedidas. Le faltaba el don de saber qué decir y cómo decirlo. Su estilo era más pasar desapercibida.

Sería mejor así. No quería que Brandon se sintiese incómodo en su presencia. No quería que se sintiese obligado a decir algo en contra de su voluntad. Por supuesto que quería seguir con él, pero sólo si él lo quería de verdad, no porque se viese obligado a hacerlo.

E incluso así, si él le dijera que quería seguir su relación con ella, ¿quién le iba a garantizar que eso acabase bien? ¿No era ella la que tenía tanto miedo a los compromisos por los fracasos y traiciones que había visto?

Recordaba muy bien a su madre llorando cuando discutía con su padre. Eran las únicas veces en que la había visto exteriorizando sus emociones. Con excepción de esos momentos, su madre siempre se había mostrado fría y distante. E inaccesible.

Habría algo que decir sobre eso, pensó Isabelle mientras cerraba por última vez la puerta del cuarto de invitados, en el que había vivido las últimas seis semanas.

Uno se vuelve inaccesible cuando se protege con un escudo impenetrable para que nada ni nadie puedan hacerle daño. Había un montón de cosas peores que eso, pensó ella mientras descolgaba lentamente la ropa del armario y la iba dejando bien doblada en la maleta.

Tal vez, si se mantuviese suficientemente ocupada y se marchase de esa casa cuanto antes, podría dejar atrás el dolor que se cernía sobre ella como un águila en busca de su presa.

Contuvo las lágrimas que pugnaban por salir de sus ojos y salió de prisa de la casa, pensando que, después de todo, había valido la pena. Era el consuelo que le quedaba.

Brandon iba a bordo del avión.

Se sentía relajado pensando que no necesitaba vigilar la aguja del velocímetro para no sobrepasar el límite impuesto por la policía de carretera del estado.

Estaba exultante de felicidad.

La reunión con el productor había ido muy bien.

Excelentemente bien. Ya parecía ver, proyectados en la gran pantalla, a los personajes que él había creado, diciendo los mismos diálogos que él había puesto en sus labios.

Habría dado dinero por ese honor y, sin embargo, había sido al revés. No sólo no había tenido que pagar nada, sino que acababa de firmar un contrato cediendo a ese productor los derechos de su novela por una cantidad de dinero realmente desorbitante. Sólo había visto tanto dinero cuando jugaba al Monopoly de niño con alguna de sus niñeras.

Se sentía casi culpable de aceptar una suma así. Era más que suficiente para enviar a Victoria tres veces a la universidad más cara del mundo cuando llegase el momento. Y aún le sobraría dinero para comprarle una pequeña isla privada en el Pacífico, pensó con una sonrisa.

Pero eso no era lo mejor de todo. Había conseguido, al fin, empezar a trabajar en su próxima novela. El arranque había sido algo difícil pero por fin todo estaba yendo sobre ruedas. Tanto que le había costado despegarse del ordenador para asistir esa mañana a la reunión con el productor de cine.

Le había vuelto la inspiración. Y todo gracias a su nueva musa: Isabelle.

Su conversación con ella la otra noche le había ayudado a centrarse en su trabajo.

Él era, por naturaleza, una persona optimista, pero tener a Isabelle a su lado le había dado nuevos ánimos y le había infundido entusiasmo.

«Eso, muchacho, es porque al final te has dejado enamorar», le dijo una voz interior.

No había habido forma de evitarlo, pensó él. Pero sí, estaba enamorado y estaba contento de ello. Se sentía otra persona.

Estaba deseando hacerlo oficial tan pronto como fuera posible. Quería decirle a Isabelle lo que sentía por ella. Quería declararle sus sentimientos en voz alta para que pudieran empezar a hacer planes. Planes importantes. Planes no sólo para ellos, sino para los tres. Porque entre Isabelle y Victoria se había establecido un estrecho vínculo también.

La sola idea de pensar en ello le hacía sentirse terriblemente feliz. Sospechaba que Victoria sentía por Isabelle exactamente lo mismo que él.

Bueno, quizá no exactamente lo mismo, se dijo él con una sonrisa maliciosa, pero casi.

Cuando el avión aterrizó, Brandon se dirigió al aparcamiento del aeropuerto, tomó el coche y se dirigió a su casa, dispuesto a emprender una nueva vida.

Al llegar, paró el coche frente a la entrada, pensando que lo mejor de su vida estaba aún por llegar. Le llamó la atención no ver el coche de Isabelle aparcado en la acera. Habría ido a comprar algo o a hacer algún recado para su madre, pensó sin darle mayor importancia. Tendría que dejar para más adelante su gran noticia.

Hasta que ella volviese.

Esperaba poder aguantarlo.

Capítulo 16

¡VAYA, parece que vienes muy satisfecho! —dijo Anastasia cuando vio entrar a su hijo a través del espejo de la habitación.

Estaba terminando de arreglarse y giró la cabeza para mirarle. Luego se levantó de la silla y dio la vuelta alrededor de la cama, que tenía un montón de ropa encima.

—Llegas justo a tiempo para ayudarme a tomar una decisión muy importante. ¿Qué color te parece que me favorece más? ¿El turquesa? —dijo ella mostrándole un vestido que desde luego no era para ponérselo a diario—. ¿O esta cazadora verde? —añadió dejando el vestido sobre la cama y poniéndose por encima la cazadora verde salpicada de hilos de plata.

—El turquesa —respondió él, sin pensarlo, impaciente por contarle las buenas noticias—. Acabo de firmar un contrato para llevar al cine mi novela *La emoción de la caza*.

Anastasia dejó los vestidos que le quedaban de sacar del armario y miró a su hijo detenidamente, con un brillo especial en la mirada, propia de una actriz veterana pero aún ambiciosa.

—¡Oh, eso es una gran noticia, Brandon! ¿Crees que habrá algún papel para mí?

—Eso depende —replicó él, dándole un beso en la mejilla—. ¿Te sientes con fuerza para hacer el papel de una inspectora de policía de treinta años, dura como una roca?

—¿Tan vieja es? —se lamentó Anastasia, con un gesto despectivo—. Creo que se lo dejaré a una de esas actrices secundarias que andan por ahí mendigando cualquier papel que se les ofrezca.

Se volvió a mirar en el espejo, ahora de perfil.

«Hay algunas cosas que nunca cambiarán», pensó él con cariño.

—Eso es un gesto muy generoso por tu parte —dijo Brandon, y luego añadió al ver la maleta a medio hacer y el caos de ropa que había sobre la cama— ¿Qué estás haciendo?

—El equipaje, querido, ¿no lo ves? —exclamó ella con una sonrisa indulgente—. Después de tantos años, creo que ya debías estar acostumbrado a verme haciendo las maletas.

—Pero se suponía que no te marcharías hasta que no terminases tus sesiones de rehabilitación.

—Exactamente —contestó Anastasia dejando de colocar los vestidos en la maleta y volviéndose hacia él para imitar uno de esos saludos tan teatrales que dirigía a su enfervorecido público cuando caía el telón al terminar una función—. Se acabó. Estoy oficialmente recuperada, como nueva —añadió con un suspiro de satisfacción—. Isabelle me dijo que ya no podía hacer nada más por mí.

Brandon sintió una profunda desazón al escuchar

esas palabras. No sabría explicar por qué, pero comenzó a percibir una desagradable sensación de vacío en la boca del estómago.

Quizá estaba sacando conclusiones precipitadas, se dijo a sí mismo.

—Y hablando de Isabelle, ¿sabes cuándo volverá?

Anastasia lo miró fijamente, esperando que dijera algo más. Pero Brandon se quedó callado esperando expectante su respuesta.

—No, ¿cuándo?

—Te lo estoy preguntando yo a ti —replicó él, tratando de conservar la calma.

«¡Ah, el soltero empedernido ha caído!», se dijo Anastasia, muy satisfecha.

Había visto ya esa mirada antes, en los ojos de todos los hombres que le habían declarado su amor.

—¿Cómo voy a saberlo? Su trabajo aquí ya ha terminado.

Ésa era exactamente la respuesta que él no quería oír.

—¿Entonces ya no va a volver?

Anastasia puso una mano en la mejilla de Brandon, con el gesto medido de una madre preocupada por su hijo. Se sentía satisfecha de estar interpretando ese papel a la perfección y de estar improvisando los diálogos con gran sabiduría según la situación lo requería.

—Cariño, ¿tienes algún problema de comprensión o de audición? Ya te he dicho que se fue porque después de examinarme y hacerme unas últimas pruebas me dijo que estaba totalmente recuperada y que me encontraba como nueva. Una vez terminado su trabajo conmigo, supongo que tendrá ahora otros pacientes. Puede que incluso esté ahora mismo atendiendo a otra persona.

Brandon sintió que la cabeza le daba vueltas. Había llegado con mucha ilusión, pero lo que se había encontrado era muy distinto de lo que se esperaba.

—¿Y se marchó así, por las buenas, sin despedirse?

—Bueno, sí, se despidió de mí —dijo Anastasia en un tono como si ella fuese la única que contase en todo aquello—. Pero sospecho que fue sólo porque se cruzó conmigo en la puerta cuando salía. Tengo la impresión de que quería marcharse en silencio sin llamar la atención ni molestar a nadie —dijo sonriendo—. Ya sabes lo sencilla y discreta que puede llegar a ser.

Sí, él lo sabía perfectamente. Se había marchado. Había salido de su vida sin despedirse ni decir una palabra. Igual que su exesposa.

Salvo que entonces, él sabía por qué Jean le había abandonado. Ella se lo había dicho muy claramente: no estaba hecha para ser madre y no quería verse atada a un bebé y a un marido.

Con Isabelle era diferente. Ella era todo lo que deseaba en una mujer con la que fuera a compartir su vida. O al menos así lo creía. Ahora ya tenía dudas.

Lo que no quería era una mujer con la que no pudiera contar. Alguien que literalmente le diese la espalda y saliese corriendo, después de haberle jurado amor eterno.

¿O había sido él el que había malinterpretado sus sentimientos?

—¿Qué te ocurre, cariño? —le preguntó Anastasia, en su papel de madre preocupada por su hijo—. Parece como si acabases de perder a tu mejor amigo —dijo acariciándole la mejilla con la mano—. No te preocupes, vendré a verte a ti y a Victoria siempre que pueda. Te lo prometo.

Brandon consiguió esbozar una sonrisa, tomó la

mano de su madre y la besó en el dorso como hacían los caballeros en otro tiempo.

—Lo sé, mamá —replicó él soltándole la mano y dando un paso atrás—. Ahora te dejo para que termines de hacer la maleta. Avísame cuando hayas terminado para llevártela al coche.

—Tranquilo, hijo, no hay prisa.

Brandon, ya en el pasillo, absorto en sus pensamientos, casi no llegó a escuchar la voz de su madre

Ella se había ido, se dijo él mientras caminaba como un autómata.

Isabelle se había ido. Sin más. Sin decir una palabra, ni hacer un gesto de despedida.

Se había ido como si aquellas noches que habían pasado juntos no hubieran significado nada para ella. Como si aquellos momentos felices que habían disfrutado juntos, en el restaurante y bajo la lluvia en la playa de Laguna Beach, no hubieran representado nada en su vida.

Sin saber exactamente cuándo, ni cómo, Isabelle, con su transparente sonrisa, su sensatez, su sencillez y su sinceridad, había irrumpido en su vida y en la de su familia. Y luego, de repente, como si fuera una tirita, de ésas que se ponen en las heridas y se retiran al poco tiempo, se había ido de sus vidas sin decir una palabra.

Su mente daba vueltas, tratando de buscar una salida, una solución a su angustia. Saldría y la buscaría por todas partes hasta encontrarla. Y cuando la tuviese delante la agarraría por los hombros y le preguntaría en voz alta por qué le había hecho eso, por qué le había mentido.

¡Estúpido!, se dijo él, apretando los puños. ¿Cómo podía haber sido tan estúpido como para dejarse engatusar de ese modo? ¿Cómo podía haber sido tan…?

Tenía una novela en la que trabajar, se dijo muy serio. No tenía tiempo para lamentaciones. Era el momento de enfrascarse en su trabajo, tal como había hecho antes, y olvidarse de todo lo demás.

Tenía que olvidar aquellos labios con sabor a fresa y aquellos ojos que parecían brillar con luz propia cada vez que le miraba. Tenía que olvidar aquella piel sedosa y suave, y aquel cuerpo seductor. Tenía que olvidar tantas cosas…

Pero seguir recordando esas cosas no le sería de ayuda. Todo lo contrario. Por ese camino, se dijo él, acabaría en una institución de enfermos mentales esa misma tarde.

«Escribe, Slade. Eso es lo que sabes hacer, ¿no? Pues hazlo entonces», se dijo él muy serio mientras se dirigía a su despacho. «Al menos eso no se lo llevó consigo».

Brandon cerró la puerta del despacho y se concentró en su nueva novela.

Isabelle lo intentó. Trató realmente de reunir su antiguo entusiasmo. Lo necesitaba para hacer bien su trabajo. Lo necesitaba para que encontrar la forma de motivar a sus pacientes.

Pero por más que lo intentaba, no era capaz de encontrarlo. Era como si hasta la última gota de entusiasmo se hubiera evaporado en ella, junto con su sentido del humor, su vitalidad y su sensatez. Todo eso parecían cosas del pasado. De un pasado ya lejano.

A casi todas las horas del día y de la noche, se sentía perdida, sin una razón de ser ni existir. Se veía como un adulto jugando al viejo juego infantil de las estatuas, en donde los jugadores tenían que quedarse quietos sin moverse, cada vez que se pronunciaba una palabra determinada.

Excepto que en su caso, ella no tenía a nadie que le dijese nada. Estaba sola. Y parecía incapaz de funcionar correctamente sin su corazón. Ese corazón que ya no tenía.

Llevaba ya una semana así. Siete días horribles que la habían dejado abatida.

Tenía que encontrar la forma de salir de aquello.

Zoe le había dicho que uno de los clientes se había quejado de ella. Bueno, no había elevado exactamente una queja, pero había querido saber si le pasaba algo raro, porque estaba actuando de una forma un tanto extraña, parándose a mitad de una frase y con la mirada perdida como si estuviese mirando a alguien que estuviese en el más allá.

A su paciente, Bobby Johnson, uno de los jugadores más famosos de la liga de béisbol profesional, pero que estaba de reserva en ese momento a causa de una tendinitis en la rodilla, no parecía importarle que tuviera esos lapsus de vez en cuando, porque pensaba que era por él. O sea, porque pensaba que Isabelle se sentía impresionada ante su presencia.

Bobby estaba en una de las salas de fisioterapia de la clínica, contándole a Isabelle lo difícil que era la vida de un deportista como él, siempre rodeado de mujeres que le seguían a todas partes, incluido el servicio de caballeros del gimnasio en el que se entrenaba.

—No sabe uno ya qué hacer —concluyó él con una voz tan falsa como ella nunca había oído, dándose la vuelta en la camilla en la que estaba tumbado para sentarse y dejando caer intencionadamente la toalla que le cubría, como una invitación explícita hacia ella—. Y dime, ¿qué haces después de salir del trabajo? Porque si no tienes ningún…

—Sí lo tiene.

Tanto Isabelle como el jugador de béisbol lesionado se volvieron para mirar al hombre que acaba de entrar en la sala.

Isabelle sintió un vuelco en el corazón y un nudo en la garganta.

—¡Brandon!

El jugador de béisbol frunció el ceño, mientras ella parecía recuperar su sonrisa.

—¡Eh! Éste es mi turno con Isa —exclamó Bobby indignado—. ¿Quién diablos es usted?

—Soy Brandon Slade —respondió Brandon—. El escritor —añadió al ver que el hombre semidesnudo, que estaba sentado en la camilla, le miraba por encima del hombro.

Bobby le miró con gesto de sorpresa, claramente acomplejado.

—¿Usted escribe libros? Pues no recuerdo haber oído nunca su nombre.

Brandon no pudo evitar un leve sonrisa.

—Bueno, en eso estamos iguales. Yo tampoco he oído hablar nunca de usted.

Aunque seguía el fútbol y el baloncesto con cierta asiduidad, nunca le había gustado el béisbol, considerado por muchos el deporte nacional americano. En su opinión, los jugadores se movían con demasiada lentitud.

Incapaz de aguantar un segundo más, Isabelle intervino con firmeza dispuesta a dejar las cosas claras.

—Brandon, estoy trabajando. ¿Qué estás haciendo aquí?

La pregunta era pertinente. Él no acostumbraba a irrumpir de forma inesperada en el espacio de nadie, y de alguna manera eso era lo que estaba haciendo.

Pero había llegado a la conclusión de que era inútil

seguir fingiendo que no le importaba nada dónde estuviera ella o que se hubiera marchado sin decirle una palabra. Y, en vez de llamarla a donde trabajaba, había preferido ir a verla en persona. Había tenido la suerte de encontrar a Zoe en la oficina, y ella le había dicho que Isabelle, estaba allí, en una de las salas de la parte de atrás, atendiendo a un paciente.

Luego le había sorprendido con una pregunta inesperada.

—¿Necesita verla ahora mismo?

—Más de lo que pueda imaginarse —había respondido él sin pensárselo dos veces.

La mujer había asentido con la cabeza, pareciendo comprender lo que estaba pasando.

—Dígale a Isabelle que voy a enviar a otra fisioterapeuta para que siga atendiendo a su paciente. Vaya usted con ella y haga lo que tenga hacer. Y buena suerte.

Brandon había sentido ganas de darle un abrazo. Tras hurgar en el bolsillo, había dejado un billete de cien dólares sobre el mostrador de recepción.

—Para cubrir los posibles gastos en caso de que el hombre al que Isabelle está atendiendo se queje de la interrupción.

Y luego se había ido en busca de la sala donde ella estaba.

Nada más escuchar su voz, había sentido un sobresalto en el corazón y había comprendido al instante que no se había equivocado al ir allí. Ellos se pertenecían el uno al otro.

—¿Qué crees tú que estoy haciendo aquí? —le dijo él, en respuesta a su pregunta, agarrándola de la mano y tirando de ella hacia la puerta—. Se acabó el juego, muchacho —añadió luego, mirando al sorprendido jugador de béisbol que no parecía entender nada de lo que estaba pasando—. Ya estás curado.

Bobby Johnson se quedó completamente mudo viéndolos salir.

—¡Brandon! —exclamó ella muy enfadada—. ¡Cómo te atreves a interrumpir una sesión de este modo!

—No la estoy interrumpiendo. La he dado por terminada. Pero no tienes por qué preocuparte, le he pagado la sesión, así que no puede quejarse de nada. Zoe le va a mandar además otra fisioterapeuta. Venga, vamos.

Isabelle no quiso hacer una escena y esperó paciente hasta que estuvieron en el pasillo.

Su hermana Zoe se había ausentado prudentemente de su despacho y la recepcionista la miró con cara de circunstancias cuando pasaron por su lado.

Una vez en el hall de entrada, Isabelle se soltó bruscamente de él. Estaba furiosa.

—No tenías derecho a avergonzarme de esa manera —dijo ella echando chispas por los ojos.

Brandon nunca la había visto antes tan enfadada. Se sintió desconcertado por un instante, pero luego decidió pasar al contraataque y exponer él también sus quejas.

—Lo siento. Pero tú tampoco tenías derecho a marcharte de casa como lo hiciste, sin decir una palabra ni a Victoria ni a mí. No tenías derecho a salir de nuestras vidas como si fuéramos unos extraños. ¡Maldita sea, sin despedirte siquiera!

«¿Cómo puedes decir eso? ¡Un extraño! No sabes lo especial que eres para mí. ¡Demasiado especial!», se dijo ella.

—No quería hacer un mundo de mi marcha. Quería irme discretamente.

—Pues siento decirte que, yéndote de esa manera, has conseguido lo contrario —dijo él casi gritando.

Sabía que chillando no iba a resolver nada, pero no puso evitarlo.

—Pensé que sería mejor de esa manera, en silencio —replicó ella sin saber bien qué decir.

Brandon la miró fijamente con ojos sombríos en los que se reflejaba una rabia contenida.

—Yo hubiera preferido que me hubieses dado la oportunidad de hablar contigo.

Ella respiró hondo. Estaba muy cerca de él y percibía su aroma embriagador. Sintió el corazón desbocado, latiéndole a toda velocidad en el pecho como si fuera un bongo marcando el compás de una danza salvaje.

Se pasó la punta de la lengua por los labios resecos.

—Muy bien, ya estás aquí. Dime ahora lo que tengas que decirme.

Él debería irse ahora sin hacerle caso. Debería marcharse de allí sin decirle que estaba loco por ella. Ésa sería la única manera de salvar su orgullo.

Pero su orgullo le importaba un bledo. Lo único que le importaba era ella, Isabelle.

Estaba fuera de sí. Se contuvo para no agarrarla de los hombros con fuerza y estrecharla entre sus brazos por temor a hacerle daño, tal era su pasión en ese momento.

—¡Maldita sea, Isabelle! ¿Por qué te pones a la defensiva? ¿Todo este tiempo que hemos estado juntos no ha significado nada para ti? ¿He sido yo el único que ha puesto en juego sus sentimientos? ¿Me he estado acaso engañando a mí mismo, como un idiota?

Ella trató de controlarse, a duras penas. Le costaba respirar y centrarse en lo que tenía que decirle. Se le hacía difícil estar allí de pie, quieta, sin hacer nada, en vez de arrojarse en sus brazos y quedarse en ellos hasta que él quisiera. Le había echado tanto de menos…

—¿Sobre qué? —preguntó ella, tratando de parecer lo más serena que pudo.

—¡Sobre nosotros, maldita sea! —gritó él—. ¡Sobre nosotros! ¿Sobre quién si no? Isabelle, no puedes marcharte así. Te necesito.

Isabelle negó con la cabeza. Aquellas palabras sonaban demasiado bonitas para ser ciertas.

—¿Me necesitas? —dijo de forma mecánica, rogando para que, si aquello era un sueño, despertase de él, al menos, lo más tarde posible.

—Sí, te necesito —volvió a exclamar tratando de controlar el tono de la voz—. Te necesito mucho y también te necesita mi madre y Victoria. Nada volverá a ser igual en casa hasta que te apiades de nosotros y decidas volver.

—¿Volver como qué? —preguntó ella—. Tu madre ya no necesita un fisioterapeuta. Va a salir de gira con su compañía por todo el país. Y Victoria está aún en el campamento…, hablé con ella ayer.

—Tienes razón —respondió él con toda franqueza—. Mi madre no necesita una fisioterapeuta. Lo que necesita es una nuera —añadió clavando los ojos en ella—. ¿Te sugiere eso algo? ¿Conoces a alguien disponible para ese puesto?

Una vez más, Isabelle se le quedó mirando con cara de asombro. No podía dar crédito a lo que acababa de escuchar. ¿De verdad se estaba refiriendo a ella?

El silencio que se produjo a continuación palpitó en los oídos de Brandon como un trueno en el corazón. Era un silencio tenso e incómodo.

—Mira, lo entiendo —dijo él—. Te asusta la idea, igual que a mí. Pero podemos afrontar nuestros miedos juntos. Podremos superarlos si estamos unidos. El que tu padre engañase a tu madre no significa que…

Isabelle abrió los ojos como platos y le miró asombrada.

—Yo nunca te he contado nada de eso.

—No, tú nunca tuviste confianza conmigo como para contarme las cosas que te preocupaban.

—Entonces, ¿cómo…?

—Zoe me lo dijo. Una gran mujer, tu hermana —replicó él, en tono de aprobación—. Me gusta.

¿Cómo había podido su hermana contarle esas cosas sin su permiso?

—Zoe se va a enterar. Tiene los días contados.

Brandon se echó a reír, moviendo la cabeza.

—Me haces gracia, Isabelle. Eres una mujer muy especial, tengo que reconocerlo. Ésa es una de las cosas por las que me enamoré de ti.

El final de aquella frase pareció retumbar en su cerebro. Y en su corazón.

—Una de las cosas por las que… —repitió ella sin poder salir de su asombro—. ¿Me amas?

—¡Demonios! Claro que sí. Te amo. ¿De qué crees que estamos hablando?

—No sé. Me desconcertaste al decirme que te gustaba mi hermana.

—Y me gusta —repitió él muy sereno—. Pero te amo a ti —dijo él, mirándola a los ojos, implorante—. ¿No tienes nada que decirme?

Isabelle sintió una subida repentina de adrenalina corriéndole por las venas.

—Estás loco.

—Puede ser… —dijo él, echándose a reír—. Pero ¿no se te ocurre decirme nada más?

—Tal vez yo también te amo.

—¿Tal vez? —exclamó él, mirándola a los ojos.

Bueno, no debía presionarla. De momento, podía ser suficiente, pensó él. Ella necesitaba ir poco a poco como los bebés cuando dan sus primeros pasos. Era algo razonable. Podía aceptarlo, siempre que esos pasos le condujesen finalmente hacia él.

Ella sintió como si el corazón estuviera a punto de estallarle. Aquel deseo que había mantenido en secreto durante tanto tiempo se le había concedido de repente, como en los cuentos de hadas.

—Está bien, está bien. Sí, te amo. ¿Satisfecho? —exclamó ella.

—Eso está mejor. Pero ¿qué me dices sobre ese puesto vacante que te he mencionado antes? Ya sabes, el de una nuera para mi pobre madre.

De nuevo sintió el corazón saliéndosele del pecho.

—¿Estás tratando de decirme lo que creo que estás diciendo?

—Creo que he hablado bastante claro, ¿no? Es una proposición —replicó él, mirándola impaciente por escuchar la respuesta que deseaba saliera de sus labios—. Pensé que te gustaría una declaración informal, alejada de todo convencionalismo. Pero si lo prefieres, puedo escribirte otra que sea más de tu gusto —dijo él echando mano en el bolsillo de la chaqueta para sacar una pluma y una libreta de notas.

Ella le detuvo con la mano antes de que sacara nada.

—No hace falta que lo escribas. ¿Por qué no me lo preguntas directamente?

—Perdona, pero no sabía que pudiera ser así de simple. En este mundo en que vivimos, lleno de eufemismos y palabras grandilocuentes, tú eres para mí un soplo de aire fresco.

Aquello era el cumplido más extraño que le habían dicho en la vida. Pero le encantó.

Ella lo amaba. De eso no le cabía ninguna duda. ¿A qué estaban jugando entonces?

—Pídemelo, Brandon —dijo ella con un hilo de voz.

Sólo Dios sabía cuánto la amaba, pero aun así, no pudo resistirse a gastarle una broma.

—¿Quieres ser mi fisioterapeuta?

Isabelle, que estaba empezando a captar su sentido del humor, movió la cabeza con gesto negativo.

—Eso no, tonto, lo otro —dijo ella con una sonrisa.

Brandon dejó a un lado las bromas y se puso muy serio.

—Isabelle Sinclair, ¿quieres casarte con…?

—Sí —gritó ella antes de que él terminara la pregunta—. Sí, me casaré contigo.

Ella le pasó los brazos alrededor del cuello y le abrazó, convencida de que acaba de tomar la decisión más sabia de toda su vida. Era lo que debía hacer. Lo que le dictaba el corazón. Brandon no era como su padre. Él no la engañaría. Él no le rompería el corazón como su padre había hecho con su madre. Estaba segura de ello. Ahora que había elegido finalmente su propio camino en la vida, parecía verlo todo con mayor claridad.

—Respuesta correcta —dijo él con una sonrisa, besándola en los labios—. A propósito, por si aún te queda alguna duda después de la broma, tengo que decirte una cosa —dijo él apartándose sólo un par de centímetros de su boca—. Te amo. Te amo con locura. Más de lo que nunca me había imaginado… ¡Eh, eh! —exclamó al verla emocionada por sus palabras—. No pretendía hacerte llorar.

—Son lágrimas de felicidad —dijo ella—. Lágrimas de felicidad. Porque yo también te amo con toda mi alma —añadió sellando sus labios con un beso de amor.

Epílogo

LOS aplausos eran para ella como el agua que hace revivir una flor a medio marchitar. Estaba recibiendo verdaderamente un baño de multitudes, allí de pie, recibiendo el calor y la admiración del público presente en el teatro y saludando muy ceremoniosa, junto a sus compañeros de reparto, cada vez que se bajaba y se volvía a subir el telón.

Pero a pesar del éxito y del reconocimiento tan gratificante del público, Anastasia albergaba dentro de ella una inquietud que no podía desechar de su corazón. En esos últimos tres meses que llevaba de gira por diversos estados del país, echaba de menos algo en su vida que no podía suplir con los buenos ratos que pasaba con sus viejos amigos de la compañía y con otros más jóvenes pero igual de agradables.

Por eso, cuando se sentó en el taburete de su camerino, dispuesta a quitarse el maquillaje de su personaje para volver a ser de nuevo Anastasia del Vecchio, y sonó su teléfono móvil, lo tomó de inmediato, dejando todo lo que estaba haciendo.

Miró la pantalla para identificar la llamada y sonrió abiertamente al ver el nombre que aparecía en ella.

—Hola, cariño, ¿cómo estás?

—Muy bien, Ava —dijo la niña al otro lado de la línea—. ¿Has vuelto a triunfar esta noche, abuela?

—La duda ofende, cariño —dijo la leyenda viva del mundo de espectáculo con una carcajada—. ¿Hace falta que te lo diga?

—No —respondió Victoria con una sonrisa—. Tú siempre tienes éxito en todo lo que haces.

—Tú cariño eres lo que más aprecio en este mundo —dijo la actriz, mirando al reloj y viendo que eran ya más de las once—. Perdóname si te parezco una abuela gruñona, pero ¿no deberías estar ya en la cama a estas horas?

—Estaba esperando a que terminaras tu espectáculo para llamarte —respondió Victoria con evasivas.

Anastasia se puso instantáneamente en alerta. A pesar de la vida bohemia que había llevado casi toda su vida, había sido una abuela responsable, siempre preocupada por su nieta.

—¿Por qué? ¿Ha pasado algo?

—No, no pasa nada, Ava. Te he llamado en cuanto me enteré.

—¿Te enteraste de qué?

Anastasia nunca había perdido la paciencia con su nieta pero presentía que ésa podía ser la primera vez. Y más aún cuando Victoria le respondió con otra pregunta.

—¿Crees que podrás estar en casa el sábado dentro de tres semanas?

—Victoria, veo que cada vez te pareces más a tu padre —dijo la actriz dejando escapar un suspiro—. ¿Qué está pasando? ¿Por qué tengo que estar en casa en esa fecha? ¿Es por tu padre? ¿Le ha pasado algo a Brandon?

—Bueno, sí —respondió Victoria—. Es algo que tiene que ver con papá, pero no es nada de lo que te piensas.

Anastasia sintió que comenzaban a desfilar por su cabeza toda una serie de posibilidades, ninguna de ellas buena, precisamente.

—Confía en mí, cariño, no sabes la de cosas que se me están pasando en este momento por la cabeza. Dime, Victoria, ¿qué está pasando? —le dijo con toda la fuerza de su poderosa voz.

—¡Papá se va a casar! —exclamó la niña con una voz rebosante de alegría—. ¡Con Isabelle! —añadió por si a su abuela le cabía alguna duda—. Ellos me lo dijeron. Lo celebrarán en casa de Maura. Dicen que es una casa muy grande y que allí cabremos todos. Pero me han dicho también que pospondrán la boda para otra fecha si tú no puedes estar ese día. Dime que sí puedes, Ava. Dime que estarás aquí con nosotros ese día. Nunca he visto a papá tan feliz.

Anastasia se echó a reír por lo bajo.

—Por supuesto que estaré allí, cariño. La actriz suplente de mi papel no hace más que mirarme con ojos de halcón, esperando que me caiga en el escenario y me rompa la otra cadera para poder ocupar mi lugar. Estará encantada si me tomo unos días libres. Pero no entiendo a Isabelle y a Brandon. ¿Por qué no me han llamado ellos mismos?

Nada más formular esa pregunta, Anastasia escuchó un breve tono en el teléfono avisándole que tenía otra llamada entrante. Rápidamente miró a la pantalla para confirmarlo.

—Vaya, mira por dónde, hablando del rey de Roma… Es tu padre —le dijo a Victoria.

—Oh. Lo más probable es que te llame para darte la buena noticia. No le digas que ya la sabes. No le chafes la sorpresa. Haz como si no supieras nada —le rogó Victoria.

—Por supuesto. Actuar es lo que mejor se me da. Y ahora a la cama. Te quiero, cariño.

—Yo también te quiero, Ava —dijo Victoria—. ¿No es maravilloso, abuela?

—Sí, querida, es maravilloso —afirmó Anastasia, compartiendo la emoción de su nieta.

Cuando Victoria colgó el teléfono, la diva se acomodó en el taburete del camerino y dio paso a la llamada que tenía pendiente.

—Hola, Brandon —dijo ella saludando a su hijo con tono alegre y afectuoso.

Alzó la cabeza. Se miró en el espejo y vio en él a una mujer con una sonrisa de triunfo. ¿Y por qué no?, se dijo ella como si estuviera en uno de sus monólogos dramáticos. El inminente matrimonio de su hijo, iba a ser posible en buena parte gracias a ella y a su conversación con Cecilia. Aquello era una victoria personal de la que se sentía muy orgullosa.

—¿Ocurre algo, hijo? —dijo ella muy inocentemente con una sonrisa.

JULIA

MARIE FERRARELLA

EL DESTINO EN SUS MANOS

Para un hombre como Kullen Manetti las mujeres nunca habían significado nada. Sin embargo, eso iba a cambiar muy pronto. Un antiguo amor estaba a punto de irrumpir en su vida para ponerlo todo de cabeza.

Lilli McCall se había marchado por una razón, un secreto que nunca le había revelado... No obstante, ¿cómo hubiera podido imaginar entonces que necesitaría su ayuda para no perder lo que más quería en la vida, su pequeño hijo?

MEDICINA DE AMOR

La decoradora Kennon Cassidy tenía muy claro lo que quería de la vida y, tras otra terrible ruptura, el romance no entraba en sus planes. Aun así, cuando aceptó transformar la nueva casa de un médico viudo, no pudo evitar quedar cautivada por sus dos alegres niñas, y por el estoico hombre que se escondía tras ellas.

N.º 466

EL HOMBRE DE SUS SUEÑOS

Brandon Slade era un escritor famoso, el hijo de una leyenda de Broadway. ¿Cómo había podido Isabelle, con lo sensata que era, enamorarse de él? Era irrelevante lo bien que le hiciera sentir cuando estaban juntos, ella sabía que estaba fuera de su alcance.

Brandon había guardado su corazón bajo llave, pero Isabelle le hacía querer arriesgarse de nuevo...

ANNIE BURROWS
No confíes en un libertino

Se rumoreaba que lord Deben, que necesitaba un heredero y era el libertino más afamado e impenitente de Londres, se había olvidado de su predilección por las amantes casadas y estaba dedicando toda su atención a seducir a jóvenes inocentes y virtuosas. Sin embargo, si lord Deben creía que Henrietta Gibson iba a acudir al chasquido de sus dedos, estaba muy equivocado. Ella sabía perfectamente por qué tenía que eludir a caballeros de su reputación y que nunca jamás podría confiar en un libertino.

MARGUERITE KAYE
Corazón de hielo

No. 79

Al despertar en una cama desconocida, Henrietta Markham se encontró ante el hombre más sensual y misterioso que había visto nunca. Lo último que recordaba era haber sido atacada por un ladrón..., sin embargo, le pareció mucho más peligroso que su salvador fuera el célebre conde de Pentland.

Desde el fracaso estrepitoso de su matrimonio, por las venas de Rafe Saint Alban fluía hielo. Pero, al conocer a la impetuosa y atractiva Henrietta, su sangre comenzó a calentarse hasta alcanzar el punto de ebullición.

¿Podría la inocencia de Henrietta doblegar a un consumado libertino como él?

¡YA EN TU PUNTO DE VENTA!

BIANCA™

MICHELLE CONDER

TRAS EL ESCÁNDALO

Para una estrella como Lily Wild, verse arrestada en el aeropuerto fue como una escena de una película mala, sobre todo cuando descubrió cuáles eran las condiciones de su puesta en libertad… Quedaría bajo la estricta vigilancia del abogado Tristan Garrett, el hombre que había pisoteado su corazón de adolescente muchos años antes…

Tristan, por su parte, estaba decidido a no perder la cabeza otra vez por esa gata salvaje, pero cada vez que la miraba volvía a sentir esa descarga eléctrica, igual que la primera vez, y ya se le estaba acabando la paciencia…

N.º 513

PECADOS DEL PASADO

Leo Aleksandrov estaba acostumbrado a que lo obedecieran, una de las ventajas de su frialdad y falta de escrúpulos. ¿Darle explicaciones a una inocente y atractiva propietaria de una escuela infantil acerca de por qué no conocía a su hijo? No era su modo de actuar.

Contratar a Lexi Somers como niñera temporal llevó a ese magnate despiadado al límite. Su cálido candor nunca podría suavizar los pecados del pasado de Leo, pero si era inevitable caer en la tentación, lo único que él se permitiría sentir entre sus brazos sería un inmenso placer...

¡YA EN TU PUNTO DE VENTA!

BIANCA™

*¡Para bien o para mal,
tendrá a su heredero!*

LA PROPUESTA
DE SU CLIENTE

EMMY GRAYSON

N.º 233

Alessandra Wright podría haberlo perdido todo por una sola noche de pasión. El hombre con el que se dejó llevar fue Michail Sullivan, el hijo ilegítimo del cliente al que más desprecia. Ahora no solo debe enfrentarse a las explosivas cláusulas del testamento de su difunto padre… sino también confesarle que está embarazada.

Michail Sullivan no confía en nadie, y mucho menos en la mujer que ha irrumpido en su vida con el momento y las circunstancias perfectas para atraparlo. Pero para asegurar su herencia y proteger su legado, Alessandra se convertirá en su esposa. Su matrimonio será solo un acuerdo.

Hasta que la atracción entre ellos empiece a romper todas las reglas.

BIANCA™

Chantajearla... ¿o seducirla?

CON SUS CONDICIONES

KIM LAWRENCE

N.º 3216

Leo Romano nunca imaginó el éxito que alcanzaría tras el rechazo de Amy Sinclair durante su juventud. Y tampoco imaginó que ella caería en desgracia y terminaría dependiendo de él. Amy trabajaría para él en la Toscana, o él volvería a enviar a prisión a su rencoroso padre.

Daba igual lo que hubiera hecho su padre, él era todo lo que Amy tenía. Y por eso, haría todo lo que Leo quisiera. Pero lo que Leo no sabía era que años atrás, Amy se vio obligada a abandonar a Leo. No fue su elección. Y cuando se reunieron de nuevo, apareció el deseo que nunca desapareció...

BIANCA™

Volvieron a verse por necesidad...
¿Le pediría él que se quedara?

NECESIDAD
O DESEO

DANI COLLINS

N.º 3217

La heredera Carmel Davenport no había vuelto a ver a Damian Kalymnios desde que su tempestuoso matrimonio había acabado tan impulsivamente como empezó. Tras recuperarse, la rebelde joven necesitaba empezar de cero. Para ello, tenía que enfrentarse a su marido griego y pedirle que firmara el divorcio que años atrás le había negado...
Damian estaba dispuesto a acceder a la petición... si pactaban una tregua temporal por el bien de su abuela. Pero la estratagema solo sirvió para que se diera cuenta de que su tentadora esposa era mucho más de lo que aparentaba y que se debatiera entre firmar los documentos... o prenderles fuego.